CB005480

Produção editorial e copidesque Leonardo Dantas do Carmo
Revisão Maurício Katayama e Auriana Malaquias
Capa e ilustração Camila Gray
Projeto gráfico e diagramação Mayara Menezes

Dados Internacionais de Catalogação na Publicação (CIP)
(BENITEZ Catalogação Ass. Editorial, MS, Brasil)

A636m
1.ed. Antunes, Camila
Mil passos ao sul / Camila Antunes. — 1. ed. — Rio de Janeiro: Thomas Nelson Brasil, 2025.
352 p.; 15,5 × 23 cm.

ISBN 978-65-5217-314-0

1. 1. Ficção brasileira. I. Título.

02-2025/155 CDD B869.93

Índice para catálogo sistemático:
1. Ficção: Literatura brasileira B869.93

Aline Graziele Benitez – Bibliotecária – CRB-1/3129

Os pontos de vista desta obra são de responsabilidade de seus autores e colaboradores diretos, não refletindo necessariamente a posição da Thomas Nelson Brasil, da HarperCollins Christian Publishing ou de suas equipes editoriais.

Rua da Quitanda, 86, sala 601A - Centro,
Rio de Janeiro/RJ - CEP 20091-005
Tel.: (21) 3175-1030
www.thomasnelson.com.br

CAMILA ANTUNES

Mil PASSOS *ao* SUL

THOMAS NELSON
histórias

RIO DE JANEIRO, 2025

PARA TODOS AQUELES
QUE SONHAM ALTO
(MAS TÊM MEDO DE ALTURA)

01

AVES DE UM MESMO BANDO

Se há uma coisa que descobri a respeito de mulheres cristãs com mais de trinta anos que ainda não se casaram é que somos uma espécie de bando. De verdade. Se você é uma de nós, aposto que consegue se reconhecer em alguma das alternativas a seguir:

Número 1 — a maior parte das suas amigas mais antigas (se não todas) estão casadas.

Número 2 — você já deixou de ser convidada, pelo menos uma vez, para um programa em que teria adorado ser incluída, porque só haveria casais.

E número 3 — já perguntou a si mesma se realmente deveria estar naquela classe da escola bíblica ao lado de pessoas que ainda tinham espinhas e faziam cursinho pré-vestibular, e de um garoto pelo menos dez anos mais novo que disse que Deus revelou em sonho que você se casaria com ele.

Certo. Talvez essa última tenha sido um pouquinho específica demais. Desconte isso do trauma que a memória despertou. Mas vamos focar o primeiro item. No meu caso, por exemplo, só duas das minhas amigas da época do colégio ainda eram solteiras. Nicole, que se apaixonou algumas vezes (e uma delas não terminou nada bem), e Júlia, que eu nunca vi sair com um cara na vida e cuja timidez era conhecida por toda a cidade. Apesar de o futuro ter me tornado muito próxima de Nicole, eu poderia dizer que nós três, no quesito decisões e personalidade, éramos completamente diferentes.

Mas é como dizem: diferentes espécies de pássaros também podem formar um bando. Tá bem, eu não faço ideia de se há alguém que diga mesmo isso — e Biologia nunca foi lá o meu forte —, mas não faz a menor diferença. Esta não é uma história sobre aves, e sim a história de uma garota que, apaixonada por aviação, se deixou esquecer do amor por muitos e muitos anos.

Uma garota que sempre teve algo mais importante do que essa bobagem de sentimentos para se preocupar. Primeiro foram os estudos, depois os cursos para a carreira dos sonhos, em seguida a carreira em si, e então aquela promoção que eu tentei por tanto tempo.

E, bem, cada uma dessas coisas, ou a junção de todas elas, acabou me levando àquele dia.

O dia em que minha vida foi arruinada por, veja só, uma maldita ave.

02

O DIA EM QUE QUASE ACORDEI TODA A VIZINHANÇA

Vamos do começo. Lembro-me de que meu estado de espírito não era dos melhores naquele fim de tarde. Até a voz do vocalista da minha banda favorita me incomodava. Preferi dirigir em silêncio. Além das fisgadas ameaçadoras de cólica que eu vinha ignorando desde que saí do estacionamento do aeroporto, sutis sinais de cefaleia começaram a surgir, e este segundo nem era por culpa exclusiva do meu ciclo menstrual. O verdadeiro motivo era, pasme, a superestimada hora mágica.

Está certo que a paisagem ficava linda com toda aquela luz intensa e alaranjada do fim do dia e tudo mais, mas experimente ter que dirigir em uma rodovia plana com o sol resplandecendo direto nos seus olhos. Era essa a minha rotina de sempre e, desse modo, eu deveria ter me acostumado, mas no dia em questão meus óculos de sol não estavam no carro.

O pior era que eu podia imaginar de quem era a culpa e tive a confirmação meia hora depois, assim que estacionei na frente de casa.

Coloquei a chave na fechadura do portão e tentei fazê-lo abrir, mas não obtive êxito. Fiquei na ponta dos pés para olhar sobre o muro e vi que havia uma luz acesa na sala. Antes que eu pudesse gritar por Amanda, meu irmão passou pela porta da frente exibindo os cachos, um sorriso malandro de conquistador na boca e, nos olhos, meus óculos estilo aviador. Fui tomada pelo mais genuíno sentimento de revolta. Ele me deixou entrar e, na sequência, houve uma pequena briga que se desenrolou por uma série de motivos.

Primeiro, André não devia estar ali. Éramos três garotas dividindo a casa. Nicole, eu e a irmã dela, que era dez anos mais nova. Meu irmão, que já nem era tão novo assim, estava de conversinha com a garota, mas eu já havia avisado que não o queria lá enquanto eu e Nicole estivéssemos fora, exceto se fosse para consertar o portão, o que ficou nítido que ele não havia feito. Segundo, embora ele parecesse achar o contrário, meus óculos de sol eram propriedade privada. E, por último, ele era meu irmão mais novo. E isso já era motivo o bastante.

— Dê o fora — eu disse, entredentes, depois de recuperar meus óculos. — E só volte aqui se for para consertar o portão que você estragou.

— Ele acabou de chegar — Amanda tentou explicar, mas o arrepio dos fios da franja dela e as bochechas vermelhas como tomate me diziam o contrário. — Vai me dar uma carona.

Apertei os lábios, tentando ser compreensiva. Não era da minha conta, era? Bem, era um pouco da minha conta. A casa era minha. Quero dizer, tecnicamente era da minha tia Telma, mas estava sob minha responsabilidade e ali havia regras, ora bolas.

— Vamos conversar depois, tá bem? — eu disse a ela.

Amanda me lançou uma piscadinha que me fez pensar se eu não acabei sendo mais compreensiva do que gostaria.

— Obrigada, *Cassie*.

Fechei o portão, separando-nos com a grade, e observei os dois caminharem até o carro estacionado do outro lado da rua. O Volvo do meu pai. Soltei um riso irritado. Impressionante. Eu precisaria doar meu rim para convencê-lo a me emprestar aquele carro. Mas o André, é claro, poderia usá-lo para bancar o descolado garanhão com a garota doce que morava na minha casa.

Desviei os olhos para a Joaninha, que eu havia acabado de estacionar, pensando se ela ficaria enciumada. A lataria vermelha velha jazia desbotada pelo sol. Balancei a cabeça com desânimo e caminhei para dentro. Joguei as chaves sobre o aparador e verifiquei a correspondência. Não tinha nada ali para mim. Caminhei até o centro da sala e olhei para a TV que Amanda deixara ligada na Netflix em uma jogada estratégica para que eu cumprisse a promessa que havia feito a ela. Uma promessa que eu não poderia me recusar a cumprir, porque, veja só...

Imagine que você esteja assistindo a um drama coreano por pura obrigação. Afinal, a irmãzinha da sua melhor amiga, que agora tem 22 anos e mora com você, aceitou assistir a *Top Gun* por pelo menos três vezes, sem reclamar em nenhuma delas.

Uma hora a vida cobraria o preço disso, é claro. Uma hora você *teria* que assistir a uma novela asiática. E uma hora, bem, você até acabaria gostando, mas, se isso viesse a público, morreria em negação.

Tomei um banho rápido e preparei uma pipoca. Depois me sentei na frente da TV e dei o play no episódio.

Não sei dizer exatamente em que minuto tudo aconteceu. Só sei que em um momento uma pipoca ia na direção da minha boca e no outro, *click*, eu me dei conta. Eu nunca olhava para alguém daquele jeito.

Nunca viveria aquilo. Meu coração se agitou de um jeito estranho. Sabe, era engraçado me sentir assim àquela altura, considerando que eu vinha jogando qualquer ideia de relacionamento para baixo do tapete da minha alma há muito tempo.

Ainda mais por culpa de um bendito drama que eu nem queria assistir, para início de conversa. Apontei o controle para a TV e dei *pause*.

Encarei a imagem daquele casalzinho perfeito congelada na tela. A mão dele espalmada nas costas dela, a troca intensa de olhares e as cerejeiras coloridas ao redor completavam perfeitamente o romance.

Levei a mão até a altura do útero. Uma fisgada mais demorada deixou claro que a cólica começava a piorar. Mudei de posição para tentar aliviar a dor, pensando em talvez escrever uma reclamação para a indústria do entretenimento coreana. Esse tipo de produção deveria vir com um alerta de gatilho: risco de desejar viver um grande amor e, não tendo nenhuma esperança de conseguir, tornar-se uma patética insatisfeita com o rumo da própria vida.

Desliguei a TV de vez, fui até a caixa de remédios procurar por um Buscopan, mas só encontrei uma cartela vazia. Joguei-a de volta lá dentro e estalei a língua com desânimo. Depois, caminhei até a geladeira. Peguei um pote de Nutella querendo aplacar o sofrimento com açúcar e voltei para a sala. Na tentativa de me distrair e me esquecer do tal drama coreano, inventei de acessar o Instagram e, como posso dizer, essa acabou sendo a pior escolha que eu poderia ter feito.

Sem brincadeira.

Rolei o *feed* até me deparar com uma imagem em que Larissa, uma garota da minha igreja (que, só para constar, eu vi nascer), exibia o anelar em um carrossel. Eu não tinha me dado conta do significado daquilo, mas, conforme passava as fotos para o lado, o diamante ia ficando cada vez mais e mais próximo. Até que era bem bonito. E grande. Caramba, era enorme.

Putz grila, era um anel de noivado.

Baixei os olhos para a legenda.

"Não vejo a hora de construir uma família com você. Eu te amo, Calebe. Vou te amar por toda a vida."

Fitei a tela em silêncio. Como ela podia saber? Sério? Como...? Ela tinha o quê? Dezenove anos? Vinte, talvez?! Se uma pessoa na segunda década de vida podia ter uma convicção tão segura a respeito dos sentimentos que teria ao longo da vida, e eu, no auge dos 32, nunca tive certeza de nada, era um pouco de se preocupar.

Não era?

O pior nisso tudo é que até era meio fácil controlar os pensamentos intrusivos a respeito da minha frieza sentimental quando eu estava, sei lá, toda ocupada no trabalho ou quando a casa estava agitada pelas outras meninas. Mas ali, sozinha naquela noite de segunda-feira, a coisa começou a ficar feia.

E teria ficado mais feia ainda se não fosse um chilrear de Maverick, que me lembrou de que eu não estava tão sozinha assim. Olhei em volta, procurando-o pela sala, mas não obtive sucesso. Eu estava cansada e dolorida demais para brincar de esconde-esconde com nossa codorna de estimação, então deixei a busca de lado e decidi esquentar uma bolsa térmica no micro-ondas para inibir a cólica.

Arrastei o corpo preguiçosamente até a cozinha de novo, abri a porta do eletrodoméstico, depositei a bolsinha alaranjada lá dentro e voltei a fechá-la; depois disso, acendi uma vela aromática e me sentei na bancada onde estava meu *notebook*. Abri-o, mas desisti de ligar, pensando que seria melhor ficar longe das redes, pelo bem da minha saúde mental. E isso me conferiu o seguinte diagnóstico: eu havia sido tomada pela inveja de uma personagem fictícia e de uma adolescente de temperamento radiante que noivara antes de sair das fraldas. O que era ridículo. Quero dizer, por que aquilo me incomodava?

Eu queria ficar noiva? Não. Eu gostava de alguém? Não. Eu sequer havia me preocupado com isso ao longo de toda a minha vida? Também não.

Meu Deus, eu tinha mesmo algum problema. Eu *deveria* ter me preocupado, não é?

Sempre achei que tinha vivido plenamente meus vinte anos. O que basicamente significa que tive *toda* uma década para me preocupar com aquele assunto, mas simplesmente não me preocupei. Nunca considerei que deveria ter pressa e, na minha vida adulta, nunca me apeguei a ninguém. Nem mesmo aos únicos dois namorados que tive. O segundo até durou bastante tempo. Bem, uns noventa dias, talvez. Verdadeiro recorde.

O nome dele era Felipe. E, se não me falha a memória, ele se despediu de mim com a desculpa esfarrapada de que eu "tinha um coração de pedra". Se bem que agora, olhando para trás, a tal desculpa já nem me parecia tão esfarrapada assim.

Está bem, confesso. O cara tinha razão.

O micro-ondas apitou, mas decidi ignorá-lo. Só então acabei me dando conta de que encarava a tela escura do *notebook* enquanto minha mente divagava. Repousado ao lado dele na bancada, meu celular vibrou e acendeu, exibindo uma mensagem do meu contador na tela de descanso. Alguma coisa sobre buscar notas fiscais antigas no escritório. Dispensei a notificação, arrastando-a para cima, e também o ignorei. Estava concentrada na minha própria perturbação e, tudo bem, vai, acabei abrindo a bendita rede social de novo.

Se eu te dissesse que, dessa vez, a primeira coisa que apareceu na minha tela foi uma foto do outro *ex*, você acreditaria? Eu sei que pode soar ridículo e até mesmo improvável, mas, na vida real, coisas ridículas e improváveis acontecem o tempo todo. Ainda mais quando estamos falando das redes.

Um tempo atrás, minha mãe havia encasquetado com a ideia maluca de que havia uma espécie de robô microscópico dentro dos celulares que escutava as conversas das pessoas e as transformava em anúncios. Eu nunca levei aquela besteira a sério, claro, mas daquela vez o robozinho hipotético parecia ter lido meus pensamentos.

E não de um jeito bom.

Quero dizer, eu jamais teria pesquisado por aquele cara por conta própria em circunstâncias normais. Para início de conversa, só o continuava seguindo porque vivia dizendo a mim mesma que eu era uma pessoa evoluída demais para bloquear o *ex*. (E porque ele era parente próximo de Kalil, meu melhor amigo do trabalho, que nos apresentou em uma festa de fim de ano.)

Mas a imagem desse cara, Vitor, surgiu na minha frente e me obrigou a revirar os olhos. Ele fazia um sinal obsceno com a mão e tinha um charuto daqueles gigantes na boca. Havia duas garotas usando minibiquínis, sentadas uma em cada perna dele. Ok. Eu não sei como chegou àquilo, mas me lembrei de que, na época, imediatamente nos consideramos incompatíveis, e por isso o namoro nunca completou uma semana.

Deixei de segui-lo (quem precisa ser evoluído?) e coloquei o celular de lado. Depois baixei a tela do computador, cruzei os braços sobre ele e afundei minha cabeça. Era tarde demais para mim. Quero dizer, olha para o meu passado. Como eu ia me apaixonar se *aquele* era o meu histórico?

Mas tudo bem. Retomei a postura. Eu havia priorizado outras coisas (coisas importantes à beça!) e minha vida era relativamente boa. Eu não *tinha* que sofrer. Nem todo mundo havia sido criado para viver uma paixão avassaladora, poxa.

Eu poderia ser uma daquelas pessoas. Dom de celibato que fala, né?

Baixei a cabeça de novo. Não vou mentir que nunca considerei essa possibilidade. Até achei que levaria numa boa. De verdade. Não fosse por aquele maldito dorama. E, é claro, o anel da Larissa.

E, minha nossa, Felipe estava certo, eu nunca fui o tipo de garota que abria o coração. Como agora, que nem *garota* já me considerava, passaria a fazê-lo?

Maverick se empoleirou perto de mim e virou a cabecinha como se me observasse.

— Você também está lendo meus pensamentos agora? — perguntei. Tentei esticar a mão para acariciá-lo, mas ele se afastou com um passinho para o lado.

Já tentei explicar para a ave que não sou mais contra a estadia dela nessa casa, mas ela não parece aceitar as desculpas.

Fala sério, você precisa concordar comigo quando digo que é insano criar uma codorna dentro de casa. Mas, por algum motivo, Amanda conseguiu nos convencer do contrário. Todos os argumentos dados eram ridículos e todas sabíamos que o verdadeiro motivo do apego da garota com a ave era o fato de que meu irmão o encontrara e ela não suportava vê-lo desapontado.

Eu, no entanto, não me importava em desapontar qualquer um deles, mas cruzei os olhos com os da codorna, ainda um pintinho, sem rumo, sem família, e acabei me compadecendo. Pudera, fui eu quem o batizou com o melhor nome de todos. Portanto, era inevitável sentir uma pontinha de mágoa quando, apesar de tudo isso, ele ainda preferia manter distância de mim.

— Seu pequeno ingrato — acusei e me levantei para ir até a cozinha.

A bolsa térmica estava praticamente fria. Reprogramei o micro-ondas com um minuto a mais e voltei para a sala. E foi no caminho de volta que eu tive uma epifania. Levei uma mão à boca.

Não era *de todo* verdade que eu nunca havia aberto o coração. Eu já tinha me apaixonado uma vez!

Está bem que foi há muito tempo e eu não costumava contar com aquilo porque, para ser sincera, considerava tudo meio juvenil demais (e traumático a ponto de ter me feito ignorar o assunto por quase metade da minha vida), mas, ora, aconteceu.

— Está vendo, Maverick? — perguntei à ave. — Já aconteceu!

Nós havíamos crescido no mesmo bairro, nossas mães eram melhores amigas, tínhamos a mesma idade, estudávamos na mesma sala. Todos diziam que acabaríamos juntos.

É claro que eu me apaixonaria por ele.

O problema era que, para ser honesta, a recíproca nunca havia sido verdadeira. Ao menos não até o fatídico acontecimento, anos depois, dois dias antes de uma viagem que ele faria para a Ásia, quando, segurando a minha mão de um jeito que nunca havia feito antes,

Estevão disse que sentiria saudades de mim. Foi o dia em que ele depositou um beijo demorado na minha bochecha, de um jeito que fez os cantinhos dos nossos lábios se tocarem.

Eu morri naquele dia. Não de modo literal, é claro, mas você deve saber que todas as adolescentes morrem um pouco quando o cara que elas gostam finalmente dá a mínima demonstração de afeto.

Os olhos dele brilharam quando nos despedimos e eu sabia, tinha a mais absoluta certeza, do fundo da minha alma, de que aquela era uma promessa de que ficaríamos juntos para sempre. E todas aquelas coisas estavam lá. O frio na barriga. As borboletas. Eu até disse isso para ele uma vez. Quero dizer, quase disse. Pensei em dizer.

É que, na época, ele ficou fora por três meses inteiros — o que para mim se pareceu mais com três anos — e, no dia em que retornaria, resolvi escrever um e-mail (para declarar meus sentimentos) no qual, não me orgulho de ressaltar, descrevi de forma calorosamente poética, além de todas as sensações clichês que ele causava no meu estômago, a dolorosa saudade que a ausência dele me fez sentir todos os dias.

Resolvi, na ocasião, só por via das dúvidas, fazer uma oração para conferir se não estava prestes a cometer um erro e, tão logo abri os olhos, meu celular tocou com uma notificação.

Estevão Valim havia acabado de postar uma foto.

E seguira-se uma noite de choro.

Ele anunciara na postagem, sorridente ao lado de amigos, que não voltaria ao Brasil. Acontece que se sentira chamado a ser missionário em tempo integral e, como havia decidido trancar o curso de Arquitetura (outro detalhezinho que não tinha compartilhado comigo), nada o impedia de estudar Teologia na Europa. Nada. Incluindo a mim.

Minha primeira reação foi de incredulidade. Eu sabia que os pais dele não teriam dinheiro para isso. Meses depois descobri que Estevão havia sido apadrinhado por uma família filipina que vivia na Alemanha. A generosidade era tanta que ele até decidiu ser parte integrante dela ao se casar com a filha mais nova do casal.

A união não durou muito. Não por culpa de Estevão. Eu tinha certeza de que fora um marido excelente, mas a moça, uma garota chamada Mia, não sobreviveu à leucemia com a qual já lutava há alguns anos e da qual, para a minha melancolia, Estevão já sabia quando a pedira em casamento.

Com os anos, passamos a conversar cada vez menos, até que chegou ao ponto de nossa interação ter se reduzido a não muito mais do que uma curtida ou outra nas redes. Nunca me atrevi a pensar no que teria acontecido se eu, de fato, tivesse mandado aquele e-mail.

Não até aquele momento.

Eu encarava o *notebook*, dessa vez apoiado sobre minhas pernas cruzadas no sofá. Meu e-mail aberto na pasta de rascunhos. Os olhos deslizando pelas letras. Meu coração acelerando como treze anos atrás. Como será que ele estava agora? Acho que ouvi a mãe dele dizer alguma coisa sobre o estado do Pará...

O pensamento foi interrompido pelo apito insistente vindo da cozinha. Levantei-me de uma vez, colocando o computador de lado, e andei até o micro-ondas. Não deixaria aquilo esfriar de novo. Usei uma luva para remover a bolsa térmica. O aquecimento sempre passava um pouquinho do ponto e eu precisava esperar por uns minutos antes de voltar a utilizá-la.

A cólica estava insuportável. Eu precisava fazer alguma coisa.

Pressionei as palmas contra a minha barriga, esperando que pelo menos por agora o calor delas fosse suficiente para aplacar a dor. Mas estava enganada. Aquilo se mostrou tão inútil quanto tentar tapar um ferimento por tiro de canhão com um *band-aid*. Coloquei as luvas protetoras de volta e peguei a bolsa. Inclinei-me, vencida pela dor intensa com que meu útero me punia, enquanto ouvia ao fundo o suave chilrear vindo da sala. Nada de anormal. Até que também ouvi... teclas de computador.

Arregalei os olhos. Larguei a bolsa térmica no balcão da cozinha. Andei apressada e curvada até a sala e soltei um suspiro de pavor quando vi Maverick pisotear o teclado do *notebook* aberto no e-mail que eu havia escrito para Estevão. Tentei enxotá-lo à distância com gestos esbaforidos, mas não fui bem-sucedida. De longe, vi uma notificação na tela.

Deseja enviar o e-mail?

Engoli em seco. Uma onda de pânico me invadiu. Cheguei mais perto, tremendo como vara. A codorna deu um passo para o lado, o pezinho a um milímetro da tecla *enter*. Tentei acalmar a respiração que escapava trêmula.

— Maverick — balbuciei com a voz esganiçada. — Nem pense em se mover.

Juntei as mãos em concha com cuidado, pronta para pegá-lo com um movimento. Inclinei o corpo para a frente. Meu útero pareceu rasgar ao meio, mas segurei o grunhido. Um farfalhar de asas se agitou. Penas se alvoroçaram por todo o lado. Na tela, no meu rosto. Os estalidos da codorna se tornaram gritos até que eu a soltasse.

— O que deu em você? — perguntei, quase sem fôlego enquanto tirava um tufo de cabelo da boca.

Então ouvi. Vindo de um lugar às minhas costas. Um chiado curto seguido de um *plim*. Curvei-me diante da tela do *notebook* em pânico. As letras piscavam, garrafais.

Seu e-mail foi enviado com sucesso.

Se a definição pessoal de desespero pudesse ser atribuída a um único momento da vida, o meu, sem dúvidas, seria aquele. Todas as paredes da sala giraram. Precisei apoiar uma mão no encosto do sofá.

— Não — balbuciei. — Não, não, não — de novo, absorvendo a realidade.

Aquilo não tinha acontecido. Não *poderia* ter acontecido.

Caí de joelhos com o rosto no sofá e puxei uma almofada. Se eu não a tivesse utilizado para afundar o rosto, o grito desesperado que irrompeu da minha garganta teria reverberado por todo o quarteirão.

03

O CALDO DA PRAIA

Entrei no quarto com as mãos trêmulas. O verdadeiro Maverick — o interpretado pelo Tom Cruise — me encarava de um pôster na parede.

— Eu nunca deveria ter dado o seu nome para aquela ave — resmunguei. — Nunca.

Caminhei de um lado para o outro do cômodo, estalando os dedos enquanto minhas veias se agitavam sob a pele. Meus pés ensopavam com suor o tapetinho felpudo cor de mostarda ao lado da cama.

Tente ser racional, Cássia, pelo amor de Deus.

Era do que eu tentava me convencer quando escorreguei no 14-bis. Quer dizer, meu dedo mindinho se enroscou na asa da pantufa no formato do avião que estava aos pés da cama e, sem querer, acabei caindo sentada no colchão. As molas sacudiram com o impacto. Virei-me de lado para puxar o cobre-leito e deslizei para baixo dele. Meu rosto esquentava na mesma medida em que minha mente repassava os últimos acontecimentos sem parar.

Inspirei fundo, prendi o ar e depois o soltei bem devagar. Meu amigo Kalil costumava acalmar a esposa com isso no meio das crises de pânico e eu achei que poderia me servir naquele momento. Começou a funcionar na quarta repetição.

Tudo bem, tudo estava sob controle. Não era como se ele fosse *ler* aquilo. Havia treze anos que eu escrevera aquele e-mail. O que me fazia pensar que Estevão ainda acessava aquela caixa de entrada? Ele era um cara sério agora. Um missionário nas terras distantes de... algum lugar no Pará? Não iria usar um e-mail que se denominava *caradepastel@mail.com*. Ou iria?

De alguma maneira, depois de horas remoendo minha própria desgraça, consegui pegar no sono. E foi durante o sono que o borrão de uma lembrança se formou na minha mente.

Estávamos no píer do centro da cidade, um grupo de cinco jovens de uniforme escolar. Jogávamos uma partida de Legendarische Elementaire Tactieken, um jogo holandês que ganhei de tia Telma — ao qual, por naturalmente não sabermos como pronunciar, demos o apelido carinhoso de Taktik (que aparentemente se aproxima de significar "tática" em algumas línguas; só não sei dizer quais são).

Naquele dia, eu estava com o deck péssimo e Nicole já tinha jogado um sinistro na Júlia. Eu seria a próxima. Nenhuma carta na minha mão podia bater um sinistro.

Tudo estava perdido! Então aconteceu.

Estevão estendeu a mão com um interceptor. Levantei o rosto, perplexa. O sol laranja da hora dourada faiscou atrás dele. O cabelo quase preto e sempre emaranhado alaranjou-se em reflexo. Ele apertou os olhos e esboçou um meio sorriso daqueles que eu conhecia tão bem. Meu coração acelerou como quando tínhamos dez anos. Ele sabia, sabia! Estevão sabia exatamente do que eu precisava, e estava ali para mim. De novo.

Acordei já no outro dia com um resquício da cólica e um arco-íris refletido parte na parede do quarto, parte no meu rosto, e a primeira coisa que ouvi foi o canto de Maverick pela casa. A pontada de desespero me atingiu em cheio.

Pulei da cama em um só salto e me dei conta de que estava vestida com a roupa do dia anterior. Depois de esfregar os olhos e olhar em volta, aceitei que aquilo havia mesmo acontecido.

É claro.

Porque se havia alguém na face da Terra que faria esse tipo de coisa, essa pessoa era eu.

Fechei os olhos e juntei as mãos. Fiz biquinho como uma criança birrenta. Agradeci por mais uma manhã e em seguida resmunguei um pouco com Deus por ter me criado com tamanha inclinação a passar vergonha. Então choraminguei, implorando que ele, *por favor*, me ajudasse a sair dessa.

Já pensou se o Estevão decidisse tirar satisfação pela declaração inusitada depois de treze anos sem qualquer contato?

Eu teria um piripaque.

Ao fim da oração, caminhei até a janela para terminar de abrir a persiana. Nem mesmo a vista do espelho d'água na Lagoa ao longe fez com que eu me sentisse melhor. Tomei um banho rápido e alinhei a ponta do meu cabelo curto com uma chapinha que eu nunca usava. Os fios brancos na mecha do que um dia havia sido uma franja ficaram ainda mais destacados no cabelo castanho-escuro.

Enquanto tentava enrolar para dentro uma pontinha teimosa, considerei a hipótese de escrever um segundo e-mail:

"Veja bem, não leve em conta a mensagem anterior. Eu a escrevi aos dezoito anos e enviei sem querer enquanto relia para remoer o rumo deprimente que minha vida amorosa acabou tomando. Não significa que eu me sinta assim *agora*."

Deixei os braços caírem. Era indigesto me dar conta de que qualquer coisa que eu escrevesse agora só tornaria a situação ainda pior. Soprei a franja para cima e queimei a ponta do dedo com a chapinha.

Droga.

Mas, bem... o cabelo estava impecável e pelo menos não tinha sido a testa dessa vez.

Olhei de rabo de olho para o cantinho da pia onde a maquiagem ficava e voltei a encarar minha imagem no espelho. As olheiras não estavam tão escuras assim. Não ia precisar daquilo hoje.

Desci as escadas esfregando a testa e mentalizando meu mais novo mantra: *esquece isso, esquece isso, esquece isso.*

O café da manhã estava magnífico na mesa posta que Nicole fazia questão de providenciar todas as manhãs. Aquelas eram as únicas horas do dia em que todas as garotas estavam juntas ao mesmo tempo em casa. Amanda passava o café, Nicole fazia torradas, omeletes, pães de queijo, banana frita e, se estivesse inspirada, até mesmo uma geleia artesanal. E eu, bem, alguém precisava comer aquilo tudo. E lavar a louça.

— Eu disse que a gente devia ter comprado uma lava-louças na Black Friday — Amanda parou do meu lado, com a boca cheia de farelos.

— Besteira. Aquilo não lava direito.

— Ai, Cássia — Nicole disse, enquanto tirava pelos inexistentes de uma camiseta regata com uma daquelas coisas redondas adesivas. — Você vive nos anos 50? Minha mãe tem uma dessas e funciona perfeitamente (o que ela não podia ter certeza, pois, da última vez que chequei, Nicole nunca tinha visitado os pais dela desde que os dois se mudaram para o interior do Piauí).

E daí desenrolou-se uma enorme discussão sobre ser necessário ou não lavar as panelas antes de colocá-las na lava-louças. Eu teria participado, mas o Maverick pousou na pia e entortou a cabeça para me encarar. As vozes das meninas se embolaram e ficaram distantes enquanto eu o fitava de volta com meu olhar mais fulminante. Podia jurar que o delinquente estava se divertindo.

— Seu pestinha!

— O quê? — Nicole virou a cabeça.

— Hã... — comecei, sentindo o estômago encolher. — Nada.

Meu rosto esquentava só de pensar na hipótese de compartilhar aquilo com alguém. E, ainda assim, acredite quando digo que só no pior cenário esse alguém seria Nicole.

Ela me conhecia a vida inteira e nunca, absolutamente nunca apoiou minha paixonite platônica por Estevão. Mais de uma década se passou, mas eu posso apostar que minha amiga nunca acreditaria que enviei aquele e-mail sem querer.

Não *mesmo*.

Ela faria um sermão de duas horas e depois me perguntaria *por que raios eu estava pensando em um cara que me ignorava mais de uma década atrás quando havia tantos peixes no mar.* Exatamente o mesmo que estou me perguntando agora.

Sorri, nervosa, mas ela se esqueceu de tudo em um segundo, espiou o relógio no braço e lançou um beijo para cima. Nicole só iria mais tarde para o trabalho, mas todas as manhãs tinha uma longa rotina de treino e meditação que me entediava só de pensar.

— *Au revoir, mes chéris* — disse antes de dar uma voltinha que levou as perfeitas ondas amendoadas de seu cabelo a dançarem como seda sob uma brisa primaveril.

Observei a cena com um suspiro e os ombros caídos. A vida era tão injusta! Não por causa da beleza de Nicole e, ao mesmo tempo, sim, por causa disso.

Não me entenda errado. Não era que eu tivesse inveja da aparência da minha amiga. Na verdade, eu não tinha muito tempo disponível para me preocupar com coisas triviais como aparências. Mas, ora, não deveria ser eu a pessoa que passa vergonha em público. Nicole, sim. *Ela* tinha a beleza. Era uma questão de justiça. De *equilíbrio.*

Se estivéssemos em um romance, Nicole seria a mocinha. *Ela* era a mocinha que as leitoras de comédias românticas queriam ler.

Era linda e tinha uma profissão descolada. Conseguia reproduzir tutoriais de maquiagem com uma perfeição assustadora. Sempre teve bom gosto para músicas e conhecia as melhores marcas, das melhores coisas, que, para mim, não faziam a menor diferença.

Tinha um nome compreensível em qualquer língua e falava francês, pelo amor de Deus.

A única coisa que a separava de uma protagonista de comédia romântica era a falta de talento para se colocar em situações terrivelmente embaraçosas. Porque, é claro, essa era eu.

Tirei os olhos de Nicole e os repousei na minha bolsa que alguém — não a própria dona — havia pendurado em um cabideiro na parede do corredor que dava para a cozinha. O zíper descosturado saltou aos meus olhos. Ela era de um couro chique e bastante caro, do tipo que eu jamais teria comprado por conta própria (ganhei de aniversário da minha mãe uns seis anos atrás). Eu não queria ter que me livrar dela para trocar por uma daquelas de camelô que descascam em seis meses. Fiz uma nota mental de que precisava arrumar um sapateiro para resolver o problema de uma vez por todas — o que foi, você vai perceber, um grande erro. Se a nota fosse feita na agenda do celular, eu teria me lembrado e evitado uma série de futuros problemas.

Mas que droga. Eu não era *mesmo* aquele tipo de garota. Uma mocinha teria uma bolsa melhorzinha, né? Uma daquelas com matelassê e correntes, talvez.

E dificilmente seria obcecada por aeronaves ou filmes que não fossem clássicos dos anos 90. Decerto preferiria romances escritos por alguma autora anglicana de séculos passados aos quadrinhos do *Lord Drako*, o vampiro assassino. Não teria sido batizada com um nome com acento agudo e dois "s", ou deixaria de pintar os fios grisalhos por preguiça de ir ao salão e, definitivamente, não seria a dona de um Ford Ka 2007 caindo aos pedaços ao qual carinhosamente apelidou com um nome de inseto para homenagear a quantidade de manchas que exibe na lataria que outrora fora inteiramente vermelha.

Por que, fala sério, quem se interessaria por uma pessoa assim? Não muitos homens, garanto a você, e, portanto, duvido muito que qualquer leitora.

Amanda foi a segunda a sair. Não da casa, óbvio, porque Amanda nem sequer trabalhava. Era o que se ganhava por ser irmã da âncora do jornal mais importante da Região dos Lagos. Ela dormia a maior parte do dia e fazia trabalhos voluntários às quartas-feiras no mesmo lugar que André. Ah, sim, e ia à faculdade todas as noites. Por isso se dirigiu para o sofá, onde passaria as próximas horas trocando mensagens de texto com meu famigerado irmão.

Quanto a mim, bom, eu já fazia demais. Meu trabalho era o mais estressante do mundo, segundo algumas fontes muito pouco confiáveis do Instagram, e para ser sincera eu preferia mil vezes ficar em casa e assistir a um filme antigo do que me envolver em qualquer atividade adicional àquelas que eu já exercia desde que tinha dezoito anos: a liderança dos adolescentes da minha igreja e minhas idas semanais ao Caldo da Praia.

O pensamento me trouxe calafrios. Por que, pelos céus, eu tinha que pensar no Caldo da Praia? Sério? Logo na *pastelaria*?

Acontece que, caso você não tenha deduzido, uma coisa levou à outra, e bem, acabei me lembrando do "cara de pastel".

O café ficou repentinamente amargo na minha boca. Forcei para engolir e derramei o resto na pia. Lavei a minha xícara, o resto da louça, peguei minha bolsa no cabideiro e saí.

Na Joaninha, encarei o retrovisor. Considerando as circunstâncias, minha aparência não era das piores. Verdade seja dita, era quase um milagre que meu cabelo estivesse tão bem apresentado. Se olhasse de fora, você jamais diria que meu interior estava em total estado de pânico e vergonha.

— Vai ficar tudo bem, Cássia. Esquece isso. — Girei a chave na ignição e fechei os olhos com força para mentalizar a imagem dos homens de preto segurando um daqueles *neuralizadores*.

Prontinho, esquecido. Arranquei com o carro.

A quem eu queria enganar? Aquilo me torturaria pelo resto da vida.

O trabalho era a única coisa que me ajudava a pensar em outra coisa que não fosse a tragédia causada pelo meu descuido com a codorna. Mas se eu descansasse um minuto, *bum*! Tudo vinha à tona e a agonia me dominava.

O problema era que, agora, eu havia trabalhado no último dia da minha escala e teria quatro longos dias de folga pela frente. Mas quer saber? Estava tudo bem porque, pelo menos, eu poderia ir ao Caldo da Praia e me reabastecer com minha bebida preferida. Eu iria encarar meus problemas de frente, o que, de algum modo, incluía parar de associar a lanchonete que eu amava ao *caradepastel*. Tudo bem. Isso era impossível. Mas eu podia pelo menos fingir.

Então pulei da cama, fiz um rabo de cavalo e dirigi até a pastelaria que ficava ali pertinho, de frente para a Lagoa.

Tio Gonçalo começou a preparar meu pedido antes que eu pisasse no interior do estabelecimento.

— Graça e paz — ele disse depois que dei a volta no balcão. — Pensei que minha abelhinha não viria hoje.

Depositei um beijo em sua bochecha, cumprimentei um dos gêmeos com uma batidinha na mão, dois socos e um estalar de dedos; e o outro me jogou um "oi" de longe antes que eu tivesse a chance de tentar usar o aperto de mão secreto com ele também. Então repeti para o senhor o cumprimento que ele sempre usava:

— Graça e paz, tio.

Bocejei e caminhei até uma mesa vazia no centro da lanchonete. Cumprimentei dois casais da nossa igreja na mesa ao lado e ignorei a maioria das outras pessoas no local, que provavelmente eram turistas. Abri o Instagram no celular, passeando pelo *feed* distraidamente. Tio Gonçalo caminhou até mim e depositou um copo de caldo de cana a ponto de transbordar na mesa à minha frente.

— Obrigada — respondi, sem levantar a cabeça.

— De nada — ele respondeu, e eu me esqueci da sua presença logo em seguida. — Ô, geraçãozinha!

Em um reflexo ao tom irritadiço, ergui os olhos e me dei conta de que ele ainda estava parado de pé do meu lado.

— Que foi? — Franzi a testa.

Ele me fitava com os lábios finos comprimidos e os olhos semicerrados.

— Vocês são viciados nessas coisinhas aí. Isso é doença. Olhe ao redor e veja o que está perdendo.

Mordi o lábio. Levantei o rosto e olhei para o lado de fora. O dia estava mesmo muito bonito. O céu multicolorido do fim da tarde brilhava no reflexo da Lagoa do outro lado da pista. Não havia sinal de onda, e a água da Praia dos Ubás parecia um espelho. Virei a tela do celular para baixo e fiz um sinal para que o senhor se sentasse comigo à mesa.

Ele deu um tapinha no meu ombro e esboçou um sorrisinho satisfeito. Depois, começou a falar sobre o par de netos com o orgulho de um avô coruja.

— Elias recebeu a medalha de prata ontem, sabe? Mas eu acho que o ouro foi roubado.

Sorri por trás do meu copo e olhei para o balcão onde o garoto atendia a um cliente.

Toda a família ajudava ao patriarca no Pastel da Praia no sábado, já que aos fins de semana a clientela triplicava. Elias era o gêmeo bom. Um gênio da matemática. Bem, os dois eram pequenos gênios mesmo, mas o Erick... veja, o Erick não precisava fazer muito esforço para tirar boas notas, mas estava mesmo decidido a fazer jus ao título de *adolescente* e andava se interessando mais por eletrônicos do que pelos estudos, para a mais completa degradação dos nervos do avô. Palavras dele, não minhas.

Tio Gonçalo estava no meio do discurso sobre a injustiça do mérito nas Olimpíadas Estaduais de Matemática, quando o som de uma moto nos fez olhar para a entrada.

Duas garotas em uma mesa próxima à minha soltaram suspiros quando o piloto tirou o capacete e entrou no estabelecimento. Precisei segurar o riso. Deviam ser turistas.

Ele passou por mim, fitou o meu copo, depois o meu rosto e balançou a cabeça em negação. Revirei os olhos. Acho que ele é o único filho de dono de lanchonete que julga a cliente por ser assídua. Então caminhou até o computador, de onde tirou um dos filhos com apenas um olhar fulminante. Foi de impressionar.

— É aqui o problema? — Paulo perguntou ao fitar nossa mesa.

Com a visão periférica percebi as mocinhas cochichando. Tio Gonçalo se levantou, apertou meu ombro ao passar por mim, e foi até o filho. Os dois ficaram ali enquanto eu, sozinha, saboreava meu lanche e admirava a paisagem.

Quando terminei, fui até o balcão para pagar e, antes que o pai dissesse que não era preciso, Paulo sacou a maquininha.

— Quantos desse você tomou? — ele perguntou enquanto eu aproximava o cartão.

— Oi pra você também.

O homem arqueou uma sobrancelha. Sempre muito educado, esse Paulo.

— Meia dúzia — espetei, só porque irritá-lo costumava me trazer um prazer um pouquinho além do normal.

O cara era o bonitão da cidade. Quando eu e meus amigos entramos no ensino médio, ele estava no terceiro ano, e por algum motivo tinha como passatempo preferido fazer da vida de Estevão um inferno. Ele gostava de zombar do fato de Estevão ser certinho demais e também do amor que o outro tinha por missões. Conseguia provocá-lo de todas as formas possíveis, o tempo inteiro, e, como eu era a melhor amiga do seu principal desafeto, a simpatia dele por mim nunca foi das melhores.

Era o que eu achava, pelo menos, mas Nicole insistia que o verdadeiro problema estava no fato de que eu era a única garota da escola (e da igreja) que estava apaixonada por outro cara. Todas as outras, incluindo ela, só tinham olhos para Paulo.

Dezessete anos depois, as coisas mudaram um pouco. Ele tinha uma pochetinha discreta e era pai de família. Não se embebedava mais, ajudava o pai nos negócios aos fins de semana, era o gerente de uma padaria em Cabo Frio e estudava Teologia em um seminário.

— Vou me abster de comentar — ele resmungou ao me entregar a máquina.

Paguei por um único copo de caldo de cana e o encarei com um sorriso.

— Obrigada pela gentileza.

Então Paulo se virou para o pai.

— Mas você, homem de Deus, devia parar de encher o copo dela indefinidamente.

— E por que eu faria isso? — tio Gonçalo retrucou e Paulo o encarou em choque, como se o simples ato de fazer aquela pergunta fosse um total desplante.

— Porque o pai dela é diabético e essa coisa é cheia de açúcar!

A voz soou um pouco alta e reverberou pelo ambiente. Algumas cabeças se viraram em nossa direção. Olhei para o pai dele e encolhi os ombros.

— Isso não é da sua conta — eu disse, enquanto me inclinava sobre o balcão para tocar no braço do tio Gonçalo. — Tchau, tio. Nos vemos na igreja amanhã.

— Tchau, Abelhinha. Desculpe por esse velho chato. — E deu um tapa nada gentil no ombro do filho.

— E você — dei uma olhada para Paulo. — Francamente, não sei como a Luísa ainda te aguenta.

Foi discreto, mas percebi a mandíbula dele retesar. Agora, olhando para trás, parece evidente que toquei em um ponto fraco. Para ser honesta, ainda que eu tivesse notado isso naquela época, é provável que não teria me incomodado nem um pouco. Desse modo, dei as costas, marchei na direção da saída com indiferença, e estava passando pela moto quando ouvi o mais velho sussurrar:

— Era implicância, filho. Ela só tomou um.

E, se houve alguma resposta depois disso, não consegui escutar.

04

UMA ASSOMBRAÇÃO

Passei a tarde de sábado com os adolescentes da igreja, e isso até foi distração o bastante, mas, no domingo bem cedo, antes de sairmos para a escola bíblica, tomei o café da manhã no meu quarto.

Eu sei que foi justo durante a ocasião sagrada das garotas da casa, mas, naquele dia, eu precisava de um momento mais sagrado ainda, a sós e no secreto, com aquele que eu desejava que regesse o meu coração.

Caminhei até a janela, deslizei a cortina até o canto do varão e a amarrei com uma cordinha cor de mostarda que combinava com o tapete e uma das minhas paredes. A brisa fresca e salgada da manhã soprou contra o meu rosto. Fechei os olhos desfrutando a sensação. Teríamos poucos dias frios naquele inverno, segundo o cara da previsão do tempo do jornal em que Nicole trabalhava. Peguei minha Bíblia na estante que um dia havia sido da minha tia Telma e a coloquei ao lado de uma xícara com *chai latte* sobre a bandeja repousada na cama.

Fechei os olhos e clamei por perdão. Por ter dado asas à insatisfação, pela inveja que senti de Larissa e por ter cavado tão fundo no meu passado a ponto de abrir um e-mail antigo e remoer emoções que outrora haviam me trazido tanta dor.

Eu não saberia dizer ao certo quando me apaixonara por Estevão, mas agora percebia que havia fechado o meu coração para o romance por medo de sentir aquilo de novo.

E, quando digo *aquilo*, não estou me referindo às borboletas no estômago, ao frio na barriga ou às noites em claro ao imaginar nosso futuro juntos, mas à mais terrível dor da decepção ao me dar conta de que esse futuro nunca existiria.

Então, fiz isso, coloquei um lacre nos meus sentimentos. Eu não pretendia que durasse para sempre, é claro, só até que, talvez, alguém melhor do que ele surgisse e eu pudesse ser, finalmente, feliz no amor.

O problema é que ninguém era melhor do que Estevão. Ninguém passava nem perto. Não era como se eu nunca tivesse tentado (ou pelo menos me convencido de que tentava). Alguns interessados surgiram no caminho, mas, com o tempo, também desistiram. Por toda a minha vida, o padrão do meu crivo era Estevão e ninguém conseguia corresponder a essa expectativa inalcançável.

Então passou-se tempo demais e eu, de repente, percebi-me no futuro: aos trinta e poucos, diante de adolescentes que vi crescer e já tocavam as próprias vidas. Pela primeira vez desde que ele se foi (e antes tarde do que nunca), eu havia tomado coragem para voltar a orar por isso; de modo que ali, entre as paredes do meu quarto, pedi a Deus que meu coração se abrisse de novo.

— Que seja teu servo, um homem que ame ao Senhor mais do que tudo. Mais do que a mim ou a si mesmo, e...

Levei a Bíblia ainda fechada ao peito e a abracei com força; Estevão amava a Deus mais do que tudo, mas isso não foi o bastante para ficarmos juntos. Então, completei:

— Peço que, embora seja impossível, ainda assim esse homem tente, com toda a alma, me amar como tu amas.

Depois abri a Bíblia no texto da minha leitura diária e meditei nela por um tempo. Uma pequena folha do ipê da nossa calçada deslizou pela janela e pousou na página aberta. Achei a cena graciosa e decidi manter a folhinha ali, a fim de que secasse e eu pudesse usá-la como marca-páginas. Quando me levantei da cama e soltei a Bíblia, percebi que meu espírito estava repleto de paz. Então, sentindo o coração queimar de satisfação, decidi me vestir para ir à igreja.

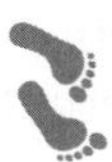

Na segunda-feira resolvi ser uma flor delicada. Eu estava determinada a ter uma semana leve, esquecer-me da gafe com o e-mail que, depois de todos aqueles dias, não havia dado em nada; e seguir em frente sem me estressar (nem mesmo com Maverick) por pelo menos os próximos sete dias. Minha estratégia para colocar o plano em prática foi fugir ao fim do culto da noite com o propósito de evitar que alguém me convidasse a qualquer confraternização, e para que, com sorte, eu pudesse dormir por pelo menos oito horas seguidas.

Desse modo, quando estava a caminho do trabalho, senti-me revigorada. Desci o declive da minha rua e mal havia acabado de pegar a Rodovia Amaral Peixoto, quando um rosto conhecido em um ponto de ônibus chamou a minha atenção. Reduzi a velocidade e encostei devagar. O homem precisou inclinar o corpo para alcançar a altura da janela. Abaixei o vidro e vi Paulo sorrir com o sarcasmo matinal que nunca faltava a ele.

— Ora, ora. Se não é a doidinha do açúcar!

No fundo eu sabia que ele só queria ser engraçadinho, mas o episódio de sábado à tarde ainda estava fresco na minha memória. Mesmo assim, segurei a língua na boca. Eu seria uma flor, *uma flor!* Não seria desviada do objetivo por um seminarista de atitudes crípticas. Forcei um sorriso simpático e disse com a voz tão aveludada quanto era possível:

— Entra logo.

Ele me lançou uma piscadela e puxou a porta do carona, se acomodou no banco ao meu lado e afivelou o cinto.

— Isso aqui ainda anda?

Nesse momento, admito, eu gostaria de ter sido mais obstinada com o lance da delicadeza. Mas o melhor que consegui foi dizer:

— Se vai falar mal do meu carro, juro que te despacho no próximo ponto.

Porque, sejamos francos, paciência tem limite.

Paulo arqueou uma sobrancelha e levantou as mãos em autodefesa. Depois se virou para mim e simulou um zíper na frente dos lábios. Assim era melhor. Eu estava determinada a manter a paz de espírito e aquela não era uma boa hora para ficar ouvindo gracinhas. Tudo bem, eu gostava um pouco de açúcar, e, sim, talvez eu exagerasse um pouco no consumo semanal de caldo de cana, mas isso fazia o negócio da família dele prosperar. Fala sério, ele devia ser mais grato.

— O que houve com o seu veículo bonitão? — perguntei.

Ele riu sem olhar para o lado.

— O apego a essa coisa está te fazendo perder a noção de beleza, Benedetti.

— Eu não tenho *apego* ao carro. Eu tenho... respeito.

Agora, sim, ele me olhou.

— Vou fingir que não ouvi isso.

— É a mais pura verdade. Além do mais, eu estava falando da moto e não de você.

Dessa vez Paulo soltou uma risada de verdade. Como você bem sabe, o famigerado homem no meu banco do carona não era exatamente desprovido de beleza, mas era, por outro lado, um tantinho mal-acostumado com atenções femininas, então achei que seria bom deixar as coisas claras, só por via das dúvidas.

— Não achei que estivesse, mesmo — disse, desatento, enquanto observava a paisagem pela janela. — Está com papai. Um dos meninos tinha uma consulta hoje e alguém precisava pilotar. Ele é a única outra pessoa habilitada da família, portanto...

— Entendi — respondi. — Qual deles?

Ele se virou para me encarar e pela primeira vez me dei conta de que tinha os olhos fundos e cansados.

— Qual deles o quê?

— Qual dos meninos tinha a consulta, ora?

— Ah, o Erick. — E a essa resposta seguiu-se um longo suspiro.

Reduzi para parar em um sinal e fui subitamente tomada por uma sensação esquisita. Observei Paulo com atenção e ele pareceu meio encabulado com meu interesse repentino. Depois de meio minuto sustentando meu olhar, desviou a atenção para as pernas.

— Está tudo bem com ele?

— Depende do ponto de vista — disse Paulo, erguendo os olhos, e eu me calei.

Não, minto. Os olhos escuros, profundos e enigmáticos dele me calaram. De repente, senti como se essa fosse alguma daquelas coisas que, por mais que se deseje, não se deve perguntar, a pessoa precisa se sentir confortável para dividir. Engoli em seco e olhei para a estrada.

— Está bem de saúde, é consulta de rotina, mas me preocupo com o caráter dele.

A conclusão me pegou de surpresa. Não só porque não esperava nem sequer por uma resposta — muito menos uma revelação assim tão íntima —, mas também pela escolha de palavras. Paulo percebeu que eu estava estranha e completou:

— Eu acho que não tava pronto para a adolescência rebelde e terrível.

— Ele é um bom menino — falei com sinceridade. — É diferente do irmão, mais fechado, mas é bom.

De rabo de olho, vi Paulo pressionar os lábios e balançar a cabeça, como quem se forçava a concordar.

— Espero que continue assim.

O silêncio que se instaurou pelos minutos seguintes foi bem desconfortável. Desse modo, acelerei a Joaninha em uma tentativa inútil de encurtar a distância do percurso, e seguimos calados até Cabo Frio.

Antes de descer, Paulo me entregou um folheto. Dei uma breve olhada e vi que falava sobre uma arrecadação de ofertas para um centro de recuperação para dependência química. Eu disse que ia olhar com calma, fazer umas contas, e se pudesse ajudar avisava. Ele resmungou que eu era "mão de vaca" e perguntou se no meu trabalho estavam pagando "tão mal assim". Eu o chamei de ridículo, e o mandei sair do meu carro. Assim, nos despedimos como de praxe.

A minha intenção de ser uma flor havia ido para as cucuias, mas ele, pelo menos, agradeceu a carona.

Por mais que isso tenha sido uma surpresa, aquela conversa despretensiosa no carro me deu muito sobre o que refletir. O próprio Paulo era obviamente um exemplo de que nem sempre seguimos o rumo para o qual nossa personalidade da juventude apontava, mas então me dei conta de que eu também era um exemplo.

Quero dizer, olhe para mim. Eu nem sempre quis ser piloto como o meu pai. Pelo menos não até o auge dos meus cinco anos de idade. Quero dizer, eu nem sabia que aquela era uma carreira que garotas podiam seguir; pelo menos até o dia em que conheci Joana, uma amiga dele.

Na ocasião, encontramo-nos no shopping com a mulher de pernas longuíssimas, o papai e eu, para tomar um milkshake. Ouvi os dois falando por horas sobre assuntos de trabalho que eu entendia muito pouco. Mas, enquanto eu coloria o papelzinho da bandeja do McDonald's e escutava toda a conversa a respeito de um voo que fizeram juntos sobre a Cordilheira dos Andes, comecei a imaginar o manche nas minhas mãos.

Virei o papel ao contrário e expressei a imaginação nos rabiscos: passear entre as nuvens, ter uma visão panorâmica do pôr do sol, ver a neve cair de cima para baixo e pintar as cidades de branco... Aquele desenho acabou ficando tão bom que eu poderia, se assim desejasse, arriscar-me a seguir carreira no ramo da arte; *caso* eu não tivesse levado uma bronca da dona Hilda — minha famigerada mãe — e se, mais tarde, o papel não tivesse parado no fundo da lixeira.

Tudo porque naquele dia cheguei em casa feliz em anunciar ao resto da família (mamãe, a versão bebê do meu irmão e nosso pinscher, que descanse em paz) que gostaria de ser piloto como Joana; nunca entendi direito por que ela passou uma semana sem falar comigo, até que, no meu aniversário de dezesseis anos, contei essa mesma história para o Estevão, e o irmão dele (que era um filho-da-mãe-sarcástico) ouviu tudo e me encarou com condescendência até que eu caísse em mim.

Mesmo assim, posso afirmar com convicção que minha vida mudou a partir dali (o dia do sorvete, não aquele em que percebi que meu pai era um traidor): comecei a recortar páginas de revistas com aeronaves e a colar na parede do quarto. *Top Gun* passou a ser meu filme preferido. Aos sete, eu sabia o nome de todos os modelos de aviões comerciais e militares que existiam no Brasil, e, aos oito, meu pai finalmente aceitou me levar para voar com ele.

No entanto, para a minha mais profunda tristeza, eu havia puxado da minha mãe a afinidade com a altura. Ou pior, a falta dela.

Tão logo coloquei os pés na aeronave, senti as mãos suarem, as pernas tremerem e meu intestino, coitado, se contorcer em desespero. Segurei a verdade tanto quanto podia, mas cinco minutos depois de termos levantado voo havia uma criança aos gritos enquanto tentava escalar as paredes da cabine de comando. Tudo isso com 186 pessoas a bordo de um Boeing 737-800.

A paixão pela aviação, no entanto, não se desfez com a decepção; por outro lado, precisei recalibrar o sonho. Foi basicamente assim que, vinte anos depois, encontrava-me sentada ali, em uma torre de controle de tráfego aéreo, refletindo sobre a vida do filho alheio.

Senti algo tocar o meu braço. Olhei por cima do ombro e vi Kalil me estender uma xícara de café.

Transferi uma aeronave para o Controle de Aproximação e mordisquei minha unha.

— Tudo bem aí?

Olhei para Kalil, surpresa, e talvez tenha sido aquele o primeiro momento em que percebi que estava viajando na maionese em pleno horário de trabalho.

— Você que é pai, me diz uma coisa?

Ele me fitou com um olhar curioso e inclinou o pescoço para a frente, a expressão faiscando um interesse maior do que o habitual.

— Tem um cara que conheço do tempo da escola... Ele era um valentão, mas isso não vem ao caso.

— Não me diga que você quer fazer um filho com ele?

Procurei em Kalil algum sinal de ironia. Não encontrei. Fechei a cara.

— Desculpe. — Kalil riu sozinho. — É que você mencionou filhos...

Segurei o impulso de revirar os olhos.

— É que ele tem filhos.

— Ah, aí está. Quer namorar? Se é solteiro, não vejo nada demais.

— Não, Kalil. — Levei uma mão à têmpora, a irritação querendo se apoderar de mim. *Uma flor delicada, você consegue, Cássia.* — Não é nada disso, escuta primeiro! Meu Deus.

— Desculpa, você sabe que eu gosto de bancar o cupido.

— Não diga.

Vou te poupar de mencionar todos os outros amigos com os quais Kalil já tentou me juntar.

— Enfim... hoje eu dei uma carona para esse cara com quem eu mal falo, exceto para implicar uma hora ou outra, e ele compartilhou comigo uma coisa meio íntima a respeito de um dos filhos.

Naquele momento os olhos de Kalil faiscaram de um jeito que devia ter me feito perceber o que tinha se passado na cabeça dele. Dessa forma, eu poderia ter esclarecido que ele estava redondamente enganado, não era daquilo que se tratava. Bem, de todo modo, pelos menos consegui a atenção dele. Meu colega deu a volta na minha cadeira, apoiou-se na mesa e cruzou um braço pelo tronco enquanto usava a mão livre para brincar com o próprio cavanhaque.

— Íntima quanto?

— Ah, sei lá, foi um comentário a respeito do caráter do garoto. Achei meio pesado.

— Hum. — Foi tudo o que ele disse, depois desprendeu o corpo da mesa e começou a caminhar na direção da própria cadeira.

— Hum? — Virei-me em meu assento para acompanhar o trajeto dele. — Hum o quê?

— É, não sei. Uma preocupação de pai, talvez? Um desabafo? — disse Kalil, sentando-se, totalmente desinteressado.

— Sim, mas... justo comigo?

Ele virou o rosto na minha direção, forçando-se a dar sequência ao assunto.

— Você nunca nem viu o tal garoto?

— Não, na verdade o vejo sempre. Ele é um dos meus liderados na igreja.

— Ahh — ele jogou a cabeça para trás como se todo o mistério estivesse solucionado —, isso torna tudo menos estranho.

— Você acha?

Kalil assentiu.

— Como pai, sim. Às vezes precisamos desesperadamente de ajuda e a procuramos até nas pessoas a quem não sabemos como pedir. Talvez o homem esperasse que, por conhecer o garoto, você saberia o que dizer.

Refleti sobre aquilo em silêncio. Bem, se fosse aquele o caso, eu esperava muito ter dito a coisa certa.

Sabe aquela coisa que eu contei sobre nunca ter me tornado aviadora? Não me entenda errado, tá? Eu não quero que você saia por aí pensando que eu havia me tornado uma criança frustrada aos oito anos de idade.

Aos oito anos de idade, meu cérebro fizera o trabalho de substituir aquele sonho muito rápido e sem maiores sequelas. Voar tinha deixado de ser uma possibilidade, mas eu amava aeronaves, e nunca deixei de amar, então ali estava eu, anos depois, muito feliz e nada frustrada.

Um pouco mais pobre, talvez, tudo bem. Mas nem era tanto quanto o idiota do Paulo fez parecer. Eu ganhava o suficiente. Depois de todos os investimentos extras que vinha fazendo nos últimos tempos, ainda terminava o mês no azul.

Além disso, eu podia até não ter me tornado o Maverick brasileiro, mas tinha o meu em casa (a codorna, infelizmente; quem me dera ao menos fosse um piloto bonitão).

Eu ria sozinha disso, no fim daquela tarde, quando a Joaninha estava prestes a cruzar a fronteira de Cabo Frio e meu celular vibrou ao lado da marcha do carro. Antes de atender à chamada, eu já sabia de quem se tratava.

— O que está faltando em casa agora?

Nicole soltou um pequeno suspiro, mas não levou mais de um segundo para confessar que havia tomado o último *chai latte*. Bem, ela sabia que eu precisava dele pela manhã e não teria tempo de repor antes de ir para o trabalho, o que me forçou a, como sempre, fazer uma parada no supermercado antes de voltar para casa.

Passei direto pela orla da Praia dos Ubás, onde ficava a entrada para nossa casa, buzinei para o tio Gonçalo ao passar na frente do Caldo da Praia. Ele estava do lado de fora conversando com um dos gêmeos e os dois levantaram um braço com empolgação quando me viram; passei bem rápido e fiquei pensando qual dos garotos era. Eles eram mesmo iguais, mas, a julgar pela simpatia, deduzi que se tratava de Elias.

Dirigi até o centro da cidade e parei o carro no estacionamento do supermercado. Então, depois de entrar no estabelecimento, andei distraída na direção da seção em que eu sabia que ficava o *chai latte*.

Coloquei meus fones de ouvido sem fio para escutar o último álbum da minha banda preferida, Casting Crowns, e depois passei genuínos dez minutos tentando me decidir sobre qual sabor escolher.

Foi aí que as coisas começaram a ficar esquisitas. Eu já estava me dirigindo para o caixa, satisfeita enquanto carregava minha caixinha com dez sachês de "baunilha com canela", quando achei ter visto na seção de frutas o que só podia ser um espectro. Uma *assombração*. A coisa mais sobrenatural que eu me lembro de ter visto em toda a minha vida foi tia Telma falando em línguas, mas ali, diante de mim, vestindo uma camisa de gola polo e com o cabelo alinhado em gel, e depois de treze anos sem dar as caras, não podia ser o Estevão.

05

O ALTO PREÇO QUE PAGUEI POR UM *CHAI LATTE*

Não derrubei o *chai latte* no chão, como decerto aconteceria se estivéssemos em um daqueles dramas coreanos que Amanda me obrigava a assistir, mas eu estaria mentindo se dissesse que todas as fibras do meu corpo, desde os pés até o couro cabeludo, não estremeceram diante da cena. Pisquei e olhei uma segunda vez. Ele estava mesmo lá. Não era um espectro.

Um espectro não arregalaria os olhos, e não gritaria o seu nome enquanto, em um surto de loucura, você tentasse se esconder atrás de uma caixa de dez centímetros quadrados. Não te perseguiria pelo mercado por dois corredores inteiros, nem faria de conta que acreditou quando você disse que não o escutou chamar porque estava usando fones de ouvido.

— O tempo não passou por aqui? — ele disse, aqueles olhos castanho-claros chamuscavam o brilho de sempre. — Você está ótima.

Meu coração deu um salto violento e patético. Era como se todo o meu corpo tivesse sido transportado para treze anos no passado. Histórias com viagem no tempo nunca foram das minhas preferidas (era Nicole a fã de *Dr. Who*), mas, eu juro, estava começando a me sentir em uma.

— Ah, nossa! Obrigada. Você está... hã... diferente. Quero dizer, o penteado...

E me calei. Assim, desse jeito, a frase simplesmente pairou no ar e ficou vagando ali pelas prateleiras, interminável. Estevão esboçou um sorriso confuso.

— Você acha que mudei muito, é? — E inclinou a cabeça meio de lado. — Engraçado.

Impossível que aquilo fosse mesmo uma dúvida. Ele era o cara do cabelo desgrenhado, dos cachos soltos e volumosos nos quais tantas vezes desejei deslizar as mãos. Pigarreei, obrigando meu cérebro a voltar para o presente.

— É. Acho que sim.

Então ele abriu aquele sorriso arrebatador.

— Será que são as rugas? — perguntou, e elas estavam mesmo lá, no canto dos olhos e na curva côncava das olheiras. — Não podem ser os fios brancos... — Então se inclinou para mais perto e sussurrou para que só eu ouvisse. — É que eu pinto, mas não espalha.

Soltei um riso esganiçado e olhei para os lados, pensando se haveria uma rota de fuga, para o caso de eu ter uma oportunidade de ceder ao desejo de sair correndo que me acometia naquela hora.

— Você... bem... — Minha voz falhou, enquanto meu ritmo cardíaco se tornava cada vez mais violento, mas logo consegui encontrar as palavras. — Você está aqui.

— É. — Ele encolheu os ombros de um jeito bem característico. — Estou. Você também.

— Eu nunca estive em outro lugar.

— Não é verdade...

Ele tinha razão. Eu saí da cidade para estudar por um tempo e achei que nunca voltaria, mas na primeira oportunidade de trabalhar por perto: *Bum!* Vim correndo de volta.

— Por que está aqui? — disparei, sem considerar que, talvez, pudesse ter soado rude.

Mas, sejamos francos, você sabe no que eu estava pensando. Se eu ainda tinha sentimentos por Estevão? Seria impossível dizer diante do pânico que ocupava meus pensamentos. O medo pungente de que ele havia voltado por causa de um e-mail escrito por mim, mas enviado, como você bem deve se lembrar, por uma codorna.

Estevão me fitou nos olhos e disse com a voz suave:

— Alguns motivos... — E olhou em volta. — Seria difícil listar agora, mas acho que podemos resolver isso no jantar neste sábado.

É constrangedor admitir, mas nesse ponto me engasguei. De repente, vi-me envolvida em uma tosse longa e profunda, que só se acalmou depois que Estevão levou as mãos às minhas costas e desferiu alguns tapinhas contra elas.

— Desculpa — falei, tão logo me recompus, e Estevão fez um gesto no ar para dispensar o pedido. — Que jantar?

— Vamos dar um jantar em família, coisa da minha mãe. Você sabe como ela é. Sua família vai, é claro, e você precisa ir. Seremos só nós e vocês.

Apertei os lábios e troquei o peso do corpo entre uma perna e outra.

— Ah, no sábado. Caramba, não vai dar.

O brilho dos olhos dele se apagou um pouco.

— É sério? Puxa!

A explícita decepção vincada naquele rosto despertou em mim um pequeno remorso. Desse modo, senti-me obrigada a justificar a recusa.

— É que... no sábado eu tenho compromisso. Na igreja, sabe?

— Ah, sim... ora, então mudamos o jantar para sexta-feira. Você acha que dá?

O semblante de Estevão recuperou o vigor. Mordi o lábio, minha mente alternando entre a reflexão e o nervosismo, e eu me indagava se ele podia perceber minhas bochechas em chamas.

— É, na sexta funciona — acabei dizendo.

— Fechado, então. Falo com a minha mãe. Tenho certeza de que ela não vai se importar.

Assenti em silêncio. Eu sabia que ele tinha razão. Concordei com tudo e dei uma desculpa sobre ter que ir embora. Tinha uma coisa para fazer em casa. Não contei que seria me deitar no sofá e passar o resto da noite de pernas para cima, desejando que as fibras do estofado me engolissem. Estevão se despediu com um abraço que me esforcei para retribuir. Assim, dei as costas e me dirigi para o caixa.

— E, Cássia — ele chamou enquanto eu me posicionava na fila. — Vai ser como nos velhos tempos.

Fiz que sim com a cabeça, mas, por dentro, desejei intensamente que não.

Antes de continuar, preciso fazer um adendo. Nicole ficou perplexa quando, na manhã seguinte, contei para ela o que aconteceu. Mas, antes de ficar perplexa, ela ficou muito, muito irritada mesmo.

Sabe todas aquelas coisas que eu tinha medo de que ela falasse quando descobrisse a respeito do e-mail? Bem, eu estava certa sobre cada uma delas. E ainda faltaram algumas.

— Eu não estou acreditando nisso!

Eram seis e meia da manhã, Amanda ainda não tinha acordado. Entrei no quarto delas e puxei Nicole para fora. Passamos pelo corredor e chegamos até a sala. Nicole se sentou no sofá com as pernas cruzadas em formato de borboleta e me encarou, dentro do pijama de seda, com a cara amassada. Fiquei andando em círculos e só parei para estremecer quando ouvi o canto de Maverick, que vinha do viveiro que ficava em nossa varanda minúscula, onde eu pretendia exilá-lo pelo resto de sua curta vida. (Segundo o Google, a expectativa de vida de uma codorna é de três a cinco anos. Só explicando para o caso de você ter achado que eu estava planejando uma vingança.)

Eu precisava compartilhar aquilo com alguém ou enlouqueceria. Então contei tudo, desde a dor de cotovelo até o envio do e-mail. E o encontro inusitado do dia que antecedeu a confissão.

— Simplesmente não acredito — ela repetiu essa frase tantas e tantas vezes que já estava virando um mantra. Então, enfim decidiu trocar o repertório. — Por que você faria isso?

— Eu não faria! — choraminguei. — Foi a galinha que sua irmã me convenceu a adotar!

— Já expliquei que codorna e galinha não são sinônimos.

— Que seja, codorna. Você entendeu.

— Não — ela disse. Aprumando a postura no sofá, esticou o indicador como costumava fazer antes de iniciar um discurso. — Para começar, foi o *seu* irmão quem encontrou a codorna. Mas você não me engana, Cássia Domingues, você queria isso. — A acusação fez minhas bochechas arderem. Nicole continuou. — E pense bem. Será que, de algum modo, no fundo, você não desejava poder enfim se declarar para o Estevão e deu um jeito de isso acontecer?

Entreabri os lábios, incapaz de falar. Ela estava ficando louca? Abri a boca e voltei a fechá-la. Cruzei os braços na frente do corpo e, só depois de alguns segundos, recuperei as palavras.

— Agora você é terapeuta?

Ela apoiou as mãos no sofá e se levantou em um impulso, então cruzou os braços e me encarou, de pé.

— Bom, se não for isso, até mesmo eu, que sempre achei que ele nunca mereceu você, vou ter que concordar que o destino está dando um jeitinho de juntar vocês dois.

Revirei os olhos e dei as costas para Nicole.

— Destino? Você não é crente não, garota?

Marchei até a cozinha com tanta força que uma das tiras da madeira que revestia nosso piso estalou. Voltei e pisei nela mais uma vez, o estalido reverberou. Ah, não. Mais um problema para inserir na minha lista mental que sempre esqueço de consultar.

Qual era o último mesmo? Ah, sim. Levar a bolsa para o conserto. Um dia eu me lembraria de fazer.

— Eu não acredito que, depois desse tempo todo, você ainda não esqueceu o Estevão — Nicole disse, enquanto me seguia.

Relaxei os braços com desânimo, depois caminhei até o armário da cozinha, de onde tirei o pó de café.

— Como eu vou me esquecer de uma pessoa que conheço desde o dia em que cheguei da maternidade?

— Você entendeu — ela continuou. — Do jeito romântico.

Mordi o lábio antes de responder.

— Não é assim. Eu não tenho mais esses sentimentos por ele.

Nicole curvou uma sobrancelha com tanto ímpeto que pareceu uma personagem de história em quadrinhos.

— Por favor, né? Você está em total desespero só por tê-lo encontrado.

— Não, eu... — Franzi o cenho, refletindo com honestidade enquanto contava as colheradas de café que depositava na cafeteira. — É sério... eu não estou nervosa por motivos românticos. Estou... com vergonha! — soltei e aquilo pareceu convencê-la. — Imagine que Estevão tenha lido aquele e-mail e esteja aqui por causa dele. Você não acha que é para se desesperar?

— Ué, é o que imagino mesmo.

Virei-me para fitá-la.

— É sério?

O rosto de Nicole se contorceu em uma careta e, de imediato, fui atingida por uma pancada da realidade.

— É, né? — ela falou. — Você manda um e-mail se declarando e, na semana seguinte, depois de treze anos, o cara de pastel aparece na cidade?

Mordi o lábio e rosqueei a tampa do pote de café. Coloquei-o sobre o balcão e usei a mão, agora livre, para afagar o estômago que começava a se contorcer.

— Quando você coloca nesses termos... não parece mesmo ter sido mero acaso.

— O quê? — a voz de Amanda ressoou da entrada da cozinha.

Olhei para ela, depois para a outra, meu rosto ardeu de vergonha e nervoso e minha mente começou a trabalhar sem parar.

— Um problema com uma aeronave — disparei, achei que uma mentirinha de nada não me causaria remorso.

Ao menos até vislumbrar Nicole e me deparar com o olhar de julgamento que ela me lançava. Olhei para baixo, arranhei a garganta e desviei as vistas. Amanda bocejou e comentou com adorável inocência:

— Acordaram cedo. Deu formiga na cama, foi?

— Foi culpa da sua codorna — respondi, derramando o café em uma xícara; dessa vez nem era mentira. — Ele tirou todo mundo da cama cedo hoje.

Amanda deu de ombros.

— Que coisa. Eu não ouvi nada — respondeu, antes de seguir até a geladeira.

Olhei para Nicole de novo. Ela meneava a cabeça e, com os olhos verdes brilhantes, continuava me julgando. Levei minha xícara fumegante aos lábios e dei uma bicada no líquido amargo.

Aquela seria uma longa semana e, o pior, eu não teria como fugir da sexta-feira.

06

UM FLAGRANTE CONSTRANGEDOR

Na noite de véspera do tal jantar em família haveria um culto de oração em nossa igreja, como era de praxe às quintas-feiras.

No caminho para a celebração, passei na frente do Caldo da Praia que estava a meia porta, prestes a fechar. Reduzi a velocidade e estacionei a Joaninha na entrada. Desci do carro devagar (com cuidado para me equilibrar no saltinho do scarpin desconfortável que comprei para ir aos cultos relativamente arrumada) e, antes que eu pudesse travar as portas, identifiquei uma voz conhecida.

— Eu já disse que não quero. Vai se ferrar, cara!

Fiquei subitamente estática, incerta sobre continuar com o plano de ir até lá ou se devia voltar para o carro e fingir que jamais estive ali. Eu nunca tinha ouvido Erick usar esse tom de voz antes, e a lembrança da recente conversa que tive com o pai dele tornava o flagrante ainda mais desconfortável.

Quem seria o alvo de tanta amargura? O pai do garoto? O avô? O irmão?

— Nesse momento — a voz severa de Paulo sanou a dúvida — não dou a mínima para o que você quer. Pega a droga desse capacete e me espera do lado da moto.

Meu coração se agitou com intensa força. Se Erick saísse e me encontrasse ali, a dois passos da entrada da lanchonete, seria difícil fingir que não escutei parte da briga. Desse modo, abri a porta do carro em alguns palmos, encolhi a barriga a fim de deslizar o corpo rapidamente para o meu banco e virei a chave na ignição.

Quando ele saiu, desliguei o motor. O garoto percebeu minha presença assim que ergueu o rosto que fitava o chão. Ao me ver, retesou a mandíbula e acenou com um movimento de cabeça tão discreto que quase não podia ser notado. Saí do carro pela segunda vez, agora para me aproximar do pai dele, que abaixava a porta de metal da lanchonete.

Os olhos do homem se demoraram em mim por um segundo. Eu não saberia dizer se estava assimilando minha presença ali àquela hora ou observando a minha aparência. Eu sempre ia ao Caldo da Praia de chinelo. Paulo pestanejou e apertou os lábios em uma espécie de cumprimento. A julgar pelo que eu tinha acabado de testemunhar, não pude deixar de apreciar o esforço para ser educado.

— Tudo bem? — perguntei, mas me arrependi no mesmo instante. É difícil acreditar que uma pessoa que tenha acabado de ouvir uma sugestão para "ir se ferrar" esteja bem. Menos ainda com o agravante de a sugestão ter vindo do próprio filho.

— Tudo. Posso ajudar? — perguntou.

— Ah, eu... pensei que seu pai estaria aqui.

Paulo meneou a cabeça, desviando os olhos para os pés.

— Ele está na recepção do culto hoje, saiu mais cedo, e eu vim cobrir.

— Ah. Você tem estado bastante livre nas noites de quinta — comentei, porque na verdade nem sequer sabia o que dizer.

— Não peguei nenhuma matéria na quinta-feira esse ano. Gosto de participar da celebração.

A brisa da praia soprava fria contra meus braços. Abracei a mim mesma e encolhi os ombros, arrependida por ter deixado meu cardigã no carro.

— É melhor a gente ir, então — Erick disse, a dois ou três metros de nós.

As bochechas de Paulo enrubesceram quando ele se virou para o filho.

— É melhor você fechar a boca por hoje — disse de um jeito tão duro quanto surpreendentemente calmo.

Eu precisei me esforçar para não arregalar os olhos diante da troca mútua de farpas. Eu nunca os vi assim em toda a minha vida. Paulo tinha seus defeitos, mas perto dos filhos era alegre e brincalhão. Os garotos costumavam idolatrá-lo. Assistir a toda aquela tensão entre os dois fazia com que eu me sentisse dentro de um universo paralelo.

— Desculpe por isso, Cássia — Paulo falou com os olhos cansados, e foi curioso como de repente tudo o que Kalil havia dito no aeroporto a respeito da nossa conversa no carro pareceu fazer sentido.

Enquanto isso, Paulo me fitava com o olhar vago, como se pedisse socorro em vez de desculpas. Ou talvez tenha sido o meu senso de justiça querendo se pronunciar. Olhei para o Erick procurando nele algum constrangimento, mas não havia sinal algum. Naquele semblante encontrei apenas uma irritação rigorosa, que o tornava muito parecido com o pai quando era garoto.

— Tudo bem — eu, enfim, consegui dizer. — Preciso ir mesmo, falo com seu pai na igreja. O Estevão também vai estar lá?

Bem, eu não havia planejado essa pergunta, mas ali estava ela. Todo aquele clima estranho e a angústia friorenta causada pelo vento devem ter contribuído para isso. O rosto de Paulo mudou no imediato instante após as palavras deixarem meus lábios. Ele ergueu as sobrancelhas como se, de súbito, tivesse sido iluminado por entendimento, e no instante seguinte havia um quê de ironia nos olhos até então opacos.

— Então você já está sabendo?

Uma pitadinha de nada de irritação acometeu meu peito. Era impossível fingir que não havia certa provocação no tom de voz escolhido.

— Eu o encontrei no mercado há uns dias e recebi um convite para o jantar. Por que você não disse nada?

Ele torceu o nariz.

— E por que eu diria?

— Não sei. Você não podia ter dado uma dica, sei lá, quando te dei carona aquele dia?

Paulo soltou uma risada cansada, depois coçou a nuca.

— Não sabia que agora éramos amigas que falam sobre garotos.

Meus lábios se abriram com o desplante, mas, por conhecê-lo tão bem, eu não devia estar perplexa. Decidi colocar essa pequena dose de grosseria, uma demonstração de quem ele costumava ser na nossa adolescência, na conta do estado de espírito abalado pela versão de si mesmo, impaciente, a poucos metros de nós.

Por isso, embora naquele minúsculo intervalo de tempo eu tenha conseguido pensar em pelo menos duas respostas desaforadas, preferi segurar a língua. E, de alguma forma, acho que isso o fez se sentir culpado, porque, quando eu estava dando as costas para entrar no meu carro, de repente, Paulo completou:

— Relaxa, Abelhinha, eu só estava implicando.

— Tá bom — respondi, dando de ombros de um jeito infantil. — Vou deixar vocês em paz.

Paulo apertou os lábios, o rosto expressando um constrangimento incomum.

— Não, sério — ele disse, um pedido de trégua implícito na voz cansada. — Desculpa mesmo. Eu... eu teria falado, mas não sei muito sobre a vida do meu irmão.

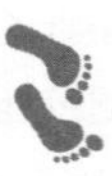

Eu costumava me sentar na primeira fileira da galeria, onde os adolescentes ficavam, não só pelo puro prazer de pegar no pé daqueles que tentavam espionar o celular ou ficar de conversinhas durante a ministração da palavra, mas também porque, de certa forma, eles eram a minha pequena gangue, minha panelinha.

Metade deles nunca havia conhecido Estevão e a outra metade ainda era criança quando ele se mudou (os próprios sobrinhos só tinham dois anos de vida naquela época). Dessa forma, quase ninguém daquele grupo conseguiu entender o burburinho que se criou ao redor do homem misterioso cuja presença parecia encantar a todos no recinto.

No meio da celebração, nosso pastor o convidou para ir à frente e, depois de orar de maneira entusiástica pelo "filho que estava de volta à casa", deu aos membros menos antigos um panorama da história de vida de Estevão e pediu que ele compartilhasse um pouco da experiência nos últimos anos como missionário no interior do Pará.

Quando ele começou a falar, eu me esqueci da companhia dos adolescentes. Lá embaixo, Estevão era desinibido e eloquente como eu nunca imaginei que se tornaria. Foi habilidoso em justificar a ausência na cidade por todos esses anos e ninguém, além de mim — e talvez a família dele —, parecia guardar qualquer mágoa disso.

Foi feita uma pausa para os anúncios e o pastor mencionou um retiro de adolescentes que eu estava responsável por organizar. Senti um frio na barriga. Depois dos últimos acontecimentos, acabei me esquecendo completamente daquilo. Ainda não tinha sequer encontrado um lugar. Agitei a perna e peguei meu celular. Um dos garotos me olhou de esguelha.

Ai, droga.

— Vou beber água — decretei e usei a Bíblia para marcar meu lugar.

Nenhum deles pareceu se importar muito. Desci as escadas e caminhei até o bebedouro, olhando para baixo, enquanto páginas de classificados deslizavam pela tela do meu celular. Um longo muxoxo se estendeu no ar, o que me levou a levantar a cabeça.

— *Tsc, tsc, tsc* — fazia Paulo Valim, interminavelmente.

Guardei o celular no bolso da calça e fiz uma nota mental (não devia ter sido mental) de começar a pesquisar por aluguéis para temporada em sítios ou chácaras naquele fim de semana. Lancei para ele um sorriso sem dentes e acionei o botão de um dispositivo oval suspenso na parede para pegar um copo descartável.

— Checando as redes sociais? — ele tinha aquela curva torta e impertinente de sempre nos lábios.

— Até parece — resmunguei, sem muita vontade de interagir.

Paulo não parecia ter pressa para voltar para dentro do templo e eu não estava curiosa o bastante para perguntar o motivo. Na verdade, eu era capaz de deduzir. Levantei o braço para acertar a lixeira a distância e ele me fitou de um jeito esquisito.

— Pera aí. — Soltou um riso pelo nariz que soou quase como um ronco.

— O que foi?

Ele jogou a cabeça para trás e deixou o corpo sacolejar em uma gargalhada exagerada. Agitei os pés e aguardei por dois segundos. Três. Quatro. Quando minha paciência estava a ponto de esgotar, ele disse:

— Dá uma voltinha.

Pestanejei, incrédula. Minhas bochechas ficaram desnecessariamente quentes.

— Eu não vou "dar uma voltinha" pra você.

Paulo rolou os olhos e levantou meu braço. Meu corpo girou 90 graus na frente dele. Depois, senti um leve solavanco na minha blusa, e, quando me virei de volta, irritada, ele levantou um pregador de roupas na frente dos meus olhos. Abri a boca, estupefata. Aquilo estava ali, preso o tempo todo na minha roupa?

— Eu não tô acreditando nisso. — Ele meneou a cabeça com o mais genuíno olhar de descrédito. — Você é única, mesmo.

Eu estava prestes a retrucá-lo, mas, diante daquilo, as palavras me faltaram por longos segundos. Aquele homem, senhoras e senhores, acabava de salvar a minha vida.

— Meu Deus, eu ia passar a maior vergonha! Valeu.

O rosto dele se contorceu em uma careta.

— Que besteira. Não é nada demais.

— Sim, é "nada demais".

Paulo me lançou um olhar confuso. Pensei por um segundo e fiquei confusa também. Desisti de discutir.

— Então tá. Estou indo. Obrigada por avisar.

Dei as costas e caminhei na direção das escadas, mas, antes que as alcançasse, ele chamou por mim.

— Ô, Domingues!

Ora Domingues, ora Benedetti. Daqui a pouco o dito-cujo estaria se referindo a mim pelo número do meu CPF. Cessei os passos e me virei para trás.

— Boa sorte dessa vez.

Fechei a cara e preferi me fazer de desentendida. Então marchei com irritação por cada degrau, até voltar ao meu lugar na galeria. Assisti a toda a celebração resmungando comigo mesma que eu não precisava de sorte, muito obrigada, e que ele era um grande intrometido.

Depois do encerramento, um grupo de trintões se reuniu ao redor da novidade do momento. A "panela" original, amigos da época do colégio com quem passávamos a maior parte das nossas tardes jogando Taktik no píer do centro da cidade. Iolanda tinha um casal de filhos; João e a esposa, grávida, por acaso estavam na cidade; Júlia, assim como eu, continuava solteira e, ao que parece, sem pretendentes; e Nicole, que você já conhece, tinha um namorado francês que vinha ao Brasil uma vez a cada seis meses, encantava a todos nós e voltava ao próprio país, onde precisava trabalhar como engenheiro de segurança, o que eu nunca entendi direito o que significava.

Enquanto todos enchiam Estevão de perguntas, saí de fininho com a desculpa de que precisava resolver um assunto do ministério de adolescentes. Como a pequena aglomeração estava feita na frente da porta e eu não poderia ir para casa sem Nicole, caminhei na direção de Elias, o outro filho de Paulo, que tocava uma música no piano de cauda ao lado do púlpito.

— Você está cada vez melhor — falei ao me aproximar.

O garoto me lançou um sorriso e uma piscadinha. Ouvi uma risada fraca vinda de trás de mim e, ao virar a cabeça por cima do ombro, percebi que duas adolescentes em um banco por perto cochichavam a respeito dele.

Elias e Erick não eram garanhões como o pai tinha fama de ser na nossa época, mas isso não os impedia de arrancar suspiros. Eram altos, com cabelos castanhos que contrastavam com a pele clara, e atléticos como Paulo. Para completar o cenário, haviam herdado da mãe os olhos azuis.

— Alguma coisa eu tinha que puxar do meu pai — ele disse ao fazer uma pausa na performance. Eu ri de como o comentário contrastava com a minha opinião. — Já que aquele lá — continuou e apontou com a cabeça para um canto onde o irmão estava sentado, de cara fechada, mexendo no celular — ficou com todo o temperamento.

Dei outra risadinha e me aproximei, tocando-o suavemente nas costas.

— A inteligência também não foi, né?

Ele riu de chacoalhar os ombros e depois virou o tronco para olhar para mim. As duas joias que Elias tinha no lugar dos olhos costumavam brilhar como o céu límpido de um dia claro. Os do irmão tinham a mesma cor, mas não a mesma doçura. Lembravam ondas agitadas após uma chuva de verão. Eram tão iguais e, ao mesmo tempo, tão opostos. Os de um eram amáveis, os do outro, furiosos.

— Sabemos que não é verdade — Elias falou. — Mas a implicância entre vocês sempre é bem divertida.

— Ora... — Na outra ponta da banqueta, havia um espacinho sobrando. Dei a volta no piano e me sentei ao lado dele. — Eu não implico com ninguém. Seu pai é que sabe ser um belo chato às vezes.

Ele deixou escapar um "sei" e chegou um pouco para o lado, para que eu pudesse me acomodar melhor. Posicionei as mãos sobre as teclas do piano e analisei a partitura aberta à nossa frente. Depois, lancei para o garoto uma piscadela. Elias fez que *sim* com um aceno discreto de cabeça. Em seguida, nossos dedos sintonizaram na melodia de *Maravilhosa graça.*

— Vi uma coisa hoje — confessei baixinho.

Não sabia se devia mesmo falar sobre isso, mas sempre sentira que havia uma certa confiança recíproca entre nós. Conversávamos muito, para além das nossas reuniões de sábado. Quando se é líder de adolescentes, você vira uma espécie de conselheira. A despeito do irmão, que só havia trocado confidências comigo em raríssimos momentos, Elias era daqueles que sempre abria o coração.

— Hã? — perguntou ele, dedilhando as teclas.

— Esses dois não têm se dado muito bem, não é mesmo?

Elias se virou para mim sem interromper a música. Então, no refrão, fechou os olhos, como que para senti-la. Eu o acompanhei com paciência, consciente de que devia aguardar pela resposta. Quando tocou a última nota, ele soltou os ombros e suspirou.

— Se até você já percebeu, a coisa está pior do que eu pensava.

Abri a boca para responder, mas um pigarro me fez olhar para o lado. Um par de olhos escuros e severos nos desafiava.

— O que está pior do que você pensava?

Elias me fitou com desânimo, apertou meu ombro e se levantou, então caminhou até Paulo e fez o mesmo no ombro do homem.

— Acho que o senhor sabe, pai.

Paulo retesou a mandíbula e cruzou os braços enquanto me encarava. Esperou Elias se afastar e deu um passo para a frente. Endireitei a postura.

— Eu sei que, naquele dia no carro, dei a entender que estava me abrindo com você — Paulo começou. A julgar pela fatalidade do olhar, eu estava esperando por um golpe, mas não pela tristeza na voz dele quando disse: — Mas, por favor, fica fora disso.

07

SER ENGOLIDA PELA TERRA TERIA DOÍDO MENOS

Quando eu era criança, amava fazer refeições na casa dos Valim. Minha mãe e Luísa eram melhores amigas, então nossos momentos juntos eram muito frequentes. Era quase como se fôssemos uma grande família. Depois que fiquei adulta, esses momentos se tornaram cada vez mais raros, mas ainda assim, quando nos reuníamos, a sensação de familiaridade continuava a mesma.

Os donos da casa haviam me recebido com abraços carinhosos. Dei graça e paz ao tio Gonçalo, mas me embananei ao cumprimentar a esposa dele.

— Oi, Luísa... hã... Dona Luísa.

Fechei a boca. Caramba, eu sempre ficava toda estranha perto dela — desde o dia em que foi lá em casa e ouvi, por trás da porta, mamãe dar com a língua nos dentes e contar à mulher que eu não parava de chorar por causa de Estevão. Em toda a minha vida, nunca desejei tanto que o chão se abrisse para me engolir. Daquele momento em diante, passei a evitá-la a todo custo. Exceto na igreja, porque aí não tinha como. Mas eu dava graças a Deus por quase nunca vê-la no Caldo da Praia e porque eu não morava mais com mamãe (e, portanto, não precisava servir café nas reuniões de dominó).

— Dona? — Ela me fitou com as sobrancelhas quase unidas. — Pare de onda, menina. Que bobeira é essa agora? Será possível que eu tô velha desse jeito?

Desviei os olhos. Minhas bochechas esquentaram de leve.

— Desculpa, tia.

— Assim é melhor.

— Achei que a senhora poderia não gostar.

— Não seja boba. — Ela afagou meu braço com carinho. — Você sempre vai ser a nossa garotinha. Algumas coisas nunca mudam, não importa quanto tempo passe.

Assenti e fui me acomodar como ela pediu. Insisti para ajudar, cheguei a ir até a cozinha, mas fui categoricamente recusada e enviada de volta para “de onde saí”. Fiquei sozinha na mesa da varanda por uns, sei lá, vinte minutos.

A experiência poderia ser perfeitamente definida pela palavra “nostalgia”. Pouco mudara na casa dos Valim: a toalha de mesa havia sobrevivido ao passar das décadas, a fruteira posicionada ao centro guardava frutas colhidas no quintal e a escolha dos pratos sem dúvidas incluiria frutos do mar, a julgar pelo aroma do mexilhão no ar que me embalava em memórias há muito esquecidas.

Em um cantinho do piso ainda havia o risco de um pião velho que uma vez pegamos escondido no quarto do Paulo. O episódio rendeu a Estevão um olho roxo e ao irmão um castigo de cinco dias. Na época, consideramos o saldo positivo para o nosso lado. O pião, infelizmente, não pôde dizer o mesmo. Tia Luísa fez questão de nos fazer assistir ao descarte do brinquedo no lixo.

Eu estava com o queixo apoiado na mão, o cotovelo na mesa, olhando para o ladrilho riscado com um sorriso bobo no canto dos lábios, quando a voz dele me fez despertar dos pensamentos.

— Chegou antes de mim!

Meus olhos desviaram do chão para focar os de Estevão. Ele usava uma camisa de linho recolhida até a altura do antebraço, as duas mãos suspendiam sacolas verdes de supermercado. Paulo vinha logo atrás com mais sacolas, a mandíbula retesada e uma cara de poucos amigos que refletia a nossa rápida interação na noite anterior. Estevão se aproximou, apoiou as compras na mesa ao mesmo tempo que eu me levantei para cumprimentá-lo. A gente se atrapalhou um pouco com os dois beijinhos, e ele riu sem jeito, graciosamente corado.

— Desculpa, eu sempre fico confuso. Depois de me mudar tanto...

Soltei um risinho esganiçado e coloquei a língua para fora em uma careta débil. Estevão me olhou com expectativa, mas não consegui dizer nada. Um silêncio constrangedor se estendeu por segundos. Ele logo tratou de quebrá-lo, esbanjando animação:

— E cadê o resto do pessoal? Seu pai, sua mãe... e o Dedé? — perguntou, se referindo ao meu irmão pelo apelido de infância.

Deslizei a ponta dos dedos por uma mecha curta de cabelo que estava escapando para os olhos para prendê-la atrás da orelha.

— Ah, já devem estar chegando. O André ainda continua sendo o mesmo *atrasildo* de sempre.

Aquele sorriso que me tirou suspiros pela metade da vida se formou no rosto dele. Encarei minhas mãos e me sentei outra vez.

— Ele ainda mora com seus pais?

— Mora — respondi, e depois arranhei a garganta. — Igual ao seu irmão.

Não sei explicar por que eu disse isso, talvez pela falta de assunto e o estresse do momento. Ou porque queria espetá-lo mesmo. Era como um hobby bem mais forte do que eu. Tudo o que me lembro é de que tinha acabado de levantar os olhos, a tempo de flagrar Paulo interrompendo os passos no meio do caminho. Ele girou em

180 graus e me encarou com frieza. Achei que seria engolida por aqueles olhos negros ardentes. Mas ele só balançou a cabeça.

— Algumas pessoas se importam com a família — disse, antes de dar as costas e caminhar na direção da cozinha, de onde a mãe dele havia me expulsado poucos minutos antes de os dois aparecerem.

Estevão esfregou a mão na roupa com o semblante desconfortável e me lançou um meio sorriso sem graça antes de recolher as compras e seguir o irmão.

Eita. Eu e minha boca grande logo nos demos conta de que cutucamos mais alguma ferida. Tio Gonçalo surgiu na varanda com uma travessa fumegante que depositou à minha frente. Meus sentidos foram imediatamente tomados pelo aroma salgado do vapor. Uma mistura de brisa do mar e tempero.

Minha boca encheu de água diante do prato apetitoso. Um salmão grelhado veio logo em seguida. E eu precisei me levantar da mesa para me livrar do impulso de avançar sobre a comida antes da hora.

— Onde está a louça? Eu posso trazer.

Tio Gonçalo me fitou em dúvida.

— A Luísa disse que você é visita. Não acho que ela vá aceitar ajuda, mas pode tentar a sorte.

Ela era muito rígida sobre o que a visita devia ou não fazer. Certa vez, na adolescência, ameaçou me mandar embora porque eu tentei lavar a louça. Depois deu um sermão em Estevão por pelo menos dez minutos, pelo fato de ele ter cogitado permitir que eu o fizesse. Desse modo, quando ela me expulsou da cozinha mais cedo, nem ousei contestar. Pelo visto aquela era outra coisa que não havia mudado.

Mas, agora, cheguei ao recinto de fininho, e ela estava distraída acariciando as bochechas do filho mais novo enquanto cochichava alguma coisa para ele. Do outro lado do ambiente, Paulo usava uma luva térmica para tirar alguma coisa do forno e eu avistei um jogo de *sousplats*, pratos e talhares separados em um balcão.

Me esgueirei até lá e, discretamente, escorreguei para fora carregando os *sousplats* e os pratos. Foi só em minha segunda viagem, quando tentei buscar os talheres, que fui flagrada.

— Aonde está indo com isso, mocinha?

Encolhi os ombros e me virei para trás devagar. A cena diante dos meus olhos apertou meu coração. Vi Luísa com as vistas úmidas e o nariz avermelhado, como quem havia acabado de chorar, Estevão a abraçava por trás e encaixava o queixo na curva do pescoço dela.

Engoli em seco. Pobre tia Luísa. Nem imagino a falta que sentia desse filho. Acabei me perguntando se eu e minha família devíamos mesmo estar aqui.

— Eu... hã... — Fiz uma varredura do lugar à procura de ajuda, mas a única pessoa por perto era Paulo e ele me ignorava solenemente. — Só queria ajudar.

Ela desviou o olhar para o filho mais velho, todo enrolado ao tentar cortar seja lá o que fosse aquilo, e depois tornou a me fitar.

— Obrigada, querida. Você é como uma filha.

As palavras fizeram meu coração acelerar. Não foi a primeira vez que Luísa ou mesmo tio Gonçalo se referiam a mim como filha, mas, de algum modo, toda a atmosfera daquele ambiente contribuiu para o meu nervosismo. Minhas mãos umedeceram os cabos dos talheres. Disparei para fora assim que eles voltaram a conversar, bem na hora que meus pais e André eram recebidos por tio Gonçalo no portão.

Minha mãe me abraçou e me ajudou a colocar a mesa. Papai afagou minha cabeça e se sentou ao lado de André. Precisei fazer um esforço para não revirar os olhos diante da ociosidade dos dois, mas resolvi dar um descanso, considerando que eu mesma era a ociosa poucos minutos antes. Meus pais eram como uma dupla inseparável, e eu era uma mistura dos dois. Minha mãe era filha de um carioca da gema, baixinho e de pele negra, com uma loira holandesa de pernas longas. Ela e minha tia Telma também eram negras, de pele um pouco mais clara, e tinham os traços e a estatura do meu avô. Todas características que herdei. De mamãe também puxei o temperamento e o medo de altura. Talvez só os olhos cor de amêndoa e meu cabelo levemente ondulado e extremamente ralo tenham vindo da família italiana do meu pai.

Papai coçou a cabeça quando tio Gonçalo sintonizou o velho aparelho de som da varanda em uma rádio gospel. Tia Luísa perguntou, da cozinha, se aquilo era necessário, no que tio Gonçalo respondeu com um fervoroso "sim".

Há algo sobre essa família que eu ainda não mencionei. Foi através dela que conhecemos a Cristo. Primeiro mamãe, quando eu tinha quatro anos de idade, o que felizmente fez com que eu e André, tendo sido criados na igreja, decidíssemos por nós mesmos, alguns anos mais tarde. Embora o relacionamento dos meus pais tenha tido muitos altos e baixos ao longo da nossa vida, incluindo o fato de mamãe ter perdoado o imperdoável (algumas vezes), Carlo Benedetti evoluíra bastante como pessoa, pai e marido, mas ainda não tinha sido alcançado pela graça. Ainda assim, tio Gonçalo não desistia dele.

Enquanto meus pais adulavam Estevão, enchendo-o de elogios, voltei à cozinha — sob protestos de tia Luísa — para buscar uma jarra de suco e, de algum modo, acabei sozinha naquele recinto com Paulo. Ele me olhou de esguelha, uma ou duas vezes, enquanto eu procurava pela tal jarra na geladeira.

— Vamos mesmo fazer esse jogo? — ele disparou, sem mais nem menos.

Encontrei a jarra na porta, peguei-a e olhei para ele.

— Desculpe. O quê?

— O de jogar piadinhas ridículas um para o outro.

De repente fiquei confusa. Quando foi que *não* fizemos aquele jogo?

— Isso é sério? Você foi supergrosseiro comigo ontem. O que esperava? Que eu começasse a chorar como quando éramos crianças?

Ele riu com sarcasmo. Se ele soubesse que era a menor das minhas preocupações naquele momento.

— Nossa, eu tinha me esquecido de como você era dramática.

— Dramática? Eu? — Encarei-o com descrédito. — Não sou dramática.

Paulo levou uma mão ao cabelo e o jogou para trás, dando tudo de si para demonstrar seu charme irresistível ao qual eu era muito resistente, obrigada, e que, portanto, não funcionava comigo. Ainda mais naquele momento, considerando que, para o esgotamento da minha sanidade, o irmão dele — a quem eu tentava desesperadamente evitar — estava a poucos metros de distância.

— Não sou — reafirmei, empinando o queixo.

Ele olhou vinte centímetros abaixo, onde eu me encontrava, e retorceu o lábio, como quem prende um sorriso.

— Ah, é sim. Desde sempre. Uma vez você agiu como se sua vida tivesse sido destruída por uma casquinha de *blue ice*.

Esfreguei a mão e olhei pela janela. Meu coração ainda agitado pela presença de Estevão. Dali, eu podia vê-lo sorrindo de alguma coisa sobre a qual conversava com meu pai. Voltei-me para Paulo outra vez. Sacudi a cabeça, meus olhos focaram. A imagem dele ficou um pouco mais nítida na minha frente.

— Do que você está falando?

— Do constrangimento que você me fez passar no saguão daquele hotel nas nossas férias em Nova Friburgo. — Minha mente viajou para o passado. Para as terras altas da região serrana fluminense. — Derrubei seu sorvete sem querer e você fez um escândalo. Eu não sabia que alguém tão pequeno e esmilinguido podia berrar tão alto.

Eu tinha uma vaga memória da cena em questão, como uma imagem embaçada. Ainda assim, das férias eu me lembrava bem. É curioso como memórias de viagens em família podem perdurar. Eu ainda me lembrava da piscina aquecida, da paisagem montanhosa, do balanço na rede da sacada e do fato de ter passado pela primeira vez dentro de uma nuvem, sem sair do chão, enquanto subíamos a serra de carro. Com ou sem os Valim, nunca mais voltamos àquele hotel. Será que meus gritos foram o motivo?

— Ah, por favor... Eu tinha quatro anos!

Ele me lançou um olhar de dúvida.

— Bem, já veio de berço. Mas não sei, não. Acho que você tinha um pouquinho mais.

— Pois eu tenho certeza absoluta.

O som agudo de um apito reverberou pela cozinha. Paulo tirou a jarra de suco da minha mão, me puxou um pouco para o lado e fechou a porta da geladeira. O silêncio reinou no lugar novamente.

— Isso faz um século.

— Fomos para Nova Friburgo nas férias de inverno de 1997.

O homem se calou e desviou os olhos. Refletiu, mas não pareceu convencido.

— Como você sabe? — indagou.

— Se chama álbum de fotos.

Àquela altura o rosto dele já havia se transformado em puro desinteresse.

— Tanto faz. — Ele apontou para a porta com a cabeça. — Seu queridinho está esperando.

— Cale a boca.

Marchei para fora, batendo os pés com força no chão, e me deparei com a mesa ocupada por nossas famílias. Senti meu estômago gelar quando meus olhos cruzaram com os de Estevão. Ele abriu um sorriso e toda a minha irritação com Paulo pareceu pura bobagem. De repente, fui tomada pelo mais genuíno e profundo desespero e por uma vontade insuportável de fugir dali.

Engoli o impulso com a saliva e, desse modo, minutos depois, estávamos todos sentados juntos. Era como nos velhos tempos. Exceto pela *aura* constrangedora e pelo fato de que não havia crianças no lugar, a não ser talvez pelos filhos de Paulo, que ainda estavam em idade escolar, mas que, a julgar pela altura e os fiapos de bigode no canto dos lábios, nem sequer podiam mais ser chamados assim.

Tudo ia bem, na mais perfeita harmonia, e, durante a sobremesa, minhas mãos finalmente haviam parado de suar quando, de repente, um dos gêmeos teve a brilhante ideia de indagar o tio a respeito da aparição inesperada na cidade. Estevão começou a dizer, um pouco embaraçado, que já havia passado da hora de visitar a família e eu, mesmo sem querer, acabei flagrando Paulo em um leve movimento debochado de sobrancelha.

Como posso dar um adjetivo a uma expressão facial? Veja bem, eu diria que o conheço há tempo demais.

— É só isso? — Elias perguntou com os olhos levemente afunilados: — Não existe nada a mais?

Então, para a minha maior surpresa, o garoto desviou os olhos para mim. Durou uma fração de segundo, mas ele enrubesceu na altura das bochechas e eu consegui notar que a pergunta não era, nem de longe, inofensiva. Entreabri os lábios, estupefata. Elias não me encarava mais, mas tinha os olhos fixos nos do tio, como se em expectativa.

De que maneira um pirralho como aquele podia ter qualquer informação a respeito dos meus antigos sentimentos por Estevão?

Fechei a cara enquanto Estevão coçava a garganta.

— Bem — começou a dizer. — Eu também queria muito rever outra pessoa.

Gritinhos de empolgação e assobios se espalharam pelo lugar. André me lançou um olhar sugestivo. Até Paulo me encarou, embora sem qualquer expressão na face. Foi quase como um "eu não disse?" não pronunciado.

— Uma mulher? — tia Luísa perguntou com tom inocente.

Tio Gonçalo também se mostrava alheio às insinuações, mas todas as outras pessoas, incluindo o meu pai, pareciam ter fixado a atenção em mim. Encarei o prato, evitando todos eles. Meu coração começou a se agitar e foi tomado por um incômodo estranho.

Não era como antes, em que a mínima atenção de Estevão me fazia sentir borboletas na barriga. Aquilo se parecia mais com o sentimento que me acometia todas as vezes em que Nicole ou Kalil tentavam me arrumar um encontro.

— Ah, mamãe, por favor, deixa ele em paz — Paulo pronunciou com a voz entediada. — Acabou de chegar e já tem que passar por uma sabatina.

— Eu gostaria de saber se tenho chances de ter uma nova nora, ora — disse ela ao levar uma mão até a dele, apoiada na mesa, e desferir dois tapinhas. — Já que você, meu caro, não contribui para isso.

A risada foi quase geral. Apenas eu, o gêmeo caladão e o próprio Paulo não parecemos nos divertir com o comentário. Embora, eu imaginei, cada um tenha tido um motivo específico para tal.

Elias se empolgou e começou a fazer perguntas as quais Estevão, com o rosto cada vez mais corado, se atrapalhou para responder.

— Quem é ela?

Ele se recusou a dar uma resposta.

— Mora na cidade?

Ele se esquivou dizendo que, se Deus permitisse, todos descobriríamos em breve.

— De onde veio esse interesse? — insistia o garoto.

Nesse ponto, todos na mesa estavam emudecidos. Até Erick, o gêmeo mau — brincadeirinha —, levantou os olhos do pudim para encarar o tio.

Bem, já que ele havia introduzido o assunto, que concluísse de uma vez.

Um pigarro alto ecoou pela varanda aberta. Estevão me fitou e engoliu em seco antes de dizer:

— Com a minha mudança, meu casamento, nós... perdemos o contato.

Minhas bochechas ardiam enquanto eu sustentava o olhar dele. Durou um segundo, logo o homem desviou a atenção para a mãe. Depois para outra pessoa na mesa. Minhas vistas vagaram pelos rostos compenetrados nele.

Naquele instante, fiquei confusa. Ele estava falando de mim? Publicamente? Por que não estava sendo claro? Fui imediatamente invadida por uma sensação amarga e familiar.

— Então — continuou. — Há algumas semanas, ela escreveu pra mim.

Senti um golpe gelado no estômago.

Ai. Meu. Deus. Ele estava falando de mim. E sim, pela primeira vez em toda a nossa vida, estava sendo claro. Eu era incapaz de enxergar minha expressão naquela mesa, mas, se fosse apostar, eu diria que arregalei os olhos e abri a boca em incredulidade.

Tia Luísa levou as mãos em concha até a boca, o vento forte vindo da Lagoa arrepiou a franja dela.

— Oh, Deus! Então é mesmo uma mulher. Ah, querido. Já era hora!

— Calma, mamãe — Estevão disse, remexendo-se na cadeira. — A gente ainda não conversou, nem nada...

Minha respiração ficou falha. O gêmeo casamenteiro se inclinou para a frente e fez outra pergunta, mas, dessa vez, eu estava tão atordoada que nem sequer prestei atenção.

Levei a mão até o peito e o esfreguei com tanta violência que uma pontinha mal lixada da minha unha arranhou a minha pele. Puxei o ar entre os dentes e deixei escapar um chiado.

— Tá tudo bem? — Estevão voltou a atenção para mim.

Eu não era capaz de encará-lo. Ele viu. Ele sabia do e-mail.

— Hã... eu...

Antes que eu pudesse responder, ouvi o som arranhado de uma cadeira contra o chão de ardósia. Paulo levantou de súbito e apoiou a mão na mesa. Estevão e eu o encaramos. Paulo se virou para mim e, sem esboçar a mais absoluta expressão, falou:

— Então, vamos?

08

UM PLANO RUIM É MELHOR DO QUE PLANO NENHUM

Eu queria dizer:

— Do que raios você está falando?

Mas, em vez disso, tudo o que saiu da minha boca foi um:

— Hã... aham?!

Estevão vagou o rosto entre nós dois.

— Ué, vocês vão a algum lugar?

— Temos que ir — disse Paulo, espiando o relógio.

Posso parecer maluca agora, mas, naquele momento, eu cheguei a cogitar que, de verdade, tínhamos mesmo algum lugar para ir. Ele deu a volta na mesa e estendeu a mão para mim.

— Vem?

Olhei para a mão à minha frente: uma mão forte e áspera que nunca, sob nenhuma hipótese, imaginei segurar um dia. Fitei Estevão com um sorriso de desculpas, depois me virei para Paulo, e por fim aceitei a ajuda. Ele me colocou de pé em um solavanco bruto que fez o meu rosto arder de raiva. Assim, no mesmo instante, me arrependi por ter entrado na onda.

Eu nem sabia o que ele estava tramando. O que eu tinha na cabeça?

— Como assim? — protestou Luísa. — Estão indo para onde?

— Bem, a gente tem um compromisso — respondeu Paulo. — Não falei?

— Vocês dois? — Tio Gonçalo soltou uma risada abafada. — Conta outra.

Paulo girou o corpo lentamente na direção do pai.

— Qual é o problema?

Erick, que nos encarava com curiosidade, pestanejou. Elias parecia tão frustrado que aposto que tentaria beliscar o pai se pudesse. E André falou, com um sorriso irônico:

— Vocês se odeiam!

Paulo endireitou a postura.

— O quê? — perguntou; parecia de fato surpreso, como se uma acusação como aquela nunca tivesse passado por sua cabeça antes. — A gente não se odeia.

Eu não era tonta para considerar que o pensamento era absurdo, mas resolvi esclarecer as coisas:

— Odiar é uma palavra forte demais.

Paulo me encarou boquiaberto e inconformado.

— Do que você está falando? Eu não odeio você.

— Eu sei...

Ele cruzou o braço e estudou meu rosto com tanta intensidade que dei um passo para trás.

— Quer dizer que *você* me odeia? O que eu te fiz?

Revirei os olhos.

— Estou dizendo exatamente o contrário. A gente *não* se odeia, a gente só discorda na maior parte das vezes.

— Dito isto — interrompeu papai —, o que vocês dois têm para fazer juntos que precisam interromper um reencontro em família depois de anos?

— Meu filho, o seu irmão acabou de chegar! — protestou Luísa.

— Desculpem. — Paulo levantou os braços sinalizando rendição. — Mas ele não avisou. A Cássia e eu...

Ele fez uma pausa. Estava prestes a estender a mentira. Eu tinha certeza de que o novo Paulo, pai de família, seria certinho demais para isso, mas nunca me enganei tanto na vida.

— Estamos trabalhando em um projeto juntos. Uma coisa que não pode esperar.

Encarei a mureta de tijolinhos coloniais na parede do muro do outro lado do quintal. Prendi os lábios entre os dentes e não confirmei. Mas tampouco neguei.

— Nossa — Estevão comentou, o pescoço inclinado para nos encarar da cadeira em que estava sentado. — Mas o que é assim tão importante que não pode esperar?

Se eu tinha dúvidas de que havia algo não resolvido entre os dois, minhas dúvidas foram sanadas pelo olhar fulminante que Paulo dispensou ao irmão mais novo. De todo modo, fosse o que fosse, estava claro que era unilateral.

— Pode parecer surpreendente, mas as pessoas nesta cidade também têm uma vida, ainda que você não esteja nela.

Estevão anuiu devagar com a boca entreaberta e sem dizer qualquer palavra.

— Segura a onda aí, rapaz — tio Gonçalo disse com severidade. Depois se virou para mim. — Que história é essa, filha?

O ardor retornou ao meu rosto. Eu não queria parecer nervosa, mas não era como se eu estivesse na posição de evitar. Desse modo, arranhei a garganta, entrelacei os dedos e disse a primeira mentira que me passou pela cabeça:

— Temos que ir à igreja. — Metade deles olhou para o relógio. Meu Deus, qual era o meu problema? Eu tinha mesmo que mentir sobre ir à igreja? — Estamos trabalhando em... — minhas palavras pairaram no ar — uma surpresa — finalmente concluí.

Franzi o cenho ao sentir o peso da mão de Paulo no meu ombro. Virei a cabeça para fitá-lo.

— A gente não pode dar detalhes — ele disse. — Agora, vamos?

Meu pai nos olhou sob os óculos e aquilo, aquela única olhada, me fez sentir um calafrio. Minha nossa, papai estava pensando besteira. Sobre Paulo e eu.

Era o que me faltava.

— Não podemos dar detalhes, mas... — umedeci os lábios com a língua antes de continuar. — A verdade é que estamos em um projeto, uma espécie de musical.

Meu ombro estalou sob um apertão de Paulo.

— Agora você é atriz? — André jogou o corpo para trás e cruzou as mãos atrás da cabeça.

Afunilei os olhos para ele.

— Não, mas... eu fiz balé na infância — apontei com o dedo indicador para mamãe. — Porque ela me obrigou. E o Paulo precisava de alguém que o ensinasse a dançar, então...

— Vocês vão dançar?

— Vai ser tipo um *flashmob*?

Senti uma pontada de dor na têmpora. Eu não sabia nem que gêmeo havia perguntado o quê.

— Eu sei dançar — Estevão disse. — Não posso participar?

— Só vai ser em alguns meses — respondi.

Paulo pisou no meu pé.

— Eu não pretendo ir embora tão cedo, mesmo.

— Ah, n-não? — gaguejei.

— Ele tem que conquistar aquela garota, sabe? — Elias insinuou.

Estevão abriu um sorriso e piscou o olho para o sobrinho.

— Quero passar um tempo com a família — então apontou para mim. — E os amigos.

Encarei-o em silêncio. Eu era a garota ou os amigos? Por que ele precisava ser tão enigmático?

— Bem, não tem espaço — Paulo decretou, seco.

— Eu duvido — tio Gonçalo disse. — Deixa o seu irmão participar.

Paulo levou uma mão à testa.

— Estamos em 2005? — resmungou. — De repente pareceu que viajei no tempo.

— Ah, isso me fez lembrar de um livro — Elias disse, alheio às tensões ao redor dele.

— Olha — interrompi. Depois me virei para a frente, tentando falar com todos ao mesmo tempo. — A gente precisa mesmo ir. Vocês fiquem aqui e confraternizem. Eu me sentiria muito, muito mal se estragasse esta noite para todos.

— Bem — Estevão disse; parecia ligeiramente desapontado. — Se é o que querem, está certo. Obrigado por aceitar o convite.

Apertei os lábios e olhei para Paulo com urgência. Ele lançou um "tchau" apressado no ar e me puxou pelo braço na direção da cozinha. Entrou na casa e saiu de lá com dois capacetes. Colocou um sob o braço e passou outro para a minha mão. Encarei o objeto com incredulidade.

— O que é isso?

Ele me fitou em silêncio por um segundo.

— É pra colocar na cabeça.

— Por que eu faria isso?

Ele mordeu o lábio e passou a mão pelo cabelo.

— Porque não tem escolha.

Dei um passo para trás.

— De jeito nenhum vou usar esse trambolho.

A risada característica de papai ressoou alta da mesa. Dali, podíamos escutá-lo insistir para que Estevão falasse mais sobre a tal garota. Paulo entortou a boca em um meio sorriso sarcástico e se inclinou em direção a mim.

— Você não devia agir com um pouquinho mais de gratidão?

Levei os dedos em pinça até o meio do nariz e soltei uma lufada de ar pela boca, inflando as bochechas enquanto sustentava o peso do capacete com a mão livre.

— Vamos fazer isso logo.

Ele sinalizou na direção do quintal.

— Você primeiro, Abelhinha.

— Não me chame assim.

Marchei, passando por ele, e acenei para as nossas famílias de longe.

— Nunca vi você reclamar desse apelido para o meu pai — disse ele me acompanhando.

— Você não é o seu pai.

Ele riu.

— Graças a Deus.

Pausei os passos para desferir um tapa no peito dele. Paulo se encolheu e soltou outra risada. Eu estava confusa com a minha própria irritação. Eu nem sequer havia entendido por que ele dissera aquilo. Já havíamos alcançado o portão de ferro quando ouvi Estevão chamar por mim.

— Ei, Cássia.

Virei-me para trás e percebi que ele estava a poucos metros. A camisa social quase fechada até a gola, exceto pelo último botão, era agitada pela corrente de vento que passava pelo portão. Paulo colocou o capacete e se sentou na moto, cruzou os braços e nos encarou enquanto aguardava. Estevão apontou para um canto com a cabeça. Engoli em seco e o segui até uns metros de distância.

— O que foi? — perguntei, usando as duas mãos para sustentar o capacete que começava a pesar.

— Pensei que seu compromisso era no sábado.

Fiz uma careta e sussurrei, na melhor atuação de toda a minha vida:

— Eu tinha me esquecido desse. — Se fosse para contabilizar as mentiras, eu estaria encrencada. Já havia perdido as contas.

— Olha, me inclui nisso, vai? — ele pediu. — Eu sei que esse cabeça-dura não vai fazer por conta própria. Mas você é diferente.

— Sou? — Minha pergunta gerou nele uma nítida expressão de estranheza.

Tive a inevitável compreensão de que ele não fazia ideia do que falava. Paulo não era mais o garoto rebelde que Estevão conhecia, embora naquele momento, convenhamos, estivesse se parecendo com um. E eu, bem, eu certamente não era mais a garota que ficou de olhos inchados quando ele foi embora.

— Bem...

— Olha, essa coisa toda é ideia do Paulo, e...

— Eu quero tanto — ele interrompeu, deu um passo para a frente e tocou a minha mão. Olhei para aquilo em silêncio. Esperei pelas borboletas, meu coração acelerado. Nada. — Quero tanto me reaproximar de vocês, colocar o papo em dia, sabe? De você e — ele olhou para cima, na direção do irmão, e voltou a me fitar — daquele cara ali também.

Balancei a cabeça para cima e para baixo, mostrando que compreendia.

— Vou falar com ele. — Um sorriso largo iluminou o rosto de Estevão. — Mas não prometo nada!

O rapaz se inclinou para a frente ao mesmo tempo que me puxou para um abraço. Meu corpo enrijeceu.

— Obrigado! Você é a melhor, Cassie.

— Que isso — respondi, levei uma mecha de franja para trás da orelha e caminhei até a moto. — Não é nada — eu disse, mas ele estava longe demais para ouvir.

Paulo me olhou com um semblante interrogativo por trás do capacete.

— Explico depois.

Tomei impulso para me juntar a ele. Paulo deu partida e, depois de um solavanco, nos afastamos da casa dos tios. Olhei para trás e vi Estevão se tornar cada vez menor com a distância. Ele acenou e eu me virei para a frente de supetão. Apertei a mão no tecido da camisa de Paulo. Se o irmão dele achou que ainda conseguia manipular minhas decisões, estava certo. Depois de todos esses anos, eu ainda não era capaz de responder-lhe com um não.

09

NÃO HÁ NADA TÃO RUIM QUE NÃO POSSA PIORAR

— A igreja está, sei lá, meio diferentinha, não é? — eu comentei assim que chegamos ao mirante da cidade que fora construído no antigo morro da caixa d'água, o qual, sempre em desobediência aos nossos pais, havíamos escalado algumas vezes quando éramos crianças.

Paulo permaneceu calado enquanto descíamos da moto. Olhei ao redor. A lua brilhava sobre os telhados de alvenaria agrupados alguns metros abaixo de nós e refletia nas águas azuis esverdeadas da Lagoa, ainda mais distantes. Postes de luz, àquela hora acesos, davam um quê mais charmoso à paisagem. Minha pele estava fresca sob a temperatura da noite, e meu cabelo era empurrado pelo vento quente com alguma violência.

— Bem-vinda à melhor vista panorâmica de Iguaba Grande — Paulo disse ao fitar o horizonte com uma mão no bolso, enquanto, com a outra, segurava o capacete que havia acabado de tirar. — E ao refúgio de todos os mentirosos.

A verdade implícita na ironia reverberou no meu coração. Olhei para ele carregada do sentimento de culpa que, ao que parecia, compartilhávamos. A verdade era que aquele lugar inevitavelmente remetia aos nossos impulsos rebeldes do passado e reforçava, de algum modo, o fato de que estávamos, também agora, enganando nossos pais.

Esfreguei o rosto enquanto o acompanhava até um restaurante. Nós dois havíamos comido o suficiente, eu diria, por todo o final de semana. Por isso, pedi por uma água com gás, enquanto ele escolheu um picolé de limão.

O homem apoiou os cotovelos na mesa e me fitou em um silêncio que durou dois segundos.

— Eu devia ter levado você para casa.

Girei o pescoço, fazendo-o estalar.

— Eu devia ter ido embora de carro.

Ele levou o picolé aos lábios e revirou os olhos ao mesmo tempo.

— Ah, pare com isso! — disse, depois de usar as costas da mão para limpar uma gota da sobremesa que havia escorrido pelo queixo — Cadê seu senso de aventura, mulher?

— Está ocupado sentindo cada músculo do meu corpo se contrair de tensão.

Ele riu de lado.

— Bobinha. Ficou nervosa à toa. Eu piloto muito bem, e minha moto é muito melhor do que aquela sua... — Eu o encarei com a sobrancelha erguida, desafiando-o a concluir a frase. — Como é mesmo o nome daquela...

— Nem ouse completar essa frase!

— Daquele seu lindo carro.

A ironia reverberou através daquele sorriso torto e irritante. Mesmo assim me recusei a responder. Suspirei e virei a cabeça para observar a vista ao nosso lado.

— Ai, não mereço nem uma resposta? Nem agora que você está me devendo uma? — ele disse ao esfregar a boca com um guardanapo.

— Devendo uma?

— Bem, eu te tirei de uma furada.

Cobri o rosto com as mãos. Ele estava certo. Foi o único naquela mesa inteira que percebeu meu mal-estar. Todos os outros presentes não pareciam ter feito parte da minha vida e da de Estevão por mais de quinze anos.

Incluindo o próprio Estevão.

— Mas agora precisamos inventar um musical — gemi.

Ele me olhou como se eu fosse louca.

— Você não está considerando ir em frente com isso, né?

— É a única maneira de a gente fazer essa mentirada toda deixar de ser mentira.

— Bem, Domingues — ele disse. — Você não precisava ter ido tão longe.

— Precisava, sim!

— Por quê?

— Todos estavam nos olhando esquisito e o meu pai... — interrompi minha fala de repente. Era estranho sequer cogitar aquilo, ainda mais dizer em voz alta.

— O que tem o seu pai?

— Ele estava começando a desconfiar da gente.

Paulo pestanejou.

— Desconfiar de quê?

Encarei-o em silêncio. Aquela pergunta era séria? Quando abri a boca para responder, um garçom parou do nosso lado para conferir se tínhamos mesmo certeza de que não gostaríamos de pedir nada para comer. Era o Rubens, um cara mais velho que estudou no mesmo colégio que a gente anos atrás. O dispensamos bem rápido.

— Nada, não, Paulo. Nada. Podemos ir embora? Por que a gente tá aqui mesmo? — perguntei com sinceridade. Minha casa era bem perto da dele. O trajeto de moto não teria levado cinco minutos.

Ele esticou as costas preguiçosamente e as recostou na cadeira. Depois, cruzou os braços na frente do corpo e soltou um bocejo.

— Minha casa está um pouco movimentada no momento.

Virei a cabeça de lado.

— Isso é verdade.

— Eu sei que disse que devia ter deixado você em casa, mas, pensando bem, eu me sinto no direito de ser um pouco egoísta.

— É mesmo?

— Claro, porque, se você parar para pensar, será *mesmo* egoísmo da minha parte te manter refém aqui?

— Eu diria que sim...

— Ah, é? Eu te salvo do meu irmão, te deixo em casa e o quê? Fico vagando sem rumo pela rua?

Prendi o riso.

— Tá bem, vai. Você é merecedor da minha companhia hoje.

Ele soltou um riso contido, mas ficou sério de repente. Levei a garrafa de água à boca sem tirar os olhos dele. Era mesmo uma figura enigmática, aquele Paulo.

— Tenho que te dizer uma coisa — confessei, depois de repousar a garrafa de volta na mesa. — Eu disse ao Estevão que poderíamos tentar incluí-lo no projeto.

A cadeira em que ele estava sentado reverberou um ruído quando ele desprendeu as costas de um jeito repentino e se inclinou sobre a mesa em minha direção.

— Como é?

— Ele me pediu para falar com você e eu fiquei sem jeito...

— Você quer dizer que inventamos tudo isso — o indicador em riste desenhou um círculo no ar — para nada?

— Bem, quando você coloca assim...

— Não. — Ele cobriu os olhos com as mãos. — A gente não vai mesmo fazer um musical.

— Paulo! A gente *tem* que fazer isso. Ou estaríamos mentindo, lembra?

Paulo abaixou as mãos, apoiou-as na mesa e me encarou com incredulidade.

— Mas *estamos* mentindo!

Eu não respondi.

— Você realmente não supera aquele cara, né?

— O quê? Quem disse que eu tenho o que superar?

Paulo balançou a cabeça e voltou a recostar na cadeira.

— Sabia que estou aqui por todos esses anos? Acha que eu sou cego?

Mordi os lábios e me dei o direito de permanecer em silêncio. Levantei-me devagar e peguei minha garrafinha. Sem dizer nada, Paulo fez o mesmo. Caminhamos até o caixa e eu tentei pegar meu cartão para pagar pela água, mas ele me fez dar um passo em falso quando me empurrou de lado pelo cotovelo e aproximou o celular da máquina antes que eu tivesse tempo de protestar.

— Agora passe meu picolé, por favor — ele disse à moça do caixa.

— Você não precisava ter feito isso. Eu posso pagar pela minha própria água.

— *Shhh*. Fica quieta — respondeu ele. — Era só o que faltava.

— Você é um mal-educado mesmo, não é? Pode pagar a conta, mas não sabe ser gentil?

— Obrigado, querida, pode cancelar minha via — ele se dirigiu à moça após o segundo apito da máquina de cartão, depois se virou para mim. — Sei, sim, viu? Quando sinto vontade.

Engoli a raiva. Forcei meu cérebro a se lembrar de que ele tinha me ajudado mais cedo. Apertei os lábios em um sorriso sem dentes para a moça e me esforcei para ignorar o jeito abobalhado como ela olhava para ele. Viramo-nos em direção à porta, que estava se abrindo naquele momento. Antes que pudéssemos dar um passo para fora, nos deparamos com o rosto estarrecido de quem passava por ela.

— Pai?

O rosto de Paulo assumiu um tom de vermelho que eu jamais tinha visto na vida. Erick abriu um sorriso de lado idêntico ao dele. Ali, naquele momento, ele era uma miniatura do pai, sem tirar nem pôr. O garoto soltou um riso de escárnio entre os dentes.

— Tá de sacanagem.

Abri a boca para responder, porque Paulo parecia ter perdido a capacidade de falar, mas antes que eu conseguisse formular uma frase a porta voltou a se abrir. Dela saiu Elias. E então André. Depois tio Gonçalo, Estevão e meus pais. Luísa foi a última. De repente estávamos ali, Paulo e eu, na entrada do restaurante, como se estivéssemos nus; despidos em nossa mentira na frente da família inteira.

— Mas que m...

— Calma aí, meu chapa — Paulo repreendeu Erick antes que ele concluísse a frase. — Segura a onda!

— O que vocês estão fazendo aqui? — perguntei, reunindo toda a cara de pau que conseguia.

André me olhou como se eu fosse louca.

— Não era a gente que devia perguntar isso?

— À igreja, né? — Papai disse com sarcasmo. — Precisavam ir à igreja.

— A-a gente... esqueceu de pegar a chave antes — gaguejei. — E eu não quis incomodar a dona Vera.

— Quem? — Estevão perguntou.

Eu não tinha me dado conta de que ele não conhecia a dona Vera. Foram muitos anos fora, Estevão.

— A caseira.

— Ah.

— Então resolveram — Estevão olhou em volta, graciosamente nos dando o benefício da dúvida — ensaiar aqui?

— Não — disse Paulo, seco.

Todos o encararam, inclusive eu. Tentei repreendê-lo com um olhar fulminante, mas não adiantou nada. Ele estava sério e inflexível. Meu coração se agitou com a possibilidade de que perdesse a paciência e acabasse com toda aquela mentirada. Minha cabeça começou a trabalhar freneticamente.

— Não estamos na fase de ensaios ainda — expliquei. — Viemos... hã... discutir o roteiro.

— Eu posso participar? — Elias se ofereceu, animado.

— Claro — disparei sem pensar.

Estevão pigarreou para chamar minha atenção. Agora todos olhavam para ele.

— Que ótimo — Paulo sussurrou para que só eu pudesse ouvir.

— Então — Estevão disse. — Ainda estão procurando pessoas para o elenco, certo? Eu também quero.

— Precisa ser membro da igreja — Paulo determinou.

Olhei por cima dos ombros. Alguém estava exagerando um pouco. Talvez fosse a mentira subindo à cabeça.

— Eu sou membro. Estou em missões, mas esta é minha igreja.

Bem, nem eu sabia dessa. De qualquer maneira, os olhares se voltaram para Paulo outra vez.

— Façam o que quiserem. Eu não sou o diretor dessa coisa.

— Obrigado, irmão — Estevão respondeu, animado, e se virando para mim esticou a mão em punho.

Levantei o braço, sem muito ânimo, para responder ao gesto. Os nós dos nossos dedos se encontraram em um soco leve, nosso cumprimento da adolescência.

Quando cheguei em casa, decidi assistir a um filme com Nicole. Mas ela ficava me encarando o tempo inteiro com um olhar preocupado e pausou o romance para saber como eu estava. Contei tudo, desde a conversa ao redor da mesa que me fez querer abrir um buraco no chão e sumir até o "resgate" inusitado do Paulo e toda aquela conversa fiada que inventamos. Ela soltou as mãos que mantinha cruzadas na frente do rosto e disparou, muito séria:

— Talvez esse seja o momento de vocês.

Fui tomada pela mais genuína confusão, não só por ter ouvido isso, mas porque a interlocutora foi ela. Hesitei antes de abrir a boca para formular a pergunta:

— Você acha?

Nicole soltou um suspiro, endireitou a postura e esticou a mão para pegar a minha.

— Amiga, anos se passaram. Acho que entendemos que o que você sente por ele não é coisa de criança.

Entreabri os lábios, pensativa.

— Entendemos?

Nicole soltou minhas mãos devagar e cobriu a boca.

— Como assim? — perguntou. — Não entendemos?

— Bem, eu... nunca disse que ainda sentia algo por ele.

— Então por que você mandou aquele e-mail?

Joguei o corpo para trás, deitando-me no encosto do sofá.

— Eu já disse que não mandei! — Repuxei a bochecha com os dedos. — Foi o Maveriiick!

Como quem ouvira o chamado, Maverick surgiu na sala, empoleirou-se perto de nós, na antiga poltrona de tia Telma que ficava ao lado do sofá. Nicole não tirava os olhos chocados de mim.

— Então quer dizer que, na verdade, é você quem está defraudando os sentimentos do Estevão?

— Ai, que horror! Não fala assim!

Ela ergueu uma mão como em um pedido de desculpas.

— Foi mal, é que eu... preciso processar essa inversão de valores.

— Você é terrível! — protestei, e deixei os ombros caírem com desânimo.

Desgrudei do encosto e tentei enxotar o Maverick, mas ele estava confortavelmente instalado e ignorou meus gestos no ar. Nicole cobriu um bocejo com a mão, expressando o cansaço típico de um fim de sexta-feira.

— Sabe o que eu acho? — Sentei-me na beira da poltrona, a uma distância segura da codorna. — Que sou incapaz de amar alguém. Ainda que o alguém seja ele.

— Não fale besteira.

— Não. É sério. Estou começando a achar que ter passado todo esse tempo sem pensar em romance, focando minha carreira e tudo mais, acabou me estragando para relacionamentos.

— Bobagem — ela insistiu. — Você só não encontrou a pessoa certa ainda.

— Bem, eu não estou ficando mais nova — respondi e, esquecendo-me da ave, recostei na poltrona de novo. — E meu coração tá morto.

Maverick agitou as asas no meu rosto e, com um pulinho, mudou de repouso para o encosto do sofá onde Nicole estava.

— Meu Deus do céu, Cássia! — minha amiga ralhou.

Encolhi os ombros. O ataque não foi intencional. Mesmo assim fui consumida por uma pontada de culpa.

— Foi sem querer. — Nicole não pareceu convencida. — É sério! — Virei-me com os olhos afunilados para ele. — Desculpe, seu passarinho tratante!

— Tá bom — Ela se sentou ereta e bateu palma uma vez para chamar minha atenção. — Amiga, olha aqui.

Fitei-a com atenção. Nicole prosseguiu:

— Isso é bobagem, você não está estragada para nada. Só está pensando demais. Seu coração não está morto, ele só tá... tipo, dormindo.

Segurei o impulso de revirar os olhos.

— Dormindo um sono profundo e eterno.

— Para, amiga. Sério, relaxa... deixa rolar.

— Deixa rolar? Que tipo de conselho é esse? — Me inclinei para a frente e repousei a palma da mão na testa dela. — Você tá bem?

Nicole estalou a língua e cruzou a perna.

— Só estou dizendo. O cara acabou de chegar. Foi uma surpresa e o motivo... bem, meio traumático. Mas, fala sério, até eu sei que vocês precisam ver onde isso vai dar. O tempo vai trazer os sentimentos à tona ou não. Só... sossega.

— Estou sossegada — eu disse com voz ofendida, mas nós duas sabíamos que era mentira.

— Aham, sei. Então ore e espere.

Sacudi os pés para lançar minhas sapatilhas para longe. Cruzei os braços como uma criança birrenta e, em silêncio, passei a cavucar um furo no tecido do tapete com a ponta de um dedo.

— Hum — gemi, reflexiva, mas foi só a partir da pergunta de Nicole que me dei conta de que havia exprimido algum som:

— O que foi?

Encolhi os ombros em autodefesa. Eu não queria ter que me explicar, mas, honestamente, já estávamos tendo aquela conversa, eu não via muita saída.

— Ah, sei lá. Eu tenho tanta preocupação na vida. Fico meio constrangida por perder tempo com essas tolices.

O olhar perplexo de Nicole foi uma surpresa.

— Sua vida amorosa não é tolice!

Estalei a língua. Por que ela tinha que ser tão dramática?

— Bem, eu não tô falando da minha vida amorosa. Mas de romance no geral.

— Piorou.

Deixei os ombros caírem. Por um minuto, esqueci que estava falando com uma leitora de livros melosos que considera o próprio namorado a personificação francesa do senhor Darcy.

— Ah, esquece. Sua opinião não conta. Você tá muito apaixonada — acusei com voz de tédio.

— Sim, estou. Mas isso não vem ao caso. — Ela agitou as mãos no ar, impaciente. — Nossa. Você é uma pessoa tão sensata em dar conselhos para os adolescentes da igreja, mas quando precisa aconselhar a si mesma é esse grande fracasso.

— Ai. Obrigada.

— É sério — ela disse. — Se romance fosse tolice, você acha que o relacionamento de um homem e uma mulher seria comparado ao de Cristo e da igreja? Acha que quando Jesus voltasse e tomasse a igreja para si, isso seria chamado de bodas do Cordeiro?

Encarei-a em silêncio, absorvendo aquelas palavras

— Ora, e-eu — gaguejei. — Eu não tinha parado para pensar assim.

— Sabe, se a união em casamento não importasse para Cristo, será que ele teria realizado seu primeiro milagre público em uma festa de casamento?

— Tudo bem — eu disse, erguendo os braços em rendição. — Você me convenceu.

Ela se levantou do sofá, enrolou o cabelo em um coque e sorriu com satisfação.

— Ótimo. Então eu posso ir para a cama e passar as próximas horas tornando a madrugada do meu namorado insalubre.

Soltei uma risada.

— Não acredito. Você o fez mudar mesmo o horário de trabalho.

O sorriso dela diminuiu um pouco.

— Ei. Eu não fiz nada. Isso partiu dele, tá bom?

Simulei um zíper na frente dos lábios.

— Ok, não está mais aqui quem falou.

Ela riu, e começou a digitar algo no celular. Senti cada fibra do meu corpo se tornar invisível. Ela já estava falando com o Clèment.

— São quatro horas de diferença. A gente precisa se encontrar em algum momento.

Concordei com a cabeça.

— Percalços da vida adulta — eu disse.

Ainda estava processando a informação de que Cristo se importa com festas de casamento quando precisei cobrir os ouvidos com as mãos por causa do grito agudo que cortou a sala.

— Que foi? — perguntei com o peito agitado.

Boquiaberta, ela virou a tela do celular para mim. Precisei apertar os olhos para entender do que se tratava a imagem cheia de palavras francesas que ela exibia. Mas minha mente se iluminou assim que li, no topo da figura, a inscrição: AirFrance.

— Ai, meu Deus. É o que estou pensando?

Minha amiga levou uma mão à boca. Estava trêmula como a Joaninha em uma via sem pavimento. Ela arregalou os olhos, o rosto lentamente recuperando a cor.

— Eu vou para Paris!

10

TALVEZ ATÉ AS COISAS RUINS POSSAM RESULTAR EM ALGO BOM

Nicole só viajaria em dois meses e, ainda assim, já tinha começado a fazer as malas. Desde que ganhara as passagens de avião, há uma semana, minha amiga não falava em outra coisa que não fossem os pontos turísticos mais inusitados de Paris — que Deus a livrasse de fazer uma viagem clichê! — e do bairro distante do centro onde a família de Clèment morava.

Os pais de Clèment eram cristãos muito tradicionais, algo extremamente raro na França, mas, por causa disso, Nicole não poderia ficar hospedada na mesma casa que ele. Bem, é claro que nenhum de nós esperava que eles ficassem *sozinhos* na casa dele no centro de Paris, mas Clèment foi proibido de dormir sob o mesmo teto que ela, ainda que a família toda estivesse junto. Desse modo, para que todos pudessem estar perto da família, o rapaz iria passar uma temporada na casa de um irmão casado enquanto Nicole ficaria com a futura sogra. Durante a noite, é claro. De dia, eles poderiam se encontrar sob a supervisão dos parentes. O fato de os dois terem quase trinta anos não pareceu importar para a mãe dele.

— Que foi? — minha amiga perguntou quando estacionei a Joaninha na frente da casa dos Valim.

Eu não queria dizer nada, mas já que ela tinha perguntado...

— Isso não é um pouquinho de exagero?

Nicole levou as mãos ao cabelo e o empoleirou em um rabo de cavalo.

— Ué, mas o Clèment também não fica no quarto do André quando vem ao Brasil?

— Sim, só porque nós somos três mulheres solteiras na casa da tia Telma. — Soltei a mão do volante. — Mas a família dele é enorme.

— Tudo bem, a casa é dela. Ela faz as regras.

Nicole deu de ombros e, para ser sincera, não parecia se importar nem um pouco com as restrições de interação com o namorado. Havia ganhado uma passagem para Paris, Paris! Acho que aceitaria todas as condições com alegria, mesmo que precisasse dormir algemada com a futura sogra.

— Na minha humilde opinião, vocês são meio grandinhos para essa frescura toda, mas quem sou eu para me meter em assuntos de relacionamentos, não é mesmo?

Saímos do carro juntas, e Nicole deu a volta na Joaninha para assumir meu lugar na direção. Ela me abraçou com um brilho radiante nos olhos e se despediu com um beijo na bochecha. Caminhei até o muro dos Valim e toquei o interfone. Um estalido anunciou que alguém havia destravado o portão.

— Não vão perguntar quem é? — eu disse ao inclinar o corpo na direção do interfone.

— Estou vendo você daqui — a voz de poucos amigos anunciou no meio de uma interferência estática.

Ergui a cabeça e fitei a câmera que havia em um poste de luz acoplado ao muro. Acenei com um tchauzinho para o equipamento.

— Entra — Paulo ordenou.

Fiquei surpresa ao ouvir uma risada contida antes do barulho do interfone no gancho. Intrigante saber que ele se divertia às minhas custas.

Atravessei a varanda e, antes que eu pudesse alcançar a porta da sala, ela deslizou para dentro, revelando Paulo. A figura era a de alguém confortável na própria casa. Ele vestia uma camisa branca lisa e um short preto de tactel. Esfregava uma toalha no cabelo úmido e desgrenhado. Um aroma fresco de banho recém-tomado emanava dele.

— Pode ficar à vontade aí — falou ao apontar com a cabeça para o interior da casa e levantar a toalha. — Vou guardar isso.

Enquanto entrava, olhei ao redor, reconhecendo cada cantinho do ambiente. Do lado esquerdo, móveis antigos e cheios de história sustentavam livros e bibelôs, e do lado direito, em um sofá verde de um couro quase impecável que havia durado décadas, Erick estava sentado com um *notebook* no colo.

— Oi — cumprimentei.

— E aí?

A voz emanava tédio e os olhos nem se deram ao trabalho de desgrudar da tela. Eu não procurava por um sorriso nem nada, mas achei que receberia uma migalha de atenção. Recolhi o queixo e, honestamente, comecei a cultivar alguns pensamentos debochados a respeito do comportamento estilo *bad boy* que vinha dominando a personalidade dele nos últimos tempos. Mesmo assim, me acomodei no sofá. Eu espiava hora ou outra de rabo de olho, então percebi quando a postura do garoto se tornou rígida. Bocejei. Cruzei os dedos das mãos e estiquei o braço para a frente. Minhas juntas estalaram.

Erick pigarreou.

— E o seu irmão? — tentei quebrar o gelo.

Ele deu de ombros.

— Eu sou babá dele, por acaso?

Virei todo o corpo para olhar para ele. Deus do céu, o que estava acontecendo com aquele garoto?

— Uma vez li sobre um cara que disse uma coisa parecida e a história não acabou bem.

Ele fitou a parede como se buscasse a informação na memória. Depois olhou para mim, e eu tive certeza de que havia compreendido a comparação. Ao menos teve a decência de segurar o riso.

— Ele agora é filantropo — resolveu dizer. — Nesse momento está dando monitoria para uns fracassados no colégio.

Soltei um assobio. Eu já sabia que Erick passava por uma fase difícil, mas não havia me dado conta de que estava se tornando arrogante. A constatação me fez sentir uma pontada de tristeza. O gêmeo mau estava mesmo ficando mau, senhoras e senhores.

— Já vai? — perguntei o óbvio enquanto o garoto se levantava, meio atrapalhado, equilibrando o computador no antebraço.

— Eliminatórias de matemática — contentou-se em responder.

— Oh... — Levei uma mão à boca simulando uma surpresa exagerada. — Não sabia que gênios também estudavam.

Mais relaxado, ele deu um sorrisinho de lado.

— Para.

— Vá lá, garotão. Não deixe uma mera mortal assalariada como eu atrapalhar seu futuro brilhante.

Ele revirou os olhos antes de dar as costas, ao mesmo tempo que o pai apareceu na sala vagando o olhar entre nós dois com desconfiança. Ofereci meu sorriso mais simpático ao recém-chegado.

Tá bem, vai. Fui simpática na medida do possível.

Do lado oposto do cômodo havia uma velha estante de mogno com livros; Paulo se dirigiu a ela e a vasculhou à procura de sei lá o quê. Eu queria, do fundo do coração, agir como uma pessoa despreocupada por estar naquela casa, mas a missão não era tão simples. Enquanto o anfitrião parecia entretido com o que quer que estivesse fazendo, eu mudava de posição no sofá, vez ou outra olhando na direção da escada ao imaginar se, de repente, Estevão acabaria aparecendo por ela.

— Ele não está aqui, se é o que está se perguntando.

Com essas palavras fui puxada de volta para a realidade. Respondi com um pigarro. Só então me dei conta de que a voz do Stênio Marcius passou a ressoar baixinho de um *microsystem* Philco na estante. Eu não saberia dizer se estava mais impressionada com o fato de que aquele aparelho de CD ainda funcionava ou com o de que Paulo Valim de repente parecia capaz de ler meus pensamentos. Ele caminhou em minha direção ao som de *O tapeceiro* e, inexpressivo, trouxe consigo um caderninho estilo Moleskine e uma caneta Bic.

— Vamos começar? — eu disse quando ele se aproximou. Então abri um aplicativo de notas no meu celular em busca das considerações que fizera na noite anterior.

Paulo se sentou em uma poltrona ao lado do sofá e entrelaçou os dedos das mãos descansadas sobre o caderninho no colo.

— E por acaso você sabe por onde começar?

Soltei um suspiro.

— Bem, tive algumas ideias, sim, obrigada.

O rosto dele de repente exprimiu a mais sincera surpresa. Ora, não sei o que ele esperava, mas, por favor, eu tinha um cérebro e sabia usá-lo quando era necessário. Desse modo, ainda que a contragosto, passamos os próximos minutos rascunhando algumas ideias de como poderíamos montar o musical inventado. No final, Paulo recostou o tronco na poltrona e me encarou.

— Acho que isso pode ser abençoador, no fim das contas.

Procurei nele alguma ironia, mas a falta de expressão em seu rosto não me dava muitas pistas.

— Obrigada?

— Não — ele disse. — É sério. Suas ideias foram ótimas. Acho que vai ficar muito bom.

— Jura? Eu achei que você fosse considerar a coisa toda uma bobagem. Ou... — simulei aspas no ar para citá-lo — dramáticas.

Se ele entendeu a referência, não fez qualquer menção.

— De jeito nenhum.

— Nem aquela cena do baile de máscaras?

Ele insinuou uma careta.

— Acho que dá para tirar as máscaras.

Soltei uma risada.

— Eu preciso confessar que essa ideia foi da Nicole.

— Soa como sugestão dela mesmo.

Ficamos em silêncio, mas não um silêncio habitual daqueles em que velhos conhecidos naturalmente acabam se colocando vez ou outra. Um silêncio de assunto acabado, como se não houvesse nada mais no mundo em comum entre nós. Nenhum motivo sequer para que passássemos qualquer minuto na presença um do outro. Enquanto eu vasculhava a mente à procura do que dizer antes de perguntar se ele poderia me dar uma rápida carona para casa, Paulo me olhava com inquietação.

— O que foi? — perguntei.

— O que foi o quê?

— Você está esquisito.

Ele abriu a boca e desviou os olhos.

— Preciso dizer uma coisa.

Os olhos dele. Aqueles olhos escuros e profundos. Eles foram um sinal de alerta. Meu peito se agitou embora eu nem ao menos soubesse o motivo. Quando Paulo tornou a abrir os lábios para dizer o que quer que fosse, o toque característico do meu celular ressoou da minha bolsa. Ansiosa para saber o que ele tinha de tão importante para compartilhar comigo, peguei o aparelho disposta a encerrar a chamada, mas o nome piscando na tela me fez voltar atrás.

— Pastor Gabriel — sussurrei. — Ai, não.

Paulo franziu o cenho. Levei o telefone até os ouvidos. Minha voz saiu em um fio.

— Hã... alô? Aham. Eu sei, pastor, me desculpe mais uma vez. Onde estou? Hã... — Meus olhos encontraram os de Paulo; ele inclinava o corpo para a frente com evidente curiosidade. — Estou nos Valim. Paulo teve uma ideia para o retiro. — Silêncio. Muitas reclamações. — Tá bem. Desculpe. O senhor tem razão. Eu vou dar um jeito. Tchau.

Inclinei o corpo para trás e cobri o rosto com as mãos. Se tinha uma coisa que eu odiava era não cumprir com meus compromissos. Decepcionar quem contava comigo. Como pude ter sido tão relapsa?

— Para o retiro, é? — A voz de Paulo me lembrou de onde eu estava e de que tinha plateia.

Corrigi a postura e abaixei as mãos. Paulo me fitou com os olhos semicerrados e um sorrisinho no canto dos lábios. Engoli em seco. Para que eu tinha mentido de novo? Aquilo estava saindo do controle.

— Agora vai ter que ser — respondi.

Ele cruzou os braços.

— Temos um problema aí — falou. — Eu já tinha contado ao pastor sobre a ideia do musical.

Entreabri os lábios, sem palavras. Agarrei uma almofada ao meu lado e a lancei com força na direção dele.

— E você só me diz isso agora?

Paulo se encolheu com o impacto.

— Ora, você não perguntou! E, graças a sua boca grande, agora vou ter que pensar em uma coisa inovadora para o retiro de adolescentes. Era o que me faltava.

— *Se* houver retiro.

— Como assim "se houver"?

Ele inclinou a cabeça. Esbocei um suspiro desanimado, o rosto ardendo em um misto de vergonha e autocomiseração. Soltei o peso no estofado do sofá de tia Luísa, desejando ter o corpo engolido por ele. Eu só tinha um trabalho. Um. Como havia conseguido arruinar a única coisa que me havia sido designada?

— Bem, alguém aqui se esqueceu de procurar por lugares para locação e agora todos os sítios e chácaras da região parecem estar alugados no feriado de novembro. Infelizmente, com isso ninguém pode ajudar.

Paulo ouviu tudo em silêncio, mas vi o rosto dele se iluminar na medida em que eu construía a frase. Eu mal havia terminado a explicação quando ele se levantou depressa e sacou o celular do bolso.

— Espera — falou. — Acho que posso ajudar, sim.

— Sério? — perguntei com a voz confusa.

O homem deslizava o dedo pelo aparelho, o rosto concentrado na tela.

— O pai de um amigo do seminário acabou de adquirir uma propriedade na serra de Casimiro — respondeu sem levantar a cabeça.

— Casimiro de Abreu?

Então ele fez uma pausa e olhou para mim, demonstrando incerteza pela primeira vez.

— Bem, não é tão perto, mas...

Meu coração acelerou em pânico pelo ínfimo vislumbre da hipótese de desencorajá-lo.

— Mas também não é tão longe assim! — completei com animação, subitamente assumindo uma postura ereta. — Você acha que pode dar certo?

Ele virou a cabeça de lado.

— Lembro de ter ouvido alguma coisa sobre estarem em obras, mas podemos tentar.

Anuí, encorajando-o a completar a ligação.

Ele trocou algumas palavras com o tal amigo, andando em círculos no centro da sala. A ansiedade não me permitiu aguardar sentada. Segui seus movimentos, de pé, mas não me dei conta disso até que Paulo sinalizasse “calma” para mim com uma das mãos. Ele finalmente desligou a chamada e me encarou.

— E aí? — perguntei, agitando uma das pernas com agonia.

— Bem, a boa notícia é que o pai dele está no sítio agora mesmo.

Levei as mãos em concha à boca, porque, meu Deus...

— Quais eram as chances?

— Muitas. Ele mora lá.

Desferi um tapinha no ombro de Paulo.

— E a má?

— Já tem alguém interessado em alugar o sítio nessa data.

Deixei os ombros caírem, um desejo de choro subindo a garganta.

— De novo, não!

— O telefone do pai dele não funciona muito bem no sítio e não instalaram internet ainda. Meu amigo está no trabalho e não pode sair agora. A gente vai ter que ir lá.

Olhei para o relógio. Eram três da tarde. Eu tinha que estar de volta às sete para uma reunião com os garotos da minha gangue-panelinha. Uma pontada de adrenalina surgiu nas minhas veias.

— A gente vai ter que ser rápido. Mas e se não adiantar nada? E se ele já alugou?

— Calma. Não está fechado ainda.

— O que não está fechado?

A voz de Estevão acompanhou o ranger da porta, ambos olhamos para ele.

— Cassie! — cumprimentou, sorrindo. — Que bom ver você!

Paulo deu um passo para perto de mim e apoiou a mão no meu ombro.

— Sempre ótimo, mas ela não pode ficar.

Estevão desviou os olhos do irmão para o meu ombro. E para a mão do irmão no meu ombro. E depois para mim. Fui tomada por um ímpeto inevitável de tossir.

— Por que não? — perguntou o recém-chegado.

— Desculpe, sei que ela é sua amigona do peito, mas a gente tá com pressa mesmo agora.

Senti a mão de Paulo empurrando minha lombar e, honestamente, não lutei contra ele. Parei por um segundo, para dar um abraço no Estevão, e, quando me dei conta, já estava na varanda.

— Também não precisa exagerar. A gente não tinha que sair correndo — sussurrei depois que Paulo fechou a porta. — Seu irmão vai perceber.

Ele me encarou com espanto.

— Foi você que disse que tínhamos que ser rápidos.

Esfreguei as bochechas com as palmas das mãos.

— Tá. Vamos logo.

— Um momento.

Paulo caminhou na direção dos fundos da varanda, até a mesa onde nos reunimos há uma semana, para buscar os capacetes. Nem tentei lutar contra a ideia de ir até outra cidade naquela motocicleta terrível, porque era a única opção. Quando ele voltou, e passou um dos trambolhos para as minhas mãos, fui subitamente acometida por uma lembrança.

— Paulo — perguntei enquanto ele travava a presilha abaixo do queixo. — O que você queria me contar?

Os olhos dele ficaram mais foscos. Ele repuxou um canto da boca para baixo antes de responder:

— Digo no caminho.

11

UM LUGAR PARA O RETIRO

Há um certo sentimento conflitante em viajar na garupa da moto do bonitão da cidade. Primeiro a estranheza; dos olhares curiosos sobre você até que se dê conta de que está abraçando pela cintura o cara com quem implicou a vida toda. Segundo, a liberdade; da adrenalina prazerosa trazida pelo vento contra o corpo. E, por fim, o profundo pânico.

Esse último demorou mais um pouco para dar as caras.

Seguimos pela Rodovia Amaral Peixoto na direção de Casimiro de Abreu, uma hora depois, chegamos à BR-101. Tudo estava indo bem, eu havia me acostumado com a ideia de estar em uma moto, começava a apreciar o frescor do vento na minha pele, quando saímos da rodovia para tomar uma subida íngreme.

De repente estávamos em uma pequena serra. Apreciei o cheiro agradável das folhagens nos primeiros cinco minutos, mas logo em seguida fui tomada pela mais profunda agonia. Quanto mais subíamos, mais evidente ficava o abismo ao nosso lado. Um rio translúcido corria lá embaixo, dando lugar a uma paisagem digna de filme. No entanto, na mesma medida em que a visão era belíssima, era também apavorante.

Todo o sangue do meu corpo pareceu ter sido drenado. Minhas pernas gelaram como em todas as vezes nas quais eu experimentava a sensação de me aproximar da beirada de um lugar alto. Um formigamento se intensificou até que eu parasse de sentir os membros. Tranquei os olhos. Meus ouvidos estalavam com a aceleração violenta da pulsação das minhas veias. Apertei os braços ao redor de Paulo com mais força.

Ele gritou algo ininteligível à minha frente.

— O q-quê? — berrei de volta, agarrando-me mais às costas dele.

Minha cabeça, ainda que sob o capacete, parecia tentar fundir-se ao couro da jaqueta de Paulo. Só me dei conta da força que fazia quando a moto perdeu velocidade até estacionar. Afrouxei o aperto ao redor das costelas dele devagar, conforme a minha respiração normalizava, mas ainda não era capaz abrir os olhos.

— Ei — ele chamou. — Ei, você está bem?

A rigidez do meu corpo havia se tornado dolorosa. Assim que senti Paulo se desvencilhar de mim e descer da moto, eu me agarrei às alças laterais do veículo. Senti-o tocar a presilha do capacete embaixo do meu queixo, soltá-la e depois deslizar o trambolho para fora da minha cabeça.

— Respira — ele disse com voz suave.

Depois apoiou uma mão nas minhas costas. Relaxei ao toque.

— Respira — repetiu.

Abri os olhos devagar.

— Isso. Tudo bem?

Fiz que sim rapidamente com a cabeça. Mas não era verdade. E ele sabia.

— Desculpe, Cássia — ele disse e esticou a mão até o meu pescoço.

Paulo o massageou devagar e eu senti a tensão dos músculos diminuir aos poucos. Contanto que mantivesse os olhos nos dele, contanto que eu não olhasse mais para os lados, eu ficaria segura.

— Tá tu-tudo bem — respondi com dificuldade.

— Você está tensa — constatou Paulo, o olhar expressando preocupação genuína. — Inspire fundo. Assim. Isso.

Lentamente, meu pulso voltou ao ritmo normal. Perdi a conta do tempo em que Paulo e eu passamos ali, tentando recuperar o controle das minhas emoções. Ficamos em silêncio pelos próximos muitos minutos em que eu o encarava, de cima da moto dele, tentando ignorar o fato de que havia um abismo atrás de mim.

— Eu não sabia — ele começou a dizer em algum momento — que você ainda tinha... tinha medo de altura — concluiu. — Considerando com o que você trabalha.

— Tenho — foi tudo o que eu disse e foi o bastante para que ele percebesse que não era um assunto confortável para mim. — Como vamos sair daqui? Não consigo continuar.

— Faltam só dez minutos.

Dez minutos. Meu coração disparou de novo.

— Vou pedir um Uber.

Levei a mão trêmula à minha bolsa. Percebi que a pontinha da minha carteira estava despontando através da abertura rasgada. Resmunguei alguma coisa por não ter consertado aquilo ainda e a empurrei de volta para dentro.

— Não tem sinal aqui em cima, Abelhinha — ele disse. A voz estava suave de novo. Olhei para cima e encontrei duas lamparinas escuras, brilhantes e preocupadas.

Alguma coisa naquele olhar me comoveu. Senti carinho e gratidão por Paulo. Talvez pela primeira vez na vida.

— Mas podemos... — ele olhou ao redor. — Podemos voltar.

Considerei a hipótese. Levaríamos mais tempo para descer do que para terminar o trajeto.

— Não. Precisamos chegar ao sítio. É nossa única chance de encontrar um lugar para o retiro. Eu vou ter que aguentar.

— Você tem certeza?

— Tenho certeza — eu disse e então completei, baixinho. — Pelo menos a volta é do outro lado da pista.

— Então vamos. Quando você estiver pronta.

Concordei e sinalizei com a cabeça para que ele voltasse para a moto, mas Paulo não se moveu. O jeito como me encarava, estático e em pânico, me fazia pensar em que estado eu estava. Vi o pomo de adão dele se mover quando ele começou a se remexer, inquieto.

— Vamos logo! — pedi com a voz chorosa.

Paulo colocou a mão na parte interna da jaqueta.

— Acho que sei de uma coisa que pode te ajudar.

Ele remexeu o bolso e de lá tirou uma caixinha preta de plástico.

— Fones sem fio podem me ajudar?

Paulo me lançou um olhar sarcástico e abriu a caixa.

— Estou vendo que você não está tão mal assim.

Em silêncio estendi uma mão com a palma para cima, onde ele depositou duas esferas plásticas. Coloquei uma em cada orelha.

— Feche os olhos — ele disse, depois de guardar a caixinha e puxar o celular, agora do bolso da calça.

Fitei-o sem dizer nada por um segundo ou dois, mas ele me lançou um olhar mandão e acabei fazendo o que me pediu. Logo em seguida, a voz suave de João Alexandre ressoou dos fones.

Nas estrelas vejo a sua mão...

Inspirei com força ao primeiro verso. Uma onda de prazer me invadiu de imediato. Se Paulo tinha defeitos que eu poderia facilmente enumerar, o gosto musical nunca fora um deles.

Inspirei fundo com os olhos fechados. Ele acoplou o capacete suavemente em minha cabeça.

Senti-o se acomodar à minha frente na moto.

Um toque quente cobriu minhas mãos, que naquele momento repousavam sobre os joelhos. Paulo as conduziu ao redor do seu tronco. Eu o abracei com força.

Senti o ronco do motor e a partida suave. Pressionei ainda mais as pálpebras. Descansei o capacete em suas costas, e articulei os lábios com a música.

Mas agora ao meu lado está
Cada dia eu sinto Seu cuidar
[...]
Tudo Ele é pra mim

Uma sequência de coisas aconteceu depois que estacionamos a moto na frente do sítio.

Primeiro, percebi que estava rígida a ponto de sentir dor em cada pedacinho de cada músculo do meu corpo. Segundo, eu me lembrei de que Paulo havia prometido me contar algo no caminho e de que o assunto havia ficado de lado. De novo.

Dei alguns passos em círculo, sentindo prazer com o afago do sol na minha pele. Agora sem vento e sem velocidade, meu corpo começava a relaxar.

— Tá melhor? — Paulo me perguntou, subitamente esquisito.

E, quando digo esquisito, não estou sendo metafórica. Ele estava travando a mandíbula como sempre fazia quando estava irritado. Fiquei me perguntando o motivo. Irritado comigo por ser uma grande medrosa? Irritado consigo mesmo por ter se esquecido disso? Não deu tempo de descobrir. Assim que assenti, balançando positivamente a cabeça, um senhor de camisa xadrez e cabelo grisalho apareceu na porteira de ferro em que estávamos. A figura não podia ser mais caricata.

— O senhor Horácio está? — perguntou meu parceiro de viagem.

O recém-chegado apoiou-se na grade, sem fazer menção de abri-la.

— Sou eu, meu filho.

— Ah! — Paulo estendeu a mão. — Muito prazer. Sou amigo do Lúcio no seminário.

A expressão do homem se transformou em interesse e sorrisos.

— Ah! Meu filho não está aqui hoje, jovem. Em que posso ajudar vocês?

Paulo nos apresentou e explicou rapidamente o que pretendíamos com a visita. Conquistamos com facilidade a simpatia do anfitrião. O fato de que éramos amigos de Lúcio — digo, de que Paulo era — nos deu uma expressiva vantagem a seja lá quem for que estivesse interessado no sítio.

Ele andou conosco pela propriedade, apresentando com alegria cada cantinho. Ele tinha uma área em obras, que ficava em um terreno bem alto, cujo acesso era feito por meio de um teleférico. Paulo e eu ficamos genuinamente impressionados. Mas eu pedi que ele riscasse aquela área dos planos.

— Não vai ficar mais barato, moça — seu Horácio disse logo após a sugestão.

Mas, você sabe, esse não era o motivo. Paulo lançou uma piscadela para mim e continuou negociando com ele. A cada anedota sobre o filho do homem, o preço baixava um pouco mais.

Um gato laranja gordinho deslizava entre minhas pernas, e eu abaixei para afagar a cabeça dele, o que me distraiu um pouco do assunto. Mesmo assim, ouvi o senhor dizer que estavam finalizando a obra de um salão lá em cima, enquanto tentava convencer Paulo de que seria um ótimo local para nossas celebrações.

Quando me dei conta de que tinha pouco a acrescentar sobre o futuro brilhante do ministério do tal Lúcio, deixei-os a sós, aos pés do teleférico, e decidi fazer sozinha a minha própria exploração. Mesmo sem ter ainda a total garantia de que poderíamos alugar aquele local, meu ânimo se restaurou bastante. Havia salas onde poderíamos fazer oficinas, amplos quartos com beliches e um local onde poderíamos montar barracas de camping.

Um lago decorado com vitórias-régias e uma charmosa ponte em arco. Postes de luz ao redor do lago me faziam imaginar o cenário à noite e o ar tinha um cheiro fresco de vegetação característico dessa região. Dali eu podia ouvir o barulho corrente das águas do rio que cortava a propriedade, cuja trilha seu Horácio prometera culminar em uma pequena queda que formava uma cachoeira muito segura perto dali.

Peguei o celular para tirar algumas fotos para o pastor Gabriel. Olhei para onde deveriam estar as barrinhas de sinal da operadora. Não tinha nada. Tirei as fotos que precisava, andei um pouco em círculos com o celular para cima. Uma pequena barrinha ameaçou surgir, mas sumiu um instante depois. Desanimada, deixei escapar um suspiro, mas abri o aplicativo de mensagens assim mesmo. Pensei que, se as enviasse agora, eventualmente o sinal do celular retornaria e elas seriam entregues automaticamente, só que, antes que eu pudesse encontrar o contato do pastor, percebi que havia uma mensagem não lida de Estevão. Migrei a ponta do indicador até o nosso chat, mas ele ficou pairando, suspenso ali por segundos a fio até que eu finalmente reunisse coragem para clicar. Respirei fundo. Ele havia escrito:

Estevão
A gente não consegue conversar nunca. Queria muito ter um momento com você.

Esfreguei a nuca, olhando para aquelas palavras. A memória do olhar confuso e frustrado no rosto dele há algumas horas me causou certo remorso. No cantinho da tela, percebi que havia surgido um pequeno pontinho de sinal. Arregalei os olhos e digitei rapidamente.

Cássia
Desculpe. Precisávamos chegar à serra para conversar com o proprietário de um sítio...

E expliquei toda a história a ele. Exceto, é claro, pela parte que revelava o motivo de eu ter me metido em toda essa encrenca. A saber, ele mesmo.

Conforme eu ia subindo um pequeno aclive, o sinal do celular desaparecia e ressurgia por frações de segundos. Foi assim que consegui enviar uma foto do irmão dele conversando com seu Horácio, para provar que estava falando a verdade. Estevão me mandou a figurinha de um dos *minions* orando.

Estevão
Fico feliz que deu certo então. E em saber que vocês têm se dado bem.

Cássia
Também não exagera.

Ele me respondeu com uma risada. Dedilhei uma promessa de que iríamos conversar em breve. Mas Estevão exigiu marcar um horário e eu, covarde como sou, marquei um horário em que Paulo estaria presente. A próxima reunião do projeto que inventamos para me manter longe dele. A última mensagem que escrevi não foi enviada. Esperei por cinco minutos. Meu celular parecia ter ficado sem sinal de vez. Resolvi apagar a tela e colocá-lo no bolso.

Paulo me mataria, mas eu preferia não me preocupar com aquilo ainda. Estava feliz demais com o sítio para que qualquer coisa me aborrecesse. O lugar era perfeito. Admito que os adolescentes poderiam ficar frustrados por não usarmos o teleférico, mas talvez Paulo pudesse inventar alguma recreação na parte de cima que não envolvesse a minha presença.

Quero dizer, no sentido de dar a ideia. Não era como se ele fosse estar presente no retiro.

Olhei para o lado, na direção em que os homens estavam, e o vi se sacudir em uma risada. Deitei um pouco a cabeça, analisando a cena. Será que estaria?

Ele caminhou até mim, vibrando discretamente com o punho fechado. Meu coração saltou com emoção.

— Tenho boas notícias — ele sussurrou quando se aproximou o suficiente.

— Deu tudo certo? — perguntei, ao esticar o pescoço à procura de seu Horácio.

— Ele foi buscar um saco de tangerina. Eu não tive coragem de dizer não.

— Ah, não acredito — respondi, pensando no milagre que foi conseguirmos aquele sítio. Olhei para Paulo, fazendo-me de séria. — Não se atreva a negar a tangerina do homem!

Nós dois rimos juntos, risadas altas que reverberaram pelo terreno, mas, de repente, foi como se nos déssemos conta do que fazíamos. Encaramo-nos em silêncio. Os sorrisos vacilando aos pouquinhos. Franzi o cenho involuntariamente. Paulo mordeu os lábios e me fitou de um jeito enigmático e profundo que fez com que eu me perguntasse no que ele estava pensando.

— Que foi? — soltei, depois de me remexer, inquieta. A pergunta pareceu ter o efeito de desfazer o contato visual penetrante.

Paulo olhou para os pés, mas depois voltou a me fitar.

— Só estava pensando... Acho que nunca te vi tão feliz.

A afirmação me fez inclinar a cabeça.

— Como assim?

Ele sorriu de lado e mudou de postura.

— Por algo que eu tivesse feito — completou.

Dei uma risadinha, mesmo sem ter certeza de se era isso o que ele esperava. Ora, eu *estava* feliz. Ele havia salvado o retiro, afinal.

Seu Horácio voltou com uma sacola de mercado repleta de tangerinas e a entregou para Paulo. Agradecidos, despedimo-nos do anfitrião e caminhamos até a moto. Paulo esperou que ficássemos sozinhos de verdade para revelar por quanto havia fechado o sítio. Quando ouvi o valor, dei um pulinho. Era inacreditável. Outro milagre.

Só isso explicava o fato de eu ter me inclinado para a frente e o abraçado.

Tá bom, foi estranho. Mas também foi... hã... natural. Eu mal pensei. Só agi. Um abraço amigável e espontâneo, como se ele fosse Kalil ou Nicole. Quando dei por mim, meus braços já estavam enroscados ao redor de um pescoço enrijecido. Paulo deu uma risada desconcertada e dois tapinhas nas minhas costas. Eu sentia o rosto arder um pouco de vergonha quando me afastei, mas tratei de fingir que havia sido um movimento calculado.

— Graças a Deus — ele disse. — Agora você pode dar essa notícia ao senhor-seu-pastor.

Cruzei as mãos na frente do queixo e apertei os olhos.

— Obrigada, Jesus! — Abrindo um só olho, espiei Paulo. — E você também.

Ele sorriu. Um sorriso amplo e cheio de dentes. E foi como se estivesse sorrindo para mim pela primeira vez na vida. Havia um brilho novo nos olhos do Paulo, como o de quem estava feliz com a nossa interação. Pestanejei, processando o fato.

Será que podíamos ser amigos? Depois de todos esses anos, não éramos mais crianças. Gostávamos das mesmas coisas. Adorávamos o mesmo Deus. Servíamos na mesma igreja. Por que nos odiávamos mesmo?

— Eu li seu e-mail — ele disparou, os olhos repentinamente obscuros.

Minhas pernas amoleceram e o chão pareceu fluido sob mim, as árvores giraram ao meu redor. As palavras se embolaram na minha garganta.

— O-o quê?

— E tem uma coisa que preciso te contar.

12

EU ESTAVA FICANDO LOUCA?

Eu quis enforcá-lo. É sério. Minhas veias arderam de raiva, ainda que eu não estivesse entendendo nada. Soltei o ar devagar, tentando organizar os pensamentos.

— Foi Estevão quem te mostrou?

Paulo apertou os lábios e, com os dedos, brincou com uma tira da presilha do capacete. As mãos estavam inquietas e uma das pernas também. É claro que aquilo não me tranquilizava.

— Eu queria poder dizer que sim, mas — ele coçou o pescoço — não.

— Paulo Valim — dei um passo para a frente e lancei a ele o meu olhar mais ameaçador. Apontei com o dedo em riste —, eu te mato.

Ele esticou o pescoço e olhou por cima do muro do sítio.

— Vamos a algum lugar — sugeriu.

Travei os dentes, irritada, mas precisei concordar. Não queria que seu Horácio presenciasse uma cena e que isso estragasse tudo. Dedilhei uma mensagem rápida para o pastor (que nem sequer foi enviada, porque estava completamente sem sinal) e me sentei atrás de Paulo na moto.

— Pode ir… Ai!

Ele arrancou com força antes que eu completasse a frase. Tentei manter tanta distância quanto possível, agarrando-me às alças laterais da motocicleta. Ele seguiu até uma pracinha, estacionou a moto e pendurou os capacetes que usávamos no guidom, um deles sobrepondo o saco de tangerinas. Não havia nada ao redor além de uma mulher com duas crianças que brincavam em um parquinho daqueles antigos de praça, e um cachorrinho cor de caramelo tranquilamente adormecido na sombra de uma amendoeira. Nos afastamos da moto e nos sentamos em um banco de madeira que ficava sob a mesma sombra. Cruzei os braços, encarando Paulo como uma onça.

— Fala logo.

Ele me fitou, sério, com aqueles olhos negros profundos fixos nos meus.

— Algumas semanas atrás Elias estava trabalhando na lanchonete e…

— Espera — interrompi. — Semanas atrás?

Ele anuiu, confuso.

— Isso.

Meus olhos percorreram a pracinha. Semanas atrás? Há quanto tempo ele sabia daquilo? Meu silêncio pareceu tê-lo encorajado a continuar.

— Bem, como eu ia dizendo… Elias estava na lanchonete e verificou o *caradepastel*.

Eu não sei dizer ao certo o que me causou um engasgo. Talvez minha própria saliva. Talvez a súbita compreensão de que um dos meus adolescentes leu uma declaração de amor que escrevi para o tio dele.

— Por que ele faria isso?

— Bem, esse é o e-mail que utilizamos no Caldo da Praia há anos.

Senti a bile subir à garganta. Que história era aquela agora?

— Estevão o criou para a lanchonete. Ele usava porque era o cara do caixa na época.

Como eu não sabia disso? Apertei as têmporas com os polegares. Podia senti-las pulsarem. De repente a informação me pareceu familiar. Eu sabia? Já não fazia ideia. Eu não conversava com Estevão por meio daquele e-mail há quanto tempo? Treze anos? Uma vida.

— Elias — balbuciei, meio zonza. — Elias leu.

Nem mesmo eu sabia se aquilo era uma pergunta ou uma lamentação. Paulo me encarava quase em pânico. Eu poderia ter achado graça se a situação inteira não fosse terrivelmente trágica. Para mim.

— Bem, você conhece o garoto — ele disse. — Ele ficou meio, hã... digamos, eufórico. Mas disse que sentiu como se violasse uma correspondência, então não leu tudo.

Franzi o cenho. O cachorrinho caramelo se remexeu um pouco e abriu a boca em um longo bocejo.

— Mas você sim?

— Bem, eu tinha que avaliar a situação, mas, em minha defesa, foi um pouco, hã... constrangedor.

Àquela altura meu rosto latejava de vergonha. Eu duvido que a pequena... reunião em família que os dois fizeram havia sido pior do que o que estávamos fazendo ali agora.

— Não sei como isso depõe em sua defesa — resmunguei, pelo canto da boca, mas no fundo eu sabia que, se estivesse no lugar dele, provavelmente teria lido também.

— Nós quatro conversamos e logo percebemos que havia sido um engano.

— Vocês... quatro? Ai, meu Deus, Paulo. Vocês quatro, *quem*?

— Bem, os quatro que eventualmente acessam o e-mail. Elias, eu, Erick...

Deixei escapar um suspiro de pânico. O cachorro levantou a cabeça para nós, mas logo, desinteressado, voltou a se enroscar no próprio corpo e fechou os olhos. Escondi o rosto entre as mãos.

— Não! Não diga que o tio Gonçalo leu o e-mail!

Paulo não respondeu.

— Não! — murmurei, tirei as mãos dos olhos e o encarei com mágoa. — Por que você não excluiu?

Paulo levou uma mão ao peito, e a expressão de pena na cara dele fazia meu rosto arder ainda mais.

— A gente precisava decidir o que fazer! Não queríamos te constranger de maneira nenhuma, mas... Eu não poderia tomar essa decisão sozinho. E se você quisesse que Estevão visse aquilo, sabe?

— Então vocês fizeram isso... encaminharam o e-mail?

Ele mordeu os lábios, nervoso.

— Houve uma pequena discordância. Elias achou que deveria mandar, mas li a coisa toda e percebi que não havia sido escrito recentemente. Eu preferi esperar e avaliar... encontrar uma maneira de esclarecer as coisas com você.

Cocei a cabeça.

— Quando? Quando faríamos isso? Era só excluir...

Paulo pareceu meio impaciente.

— Acho que você consegue entender que não era minha decisão para tomar. O combinado foi que papai passasse a bola para você, mas ele ficou enrolando e...

— Parece que alguém vazou a informação.

— Você quer dizer... parece que nenhum dos meus filhos tem qualquer respeito por mim.

— Você acha que foram os meninos?

Ele esfregou as mãos e soltou um suspiro.

— Se isso aconteceu *mesmo*. Porque só estamos supondo.

— Bem, eu não vejo outra explicação para o Estevão ter surgido aqui do nada falando de uma mulher que escreveu para ele.

Paulo inclinou a cabeça de lado e ergueu as sobrancelhas, reflexivo.

— Faz sentido. E é provável que tenha sido um deles, sim.

— O bom ou o mau? — perguntei com os olhos estreitados.

— O casamenteiro — ele disse, mas encolheu os ombros e pressionou os lábios. — Ou então...

— Ou então o quê?

— Ou então foi a pessoa que deveria ter resolvido tudo, mas preferiu se fazer de morto.

— Tio Gonçalo?

Paulo pendeu a cabeça para um lado e para o outro, como quem ponderava.

— Ele nunca pareceu convencido de que não era sua intenção mandar o e-mail.

— Mas você sim?

Ele soltou o ar pelo nariz, o que soou como uma risada abafada.

— Estou enganado?

— Não está... eu acho — esfreguei a testa, confusa. — Quero dizer, eu estava pensando no e-mail, e no fiasco que é minha vida amorosa. Eu abri aquilo e acabei... enviando sem querer.

Ele ergueu as sobrancelhas.

— É... meu pai tava certo, então.

— Como assim? Não estava, não.

De repente fui interrompida por um homem de cabelo comprido que carregava um painel camurçado com pulseirinhas penduradas. Ele tentou convencer Paulo a comprar uma daquelas para mim e estava quase sendo bem-sucedido. Paulo foi tão simpático e atencioso que precisei ser enfática e dizer que não gostava de miçangas para que ele dispensasse o cara. Eu teria me sentido mal se não estivesse tão obcecada por continuar a conversa.

— Por que você mudou de ideia em um segundo? — disparei antes mesmo de o desconhecido dar um passo para longe de nós.

Paulo me encarou como se eu fosse louca. Abriu a boca e esfregou uma mão na outra. Depois se inclinou em minha direção e, unindo os dedos em pinça, respondeu de um jeito quase didático:

— Você acabou de dizer que estava lendo o e-mail.

— E daí?

Uma sombra de confusão percorreu o rosto dele.

— Como assim “e daí”? Você estava. Lendo. O. E-mail. Eu tinha mesmo dado o benefício da dúvida. Achei que era um daqueles vírus que enviam tudo o que está na sua caixa de rascunhos ou coisa assim.

— Meu Deus. — Cobri a boca, perplexa. — Existe isso?

Ele encolheu os ombros.

— Foi o que ouvi falar.

— Vai ser o que vou dizer se Estevão me confrontar. — Então olhei para ele. — Não se atreva a desmentir.

Ele levantou as mãos, em rendição. Parecia um pouco decepcionado.

— Bem. Ele está aqui — disse Paulo. — E eu sei que estamos criando toda essa situação ridícula para te manter longe dele, mas... qual é o objetivo de tudo isso?

— Como assim? — Dei uma risada nervosa.

— Você estava relendo o e-mail, Cássia. Depois de treze anos. Treze benditos anos e você não esqueceu desse cara. Para que tanta mentira? Onde isso vai chegar? Não acha que está na hora de resolverem o que quer que existe entre vocês de uma vez por todas?

Suspirei, encarando o chão, e empurrei uma pedrinha com a ponta do tênis. Ele tinha alguma razão. Eu estava mesmo relendo o e-mail, estava mesmo pensando em Estevão. Mas será que aquilo significava alguma coisa? Um som de vibração levou a mão de Paulo ao bolso da calça. Ele tirou o celular de lá e eu levantei a cabeça. Paulo travou a mandíbula e se levantou de súbito.

— Eu... preciso atender isso. Um minuto.

Fiz que sim de um jeito apressado, sem saber ao certo por que minhas bochechas arderam como flagrante. Quero dizer, foi quase um reflexo, sabe? Eu não pretendia acabar vendo o nome na tela de propósito.

Lígia.

Aquela Lígia?

A mãe dos gêmeos que ninguém na cidade via há mais de uma década? Nunca me passou pela cabeça que Paulo ainda mantinha contato com ela. Mas fazia sentido. Ela era mãe dos filhos dele, afinal de contas.

O que não fazia sentido era que isso me incomodasse. Olhei para Paulo. Ele gesticulava enquanto conversava com a mulher, algo que eu não podia escutar de onde estava. Andou de um lado para o outro e colocou a mão na cintura. Eu esperei que ele parecesse bravo ou discutisse com ela. Nunca aconteceu. Em vez disso, Paulo jogou a cabeça para trás e soltou uma risada.

Depois desligou a chamada e veio até mim com o ânimo totalmente renovado.

— Vamos? — perguntou. — Quero dizer, você entendeu, né? Só conversa com ele. Se entendam.

Anuí em silêncio. Um gosto amargo e desagradável na boca. Seria por causa da história do e-mail? Não parecia. Parecia...

— Aham — eu disse com desconforto.

Caminhamos até o meio-fio onde a moto estava estacionada. Paulo passou uma perna por cima do veículo e se acomodou no assento. Depois se virou para mim, me entregou um dos capacetes no guidom, os fones de ouvido e esperou que eu me sentasse. Eu me movi mecanicamente e me encaixei atrás dele. Depois fiz todo o ritual de proteção e esperei a música começar. Dessa vez a playlist tocava *Autor da minha fé*. Paulo deu partida, agarrei-me em sua jaqueta. Meu estômago se contorceu.

Apertei minha camisa com uma mão. Eu mal havia aceitado o fato de que poderíamos ficar amigos, e agora aquilo? Ele ainda se dava bem com uma ex-namorada. Grande coisa. Aquilo não tinha nada a ver comigo. Por que eu me importaria com a vida dele? Por que me incomodaria? Franzi o cenho, considerando as possibilidades, mas logo sacudi a cabeça.

Eu estava ficando louca?

13

EU ESTAVA LOUCA, SIM

Eu estava ficando maluca. Quando cheguei em casa e encarei o pôster de *Top Gun* na parede do meu quarto, me dei conta de como Tom Cruise, se olhado do ângulo certo, poderia se parecer um pouco com Paulo.

Quando tentei ligar para ele na segunda-feira — para Paulo, é claro, não para o Tom Cruise — a fim de saber sobre o sítio, mas ele não atendeu o telefone, isso me fez ficar pensando por horas seguidas no motivo de ter sido ignorada; até que ele retornou mais tarde e explicou que estava atendendo a um cliente quando o telefone tocou.

Estava maluca quando, um dia desses, ao dirigir para o trabalho, o vi no ponto de ônibus, mas ele entrou em uma van antes que a Joaninha o alcançasse e isso me trouxe um certo sentimento de vazio, como se eu tivesse perdido alguma coisa.

Tudo bem, ao que parecia, eu me apegava rápido demais às pessoas. Uma característica que eu nunca tinha notado antes. Talvez eu tivesse uma necessidade muito grande de fazer amigos e estava estendendo isso a Paulo. Mas, ora, eu o conhecia a vida toda. Isso não deveria importar àquela altura do campeonato.

Desse modo, além de maluca, eu estava sendo ridícula. A gente nem queria ficar amigo de verdade. Ou queria?

— Você vai ficar bem sem mim, não vai? — Os olhos de Nicole brilhavam de animação na entrada do portão de embarque.

— Quem vai me ajudar a vigiar Amanda e André durante essas duas semanas?

Ela apoiou a mão no meu ombro e me encarou, séria.

— Você dá conta.

Abracei-a com força.

— Não se esqueça de trazer uma caixinha nova do Taktik quando forem a Amsterdam.

Ela deu um passo para trás e lançou uma piscadela para mim.

— Deixa comigo.

Minha amiga andou na direção da fiscal, mostrou a tela do celular, que a mulher escaneou. Quando ouvimos um bipe, ela deu uma última olhada para trás e lançou um beijo no ar.

— É sério, Nicole. Essa é a minha única encomenda.

— Fica tranquila, Abelhinha.

Travei os dentes e dei um passo para a frente.

— Eu sabia que não devia ter contado isso pra você!

Ela desapareceu por trás da parede de *drywall*, mas eu pude ouvir a risadinha ficar cada vez mais baixa até se extinguir por completo. Soltei um suspiro. Nicole em Paris. Por algum motivo aquilo me cheirava a um pedido de casamento. Bem, ela não era uma garotinha e eu sabia que não devia sentir inveja da minha melhor amiga, mas... mas, se Nicole se casasse, o que iria restar para mim?

Engoli em seco e sacudi a cabeça. Parei para comprar dois cafés com canela na cafeteria do saguão e coloquei um na mesa de Kalil assim que entrei na nossa sala. Ele agradeceu com um sinal e continuou se comunicando com um piloto.

— Lunos 2456, vento de través de 240 graus com 18 nós e baixa visibilidade. Está seguro para pousar?

Soltei um suspiro e caminhei para a minha mesa. Passei o resto do dia no modo automático e só à noite percebi que devia fazer alguma coisa que não incluísse comparar minha vida amorosa com a do resto das minhas amigas.

Mais tarde, quando cheguei em casa, Amanda havia saído, mas consegui entrar sem problemas. Cessei os passos. Consegui entrar sem problemas? Caminhei até o portão, destravei o fecho e o deslizei com facilidade até abri-lo completamente. Refiz o movimento no sentido contrário. Ele deslizou suavemente até fechar.

— Não acredito.

Dedilhei rapidamente uma mensagem de agradecimento para André.

Cássia
Você é o cara.

Enviei em seguida uma imagem do portão. Ele respondeu em poucos segundos.

Irmão
De nada, maninha.

Eu sorri em silêncio e caminhei até o aparador no canto da parede, onde coloquei minha bolsa e as chaves. Abri a conta de energia elétrica que havia sido colocada lá, não sei se por André ou Amanda, e estalei a língua quando vi o valor.

Meu Deus. Alguém estava usando ar-condicionado demais naquela casa.

Caminhei até a cozinha murmurando alguma coisa sobre terem deixado a luz acesa, apertei o interruptor para apagá-la e depois segui até a varandinha dos fundos a fim de repor a ração de Maverick no viveiro, mas, tão logo coloquei os pés para fora, percebi a portinhola do viveiro entreaberta. Meu coração deu um salto.

— Maverick? — chamei com a voz esganiçada.

Olhei em volta rapidamente. Embaixo do pé de goiaba, dentro de um canil que nunca usamos, e em uma pilha de telhas velhas acumuladas em um cantinho desde a última reforma que fizemos no telhado, três anos atrás. Tudo o que achei foi um casco de caramujo africano ressecado.

— Maveriiiick?

Soltei a telha que estava segurando e corri para a cozinha. Peguei meu telefone no balcão. Mordi os lábios e sacudi uma perna enquanto aguardava. Ele atendeu ao terceiro toque.

— Também não precisa me bajular. Não foi nada...

— André, você viu o Maverick quando veio aqui? — interrompi com a voz trêmula.

Ele ficou calado por alguns segundos.

— Não prestei atenção. O que houve?

Levei uma unha aos lábios, já prevendo o pior.

— Ele não está no viveiro.

— Você já olhou pela casa?

Apertei, com o polegar, um ponto no meio da testa que começava a latejar.

— A casa estava trancada!

André respondeu com uma voz calma e quase didática:

— Calma, respira. Eu estive aí e abri a porta.

Puxei o ar com toda a força, o desespero levemente aplacado pela sensatez no que meu irmão havia acabado de dizer.

— Tudo bem. Você está certo.

Minhas pernas tremiam quando eu caminhei na direção da sala. Olhei ao redor.

— M-maverick?

Meu coração batia cada vez mais forte contra o peito. A cada passo que eu dava em vão, a cada novo cômodo que entrava, eu sentia. Eu o havia perdido.

Subi lentamente as escadas. Abri a porta do meu quarto. Nada. O lavabo no corredor. Também não. Caminhei até o quarto das meninas. Forcei a maçaneta e a empurrei com força. Um chilrear de reclamação cortou a casa. André soltou uma risada abafada do outro lado. Eu nem percebi que deixei o celular escorregar das mãos e cair no chão.

— Seu, seu... pilantrinha — disparei, abaixando-me até ele para pegá-lo. Meu coração disparado. — Você está aí.

Maverick agitou as asas quando eu o trouxe até a altura do peito. Meu rosto se contraiu até meus olhos ficarem úmidos.

— Não faça mais isso, seu idiotinha — falei, soltando-o depois de uma tentativa de bicada. — Nunca mais.

Determinei e me ergui do chão. Apalpei a calça à procura do meu celular para sair do quarto. Ele estava pela metade embaixo da cama de Amanda. Me abaixei para pegar, mas meus dedos esbarraram em algo diferente, como um tecido áspero. Puxei o objeto. Entreabri a boca em surpresa quando a luz da janela se projetou sobre ele, revelando o que era. Larguei imediatamente e o empurrei de volta para baixo da cama com um chute.

— Eca! — gritei. Maverick deu um saltinho de susto.

Olhei para o meu celular com a chamada ainda em andamento. Um gosto de bile surgiu à minha boca quando me dei conta de que o dono do objeto parecia estar do outro lado da linha, porque, de maneira nenhuma, havia alguma chance de que aquela cueca pertencesse à Amanda.

Desci as escadas e tranquei o Maverick na gaiola. Coloquei ração e água fresca e depois me fechei no meu quarto, sentindo uma pontada de dor de cabeça. Fui até a prateleira que ficava ao lado do pôster do *Top Gun* e passei a mão por uma das miniaturas de caças da Força Aérea Americana que meu pai havia trazido de uma de suas muitas viagens. Aquele era um F-16, um clássico e um dos mais importantes do mundo. Soprei-o para livrá-lo das partículas de poeira que começavam a cobri-lo, coloquei-o de volta na prateleira entre outra miniatura e um Echo Dot e me deitei na cama, ainda com a roupa do trabalho.

— Alexa, toque *Anjos* do João Alexandre.

Fechei os olhos enquanto a voz suave do meu cantor preferido preenchia o quarto. Aquilo era muito para lidar. Peguei o celular e procurei pelo contato de Nicole. Achei que deveria digitar uma mensagem, mas nem conseguia pensar nas palavras.

Encarei o teto em silêncio. Havia mofo se formando ao redor das hélices do ventilador. Pensei que provavelmente poderia aproveitar a folga do dia seguinte para fazer uma faxina, mas havia combinado de ensaiar com Estevão e Paulo. Passei tanto tempo afundada nos meus pensamentos acelerados que nem sequer me dei conta de que a música havia acabado de tocar.

Meu coração estava tão disparado que eu começava a me perguntar se aquele chato do Paulo não tinha alguma razão quando dizia que eu deveria me preocupar mais em cuidar da minha saúde. Apertei os olhos e choraminguei. A quem eu estava tentando enganar?

No fundo, eu sabia que precisava dar um jeito na minha vida. Na verdade, já fazia um tempinho que, pela primeira vez nos meus trinta e poucos anos, eu começava a admitir que algo na minha saúde mental não estava completamente bem.

Quero dizer, primeiro acabei surtando porque uma garota que vi crescer havia ficado noiva, depois me declarei (sem querer) para o cara que eu considerava o amor da minha vida. Como se não bastasse, no fim, parecia que eu não sentia nada por ele e, para piorar, comecei a invejar minha melhor amiga por causa de um noivado que nem sequer aconteceu. E, por último, era o que me faltava, descobri que o meu irmão estava fazendo indecências com a irmã dessa melhor amiga. Na minha casa!

Convenhamos, se isso não fosse a gota d'água, eu não sei o que mais seria... levei a mão ao peito, o incômodo começava a se intensificar a ponto de se parecer com... dor. Ai, meu Deus.

— Alexa — eu disse com a voz falha e a ouvi chiar. Mas permaneci calada por alguns segundos, ponderando e absorvendo o que sentia. — Alexa, o que pode ser um aperto no peito? — disparei, no que a voz mecânica respondeu:

— A dor torácica, que pode ser descrita como um aperto no peito, costuma ser sinal de ataque cardíaco, embolia pulmonar ou doença cardiovascular. — Meu coração se agitou ainda mais. Sentei-me de súbito na cama e olhei para o pequeno alto-falante na prateleira. — Todavia, às vezes pode ser resultado de uma condição menos grave, como um ataque de ansiedade ou consumo excessivo de cafeína.

Levei uma mão à boca.

— Alexa? Como saber se estou tendo um ataque de ansiedade?

— Você pode localizar um terapeuta na sua região pesquisando um diretório *online* de terapeutas ou solicitando uma referência ao seu médico.

— Obrigada por nada — resmunguei, e me remexi na cama para tirar o celular do bolso da calça.

Eu tinha duas opções muito práticas: ligar para o médico da família ou abrir o ChatGPT. É claro que escolhi a segunda. Digitei rapidamente o que estava sentindo e dei um breve panorama dos últimos acontecimentos.

O chat ensinou um exercício de respiração e me mandou procurar uma academia. Não um médico, não um psicólogo humano, mas uma academia.

Não que eu tivesse qualquer interesse em fazer uma dessas coisas, mas achei a sugestão um disparate. Se Paulo Valim fosse um programador ou coisa assim, eu teria jurado que foi ele quem configurou o tal chat. Bom, pelo menos o exercício de respiração controlou os batimentos.

Ainda assim, quando fechei os olhos naquela noite, a dor continuava ali.

14

COMO NOS VELHOS TEMPOS

Nicole
Você queria falar comigo?

Apaguei a tela do celular e o virei para baixo. Eu tentara ligar para Nicole de novo, logo pela manhã, depois de ter desviado os olhos toda vez que Amanda tentava falar comigo e ter fugido dela no café.

Eu até havia caminhado — atenção, estou falando que caminhei a pé — até o Caldo da Praia, para tentar espairecer e evitar a companhia dela. Um copão de caldo de cana não foi suficiente para aliviar o aperto no meu peito. Ora, eu não era a mãe de ninguém ali, mas ainda era a responsável pela casa e precisava decidir o que fazer com aqueles dois. E Nicole estava longe justo agora que eu mais precisava dela.

Olhei para o celular e ignorei a vibração que se repetiu depois de alguns segundos. Caramba, Nicole, aquela não era uma boa hora. Não quando eu estava no chão da sala dos Valim, presa no meio de uma discussão entre Paulo e Estevão.

— Não inventa — Paulo estava deitado no sofá com as duas mãos cruzadas sobre a testa.

Estevão e eu, sentados no tapete. Eu folheava o catálogo de uma loja de tecidos enquanto ele lia a versão final do roteiro do musical. Chutei o celular para longe e levantei os olhos para espiar o que diziam.

— Não é invenção! — protestou Estevão. — Vai ser legal, cara.

Inexpressivo, Paulo se levantou e caminhou até a janela, abriu a cortina e depois o vidro. A sala foi preenchida por um sopro fresco. Então, ele pegou o celular no chão e passou para a minha mão. Agradeci com um meio sorriso forçado e Paulo voltou para o sofá, deitando-se na mesma posição de antes.

— Quem vai estar lá? — perguntou o mais velho, embora, na verdade, não parecesse minimamente interessado.

— Os mesmos de sempre — disse Estevão.

— De sempre?

Estevão soltou um som abafado que mais pareceu um rosnado. Ele costumava ser muito paciente, mas, depois de semanas aguentando a intransigência do irmão, começava a dar sinais de que chegava ao limite do domínio próprio. Minha cabeça vagava entre os dois, sem o menor desejo de presenciar aquela conversa.

— Sim, o pessoal — falou Estevão. — Cássia e eu. Iolanda, João, Nicole e a Júlia.

— João nunca está na cidade e Nicole está em Paris — o outro disse, encarando o teto. — E Iolanda... — gracejou. — Quem é essa, mesmo?

Estevão entreabriu os lábios com incredulidade. Olhou para mim à procura de ajuda, mas eu apenas levantei uma mão, abstendo-me de participar daquilo.

— Mas é óbvio que todos estarão aqui. Estamos combinando tudo em um grupo no WhatsApp.

Paulo virou o corpo de lado e descansou a cabeça na mão.

— Tá vendo? Eu nem faço parte dessa turminha de vocês, pirralhos — ele falou. Revirei os olhos. De repente voltei a me sentir como se estivesse na quinta série de novo. — Eu sei que não parece, mas não tenho dezoito anos já faz um tempinho. Não vou brincar de cartinhas no píer com vocês.

Estevão e eu nos entreolhamos. Virei-me lentamente para Paulo.

— Por favor, mais respeito com o Taktik — eu disse, categórica, e virei a revista para ele. Batuquei uma amostra de tricoline no topo da página. — Bom e barato. Dá para fazer os figurinos com isso.

— Se você está dizendo.

O desinteresse que ele vinha demonstrando pelo musical desde a nossa viagem para a serra também já havia começado a me dar nos nervos. Eu me obriguei a relembrá-lo algumas vezes de que só precisei inventar aquela ideia porque *ele* fez papai achar que estávamos de conversinha, mas de lá para cá ele se fechou por completo e absolutamente nada parecia surtir efeito.

Além disso, todo esforço que ele fizera até aqui para me ajudar a ficar longe do irmão agora parecia ter sido revertido em uma determinação para nos deixar sozinhos em qualquer oportunidade. Naquela hora, por exemplo, ele se sentou no sofá e abriu um bocejo, depois disse que estaria na cozinha se precisássemos de ajuda. Bufei com irritação quando deu as costas.

— Ele não faz parte da nossa turma mesmo — sussurrei. Era só para Estevão ter ouvido, mas Paulo deu meia-volta de repente.

Nossos olhares se encontraram por um instante. Um vinco discreto e severo marcava o intercílio dele. Um feixe de luz vindo da janela que abriu iluminou sua expressão.

— Opa — a voz de Estevão desfez nosso contato visual como mágica.

Nos viramos para ele ao mesmo tempo.

— Precisa ajeitar uma frase aqui.

Franzi o cenho, abracei uma almofada e esperei pela explicação. Estevão estava graciosamente corado.

— Tem uma... hã... coisa errada.

Precisei prender o riso. Era fofo que ele estivesse constrangido em me corrigir. Paulo deu um passo para a frente, curioso.

— O quê? — perguntou o mais velho.

— No final, quando o filho do imperador diz: "se Jacó esperou quatorze anos por Raquel..."

Paulo anuiu em concordância e eu os encarei, estática.

— O que tem de errado?

— Bem — Estevão vagou os olhos do irmão para mim. — Jacó não *esperou* por quatorze anos para se casar com Raquel; na verdade ele trabalhou por quatorze anos, mas...

O riso que soltei pelo nariz interrompeu a frase no meio.

— Tenho bastante certeza de que esperou, sim. Além do que, isso é literalmente uma fala do livro.

— Que livro? A Bíblia?

Apertei os olhos. Não me lembrava desse traço de deboche na personalidade dele.

— Que nada. É um livro bobo de romance em que ela se inspirou para escrever o musical — Paulo esclareceu.

Lancei a almofada na direção dele, a qual pegou no ar antes de ser atingido.

— Não é bobo! É um romance cristão muito bonito.

Estevão ponderou por um instante.

— É muito bonito, de fato... — disse Estevão.

— Obrigada!

— ...mas isso está errado — insistiu, como um completo insano. — Jacó não esperou por quatorze anos! Ele se casou com Lia depois de sete anos de trabalho, e na semana seguinte se casou com Raquel.

Entreabri os lábios, ultrajada.

— Não foi, não! — respondi. Olhei para Paulo com um pedido silencioso de apoio moral.

O filho da mãe prendia o riso.

— Ele está certo, Abelhinha.

Olhei de volta para Estevão. Uma sombra de confusão percorreu o rosto dele. Minhas bochechas arderam por algum motivo.

— Não me chame assim — resmunguei com uma careta. — Vocês dois só podem estar de brincadeira.

Levantei-me com um salto e caminhei até a estante de livros da tia Luísa. Peguei uma Bíblia e a abri em Gênesis. Estevão tentou ajudar:

— Capítulo vinte e no...

— Shhhh — chiei ao passar as páginas. — Sabichão.

Passei os olhos por todo o capítulo e entreabri os lábios ao chegar no final. Fechei a Bíblia depressa.

— Ok, vocês estão certos. Seus... teólogos irritantes.

Paulo levou uma mão ao peito e curvou o lábio com malícia.

— Obrigado pela lisonja. Da próxima vez, leia o livro correto. — Então finalmente se virou de costas e saiu na direção da cozinha.

— Tudo bem, Cassie — Estevão piscou um olho quando eu voltei para perto dele no tapete. — Não é nada demais.

— Seu irmão é um ridículo.

— Ele só está provocando você.

— Não me diga.

Estevão afunilou os olhos como se me estudasse. Em resposta, encolhi o corpo.

— O que foi? — perguntei.

— Nada, não. Só estava pensando... — ele fez uma breve pausa. — Agora meu irmão te chama por apelidinhos?

Uma risada esganiçada escapou da minha garganta.

— Não! — disparei. — Hã... quer dizer, sim. Mas isso também é pra me irritar.

Estevão ponderou.

— Não parece isso. Eu até diria que é meio fofo. Gentil...

Sacudi as mãos, dispensando rapidamente a ideia.

— Não se engane. Isso é coisa do seu pai.

O rosto de Estevão se iluminou de repente.

— Ah, é meu pai quem te chama assim? — Anuí em concordância. — Admito que faz mais sentido. Mas por que Abelhinha?

Deixei a pequena curva de um sorriso carinhoso se formar no canto dos meus lábios, pensando com afeto em tio Gonçalo.

— É por causa do açúcar. Você sabe, eu amo...

— Açúcar. Sei.

— E como eu só vivo lá no Caldo, seu pai diz que o caldo de cana é o meu néctar.

Ele deu um risinho.

— Entendi. Mas você não devia pegar meio leve, não? Quero dizer, seu pai...

Joguei o corpo para trás, meus olhos reviraram tanto que eu poderia apostar que se transformaram em duas esferas brancas.

— É o que o seu irmão diz!

Estevão fez cara de compreensão, depois simulou um zíper sobre a boca. Peguei de volta meu catálogo e dobrei a pontinha da página com o tricoline escolhido.

— Não entra na pilha.

— É claro que não — resmunguei. — Ele nem sabe o que diz. Olha o livro, por exemplo. É um livro muito bom. — Fiz uma pausa, irritada. — E eu nem costumo ler romances.

Estevão fechou o roteiro e o colocou de lado. Depois apoiou as mãos nos joelhos e se virou para mim.

— Tá, eu sei.

— O que faz dele o melhor romance já escrito na história da humanidade.

Ele anuiu com veemência.

— Concordo. É o melhor de todos.

Encarei-o por um instante e deixei uma risada escapar.

— Você nem leu.

— Mas, se você está dizendo, deve ser verdade.

Prendi o riso e me inclinei para a frente para desferir um tapinha no joelho dele.

— Para de me adular.

Ele cruzou os braços e encostou o corpo no sofá atrás de nós e depois apontou de mim para si mesmo, repetidas vezes.

— Estou tentando aqui, sabe?

O resquício de humor que havia em mim se esvaiu no mesmo instante. Meu coração se agitou, de novo, de um jeito desagradável.

— T-tentando o quê?

Estevão soltou um suspiro pesado.

— Retomar o que tivemos a vida toda? Ser seu amigo como antes?

Amigo. Ele queria ser meu amigo? Se a história do jantar fosse verdade, aquilo não fazia sentido algum. Ele viajara do interior do Pará para o litoral norte do Rio de Janeiro só para me colocar na *friend zone* de novo?

Ah, pelo amor de Deus. Uma mensagem de texto bastava.

— Já definiram os papéis? — Paulo voltou da cozinha raspando o recheio de um biscoito recheado com os dentes.

Inacreditável. Trinta e quatro anos. E ele ainda fazia isso.

Estevão endireitou a postura e reabriu o roteiro, passando os olhos pela página com os nomes dos personagens.

— Eu quero fazer o... pregador.

— A mocinha não fica com o príncipe? — Paulo perguntou, lambendo os dedos.

Era incrível como a mais simples das atitudes dele me irritava naquele dia. Estevão deu uma risada e dispensou a oferta com um tapinha no ar.

— Eu não quero aparecer tanto assim. Além do que, os papéis principais já são de vocês.

— Como assim? — perguntei, consciente de que ele estava insinuando que eu devia interpretar a mocinha.

— Ora. Não era esse todo o propósito de vocês trabalharem juntos? Que vocês precisariam dançar?

Paulo e eu nos encaramos em pânico. Eu podia apostar que estava me julgando por não ter escrito o roteiro direito. Apertei a almofada com força. Como nos metemos nessa encrenca?

— Só tem uma cena de dança, e é entre a mocinha e o príncipe — afirmou Estevão.

— É verdade — disparei nervosamente. Eu não iria dançar com aquele cara na frente da igreja toda. Não mesmo. Dançar com Estevão depois de ter me declarado do jeito mais patético (e não intencional) possível ainda era melhor do que aquilo. — É que Paulo queria te ceder o papel.

— De jeito nenhum — Estevão falou. — Vocês já ensaiaram bastante.

Paulo pigarreou. Quando olhei para ele, esfregava a testa com os olhos fixos no aparelho celular.

— Preciso atender — anunciou. — Façam... façam o que acharem melhor. Com licença.

Estevão se inclinou para a frente enquanto o irmão saía, mas algo no semblante de Paulo me deixou intrigada. Será que estava falando com Lígia de novo? Por que não parecia tão animado dessa vez?

— Vamos manter como está — Estevão disse. Pestanejei, focando a atenção novamente nele. — Eu só quero ajudar. Não quero mudar nada. Não faz o menor sentido.

Esbocei um meio sorriso.

— Você já mudou uma cena.

— Aquilo não era uma cena. Era um assassinato da teologia.

— Nossa, me desculpe. Também não precisa ofender.

— Estou brincando.

Ele tocou meu ombro e o acariciou com a ponta do polegar. Desviei os olhos rapidamente para a mão na minha pele. Estevão pareceu ignorar o desconforto.

— É um erro comum — concluiu.

Engoli em seco. O toque se tornava cada vez mais pesado em meu ombro, então me desvencilhei discretamente.

— Não acredito... — comecei a dizer, mas logo interrompi meu comentário.

Aquele feixe de luz agora refletia no rosto dele. Estevão parecia incomodado, porque desviava o rosto da claridade enquanto tentava olhar para mim. Conforme a brisa do lado de fora empurrava a cortina, a luz se deslocava para fora e de volta para a face dele. Eu me levantei e caminhei até a janela. Fechei o vidro e depois a cortina.

— Não acredito que, em 28 anos de igreja, eu só fui descobrir isso agora.

— Bem, poderia ser pior. Você poderia ter colocado isso em um livro.

Dei uma risada. Aquela pobre autora...

— Não fale mal do livro.

Estevão esboçou um sorriso. Uma covinha se formou em uma das bochechas. Ele ainda continuava muito bonito.

— Ora, não é de todo ruim — ele falou. — Tem uma parte aqui muito profunda.

— É mesmo? — cruzei as pernas e cheguei mais perto.

— Aham, quando o príncipe fala assim. — Ele endireitou a postura, simulou um olhar sedutor, pigarreou e abaixou a voz em um tom antes de continuar. — "Diante de todo o povo dou a minha palavra de que a amo e darei a vida por você."

Joguei a cabeça para trás e deixei escapar uma risada alta. Falei, quase engasgando:

— É assim que você imagina esse personagem?

— Basicamente — ele admitiu.

— Que metido a besta!

— Mais um motivo para ser Paulo interpretando, você não acha?

Continuei gargalhando, os ombros chacoalhavam.

— Imagine o Paulo dizendo — Estevão se empolgou e voltou a engrossar a voz — "Diante de Deus, dou a minha palavra: em todo este império, você é a única em que penso!"

Minha risada esmoreceu até se tornar um sorriso contido no canto dos lábios. Estar a sós com ele e poder rir confortavelmente, como nos velhos tempos, podia ser agradável.

— Tá, é um pouquinho dramático, vai? — respondi, desferindo um chutezinho de leve na canela dele.

Estevão anuiu e me encarou em silêncio com o semblante satisfeito. Eu poderia dizer que ele sabia o que eu estava pensando.

Como nos velhos tempos.

15

O DIA EM QUE MEU CORAÇÃO ACORDOU

Eu preciso ser honesta sobre essa coisa de terapia com o ChatGPT. Veja bem, não deu certo. Quem diria?

Ele ficava insistindo que eu procurasse uma academia e, para ser sincera, apesar de ter me envolvido em diversas atividades esportivas na infância, eu não havia me tornado uma adulta muito fisicamente ativa. Desse modo, fui a um psicólogo de verdade, e este, sim, me deu alguns conselhos úteis.

O problema é que não segui nenhum. Mas não foi uma rebeldia intencional. Eu estava travada. Como os artistas com bloqueio criativo, mas no meu caso o bloqueio em questão estava relacionado a tomar atitudes para viver uma vida saudável — e já durava pelo menos uns vinte anos.

Para você ter ideia, mais de uma semana havia se passado e eu ainda não criara coragem de confrontar André e Amanda. Toda vez que eu decidia conversar com um dos dois havia aquela *vozinha*, uma espécie de sensação que ressoava como "caramba, mulher, tome conta da sua própria vida". Além disso, tinha também a minúscula chance de que tudo não passasse de um grande mal-entendido. Eu acreditava nessa possibilidade? De maneira nenhuma. No entanto, precisava me agarrar ao último fio de esperança que tinha na decência do meu irmão.

Naquela manhã, abri a geladeira, reflexiva. Era o primeiro dos três dias de folga na minha escala, e eu havia pernoitado em serviço na noite anterior. Olhei para as opções de frutas na gaveta gelada e decidi fechá-la. Era de pão com ovo que eu precisava.

Fiz uma chamada de vídeo com Nicole enquanto cozinhava. Falamos apenas sobre os pontos turísticos de Paris, sobre a minha rebeldia terapêutica e reclamei do preço da conta de energia elétrica. Mais uma vez, não falei nada a respeito do incidente com a cueca. Decidi, por minha conta em risco, que adiaria essa discussão para quando ela voltasse da França.

Quanto a mim, bem, eu não podia morrer por causa *daquilo*. E, na minha segunda sessão com o psicólogo humano, percebi que — se não quisesse jogar meu dinheiro pelo ralo — não teria outra opção a não ser me render a pelo menos um dos conselhos. Felizmente, o terapeuta de verdade era mais razoável do que a inteligência artificial e me deu uma missão executável, ao pontuar, de maneira categórica, que o melhor e mais rápido meio de sair do total estado de sedentarismo no qual eu me encontrava era caminhar todos os dias pela manhã.

Era por isso que eu estava vestindo as roupas de academia de Nicole. Desliguei a chamada e soltei um bocejo. Nos dias em que eu trabalhava pela manhã, só precisaria acordar uma hora mais cedo; mesmo assim, caminhei apenas na segunda-feira e desisti pelo resto da semana. Acontece que, na manhã anterior, discuti com um piloto — um mal-educado arrogante que não vale o relato — e passei o dia todo sentindo aquele aperto no peito.

Então ali eu estava, diante de um pão com ovo na mesa da cozinha e do meu *notebook* aberto, enquanto procurava por um estímulo. Consultei o chat mais uma vez, digitando "Como tornar uma caminhada pela manhã menos chata?", e ele prontamente fez uma lista de sugestões, incluindo coisas que eu jamais faria.

"Praticar meditação." Quase tive um siricutico só de pensar em uma coisa tão zen.

"Leve seu amigo pet como companhia." Considerar a possibilidade me tirou uma risada. Tá bem, fora de cogitação.

"Ouça um podcast enquanto caminha." O robô devia estar de brincadeira. Aquilo nunca seria suficiente.

Desci rapidamente a barra de rolagem pela lista, até que algo pareceu saltar aos meus olhos.

"Desafie a si mesmo: crie uma meta de passos e tente se superar a cada dia."

Encarei a tela. Até que aquele poderia funcionar. Nada como uma competição para me colocar para cima.

Pesquisei por aplicativos que estivessem relacionados à caminhada, e encontrei um, de corrida, que estimulava metas e compartilhava os bons resultados em uma rede social. O mais surpreendente é que as pessoas *realmente* utilizavam aquilo. Quero dizer, havia uma porção de perfis de gente conhecida: alguns adolescentes da igreja, o Da Silva (do meu trabalho) e três ou quatro pessoas que fizeram o ensino médio comigo. Até mesmo Paulo estava lá. Era chocante.

Eu fiquei genuinamente horrorizada com a epifania de que todas as pessoas que existiam estavam habituadas a exercitar os próprios corpos. Era como se eu fosse a última sedentária da face da Terra, o que, de certa maneira, também era um incentivo.

Havia uma seção no aplicativo chamada Conte os Passos, para iniciantes que queriam apenas caminhar. Essa era eu. Me inscrevi, pareei o *app* com meu relógio e dei início à minha nova vida.

Dirigi até a orla. Ora, a caminhada não precisaria começar do portão de casa. Estacionei em frente ao Caldo da Praia, atravessei a rua e caminhei, por quase um quilômetro, pensando o tempo todo no trajeto que teria que percorrer de volta. Quando retornei, entrei no estabelecimento para cumprimentar o tio Gonçalo. Ele estava sentado no balcão de braços cruzados, rindo de se dobrar.

Afunilei os olhos e me sentei em uma banqueta.

— Qual é a graça? — perguntei, sem compartilhar o divertimento.

— A graça, minha abelhinha — tio Gonçalo falou; abaixou-se e pegou um copo de plástico, o qual passou para a minha mão e depois me encarou, coçando a barba —, é que nunca vi alguém tão infeliz por fazer uma caminhada.

— Eu não estou infeliz — protestei, vendo-o se deslocar até a máquina de moer cana. — Só cansada.

Àquela hora, a lanchonete estava vazia, a não ser por nós dois e o velho senhor Olivetto, um italiano idoso e solitário que vinha ao Caldo da Praia, todas as manhãs, a fim de tomar café enquanto lia o jornal do dia. Tio Gonçalo preparou uma jarra de caldo e pegou um copo para si mesmo. O senhor Olivetto, que não movia um músculo, a não ser que fosse para passar uma página, não pareceu se importar.

— O importante é começar — tio Gonçalo incentivou. — Até onde você foi?

— Até a altura da agência bancária, mais ou menos.

— Isso dá uns vinte minutos — uma voz rouca e mal-humorada surgiu por trás de mim. Tio Gonçalo esticou o corpo e olhou por cima da minha cabeça.

Olhei para trás. O senhor Olivetto ainda estava encarando o jornal.

— São dois quilômetros! — pontuei. (Se fôssemos considerar a ida e a volta. E arredondássemos uns trezentos metros.)

Um sorrisinho debochado se formou no canto dos lábios dele.

— Isso não é nada.

Levei uma mão ao bolso traseiro da minha calça e saquei meu celular. Abri o Conte os Passos.

— Foram 2.522 passos. Do zero a dois mil e quinhentos! — Virei-me para tio Gonçalo. — Pois eu acho que fui muito bem!

Ele se esticou e desferiu dois tapinhas na minha mão.

— É um ótimo começo, filha. Continue assim.

— Obrigada! — respondi.

Levei meu copo com o caldo de cana até a boca. Senti um prazer imediato enquanto o líquido fresco e adocicado escorria por minha garganta. Meu néctar.

— Você parece estressada — tio Gonçalo pontuou. — É o trabalho?

Eu o fitei e, por um instante, me ocorreu a ideia absurda de desabafar sobre André e Amanda. Engoli a vontade, arranhei a garganta e respondi:

— Trabalho, conta alta de energia elétrica, essas coisas de sempre.

Ele apertou os lábios e eu me arrependi no mesmo momento. Tio Gonçalo olhou em volta, como se para ver se alguém estava escutando.

— Aquele combinado que a gente tem, se estiver muito pesado...

— Não, pode esquecer. Acredite, essa é a única coisa que me dá alguma alegria ultimamente.

— Ah, filha... você sabe que eu posso...

— Não fala mais nada, vou ficar brava — apontei para ele com o dedo em riste. — É uma *oferta*.

Tio Gonçalo soltou um longo suspiro e levantou uma das mãos em rendição.

— Tá bem. Não está mais aqui quem falou — ele disse, e um silêncio constrangedor se instalou de repente.

O "combinado que nós tínhamos" era mesmo uma coisa que eu fazia com prazer. Mas foi burrice minha, eu nunca devia ter mencionado o preço de conta nenhuma. É claro que ele se sentiria incomodado.

— Como vai o musical? — ele perguntou, de repente.

Abaixei o copo. Franzi o cenho. Podia perceber um sorrisinho discreto contornando o cantinho daqueles lábios; fiquei aliviada com a mudança, tanto na expressão dele quanto no que dizia respeito ao tema da conversa.

— Está... devagar e sempre. Mas está saindo.

— Espero que meus apóstolos não estejam dando muito trabalho.

Eu ri baixinho.

— Seus apóstolos... Eu tinha me esquecido desse apelido.

Tio Gonçalo bebeu um gole do caldo, lambeu um bigode de espuma e respondeu:

— Um pai nunca se esquece.

Depois de uma breve reflexão, recostei o corpo nas costas da banqueta e encolhi os ombros.

— Sabe, agora, com uma perspectiva de adulta, é engraçado pensar nessa escolha de nomes.

— Como assim?

— No que o senhor e tia Luísa estavam pensando enquanto planejavam o segundo filho? "Ah, queremos que eles se odeiem! Vamos chamar esse aqui de Estevão e garantir que o primeiro nunca o deixe em paz"?

Tio Gonçalo soltou um daqueles risos que faziam os ombros dele chacoalharem e os olhos se transformarem em uma linha.

— É sério? Vocês queriam fazer uma piada ou o quê?

— Bem, não era exatamente pra ser nenhuma piada, a gente só percebeu a ironia depois da primeira briga, mas depois achamos que a coincidência seria uma boa lembrança do que a Graça de Deus pode fazer.

— Redimir os perseguidores?

Ele me lançou uma piscadela.

— E transformar inimigos em irmãos.

Soltei um assobio.

— Até que isso ficou bonito.

Tio Gonçalo fez uma careta.

— Mas parece que Estevão nunca foi apóstolo.

Pestanejei, confusa. Mas é claro que Estevão não... Ahhh.

— O da Bíblia?

— É que tecnicamente ele é considerado um diácono.

— Hum — refleti por um instante. — Foi o seu Estevão quem disse isso, né?

— Como você sabe?

Apoiei o queixo na mão, e fitei tio Gonçalo, rindo comigo mesma.

— Foi uma hipótese que me ocorreu.

Um homem com duas crianças passou pela porta e o tio se levantou para atendê-los.

— Caramba, você conhece mesmo esse meu filho — comentou, enquanto voltava para trás do balcão.

Mais tarde, no culto daquela noite, Estevão se sentou ao meu lado e eu o fiquei encarando em silêncio. Ele voltava o rosto para mim, vez ou outra. Em uma delas até deu um risinho sem graça. Foquei os olhos no versículo que apareceu no telão, decidida a parar com essa coisa de ficar olhando para ele, mas era muito estranho tê-lo ali outra vez.

Depois de fazer uma breve reflexão sobre o versículo, o pastor chamou Paulo para ir à frente. Tomei um susto. Eu sequer havia percebido que ele estava ali naquela noite. Onde havia se enfiado? Olhei em volta, procurando por ele. Estevão bateu no meu braço com o cotovelo e apontou para a frente com a cabeça. Paulo saiu de uma porta atrás do púlpito segurando um violão.

Ele se posicionou atrás do microfone. Por uma fração de segundo, nossos olhos se encontraram. Foi a coisa mais estranha. Ele manteve o rosto sério, desviou o olhar para o irmão e depois fechou os olhos.

Apoiei o queixo na mão quando ele abriu a boca. Paulo tinha uma voz magnífica. Ele já arrancava suspiros quando estava calado, mas, quando cantava, é sério, não sobrava uma alma imune àquele charme.

A começar pelas visitantes que estavam atrás de nós.

— Caramba. Que gato! — disse uma delas.

Estevão e eu nos entreolhamos. Quando ele revirou os olhos, se pareceu muito com o bom e velho Estevão de sempre. Eu prendi o riso.

— Não tem um partidão desse na nossa igreja.

Cobri a boca com a mão. Segurar o riso estava ficando mais difícil. Será que não dava para elas imaginarem que estavam sendo ouvidas?

— Ô, se um cantor desse cai na minha rede.

— Aí seria a pesca maravilhosa — completou a outra.

Risadinhas irradiaram pelo lugar. Arregalei os olhos e me virei para Estevão. Ele olhou para trás.

— *Psiu* — chamou.

Ele tinha ficado doido? O que estava fazendo? Eu me virei para fitá-las. As duas mulheres se inclinaram para a frente. Só agora percebi que uma delas tinha uma criança de uns dois anos no colo.

— Ele está estudando para ser pastor.

Eu juro. Elas foram à loucura. As risadinhas se tornaram tão empolgadas que algumas pessoas se viraram para olhar.

— Você não presta, Estevão Valim — acusei, em um sussurro. — Não vale um tostão furado.

— Eu só queria dar uma alegria para as coitadas.

Ao final do culto, Paulo teve algum trabalho para se livrar das duas. Estávamos todos reunidos no saguão da cantina conversando e comendo pastel. Os adolescentes aproveitando mais uma oportunidade para sabatinar Estevão. As mulheres ficaram ao redor do Valim mais velho por quase vinte minutos.

Eu não conseguia resistir à tentação de espiar a interação entre eles. Uma delas chegou a tocá-lo no braço, e o homem deu um discreto passo para trás para se esquivar. Quando foram embora, ele caminhou para perto de nós, pagou por um copo de suco e se sentou em uma mesa, sozinho.

Nem sequer falou comigo. Pressionei meus lábios. Ele era tão esquisito. Mas tudo bem. Se não se importava com a minha presença eu também não iria me importar. Quero dizer, isso nem era para ser novidade mesmo.

Desde quando eu ligava para o cumprimento de Paulo Valim? Eu, hein...

Ele estava sentado com irreverência. A franja escura caída na frente dos olhos. Sob ela, nossos olhares se encontraram. Havia burburinho à nossa volta, todos rindo e falando alto ao redor, mas entre nós era silêncio. Ele emanava frieza e eu fingia indiferença. Mas não conseguia desviar os olhos. Então surgiu. Aquele pequeno sinal. Uma curvinha de nada, quase imperceptível, em um dos cantos dos lábios dele.

Meus olhos viram.

Meu coração também viu.

Sei disso porque levei a mão ao peito e o senti bater mais rápido. Meu coração *adormecido* acelerou por causa de Paulo. E ali, no meio do saguão da igreja, ele despertou.

16

O DOCINHO DO TERCEIRÃO

Em um desses dias de ensaio, Estevão estava batendo texto com Paulo, e tentando convencê-lo a não usar uma música romântica da banda Pimentas do Reino na cena do baile.

— Sou eu quem vai fazer o sacrifício de dançar a bendita da música, eu tenho o direito de pelo menos decidir qual é — o irmão mais velho protestava de maneira acalorada.

— Longe de mim insinuar o contrário — disse o outro, diplomático. — Só estou dizendo que há opções mais atuais.

— Mais atuais, sim — Paulo, que estava sentado, cruzou uma perna e esticou o braço, mantendo o roteiro na altura dos olhos. Depois, soltou um pigarro e ajustou os óculos de leitura. — Mais agradáveis, não.

Curioso, eu nunca tinha notado que ele usava óculos de leitura. Quero dizer, agora que estava olhando para eles, sabia que já o havia visto usando, mas, de certa maneira, é como se eu *reparasse* nisso pela primeira vez.

— Cassie, me ajuda aqui.

O som do meu apelido me fez despertar do devaneio. Encolhi os ombros, quase que com um pedido de desculpas.

— Eu gosto muito da Pimentas do Reino.

Estevão me avaliou, o olhar surpreso.

— O que fizeram com você?

Me ocorreu que provavelmente não era uma boa ideia mencionar que *Pensando em você* fora a faixa principal da trilha sonora do nosso relacionamento platônico. Bem no meio dessa reflexão, a campainha tocou. Eu me levantei, como se morasse ali, e caminhei até o portão para receber o resto do elenco, enquanto cantarolava "às vezes me pergunto se eu não entendi errado, grande amizade com estar apaixonado...". Fechei a boca ao me dar conta do que fazia.

Fala sério, *eu poderia ter escrito aquela letra*, mas isso não vinha ao caso. A kombi da igreja estava lotada. Felizmente, nenhum dos sete que passaram por mim direto para a sala pareceu ter escutado a cantoria. Todos estavam encasacados, porque estávamos passando por dias mais frios. Foram direto para a sala, onde se acomodaram. Elias desceu as escadas. Oramos antes de começar a reunião e, durante todo o tempo em que algumas pessoas faziam perguntas absurdamente íntimas sobre a vida amorosa de Estevão, Paulo ficava sinalizando para mim, como se eu tivesse que tomar as rédeas da conversa. Dei um chute na canela dele na primeira oportunidade, quando fingi que precisava ir até a cozinha para beber água.

Mas ele se levantou e me seguiu.

— Qual é o seu problema? — perguntei, abrindo a porta da geladeira. — Você não devia estar no trabalho?

Paulo cruzou os braços e me fitou.

— Você é muito impertinente mesmo.

Encarei-o de volta, boquiaberta com a agressividade gratuita. Tá. Tudo bem, não foi totalmente por nada. Acho que passei dos limites com o chute.

Com uma garrafa de vidro na mão, fechei a porta da geladeira, dei dois passos na direção dele, de modo que ficamos a apenas alguns milímetros de distância.

— Eu sou impertinente? Por que você está agindo como um idiota? Eu preciso te lembrar de novo por que estamos aqui?

— Será que você não percebeu que a culpa é sua? Eu só estava tentando te ajudar! Foi você quem inventou demais e acabou me arrastando junto para essa confusão. Sabia que eu peguei uma licença no meu trabalho para estar aqui? Enquanto, para ser honesto, eu já devia ter desistido dessa palhaçada.

— Quer saber, Paulo? Então desiste.

Passei por ele batendo os pés e fui até uma cristaleira. Peguei um dos copos chiques de Luísa. A cena a faria ter uma síncope.

— Se você está tão incomodado assim — continuei —, cai fora! A gente se vira.

Ele olhou por cima dos ombros na direção da sala.

— Fala baixo.

— Por quê? — virei o copo de água todo de uma vez.

Ele deu um passo para mais perto.

— Estou tentando ajudar, tá bom? Por que você não se declara de uma vez?

— Porque eu não sinto nada por ele, droga! — Paulo encolheu o queixo, em completo estado de choque. Era o que faltava. — Eu não tenho mais quinze anos, sabia?

Ele levou a mão à mandíbula e coçou a barba rala.

— Você mandou um e-mail...

Sacudi a mão no ar.

— Eu já disse. Não foi de propósito — soltei um grunhido.

Por que eu estava tentando explicar? Ele nunca entenderia.

— E você não acha que devia deixar isso claro? Ele não está aqui por causa do e-mail?

— Bem, eu não tinha pensado nisso. Suponho que sim...

Virei de costas para Paulo, minha mente trabalhando de maneira frenética. Meu coração acelerava em um ritmo fora do normal. Abri a torneira da pia para lavar o copo e o coloquei no escorredor, depois caminhei até a geladeira levando a garrafa de água, mas, antes que eu abrisse a porta, Paulo a envolveu com a mão.

— Me dê um pouco disso — falou.

Ergui os olhos para encará-lo, Paulo era ao menos vinte centímetros maior do que eu. Os ombros largos de quem gostava de remar bloqueavam a visão do que quer que estivesse atrás dele. Os olhos negros faiscaram quando encontraram os meus. Ele engoliu em seco. Soltei bruscamente a garrafa e tentei dar um passo para trás. Paulo me segurou pelo pulso com a mão livre. Nossos olhos se encontraram de novo. Estávamos muito próximos. A voz dele estava rouca quando disse:

— Você não sente nada por ele?

O ar ficou subitamente rarefeito. Fiz que não com a cabeça.

— Tem certeza?

— Nada além de carinho e amizade.

A mão dele afrouxou, mas permaneceu na minha pele. Quente, áspera, masculina e gentil. Ele pressionou os lábios em uma linha, o olhar ficou levemente opaco.

— Vocês não têm tido muito tempo juntos. Acho que a culpa é minha.

— Eu não acho que isso faria diferença.

Eu poderia jurar que uma curva discreta se formou no canto dos lábios.

— Então não tem nada?

— Tenho que repetir quantas vezes?

— E aquela palhaçada de borboletas no estômago?

É, ele leu mesmo o e-mail.

— Estão mortas e enterradas. — Ele me olhou com dúvida. — Escrevi aquilo há treze anos, Paulo. Treze *anos*. Borboletas só vivem por, sei lá, algumas semanas.

Paulo me avaliou.

— Bom — ele disse, depois de perturbadores segundos de silêncio.

Sem se mover ou desviar os olhos, ele esticou a mão e depositou a garrafa de água no balcão ao nosso lado.

— Você acha isso bom? — perguntei, sustentando o olhar. Era firme e voraz como se aos gritos anunciasse algo e implorasse para que eu entendesse.

— Não para o meu irmão, coitado.

Soltei o ar pelo nariz de modo tão desajeitado que ele soou como um ronco. Paulo mordeu os lábios e sorriu. Sorriu! Caramba, meu coração disparou de verdade daquela vez. Agora não restava dúvida. Eu estava louca mesmo.

Aquele era ele. O Paulo Valim de sempre.

Ele deu um passo à frente.

O Paulo Valim que conheci minha vida toda.

Ele tocou minha nuca.

Aquele que arrancava suspiros de todas as garotas mais desejadas da escola, da igreja, da cidade inteira.

Se inclinou para mais perto.

O mesmo em quem eu nunca nem sequer ousei pensar. Era ele sorrindo para mim enquanto mordia os lábios e me lançava um olhar que insinuava todas as coisas que eu já não podia ignorar.

Paulo tocou uma mecha do meu cabelo, levou-a para trás da minha orelha.

Na cozinha de seus pais, a poucos metros do irmão dele; do, AI-MEU-DEUS, filho dele e dos nossos amigos mais chegados.

A respiração dele contra a minha pele, a pontinha do nariz roçou de leve meu cabelo. Meu corpo todo arrepiou. Então Paulo disse, em um sussurro:

— Deveríamos apedrejá-lo?

Inclinei o tronco para trás a fim de encará-lo, levei um segundo para processar a frase e, então, desferi um tapa no peito dele, que sacolejou com uma gargalhada estridente.

— Que horror! — Ele ficou roxo de tanto rir. — Paulo Valim, você é uma pessoa horrível!

— Desculpe — ele disse, mas eu continuava boquiaberta.

— Isso foi muito pesado, até pra você.

Suspirei. Eu estava imaginando coisas, perdida na minha própria loucura.

— Não seja boba. Seria um insulto se, com dois irmãos com esses nomes, essa piada não viesse à tona.

Eu estava prestes a sair da minúscula área de contato entre nós, cheia da certeza de que entendi tudo errado, quando ele me puxou de volta, pelo cós da minha calça.

— Ei, calma aí — pediu, recompondo-se. — Fica, vai. Só mais um pouquinho.

Minhas pernas amoleceram como geleia. Bem, talvez eu não estivesse imaginando. Abri a boca para responder, mas uma voz do outro lado da cozinha nos fez virar as cabeças.

— O que é tão divertido?

Era Estevão. Paulo me soltou tão rápido que eu desequilibrei. Precisei me apoiar no balcão ao meu lado.

— Eu estava sugerindo que a gente apedrejasse você.

Soquei o braço dele dessa vez. Estevão revirou os olhos.

— Cara, você não se cansa dessa piada?

Paulo balançou a cabeça, passou a mão pelo meu ombro e me puxou na direção da sala.

— Nah! — disse ele. — Isso nunca perde a graça.

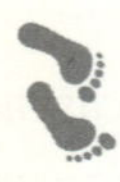

Cássia
Foi horrível. Isso não é coisa para se brincar.

Dedilhei uma mensagem no WhatsApp enquanto os outros liam o roteiro. Estávamos todos na sala de tia Luísa. Os mais velhos no sofá, os adolescentes de pernas cruzadas no tapete. Cada um concentrado em silêncio em uma primeira leitura individual. Tia Luísa havia chegado junto com Erick. Ele nos cumprimentou de um jeito mecânico e subiu as escadas, enquanto ela foi direto para a cozinha. O cheiro de bolo de milho já tomava conta da sala. Estevão estava ao meu lado e Paulo em uma cadeira no canto oposto do cômodo. Ele não tirava os olhos de mim e, por causa disso, eu não conseguia me concentrar na simples tarefa de ler minhas falas.

Quando apertei o ícone de enviar a mensagem, Paulo abaixou a cabeça, tirou o celular do bolso da calça de moletom e prendeu o riso. Era engraçado vê-lo vestido tão à vontade daquele jeito. Via de regra nos encontrávamos sempre fora de casa: no Caldo da Praia ou eventos da igreja, e, mesmo que ele tivesse um estilo bem despojado, diferente de mim, costumava andar sempre muito bem arrumado. Naquele dia estava praticamente de pijama. Uma camisa branca básica de manga comprida que marcava um pouco alguns músculos que ele ainda tinha nos braços, uma calça cinza envelhecida, meias brancas e Havaianas. Meu telefone vibrou na minha mão, me despertando da distração temporária. Olhei para a tela:

Paulo Valim
Ah, eu nunca pensei que você fazia o tipo de crente chata e sensível.

Abri os lábios, indignada.

Cássia
???

O que isso deveria significar? Eu não sou sensível. Foi uma piada horrível!

Paulo Valim
Falando assim, você fica idêntica à minha mãe.

Cássia
Sua mãe sempre foi muito sensata.
Vou levar como um elogio.

Ergui os olhos e lá estava de novo. Paulo me observando com suas duas esferas escuras. Engoli em seco, perdida em seu olhar, mesmo quando ele digitava alguma coisa sem nem sequer olhar para a tela. Meu celular vibrou de novo.

Paulo Valim
Eu estava nervoso. Desculpe.

De todas as frases que nunca imaginei que Paulo Valim pudesse dirigir a mim, aquela estava em segundo lugar. A primeira havia sido "fique mais um pouco".

Cássia
Nervoso com o quê?

Eu enviei e, ironicamente ou não, meu coração começou a se agitar com violência outra vez.

Paulo Valim
Ah, Abelhinha, eu sei que você sabe.

Engoli em seco. Elias estava a poucos metros de mim, rindo de algo que Calebe, o tal noivo mais jovem da igreja, havia gracejado.

Larissa, a garota cujo anel havia me colocado na situação em que me encontro hoje, se exibia com alegria diante dos dois. Eu não fazia ideia de qual era o assunto até que escutei as palavras que esclareceram tudo.

— O docinho do terceirão.

Soltei uma risada. Se alguém ganharia esse título naquele ano, é claro que seria Larissa. Ela estava um ano atrasada, mas lógico que isso não era um critério na nossa tradição escolar. Calebe me fitou, curioso.

— Você também já foi um docinho, Cássia? — perguntou ela, com aqueles olhinhos castanhos e brilhantes de patricinha pelo qual Calebe se derretia desde que tinham uns quinze anos.

Senti um incômodo infantil. Eu nunca seria a garota contemplada com um título como aquele.

— Hã...

Nesse exato momento, tia Luísa adentrou a sala segurando um tabuleiro com luvas de proteção térmica. Todas as atenções se voltaram para ela. Levantei-me do chão para desocupar a mesa de centro que estava cheia de celulares e papéis espalhados. Paulo correu até a cozinha, trouxe uma travessa de vidro e a ajudou a desenformar o bolo. A mãe tentou protestar, dizendo que não era preciso. Mas ele era metido a entender mais de cozinha e fez questão de fazer o trabalho.

— Exibido.

Fui eu a tecer o comentário que ele ignorou. Tia Luísa soltou uma risada, virou-se na direção do segundo andar e gritou pelo neto que estava faltando.

— Eriiick! — Para a minha surpresa, em uma questão de segundos, ele surgiu na escada. — Venha comer, querido. — Tia Luísa concluiu docemente.

Depois, colocou uma mão na cintura e virou para mim.

— Eu me lembro dessa brincadeira de eleger um "docinho". Era tão divertido! Meu Paulinho ganhou uma vez, eu me lembro muito bem.

Todos os olhos no recinto se voltaram para Paulo. Ele tentou cobrir o rosto com o roteiro e fingir que não estava ouvindo a conversa.

— Não acredito — disse Erick, deixando o corpo despencar em uma poltrona que alguém havia acabado de desocupar para ir ao banheiro. — Que esse cara era o mais bonito da escola na época dele.

Paulo abaixou o roteiro e olhou para o filho, mas ele já estava ao alcance das mãos de tia Luísa, que o pegou pelas bochechas, esmagando-as como as de uma criancinha.

— De quem você acha que puxou essa beleza?

O menino se esquivou do carinho da avó com uma delicadeza inesperada.

— Da senhora, é claro.

Ela riu e acariciou o cabelo dele. A cena aqueceu o meu coração. Eu sabia, Erick. O bom menino ainda estava ali.

— Mas, se ela estudava naquela escola — Erick apontou para mim com a cabeça —, como é possível que ele — então apontou para o pai — tenha ganhado?

Alguns olhos vagaram entre Paulo e eu. Larissa pareceu perplexa com o comentário. Estevão soltou uma risada.

— É uma boa observação — disse o tio.

Paulo levantou-se da cadeira onde estava, esticou o braço e desferiu um tapa na nuca do filho. Depois caminhou até a mesa de centro, pegou uma fatia de bolo e voltou para o mesmo lugar.

— Desculpa, ué — disse Erick. — Mas ela é gata.

Eu abri os lábios, estupefata, e olhei para Paulo. O rosto dele se transformou em uma parede de severidade.

— Cuidado com a boca, rapaz — avisou com a bochecha ressaltada depois de abocanhar uma fatia de bolo.

— O que foi? — O garoto olhou ao redor e percebeu que todos estavam calados. Depois se virou para o pai. — Você também acha!

Paulo fez menção de se levantar, mas de repente engasgou-se com o bolo. Desferiu dois socos no próprio peito e pigarreou, em alto e bom som.

— Bem, não estudamos na mesma turma — eu disparei, para tentar evitar a tragédia iminente. — Eu estudava com o seu tio aqui, ora. — Apertei o ombro de Estevão. — Ele deve ter ganhado esse negócio no nosso ano.

Agitei a mão no ar, fazendo pouco da temática, mas Estevão fez que não com a cabeça e eu recolhi a mão, lentamente.

— No nosso ano foi a Júlia — disse ele.

— Bem, eu não me lembrava disso.

E essa foi a última coisa que falamos sobre o assunto. Logo todos trataram de ir até a mesinha de centro pegar um pedaço de bolo. Levantei-me para ajudar tia Luísa a trazer alguns copos e, por um milagre, dessa vez ela não se opôs à tarefa.

Quando voltamos para a sala, Paulo e Estevão estavam sentados lado a lado e ouvi o mais novo perguntar ao mais velho:

— Então você acha a Cássia uma gata, hã?

Interrompi os passos. Era inacreditável que eu estivesse mesmo presenciando aquela cena. Por algum motivo, talvez pura curiosidade, tia Luísa também parou de andar.

— Ah, por favor, aquele moleque só fala bobagem ultimamente — Paulo pontuou depois de um segundo de hesitação.

Olhei ao redor. Erick não estava mais ali.

— Mas é mentira? — Estevão insistiu.

O outro soltou uma risada debochada e disse, em tom igualmente irônico:

— Ora, eu não sou cego. Nem tô morto.

Tia Luísa pigarreou e caminhou na direção deles. Os dois se viraram para trás. Estevão coçou a cabeça. Os olhos de Paulo encontraram os meus. Tia Luísa passou direto e foi até os adolescentes no tapete para servi-los com o chocolate quente que ela fez em homenagem ao dia frio. Eles estavam na frente da TV, assistindo à Nicole apresentar o telejornal. Os copos que estavam nas minhas mãos ficaram para Paulo e Estevão.

— Obrigado, Cassie — disse Estevão, virando-se depressa para a frente.

Paulo assentiu, calado, e levou o copo aos lábios, estudando minha reação. Ele me olhava de baixo para cima como um cachorro pidão e arrependido. Arqueei uma sobrancelha e passei direto, decidida a ignorá-lo. Depois peguei meu roteiro, e segui com o ensaio.

Ao fim, quando os nossos amigos entraram na kombi da igreja, eu caminhei até a Joaninha. Porém, tão logo abri a porta ouvi Paulo chamar por mim. Virei-me para trás. Ele estava sério, com as mãos nos bolsos da calça de moletom.

— Pode me dar uma carona até o Caldo da Praia? — Pestanejei, processando a informação. Ele continuou. — Fiquei de ajudar o pai hoje no fim da tarde.

— Cadê a sua moto?

Ele sorriu de lado e piscou um olho para mim.

— Quero deixar na garagem hoje.

Suspirei e, com a cabeça, sinalizei na direção da Joaninha.

— Vem.

A alguns metros de distância do portão, Estevão nos olhava de um jeito estranho. Apertei os lábios. Precisávamos conversar. Eu garantiria aquilo mais tarde. Sinalizei um tchauzinho, ao qual ele retribuiu enquanto o irmão dava a volta no carro.

Paulo se acomodou no banco do carona e eu tomei meu lugar. Dei partida na Joaninha. Ele ficou calado por quase todo o percurso. A cabeça apoiada no encosto do assento enquanto me observava.

— Então você não está... como foi que você disse? Ah, morto, não é? — soltei, ao acionar a seta para virar em uma esquina. — Bom saber.

Reduzi até parar a fim de permitir que um homem com uma carrocinha de pamonha atravessasse a pista. Virei-me para encarar Paulo, que me observava, inexpressivo.

— Eu não quero magoá-lo, Cássia.

O homem da carrocinha gritou um agradecimento quando alcançou o outro lado. Voltei a movimentar o carro, pestanejando em confusão. Abri um pouco mais minha janela. Uma brisa instantânea soprou meu cabelo para trás.

— Você acha mesmo que ele tem sentimentos por mim?

Paulo virou a cabeça para a janela, na direção da Lagoa, e fitou o horizonte em silêncio por um tempo.

— Ele seria um idiota se não tivesse — murmurou.

Algo se agitou no meu peito. Eu costumava me considerar imune aos comentários dele, mas, caramba, ele nunca tinha se dirigido a mim desse jeito.

— Eu queria pedir desculpas... Você sabe, pelo Erick — continuou Paulo. — Ele está cada dia mais impossível. E eu sinceramente não sei como...

— Ei — apoiei uma mão em seu joelho, mas tão logo me dei conta do que fiz, a recolhi depressa. Arranhei a garganta e apertei o volante. — Tudo bem, sério. Minha opinião sobre ele não mudou.

Paulo contraiu o rosto e me lançou um olhar tão grato que eu pude, nele, ler um "obrigado" mesmo que nada tenha sido dito.

— Eu sei que ele é um bom menino. — Travei os dentes e ruminei, por um instante, meus próprios conflitos internos a respeito desse assunto. Por fim, concluí. — Eu acho que tem algo acontecendo, só não consigo imaginar o quê.

Paulo tomou minha mão, e quando olhei para ele percebi que me fitava profundamente.

— Não tem nada que eu deseje mais neste momento do que que você esteja certa sobre isso.

Apertei os lábios em um meio sorriso.

— Vamos procurar entendê-lo. E as coisas vão se ajeitar, você vai ver.

— Que assim seja.

Um silêncio se instalou quando eu estacionei o carro. Estávamos na frente do Caldo da Praia; a Lagoa atrás de nós. Nós dois nos fitamos mutuamente, mas palavras não vinham aos nossos lábios. Percebi o peito de Paulo subir e descer em uma respiração pesada. Ele se inclinou levemente para frente e abriu a boca para dizer alguma coisa quando o som de seu celular nos despertou para a realidade. Por instinto, desviamos nossos rostos para baixo, para o colo dele, onde o celular estava, ao mesmo tempo. O nome de Lígia piscava na tela. Um leve vinco se formou no intercílio de Paulo. Ele desviou os olhos para os meus por um instante e, com uma voz fraca, sussurrou:

— Um minuto.

E então levou o celular ao ouvido:

— Lígia? — A expressão dele foi tomada por confusão. — Como é? Quem está falando?

Paulo ficou subitamente atônito e tão pálido que por um instante achei que todo o sangue havia sido drenado do rosto dele. Então abriu a porta do carro e saiu de lado com um pulo. Eu fiz o mesmo e dei a volta para me aproximar. Ele gaguejava. As mãos trêmulas denotavam um estado de nervosismo no qual eu nunca o vira antes.

— M-mas você tem certeza? — ele dizia ao telefone. — Quanto tempo faz isso? Dois dias? Meu Deus! Por que não me contataram antes?

Ele estava exaltado, agitado, andando de um lado para o outro em círculos intermináveis.

Toquei em seu braço. Nossos olhos se encontraram. Paulo parou de se remexer e apoiou uma mão sobre a minha. Fechou os olhos e inspirou profundamente.

— Tudo bem — ele disse. — Chego aí em algumas horas.

Ele esfregou a boca com a mão e olhou ao redor, atordoado.

— Obrigado pela carona, mas eu preciso... Preciso da minha moto. Vou avisar ao pai que não posso ficar.

— De nada, mas o que...

— Um dos meninos vai ter que vir e eu...

— Paulo, escuta!

A visão dele enfim recuperou o foco. Ele levou os dedos em pinça até a ponte do nariz.

— Olha — eu disse, intensificando o aperto em seu braço. — Você não vai a lugar nenhum naquela moto nervoso assim.

O homem me lançou um olhar urgente e sério.

— Cássia, eu preciso ir.

Cruzei os braços e o encarei. Com a visão periférica, vi tio Gonçalo se aproximar da porta da lanchonete e esticar o pescoço com curiosidade em nossa direção.

— Entra aí — ordenei.

Ele me fitou em dúvida, mas acabou anuindo.

— Só vou falar com meu pai.

Fiz que sim com a cabeça e voltei para a Joaninha. Pelo retrovisor, vi Paulo caminhar até onde o pai estava. Pela primeira vez observei que os dois tinham a mesma altura. Tio Gonçalo apoiou uma mão no ombro dele como se o consolasse. Depois, Paulo fez o caminho de volta até o carro e o tio acenou para mim em despedida. Respondi com duas buzinadas curtas.

Paulo abriu a porta e se sentou. Eu perdi um pouco do fôlego ao perceber seus olhos avermelhados e levemente úmidos. Girei a chave na ignição. A Joaninha roncou.

— Obrigado por isso — ele disse.

Engatei a primeira marcha.

— Tudo bem. Para onde vamos?

17

A ESPOSA

Dirigi durante uma hora e meia pela rodovia até chegarmos a uma paisagem silvícola. O cheiro verde preenchia o interior da Joaninha — o que em outra situação me traria alívio e contentamento, mas era impossível nutrir tais sentimentos enquanto Paulo estava o tempo todo tão inquieto ao meu lado.

— Estamos chegando — ele sussurrou ao passarmos por uma placa com a inscrição "Village Esperança". — Entra à direita ali na frente.

Fiz que sim com a cabeça, acionei a seta e firmei a mão no volante. Já fazia algum tempo que eu sabia que estávamos indo a uma clínica de reabilitação, mas não pude deduzir como seria a aparência do lugar até que chegássemos.

O terreno era ainda maior do que o sítio do seu Horácio. Passamos por uma porteira de madeira e um guarda apontou o caminho por uma estrada de terra. Segui ao longo dela, ladeada por um pomar de diferentes árvores frutíferas que ficaram cada vez mais espaçadas até que eu pudesse avistar uma casa duplex branca com muitas janelas.

— Pode parar daquele lado — Paulo apontou para um estacionamento onde havia apenas uma caminhonete.

Descemos da Joaninha e caminhamos juntos até a recepção.

— Boa tarde, senhor Valim. — A mulher do balcão olhou para o relógio no próprio pulso, e se corrigiu. — Ora, veja só, na verdade é boa noite. — Então se virou para mim. — Boa noite para a senhora também.

— Boa noite — respondi em um fio de voz, com o constrangimento de quem não sabia se devia estar ali.

A mulher pareceu perceber, porque me olhou com gentileza, antes de continuar:

— Vou chamar a diretora. Ela estava esperando por vocês. Podem se sentar, por favor.

E apontou para uma poltrona branca de couro do outro lado do cômodo. Assentimos e obedecemos. Paulo apoiou as mãos nos joelhos, mas movia as duas pernas com inquietude. Olhei ao redor, estudando o lugar. As paredes brancas eram decoradas com pinturas de estilos variados: uma natureza-morta ocupava todo o espaço atrás do balcão e as paredes laterais exibiam duas paisagens, um campo de trigo e um casario espelhado em poças d'água. Cada uma continha uma assinatura diferente. Algumas pareciam ter sido produzidas por pintores mais experientes do que outras.

Fui despertada da curiosidade pelo ranger de uma porta, de onde uma mulher quase idosa usando um sobretudo vermelho surgiu em uma entrada apressada.

— Senhor Valim, me desculpe. Não temos palavras para explicar toda essa confusão — disse a senhora, tentando recuperar o fôlego ao levar uma mão ao peito.

Paulo levantou a cabeça e finalmente firmou as pernas.

— Dona Antônia, eu não entendo. O que... o que aconteceu?

— Ela mentiu, senhor. Disse que sairia no fim de semana para ver os filhos e que voltaria, mas nunca voltou.

— Bem, ela não os viu — disse ele, cruzando os braços. Detectei um certo tom de mágoa na voz. — Mas, me diga, como isso é possível? Por que a deixaram sair?

A mulher o fitou com o olhar surpreso e entrelaçou os dedos das mãos na frente do corpo.

— Olha, não estamos em uma prisão. Ela veio até nós voluntariamente, se saiu muito bem durante o período de desintoxicação e sempre teve um comportamento exemplar até agora.

Paulo apertou as têmporas com as pontas dos dedos e ficou assim por longos segundos. Mordi os lábios. Toda aquela inquietação em que ele se encontrava me deixava aflita, mas não era só isso. Se eu tivesse que ser honesta, precisaria admitir que, ao longo das últimas semanas, eu me incomodava a cada vez que o telefone dele tocava, pensando se não seria Lígia do outro lado. Se eu desconfiava que Paulo ainda podia nutrir algum sentimento por ela, naquele momento, constatava o fato. Ninguém ficava assim tão arrasado por alguém com quem não se importava. Soltei um suspiro e toquei-o no casaco. Paulo cobriu minha mão com a dele.

A mulher apertou os lábios e deu alguns passos para mais perto de nós.

— Até o último momento acreditamos que ela apareceria — ela lamentou suavemente.

— Mas é claro que não apareceu — a voz de um homem nos fez olhar para a porta de onde a diretora havia acabado de passar.

Era pequeno, muito magro e usava um moletom puído. Paulo se levantou de repente e o encarou com olhos desacreditados.

— Miguel?

— Bem... — dona Antônia interrompeu. — Nós achamos melhor avisá-lo de que vocês viriam. Espero que não seja um problema.

Paulo caminhou até o homem e o segurou pelos ombros. A diferença da estrutura corpórea entre os dois era contrastante. Paulo era grande e tinha ombros largos, enquanto Miguel não devia ter mais do que um metro e sessenta de altura. Ele encarava o outro com os dentes cerrados e os olhos úmidos como quem segurava a emoção. Paulo o puxou para si e o envolveu em um abraço.

— Você está ótimo. Você... *ficou* — disse o mais alto, dando um passo para trás a fim de avaliá-lo.

O menor fez uma careta ao fungar e esfregou o nariz.

— Sim.

— Por favor, sente-se conosco — Paulo pediu.

Miguel olhou para mim com curiosidade e esboçou um sorriso fraco e amarelado, depois levantou a mão para recusar a oferta.

— Por favor — insisti e cheguei um pouco para o lado. — Fazemos questão.

Ele assentiu de um jeito nervoso e sentou-se no sofá tomando tanta distância de mim quanto era possível.

— Você sabe de alguma coisa? — perguntou Paulo, de pé diante de nós. — Deve haver alguma maneira de encontrá-la.

— Como eu dizia — dona Antônia acrescentou —, acreditamos que Lígia estava falando a verdade ou que, embora atrasada, uma hora ou outra apareceria. Então descobrimos que ela havia deixado o celular para trás.

— O que você deu — Miguel pontuou, olhando para Paulo.

— Esse foi nosso sinal de alerta — a mulher concluiu e depois pediu licença para nos deixar a sós com Miguel.

— Não deviam ter liberado ela — ele sussurrou, olhando na direção da porta por onde a mulher acabara de sair. — Não depois daquelas visitas.

— Visitas? — Paulo perguntou.

— Uns amigos vieram nos visitar. Eu me recusei a vê-los, mas Lígia... bem, você a conhece.

Paulo esfregou o queixo e assentiu, fechado em si mesmo, com um olhar pesaroso que me partiu o coração. Sua mão estava trêmula. Era como se ele se esforçasse para represar um turbilhão de sentimentos que insistiam em extravasar.

Miguel falou por um tempo da experiência na clínica. Durante a conversa, entendi que aquele era um centro de recuperação mantido pelas ofertas de uma associação de igrejas. Eu me lembrei do panfleto que ele me entregou quando ofereci carona e de todas as vezes em que encabeçou campanhas de doações para esse lugar. O que eu não podia imaginar era que ele tinha um motivo tão específico para fazê-lo.

Miguel nos pediu para orarmos com ele para que Lígia voltasse. Fizemos isso e depois caminhamos para fora da recepção. A noite já tomava conta do céu. Lamparinas iluminavam o jardim. Um grupo de pessoas se reunia na varanda externa, ao redor de um tabuleiro de Banco Imobiliário. Paulo os cumprimentou enquanto seguíamos até a Joaninha. Dirigi em silêncio por toda a trilha de volta para a estrada principal. Quando passamos pelo guarda da entrada, Paulo tocou meu ombro. Olhei para ele de esguelha.

— Podemos ir a um lugar? — perguntou.

Fiz que sim, e deixei que ele norteasse o caminho pelo qual seguiríamos nos minutos seguintes.

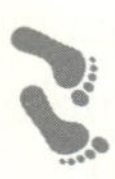

Um córrego corria perto de nós. Fomos cercados pelo som da água corrente e pelo cheiro de terra úmida misturado ao da vegetação, mas não havia iluminação além da lua cheia e dos faróis da Joaninha. Desse modo, a visão era bastante limitada. Quando ele sinalizou que havíamos chegado, reduzi a velocidade no acostamento. Paulo desceu do carro antes que parasse. Ele bateu a porta com força, e eu encolhi os ombros em reflexo. Em seguida, gritou um “me desculpe” do lado de fora. Eu só podia vê-lo através do vidro entreaberto porque se posicionou ao alcance da luz do farol.

Paulo levantou a cabeça. Ficou ali encarando o céu em silêncio por muitos minutos. Soltei-me do cinto e estava prestes a descer do carro quando ele esfregou o rosto, se virou e andou na minha direção. Quando me alcançou, abriu a porta e se acomodou do meu lado. Ele tinha os olhos úmidos e a pontinha do nariz avermelhada.

— Desculpe, Cássia...

— Ei... — Meu coração se contraiu no peito de um jeito incômodo. Apertei o volante com medo de tocá-lo. — Tá tudo bem. Não precisa se desculpar.

Paulo encarou o volante por um segundo e depois o meu rosto.

— Não vamos ainda, por favor. Eu preciso de um minuto.

Levei minhas mãos aos joelhos.

— Tudo bem. Não precisamos ir agora.

Terminei de abrir o vidro ao meu lado e desliguei o motor do carro. Fomos consumidos pela pura e completa escuridão. Então, virei a chave da Joaninha uma vez, o que acendeu painel e faróis. Ficamos ali, estáticos e quietos, procurando contemplar o mero vislumbre de natureza que a fraca iluminação nos permitia. O som externo era composto pelo movimento do rio e o de uma cigarra ao longe. O único ruído que havia dentro do carro era a respiração pesada de Paulo que, por minutos a fio, foi se acalmando até estabilizar.

— Obrigado — ele disse.

As palavras pairaram no ar por um momento. Fechei os olhos e desfrutei do aroma úmido e frio vindo da queda-d'água.

— Pelo quê? — perguntei, olhando de novo para Paulo.

Ele me lançou um olhar cansado.

Eu não sabia dizer se queria mesmo uma resposta. Estávamos ali: nós dois sozinhos sob o luar completo. Uma cena perfeita se olhada de fora. Mas dentro dele havia Lígia e aquele turbilhão de emoções que acabara de extravasar. Eu podia ter descoberto que eles ainda se falavam, mas não fazia ideia de que eram tão próximos. Dentro de mim havia uma guerra. Incertezas e conflitos entre minha mente e coração. Mas, caramba, era a mãe dos filhos dele. Talvez eu não devesse estar em guerra. Talvez eu nem devesse estar aqui.

— Por isso. — Ele entrelaçou nossas mãos, apoiou-as no meu colo. Acomodou-se um pouco mais no assento e fechou os olhos. — Obrigado por você.

Apertei os lábios. Incerta. Queria fechar os dedos ao redor dos dele. Corresponder ao carinho. Queria me agarrar à ideia que silenciosamente vinha se formando dentro de mim nas últimas semanas.

— Mas não fiz nada — eu disse, a garganta em chamas. — Nada que você não faria por mim.

Baixei os olhos e encarei nossas mãos. Meu coração apertou. Ai, Deus. O que estávamos fazendo? No que eu estava me metendo?

Puxei a mão lentamente. Ele assentiu com descrição. Um leve vinco se formou em seu cenho. Ele retesou a mandíbula e fechou o punho sobre o próprio colo.

— Sabe, eu... — falei. — Eu não sabia que você ainda tinha contato com ela.

Paulo apoiou a cabeça no assento do carro e soltou um suspiro longo e pesado.

— Nem sempre tivemos.

Anuí em silêncio. Minha mente viajou para o passado, para o tempo em que todos éramos estudantes. Paulo e Lígia no segundo ano da universidade, Estevão e eu no final do ensino médio. Ela não era da cidade, mas começou a aparecer com ele por lá: no Caldo da Praia, nos jantares da casa dos Valim, pelas ruas da cidade. Eles estavam sempre juntos, em todos os lugares, exceto por... bem, pela igreja. Ela era linda e parecia vir de uma família com dinheiro. Os dois se tornaram o assunto do momento. Até eu fiquei curiosa, mas a única coisa que Estevão sabia a respeito do relacionamento do irmão era que Lígia fora criada por um pai idoso e ninguém mais, e que os dois — a garota e Paulo — andavam com um grupo de amigos que era considerado meio problemático.

Um dia ela apareceu grávida. Foi um escândalo. Os pais de Paulo eram diáconos. Ele era um dos mais talentosos músicos do ministério de louvor. Ele saiu da igreja por muito tempo e nunca concluiu o curso de administração. Lígia teve os bebês. Ele se mudou para a casa dela, mas, um dia, ela sumiu. E eu nunca me aprofundei sobre isso porque o constrangimento em perguntar era maior do que a curiosidade. Até agora.

— O que houve?

Paulo virou a cabeça lentamente para mim, o olhar dolorido.

— O que você quer saber? — perguntou.

— Tudo. Tudo o que você quiser contar.

Ele assentiu em silêncio e desviou os olhos para a paisagem escurecida à nossa frente.

— Quando o pai dela morreu, os meninos tinham dois, quase três anos.

— Oh — levei uma mão à boca. — Eu não sabia que ele tinha...

— Não tinha por que você saber, eles não eram da cidade.

O canto de uma coruja cortou o ar. Ela passou voando através da luz do farol, se afastou e sua sombra pousou no galho de uma amendoeira.

— Lígia era filha única — Paulo prosseguiu — e ficou com tudo o que era dele. Nessa época nós, bem... — Ele apertou os lábios em um sorriso sem graça, ruborizando. — Nós estávamos perdidos. Não tínhamos qualquer pudor em fumar coisas que não eram exatamente lícitas.

— Está falando de maconha?

Ele fez que sim.

— E eu não era um bom pai — concluiu.

— Não diga isso.

— Eu não era. Se não fosse pelo pai dela e, bem, pelos meus pais, à medida que eu permitia que eles interviessem... eu não sei o que seria dos gêmeos naqueles primeiros anos de vida. Só tomei jeito depois que ela... você sabe.

— Depois que ela foi embora?

Os olhos dele ficaram sombrios. A coruja cantou de novo, mas dessa vez permaneceu onde estava.

— Lígia começou a ir além. Usar coisas mais pesadas, e eu... bem, eu bancava o durão, mas era covarde demais pra isso.

Apertei os lábios.

— Graças a Deus.

Ele fez que sim com uma expressão rígida. Expirou forte pela boca e uma fumacinha fraca foi soprada contra mim.

— A cada dia que passava eu sentia mais o peso da responsabilidade sobre aquelas duas vidas. Comecei a trabalhar na padaria, como aprendiz de padeiro, na época.

— Mas por que passou por tudo isso sozinho? Quero dizer... você trancou a faculdade. Eu sei que seus pais te ajudariam se você pedisse.

Paulo riu com amargura.

— Mas isso implicava ouvir coisas que eu preferia não ouvir naquele tempo.

— Entendi.

— Enfim, quando o velho morreu, ela se afundou ainda mais. Envolveu-se em dívidas, vendeu tudo. Desapareceu.

Estremeci com uma luz que iluminou o interior do carro de repente. Era o farol de um veículo que passava pela estrada, direto por nós, seguindo o próprio rumo.

— Eu busquei por ela. Procurei nas redes sociais. No Google. Nunca encontrei nenhum rastro. Mas, anos atrás, estive em um projeto com pessoas em situação de rua.

Arregalei os olhos.

— Meu Deus, Paulo...

— Encontrei Miguel revirando o lixo — Ele fez uma pausa, seu queixo estremeceu. Mesmo que eu não conhecesse Miguel além da última hora que passamos juntos, meus olhos arderam. — Nós o convidamos até a base em que estávamos para que ele pudesse fazer uma refeição. Então tivemos uma longa conversa. Descobri que ele era uma espécie de líder naquele grupo e, para a minha surpresa, parecia na verdade muito aberto a nos receber. Ele e a esposa tinham perdido um bebê. O terceiro em quatro anos. Da segunda vez a gravidez havia avançado bastante. Era uma menina. Nunca descobriram o motivo da perda. Da última, foi uma gravidez fora do útero. O embrião se alojou em uma trompa que se rompeu. — O vermelho na pontinha do nariz dele estava ainda mais intenso sob a fraca luz do luar, a voz embargada. — Seria muito difícil engravidar de novo.

— Que tristeza, meu Deus.

— Mas, enfim, a verdade é que Miguel estava disposto a receber nosso grupo porque ele queria muito sair daquela vida. Mesmo assim, levamos meses para conseguir conhecer os outros.

— E Lígia estava entre eles?

Paulo me fitou com confusão.

— Ora, Cássia.

— Sim?

— Lígia é a esposa.

18

PASSANDO A LIMPO

Eu estava distraída, pensando em tudo o que aconteceu nos últimos dias, enquanto misturava o gelo da minha *pink lemonade* com um canudo.

Eram onze horas da noite quando estacionei na frente da casa dele.

— Eu... hã... — Paulo arranhou a garganta, já com uma mão na maçaneta — Queria me desculpar por te arrastar para isso.

— Não, eu... não foi nada. Só espero que ela esteja bem.

Paulo assentiu.

— Eu também.

Ele levou a minha mão aos lábios e deu nela um beijo rápido antes de sair do carro.

Parei de mexer a bebida e fitei minha mão. Já fazia 24 horas e eu sentia aquele ponto específico da pele formigar toda vez que me lembrava.

— Estou dizendo pra você. Eu nunca a vi assim — Kalil pontuou.

Nicole chegara de viagem bem no fim de um dos nossos turnos. Kalil nos obrigou a ir até uma lanchonete na orla do Boulevard Canal para comermos juntos. Ela foi a primeira a topar. Uma insanidade, eu sei. Se eu estivesse no lugar dela, tudo o que ia querer depois de uma viagem tão longa era ir para casa.

— Minha amiga, não me diga que está apaixonada? — Nicole perguntou, arqueando a sobrancelha grossa.

— Não fala besteira — respondi e levei a boca ao canudo, de onde suguei uma boa dose do líquido adocicado (não tanto quanto caldo de cana).

Nicole levou a mão cheia de unhas de fibra à boca e suprimiu uma risadinha. Meu estômago revirou e a palma da minha mão ficou instantaneamente úmida. Os dois se entreolharam.

— O que foi? — perguntei com irritação.

As laterais do meu rosto começavam a arder. Esfreguei a palma da mão na calça e cruzei os braços.

— O quê? — insisti.

Kalil apoiou os cotovelos na mesa e entrelaçou os dedos na frente do rosto.

— Vamos lá — ele começou com tom didático. — Você passou os últimos vinte minutos falando sobre a família Valim e, quando não estava falando, estava com o olhar perdido, pensando em sabe Deus o quê. Sabe o que isso parece?

— Não.

Nicole levantou as mãos e rebolou na cadeira, cantarolando de um jeito caricato:

— Paixão!

Olhei para Kalil.

— Exatamente — ele concordou com a expressão inflexível e soltou as mãos para recostar na cadeira.

Revirei os olhos e abocanhei meu canudo. Puxei todo o conteúdo do copo com uma só sugada.

— Vocês são ridículos — pontuei, depois de engolir. — Eu já disse que não sinto mais nada por Estevão.

Eles riram em uníssono.

— Ah, querida — Kalil falou. Pegou a garrafinha de água tônica que pairava à frente dele na mesa e a levou até a boca, mas, antes de beber, concluiu. — Não é desse Valim que estamos falando.

Naquela hora, minha reação foi fazer uma careta besta. Mas a verdade é que passei todo o caminho de volta para casa e os próximos dias refletindo sobre aquela conversa. Eu ainda nem havia processado meus sentimentos, mas meus amigos já o haviam notado e, pior, juravam de pés juntos que se tratava de paixão.

Não tive notícia de nenhum Valim durante aqueles quatro dias. Exceto por uma mensagem que mandei para Paulo para saber se ele estava bem ou se tinha recebido notícias de Lígia. Ele respondeu que estava "levando" e que "não, sem notícias". Então me pediu para não mencionar nada disso com os meninos, porque ainda estava procurando o momento certo para contar a eles sobre a situação da mãe. Não tive coragem de perguntar quanto eles sabiam ou não e depois fiquei sem graça de retomar o assunto e acabar sendo entrona demais.

Foi uma semana de chuvas intensas. Finalmente parecia inverno. E, como consequência disso, houve muito estresse no meu trabalho. No último dia, eu iria pernoitar. Trabalhei por cinco horas seguidas e estava à beira de uma folga na sala de descanso quando um idiota do Controle de Aproximação resolveu atrapalhar minha paz. Depois de inúmeras reclamações de um piloto da Lunos Airlines e de ter que arremeter uma aeronave, decidi confrontar o órgão.

— Controle, é a Torre. Você me enviou uma aeronave com três milhas de separação. Totalmente inaceitável. Tive que arremeter. Além disso, preciso de mais espaço para decolar as minhas aqui.

— Torre, o pouso é prioridade.

Respirei fundo em um esforço para manter a boa educação.

— Entendo, mas não é essa questão.

— Torre, a demanda hoje está tão alta que o piloto não pode aguardar por um momento no solo?

Entreabri os lábios e pestanejei, incrédula com a ironia. Olhei ao redor. Kalil estava concentrado no próprio trabalho e o Da Silva, que instruía uma estagiária, esticou a cabeça por cima do monitor para olhar para mim. Ele sinalizou, conferindo se estava tudo ok, e eu fiz que sim com a cabeça. Mas, na verdade, passei os minutos seguintes discutindo acaloradamente com o Controle.

Desliguei a chamada e respirei fundo. Eu poderia admitir que às vezes eu precisava exercer melhor o Fruto do Espírito em vez de deixar a ira subir à cabeça, mas aquele cara estava dificultando o trabalho. Contatei o piloto.

— Lunos 2474, Torre. Aguarde mais um momento.

Ouvi a língua do homem estalar do outro lado.

— Aqui é Lunos 2474, se depender da Torre vamos chegar a Belo Horizonte a tempo para o Natal.

Reprimi um grunhido, aguardei até a liberação da decolagem e, quando o Lunos 2474 já estava no ar, transferi-o para o Controle. Esfreguei os olhos e me levantei da mesa. Caminhei até a sala de descanso e me joguei no sofá. Desbloqueei a tela do meu celular. Havia algumas mensagens não lidas. Uma do nosso grupo de amigos que se reuniria para uma partida de Taktik naquela semana. Uma de papai pedindo, encarecidamente, para que eu desse alguns conselhos úteis a André — sem saber que eu o estava evitando a todo custo há, no mínimo, uma semana. E a outra era de Paulo.

— Ensaio amanhã à noite?

Prendi o riso, enquanto respondia em concordância. Deitei-me no sofá, apoiando a cabeça em uma almofada macia. Faltavam apenas algumas horas para meus três dias de folga e eu estava estranhamente ansiosa por eles.

— O que está acontecendo? — disse Nicole, na manhã seguinte, quando me viu tomar café da manhã vestida para a caminhada.

Amanda riu baixinho e, depois que a encarei com severidade, escondeu-se atrás do misto-quente.

— Eu disse que passei a caminhar — respondi, sentando-me ao lado dela na mesa, a xícara com *chai latte* em uma mão e o celular na outra.

— Tá bem, mas não achei que era sério.

Abri o aplicativo para ajustar a meta do dia.

— Bom, agora está vendo que é.

Nicole apertou os lábios e olhou fixo através de mim. Virei a cabeça para trás, procurando o objeto da atenção dela, mas não encontrei nada. Estranho. Virei-me para a frente, e ela permanecia igual. Como se o corpo estivesse presente, mas a mente ainda em Paris. Remoí a curiosidade em silêncio. Levantei-me e caminhei até a geladeira para pegar minha *squeeze*. Percebi que a luz da varandinha dos fundos estava acesa e reclamei, mais uma vez, do valor da conta de energia antes de caminhar até a parede e desligá-la.

— Foi mal, Cassie — Amanda disse.

Eu a ignorei. Talvez não devesse. Já havia passado da hora de ser franca com ela, mas a cada dia eu sentia menos coragem de me meter no assunto. Abri a tampa da minha garrafinha e dei uma golada. Quando o líquido gelado atingiu minha boca, uma pontada dolorida afligiu minha têmpora.

— O que você tinha mesmo que conversar comigo? — Nicole perguntou como se, de alguma maneira, fosse capaz de prever o que se passava na minha cabeça.

Desviei os olhos discretamente para Amanda. Ela estava entretida com o celular, mas levantou a cabeça e olhou para mim.

— Depois a gente fala disso — respondi, nervosa. — Tô indo caminhar!

Lancei um tchauzinho no ar, saí do campo de visão das duas e me dirigi a uma sapateira que temos no corredor a fim de calçar os meus tênis. Mas, antes de sumir, eu vi nos olhos de Amanda a expressão da mais genuína confusão, o que de certa maneira denunciava que eu não estava sendo bem-sucedida no meu plano de agir naturalmente.

— Nunca vi alguém sair para caminhar com uma cara tão péssima — ouvi Nicole dizer, enquanto eu agachava para amarrar o cadarço.

Depois me levantei, passei pelas duas e voltei à varanda para colocar um pouco de ração no viveiro de Maverick. Ignorei as olhadas de esguelha e me dirigi para o quintal da frente, decidida a ir até a Joaninha, mas quase tropecei ao me deparar com a metade de um rosto conhecido despontando por cima do meu portão.

Levei a mão com a *squeeze* ao peito e dei um pulinho com o susto. Estevão acenou um tchauzinho. O céu estava azul sobre ele e o sol da manhã brilhava. Foi como se o verão tivesse voltado subitamente. Caminhei até o portão e o deixei entrar.

— Ora, ora — ele disse, erguendo um saquinho de papel com pão. — Dessa vez você não escapa.

Inclinei-me para abraçá-lo e ri meio sem jeito. Não quis dizer que eu já tinha tomado café, então só fiz sinal para que ele me acompanhasse até a cozinha.

Amanda já tinha ido para o quarto. Nicole o cumprimentou com animação, mas logo deu uma desculpa para sair de fininho. Ficamos a sós, Estevão e eu; no entanto, por longos minutos nenhum dos dois parecia saber como puxar assunto. Parecíamos não ser mais os mesmos e, pensando bem, de fato não éramos.

Ele me olhava com intensidade, o queixo apoiado na mão, enquanto eu colocava uma xícara fumegante de café na mesa. O olhar de admiração me constrangia. Era impossível não pensar no elefante branco na cozinha. E no fato de que ele achava que eu estava apaixonada. Soltei um suspiro e o encarei, firme. Aquele era o momento.

— Olha, Estevão... — Estremeci quando ele endireitou a postura e esticou as mãos até o centro da mesa, puxando a xícara para si. — Preciso dizer uma coisa.

— Tá me deixando com medo — brincou, mas, quando viu que eu estava séria, deixou um riso nervoso escapar.

— É que... bem, não tem jeito fácil de fazer isso — soltei, jogando minha *squeeze* de uma mão para a outra. — Vamos fazer de uma vez.

Ele me olhou com desconfiança e, um segundo depois, articulou:

— Como um *band-aid*, só puxa.

— Isso.

— Ok...

— Tá bom. Lá vai. — Olhando dentro daqueles olhos, levei um segundo para reunir coragem, mas enfim disparei de uma só vez. — Eu não amo você.

Estevão permaneceu imóvel, exceto pelas pestanas que bateram repetidas vezes como se absorvendo a informação devagar.

Ai, Deus. Talvez a ideia do *band-aid* não tenha sido tão boa assim.

— Tá... bom?

Ele estava perguntando? Estava afirmando? Fui tomada por uma onda intensa de calor. Cada parte do meu corpo queimava. Entre os seios, debaixo dos braços. Apoiei a *squeeze* na mesa, levantei-me e cruzei a cozinha para abrir a janela. Enquanto eu voltava para o lugar, minha língua disparou e começou a se justificar:

— E-eu posso ter dado a entender que te amava, sabe? Porque foi uma coisa que acabou acontecendo. Eu estava tão confusa naquele dia, mas não tive a intenção...

— Cássia... — Ele estendeu a mão me pedindo para parar.

Talvez não quisesse ouvir. Talvez estivesse doendo demais. Mas eu não podia simplesmente deixar assim. Puxei minha camisa com os dedos em pinça e a sacudi para ventilar. Joguei-me de uma vez só em uma cadeira.

— E então, aquele e-mail... eu não tive a intenção de enviá-lo para você, mas talvez houvesse alguma chance de que eu sentisse alguma coisa mesmo. Então desmentir assim, de cara, não faria nenhum sentido...

— Cássia! — ele interrompeu com um grito.

Minha nossa, eu não acho que já tenha visto Estevão levantar a voz alguma vez na vida, exceto, talvez, para brigar com Paulo. Engoli saliva para interromper a verborragia.

— Do que você está falando?

— Do... do e-mail.

— Que e-mail?

Espera. Como assim... *que* e-mail? *Que e-mail???* Esfreguei as mãos. Por que ele estava perguntando aquilo?

— Aquele que você mencionou no jantar.

Então aconteceu. Estevão me fitou como se eu fosse louca, mas, lentamente, arqueou as sobrancelhas, a expressão se transformando de completa confusão em entendimento.

E pena.

— Ah, não, Cassie. Eu não estava falando... Pensou que eu estava falando de você? Mas eu não...

E pronto. Ele estava confuso de novo.

— Ai, meu Deus! — Levantei-me depressa. — Você *não* tava?

Minha voz havia se transformado em um grito histérico.

— Eu nunca recebi nenhum e-mail seu. Você mandou um... — ele se interrompeu. Parecia tão desconfortável quanto eu. — Quando?

— Nunca! — berrei. — Eu nunca quis te enviar qualquer e-mail! — Deixei os braços caírem. — Mas acabei enviando. Acontece que parece... — prossegui, dando um passo para trás. Tudo o que eu não precisava era que ele, que aparentemente não estava pensando nada a respeito dos meus sentimentos até aquele momento, de repente começasse a pensar. — Parece que foi o Paulo quem leu.

Ele me fitou entre as pálpebras semicerradas.

— O Paulo, hein? Vocês andam muito próximos, não é mesmo?

Escondi o rosto com as mãos. Eu queria chorar, queria berrar, mas também queria rir de alívio. Eu nem sabia que era possível sentir tantas coisas ao mesmo tempo. Ouvi o som como um arrastar de cadeira. Estevão tocou meu antebraço. Descobri o rosto devagar.

— Olha, talvez as coisas pudessem ter sido diferentes se eu tivesse recebido o seu e-mail, mas... eu tenho conversado com outra pessoa. Alguém de quem já gostei no passado, mas com quem nunca tive uma chance. Ela me escreveu pelo Instagram. Eu nunca disse que tinha sido um e-mail.

Ele sinalizou para que eu voltasse a me sentar e, em seguida, fez o mesmo.

— Claro — cobri a boca. — Como um ser humano normal faria no século XXI.

Uma pontada no peito. Aquilo eram ciúmes? Decepção? Se eu não sentia nada por ele, deveria estar decepcionada com isso?

— Olha — Estevão continuou —, eu não me orgulho de como as coisas acabaram entre nós.

Inclinei-me para a frente. Meu ímpeto imediato era o de tapar a boca dele com uma mão. Mas a recolhi e me limitei a falar:

— Ah, Estevão, não precisa...

— Não, eu devo — afirmou. Ele arrastou a cadeira para mais perto da minha, pegou minha mão solta no ar e me olhou dentro dos olhos. — Cássia, eu amo você e sua família como se fossem minha família.

Eu entendia. É sério. Era como eu me sentia a respeito de todos os Valim também. Sempre. Mesmo de Paulo, quando não nos dávamos bem. Faria tudo por eles, como à minha família, e sabia que eles também fariam tudo por mim.

— O luto me ensinou algumas coisas e... na verdade, não teve um dia desde que a Mia, a minha...

— Sua esposa, eu sei.

— Não há um dia desde que ela partiu que eu não tenha me envergonhado por ter dado esperanças a você.

— Você não tinha culpa pelos meus sentimentos.

— Eu sei, mas eu tinha culpa por alimentá-los. — Estevão apertou minha mão. — O mais ridículo é que, sabe... eu não me dava conta. Mas o estopim foi há uns dois anos. — O olhar dele ficou perdido, como se de fato viajasse para o passado. — Fui pregar para adolescentes em um congresso na capital, e uma mocinha pegou o microfone e começou a ministrar como se conhecesse a nossa vida. Era só uma garota, devia ter uns quinze anos. Ela deu um nome a isso. E foi só ali que caí em mim de verdade.

— Tá tudo bem. Sério.

— Agora pode estar tudo bem. Mas não estava, Cássia. Eu sabia o que você sentia por mim e, ainda que eu não correspondesse, alimentava isso. A defraudação emocional é assim. Regar um jardim que não é seu, fazê-lo desabrochar quando não se pretende colher. Quando você começou a falar sobre isso agora, eu... eu achei que... aquilo poderia estar se repetindo.

Não encontrei palavras. Ouvi-lo falar abertamente sobre o que vivemos na nossa adolescência era estranho. Por todo esse tempo eu vinha cultivando uma mágoa silenciosa, convencendo a mim mesma de que tudo aquilo estava na minha cabeça. Unicamente nela, e em mais nenhum lugar. De que ele era alheio ao que se passava no meu coração. Ou morreria fingindo ser. Estevão prosseguiu:

— Enquanto você gostava de mim, eu me sentia seguro, confortável. Era egoísta e imaturo, e eu demorei anos para me dar conta disso. Achei que vir aqui... estar com vocês de novo... seria uma oportunidade de consertar as coisas. Mas a verdade é que as coisas nunca serão corrigidas enquanto eu não fizer o que preciso fazer.

— Que é...

— Pedir o seu perdão.

— Ah, não! — soltei minha mão e comecei a agitá-la com nervoso. — Já faz tempo demais. Você não tem...

— Me desculpe, Cássia. Sinto muito mesmo — ele disse, com a mão no peito, e, antes que eu entendesse por quê, meu queixo estremeceu. Estevão arregalou os olhos. — Por favor, não chora.

Tarde demais. Pestanejei, virando as íris para cima para conter as lágrimas. Limpei algumas delas com os indicadores. Funguei e soltei um risinho nervoso quando me dei conta de que ele me encarava em total estado de pânico.

— Seu idiota — respondi e arrastei a cadeira para me levantar, abrindo os braços. — Vem cá. — Estevão também se levantou e veio ao encontro do meu abraço. — Senti saudades.

— Isso foi um sim? — perguntou, quando nos afastamos.

O meio sorriso torto que ocultava os dentes me fez lembrar do irmão dele.

— Já o perdoei faz tempo — eu disse, e no mesmo instante percebi que aquilo não era verdade. — Mas foi... foi, sim.

19

O OUTRO VALIM

Quando dirigi até a orla para a minha caminhada com Estevão ao meu lado, sentia vontade de rir. Não acredito que consegui me meter em tamanha confusão e que envolvi a família toda dele nisso. O pior, tive que explicar que todos deviam estar pensando o mesmo que eu e o porquê. Falei sobre minha fuga com Paulo na noite do jantar e sobre a nossa motivação para criar a peça.

Ele só coçou a cabeça e me fez prometer que não desistiríamos do musical. Foi constrangedor, mas, de algum modo, eu estava aliviada e até, veja só, um pouco animada. Conversando com ele sem culpa pela primeira vez em muito tempo.

Mesmo tendo lançado algumas indiretas, Estevão não me contou quem era a tal moça. Aquele filho-da-mãe-reservado deixou que eu me corroesse de curiosidade.

Mais uma vez estacionei em frente ao Caldo da Praia. Estevão desceu e entrou no estabelecimento. Observei-o caminhar até uma mesa e se sentar, verificando o celular. Percebi que, naquele momento, era curada de uma ferida que eu nem sabia que estava aberta.

Aproveitei que estava parada feito uma bobona na frente da porta para cumprimentar Elias.

— Não teve aula hoje?

Ele ergueu a cabeça que estava inclinada atrás do computador para olhar para mim.

— Conselho de classe.

Anuí em silêncio.

— E como vai a escola?

Um pequeno vinco se formou no intercílio do garoto. Não era como se eu não me preocupasse com os estudos da galera da panelinha, mas dificilmente perguntava esse tipo de coisa para eles.

— Bem — respondeu, contido. — Erick está melhor do que eu.

A resposta me deixou intrigada. Por que ele estava falando sobre Erick? Será que sabia de alguma coisa sobre... arranhei a garganta e sacudi a cabeça. Não, não. Improvável.

— É mesmo? — perguntei, fazendo-me de desinteressada. — Difícil de acreditar.

— Ele tem dois pontos de QI e talvez uns neurônios a mais.

Ergui as sobrancelhas simulando uma repentina compreensão.

— Entendi. Uma terrível humilhação no mundo das altas habilidades.

Elias riu e voltou a olhar para o computador. Dei um tchauzinho para o ar, que ele nem sequer viu, e virei-me na direção da orla, mas uma trombada repentina fez meu ouvido zunir. Fechei os olhos, sentindo a dor do tranco irradiar pela costela. Abri-os devagar e me deparei com uma camisa regata grudada em um abdômen úmido. Quando ergui a cabeça, Paulo estava sorrindo. Um daqueles sorrisos de lado que o faziam tirar suspiros por onde passava. O rosto estava salpicado de suor.

— Em plena quarta-feira, Cássia Domingues?

— Eu que pergunto. Você não trabalha, não?

Ele cruzou os braços e me avaliou de cima a baixo. Engoli a saliva. Dei um passo para trás e senti as bochechas arderem. Apertei os lábios. Apoiei as mãos na cintura por não saber o que fazer com elas. Eu podia ser segura para muitas coisas: dominar uma manada de adolescentes raivosos, colocar um colega sabichão de outro órgão no lugar dele ou até mesmo para mandar Paulo Valim pastar. Mas quando ele flertava comigo... veja só, isso era novidade. E aparentemente me transformava em uma garota de dezesseis anos, nervosa e incapaz de formar uma frase inteligível.

— Eu vou fechar a padaria hoje, então pego mais tarde — ele esclareceu.

— Ah... e nosso ensaio então...

— Vai dar tempo.

Concordei com a cabeça. Fitei-o com curiosidade na tentativa de avaliar se ele estava bem, sem precisar levantar o assunto da última vez que nos vimos, mas ele não deu nenhum sinal silencioso a respeito das próprias emoções.

Despretensiosamente, Paulo jogou a franja molhada para trás e ergueu o braço para coçar a nuca, o que evidenciou um pouco o bíceps. Eu mordi o lábio e desviei os olhos. Não me lembrava da última vez que me sentia assim em relação a um homem real (o Tom Cruise não contava). Com aquele estranho misto de sentimentos se agitando em meu interior. Animação e timidez. Admiração e... desejo.

— Veio aqui por causa dele?

A pergunta me despertou do devaneio. Arqueei as sobrancelhas e pisquei devagar. Depois, olhei, por cima do ombro, para onde o olhar de Paulo repousava. Estevão sentado em uma das mesas. Aquilo de novo? Se ele ao menos soubesse...

— Claro que não — foi tudo o que eu disse. — Vim caminhar. Aproveitar o sol. — Apontei para cima. — Sempre estaciono aqui.

— Tá certo.

Paulo desviou os olhos. Apontei com o polegar na direção da orla.

— Então já v-vou.

Ele olhou para trás e depois de volta para mim.

— Vamos juntos?

— Nós dois?

Ele empurrou meu ombro de leve.

— Sim, nós dois, Benedetti — Ele fez uma pausa e deu um passo para a frente, a mão apoiada em meu ombro. — *Abelhinha.*

— Para com isso — adverti.

Paulo sorriu de lado. De novo.

Ficamos tão próximos que o calor do corpo dele parecia afetar o ar ao meu redor. Ele deslizou os dedos pelo cumprimento do meu braço até alcançar minha mão. Entrelaçou nossos dedos e ergueu os olhos.

— Nós dois.

20

O QUE ELE ME OFERECIA

Ele soltou uma risada enquanto eu travava uma batalha com o Conte os Passos no celular.

— Espere um pouco — eu disse, levantando o indicador.

Ajustei minha meta diária, coloquei o celular na pochete, entrelacei os dedos e estiquei as mãos para a frente até fazê-los estalar.

— Prontinho.

Quando ergui os olhos, ele me fitava com o rosto surpreso e as mãos apoiadas ao lado do tronco.

— Você está mesmo empenhada nisso.

— Não exagera.

Eu prendi o riso e comecei a caminhar — em um ritmo que eu me perguntava se era decepcionante — na direção do centro da cidade. Paulo deu uma leve trombada quando percebeu que estava rápido demais, o que confirmou minha desconfiança. Àquela hora a Lagoa estava calma. A superfície da água como um espelho. Era minha paisagem preferida: as águas plácidas refletindo vislumbres das outras cidades da região. Suspirei e me deixei ser tomada pelo deslumbramento da beleza da cidade em que cresci, da qual eu nunca enjoava.

O retorno da balneabilidade da Lagoa de Araruama (que na verdade é uma laguna) foi como um presente da pandemia, se é que podemos tirar algo bom de um período tão horrível. Uma espécie de consolo. Depois de anos de insalubridade, alguma coisa aconteceu durante aquele tempo que a fez retornar ao seu estado original: as águas mornas voltaram a ser cristalinas, ricas em fauna e biodiversidade. Fincaram uma bandeira azul na areia. Depois de ter passado a adolescência me lamentando pela turbidez da água, eu nunca teria sonhado em voltar a ver isso na vida.

Enquanto eu admirava a Lagoa e orava para que a gente não estragasse tudo outra vez, Paulo seguia ao meu lado, talvez por educação, talvez por desejar minha companhia, mas a forma como balançava os braços me fazia pensar se não estava tentando espantar o tédio.

Passamos pela Casa do Pescador e cumprimentamos o senhor Olivetto, que vinha no sentido contrário, certamente para o Caldo da Praia, com o jornal do dia enrolado sob o braço. Ele olhou para nós de rabo de olho, acenou rapidamente e esboçou um sorrisinho sugestivo. Fiquei observando enquanto ele desviava de uma placa com o anúncio de uma etapa de um campeonato de canoa havaiana que aconteceria na cidade, na qual ele quase trombou, por estar olhando para a gente.

Paulo e eu nos entreolhamos e esperamos que o homem estivesse distante o suficiente para nos dobrar de tanto gargalhar.

— Acho que nunca vi esse velho sorrir na vida.

— Paulo Valim! — ralhei, apoiei as mãos nos joelhos e, ofegante, cessei os passos. — Mostre algum respeito.

Ele se virou para trás e pareceu perceber que eu estava enrolando. Riu de lado, deu dois passos de volta e se aproximou. Enquanto me observava, o brilho no olhar foi ficando distante.

— É bom estar com você. E rir um pouco... você sabe, para variar.

Engoli em seco.

— Sem notícias sobre aquele assunto ainda?

Ele desviou os olhos para o chão.

— Por enquanto nada. Vamos continuar orando. — Concordei e ele inclinou a cabeça de lado. — Já se cansou?

— Só preciso de um minuto.

Destampei a minha *squeeze*, levantei a cabeça e abri a boca. O líquido gelado desceu como um bálsamo pela minha garganta. Fechei os olhos, desfrutando do alívio.

— Assim não dá. — Paulo fez cara feia. — Tem que continuar. Se ficar parando atrapalha.

Não era justo. Por culpa dele e do senhor Olivetto, eu tinha ficado sem ar.

— Você fica me fazendo rir. Isso é que atrapalha.

— Você é tão molenga — disse ele em um tom um tantinho condescendente.

— Não sou, nada! Eu só não... não tô acostumada.

Ele trocou o peso do corpo de uma perna para a outra. Sacou o celular e começou a dedilhar alguma coisa.

— Aqui, abra o seu aplicativo.

Desconfiada, deslizei o zíper da minha pochete e peguei o celular. Fiz o que ele pedira.

— O que é que tem?

— Vá até suas mensagens.

Havia uma notificação. Cliquei sobre o ícone em formato de envelope e encarei as palavras na tela:

> *@valimpaulo* te convidou para um desafio diário.

— É sério isso? Vai ficar me monitorando?

— Eu diria *incentivando*.

Abri o convite para ler as regras. Cada um de nós deveria caminhar por pelo menos três quilômetros por dia. Fiz uma careta. Aquilo era muito para mim. Para ele, era nada.

— Não é justo. Deveria ser um desafio de passos! Além do quê, fala sério, *três quilômetros*?

— Dá no mesmo — disse ele. — E três quilômetros é de boa. Você consegue.

— Claro que não! Seus passos são muito maiores do que os meus. Você precisa de menos esforço para completar três quilômetros. Você é quase um poste e eu só tenho um metro e sessenta.

Paulo afunilou os olhos.

— Olha, Abelhinha, eu não acho que você tenha essa altura toda.

Fechei a cara. Era o que faltava. Agora ele sabia medir a altura alheia só de olhar?

— Fique quieto.

— É só uma meta. No final, dá no mesmo.

— Não dá. Porque estou em desvantagem!

— Deus do céu, como você é competitiva. Não é minha culpa se você tem passos de formiga — ele gracejou. — Quer saber? Tudo bem. — Começou a mexer no celular. — Vou trocar o desafio.

Olhei para baixo e recebi outra notificação. Um desafio de passos. Mas era de 5 mil. Afunilei os olhos. Não saberia fazer o cálculo na hora, mas desconfiei que teria que andar mais.

— Satisfeita agora?

— Precisa mesmo de tudo isso?

Paulo cruzou os braços.

— Esse é o desafio mínimo.

Revirei os olhos.

— Que seja — falei, embora por dentro estivesse me lamentando por ter que caminhar tudo aquilo todos os dias, com alguém vigiando. — Mas que saco.

— Preguiçosa — ele resmungou, e levou a mão até uma orelha. Para ser mais precisa, até uma pequena esfera branca em sua orelha.

Removeu o objeto e o passou para a minha mão. A esferazinha vibrava levemente a um ritmo impossível de decifrar, até que eu a encaixasse na minha própria orelha.

— Oficina G3?

Ele me lançou uma piscadela e me puxou pela mão, cantarolando:

— *Os meus sonhos, a areia não vai enterrar...*

— Ei! — protestei, quando me dei conta de que estava sendo arrastada pela areia. — O que está fazendo?

— *Porque a vida recebi ao te encontrar!*

O agudo que ele fez me desconcentrou, e acabei cedendo e seguindo para onde me conduzia. Só me dei conta do meu abestalhamento quando meu tênis tocou a areia. Droga, ele tinha aquela bela voz...

— Qual é o propósito disso? — Cruzei os braços e o encarei com marra. — Agora minha meia está cheia de grãozinhos.

— Se é pra ficar de moleza, fica de moleza pela areia. Pelo menos isso potencializa o resultado.

Eu não estava disposta a discutir a respeito da fonte da informação, então só bebi mais um pouco da minha água, voltei a tampar a garrafa e continuei caminhando ao som da voz do PG, de uma época em que ele ainda fazia parte do grupo.

— Você não acha que essas músicas antigas são muito melhores? — perguntei, mais para puxar assunto.

— Acho melhor a gente não conversar — ele disse.

— O quê? — Virei a cabeça para encará-lo. Paulo andava no meu ritmo, mas mantinha o pescoço rígido e os olhos fixos à sua frente. — Posso saber por quê?

Ele se virou para mim.

— Porque você não aguenta, sua molenga. Se começarmos a conversar, daqui a pouco vai estar aí, toda ofegante de novo, e vai querer dar meia-volta antes de completar dois quilômetros.

Abri a boca em um suspiro surpreso. Paulo comprimia os lábios a fim de segurar um risinho.

— Não acredito que o tio Gonçalo contou isso para você.

— Ele achou muito engraçado.

— Ele disse que eu tinha me saído bem!

Paulo encolheu os ombros.

— Para um primeiro dia, sim, mas... não deixa de ser engraçado.

Finquei os pés na areia e parei de repente. Ele fez o mesmo. Encarei-o com severidade.

— Não vejo graça alguma. Dois quilômetros é bastante.

O olhar dele refletiu uma fagulha de incerteza.

— Ah, Cássia. Ele não fez por mal.

Achei engraçadinho que ele estivesse defendendo o pai. Mas aquele tratante iria se ver comigo. Dei as costas de um jeito brusco, fingindo estar mais irritada do que na verdade estava, e continuei caminhando, dois passos à frente dele. Antes de alcançarmos a agência bancária, o músculo das minhas coxas começou a dar sinais de exaustão.

Fiz outra pausa. Paulo não riu dessa vez. Apenas parou ao meu lado e aguardou.

— Olha — comecei —, eu não quero atrapalhar seu exercício. Pode continuar sem mim.

Um carro que passava pela pista buzinou, era um diácono de nossa igreja em sua caminhonete. Levantamos as mãos, quase juntos, em cumprimento. Quando o homem se foi, Paulo se virou para mim.

— Deixa disso, eu já acabei faz tempo. Só estou aqui por você.

— Por mim?

Ele sorriu. E eu pude jurar que vi os olhos soltarem uma faísca.

— Claro, bobinha. — Mordeu o lábio. — Encontrar você é... — Ele fez uma pausa. Olhou ao redor, se inclinou para frente e disse, baixinho: — ...é a melhor parte do meu dia.

Apoiei uma mão na cintura e olhei bem fundo nos olhos dele.

— Não acredito nisso.

— No quê?

— Você tá dando em cima de mim.

Vi as bochechas dele esquentarem. Bem ali, na minha frente, Paulo Valim ficou rubro feito um pimentão. Os lábios dele se moveram em um sorriso incerto, desabrochando devagar como o botão de uma rosa.

— Você percebeu isso *agora*?

Em um ímpeto de coragem e intimidade, aproximei-me e cruzei o meu braço no dele.

— Eu já tinha percebido há um tempinho.

Ele riu e cobriu minha mão que repousava em seu antebraço com a dele.

— Vamos voltar para o píer — sugeriu.

E caminhamos até lá de braços dados e em silêncio.

— Seu irmão, eu e nossos amigos estivemos aqui muitas vezes — suspirei enquanto nos sentávamos na beirada de um dos pequenos píeres da orla, o que costumava ser um ponto de encontro para o meu grupinho. Nossos pés pendendo sobre a água.

— Quase todos os dias depois da aula — ele falou, envolvendo meu ombro com a mão. — Conta uma coisa que eu não saiba.

Cutuquei o tronco dele com o cotovelo.

— Chatinho. Fica difícil não saber alguma coisa sobre alguém que você conhece a vida toda.

— Nem de tudo eu sei.

— Tipo o quê?

Paulo fitou o horizonte e coçou a cabeça refletindo sobre sabe-se lá o que se passava por aquela cabecinha. Então se virou para mim com um apertar de lábios que se parecia muito com um pedido de desculpas.

— Vocês já... você sabe... se beijaram? — ele disparou.

Arregalei os olhos. Não esperava por essa.

— Estevão e eu? — Virei o rosto à espera da resposta. Ele anuiu. — Isso importa?

— Não... Sim? Não sei bem. — Uma piaba pulou de seu cardume e fez uma gota de água espirrar em Paulo. Ele recolheu os pés por um segundo e enrugou o nariz. — É estranho me sentir um fura-olho do meu próprio irmão...

— Bem... hã... — balbuciei. — Você não é. Nós nunca tivemos nada. E, se você quer saber, ele não está aqui por minha causa.

— Não está?

Meneei a cabeça, estudando sua reação. Paulo fez cara de dúvida.

— Não tem como você ter certeza.

— Tenho certeza. Nós conversamos.

Ele entreabriu os lábios.

— Bom — disse ele, tocando minha mão por um instante. Depois se virou para a frente, fitando o horizonte. — Isso é um alívio.

— Eu contei, sabe... tudo. Até sobre... hã... o musical. Desculpa.

Paulo arqueou a sobrancelha e inclinou o rosto para o lado.

— Melhor ainda. Esconder a origem da peça fazia eu me sentir péssimo.

— Mas ele ainda quer fazer parte do musical. Disse que é uma coisa boa.

— Mesmo que seja uma coisa boa, eu não acho que os fins justificavam os meios nesse caso. Você fez bem em falar a verdade. Finalmente isso acabou e agora podemos seguir em frente para a glória de Deus e do jeito certo.

Anuí em silêncio.

— De todo modo, mesmo na adolescência... — Encolhi os ombros. — Meus sentimentos pelo seu irmão sempre foram... hum... meio platônicos. Só existiram na minha cabeça. — Então fiz uma pausa. — Por que estou me sentindo ridícula?

— Porque é ridículo. Ele era um idiota.

Eu franzi a testa. Observei-o em silêncio. Estevão estava longe de ser um idiota. Quero dizer, no geral. Comigo ele havia sido bastante idiota, sim, por me dar esperanças de algo que nunca aconteceria. Mas isso era uma coisa que eu havia levado anos para perceber. Não tinha como Paulo saber. Ou tinha?

Como se se sentisse observado, Paulo se virou para mim. Nossos olhares se encontraram de novo e vi o movimento de seu pomo de adão quando ele abriu a boca e, hesitante, confessou:

— Você era perfeita.

— O quê? — perguntei, confusa com a mudança de tempo verbal. — Do que está falando?

— Ora — ele encolheu o queixo, como se minha pergunta fosse absurda. — Você era incrível e sempre arrastou uma asa para ele. E ele sabia disso. Todos sabiam. É ridículo que não tenham ficado juntos.

Mordi os lábios e encolhi os ombros. Ser lembrada de que meus antigos sentimentos eram tão evidentes para outros além de mim e da minha melhor amiga foi desconfortável.

O sol começava a ficar mais forte e eu estava levemente arrependida por ter me esquecido de passar o protetor solar. Tentei amarrar o cabelo em um coque com um nó feito pelos próprios fios, mas ele estava muito curto e isso tornava a missão impossível. Depois de alguns segundos esquisitos de silêncio, resolvi colocar meu pensamento para fora.

— Se eu era tão — Coloquei minha garrafinha entre as pernas e fiz sinal de aspas com dois dedos no ar — "incrível", por que você agia como se eu fosse invisível?

Ele mordeu os lábios de novo. Eu não sabia se para prender uma risada ou se estava pensando em uma resposta para sair dessa.

— A rima não foi proposital — completei.

Paulo riu. Uma garça deu um rasante na água e, tendo sido malsucedida na pesca, voou na direção do píer e pousou perto de nós.

— Ai, Abelhinha... Você não era invisível.

Ele olhou profundamente nos meus olhos e tocou meu queixo. Os pelos dos meus braços arrepiaram com essa bobagem. Mas talvez tenha sido o sopro salgado do vento vindo da Lagoa.

— Sabe de uma coisa que o pessoal da igreja sempre comenta? Que você vive repetindo que não tem o menor interesse em ter um relacionamento — soltei.

Ele ficou com o olhar distante por um segundo, depois voltou a focar em mim, batendo as pestanas.

— Eu não tenho.

Engoli em seco, minha boca entreabriu, mas dela não saiu palavra alguma. Precisei organizar os pensamentos para enfim conseguir dizer:

— Você pretendia morrer sem ninguém?

— Se o Paulo da Bíblia conseguiu, por que não eu?

Suspirei com desânimo e meneei a cabeça. E tentei esquivar meu ombro do braço dele, mas Paulo me puxou de volta.

— Você é muito confuso, Paulo Valim.

— Você me conhece. A essa altura você já devia saber que eu não sou confuso.

— Então por que fica falando essas coisas?

— Que coisas?

— Essas... coisas! Você disse que não queria ninguém. Depois fez o absurdo de insinuar que gosta de mim. — Paulo ergueu uma sobrancelha. — Não me olhe assim, eu não estou maluca! — Ele soltou um risinho nervoso. — E agora fica repetindo que não quer um relacionamento! Seria um caso de inconsistência sentimental? Eu não entendo.

— Tem razão. Você não entende nada mesmo.

Ele me encarou com um meio sorriso como se a situação inteira fosse muito divertida, e continuou:

— Eu dizia aquilo porque não tenho mesmo o menor interesse. Depois de tudo o que eu vivi com a Lígia, e com os meninos... e depois de ter me reconciliado com Cristo, meu foco passou a ser outro. Só de pensar em conhecer alguém novo e passar por todas aquelas convenções sociais chatas. De ter que me adaptar a uma pessoa cheia de jeitos e manias próprias... — Ele fez uma pausa entediada. — Não, obrigado. Já conheci gente demais.

Dei uma risadinha.

— Quando não está no trabalho, você não sai daquela pastelaria. Quem você conhece?

— Você, sua tonta. — Então fez uma pausa. — É sério? Você nunca notou mesmo, não é?

Fiz uma careta. Sei que andávamos flertando como adolescentes bobos nas últimas semanas, mas...

— Espera. Nunca notei o quê?

— Será que o motivo de implicar com você na adolescência... não era porque eu gostava de você? — perguntou.

Soltei uma risada tão alta que a garça agitou as asas e levantou voo.

— Claro, e você demonstrava isso roubando minha carta do Taktik.

Ele riu baixinho, apertou meu ombro com a mão e me puxou para perto. Apoiei a cabeça no ombro dele, sem acreditar em nenhuma palavra, mas ainda me divertindo com a memória. Levantei o rosto. Paulo baixou os olhos. Estávamos muito próximos.

Muito mesmo.

— Você se lembra disso? Do dia que roubou o sinistro só para me irritar e atrapalhar nosso jogo?

Ele fez uma careta.

— Vagamente.

Dei um tapinha em sua coxa.

— Você era impossível! Escondeu a carta no bolso e depois ficou por dias insuportáveis me chantageando para conseguir tê-la de volta. E ainda teve a coragem de me fazer ir até a sua casa para buscá-la depois da formatura do ensino médio... Eu cheguei atrasada no baile dos alunos por sua culpa.

A careta dele aumentou e aumentou. Paulo se encolheu, declarando-se, assim, culpado.

— Quem faz isso, Paulo Valim? Quem, hein?!

Ele estalou a língua e fez uma careta.

— Eu só queria uma desculpa para te ver naquele vestido.

Dei uma risada alta que se estendeu por vários segundos.

— Para! — eu disse, em um soluço.

Esperei que ele risse também, mas Paulo não fez isso. Então o encarei, incerta e desconfiada. Antes que eu pudesse me dar conta, um pequeno filme começou a se desenovelar em minha cabeça. Os pais dele não entenderam por que apareci lá sozinha e com cara de poucos amigos. Mamãe me esperava no carro do lado de fora. Estevão já estava no baile há muito tempo. Era exclusivo para formandos e um convidado. Paulo obviamente não era um convidado.

Naquele dia, ele descera as escadas, inexpressivo. Esticara a carta amassada à minha frente — o que havia me deixado profundamente irritada — e dissera algo como "você está livre de mim agora".

Engoli em seco porque, de alguma forma, aquele absurdo parecia fazer sentido.

— Para — dessa vez a palavra saiu fraca de minha garganta.

— Era vermelho — ele sorriu de lado. — Só tinha uma alça, o que deixava um ombro de fora. Você tinha se maquiado de um jeito que eu nunca tinha visto e usava o cabelo preso com um pequeno topete no lugar da franja. Havia uma flor de ipê presa no seu rabo de cavalo. — Paulo colocou uma mecha de cabelo atrás da minha orelha. — Era mais comprido e você tinha feito uns cachinhos.

Entreabri os lábios, mas não encontrei as palavras.

— Você é tão cega. — Paulo deslizou a mão pelo meu rosto, usando o polegar para massagear minha pele.

Soltei o ar, devagar, apoiando minha mão no braço dele. Os músculos retesaram.

— Nossa, se você era apaixonado por mim, então eu estava cega mesmo.

— Não *estava*. Você está.

Engoli em seco.

— Ah, para de graça. Eu enxergo muito bem, obrigada.

Ele inclinou a cabeça para ainda mais perto e esboçou a linha de um sorriso. Ficamos a uma distância de milímetros. Meu coração disparou.

— Estou dizendo isso porque — ele sussurrou, o hálito quente soprava contra o meu rosto encaixado em sua mão — eu só pensava em você quando éramos jovens e — o vento parou de soprar, os carros da rodovia desapareceram; de repente, Paulo se tornou tudo o que eu ouvia, tudo o que eu sentia —, diante de Deus, dou a minha palavra...

— Você não vai citar a peça — interrompi, duvidando baixinho.

Ele puxou a cabeça de leve para o lado.

— Você, Cássia Domingues Benedetti — ah, meu Deus, ele ia, sim. — *Você ainda é a única em que penso.* — Paulo deslizou a ponta do indicador pela ponte do meu nariz. — Eu gosto das suas manias. Da rotina doida que você criou sozinha, que inclui desperdiçar pelo menos um dia da sua folga tomando caldo de cana com um homem idoso que é louco por você. Do fato de que é completamente viciada em açúcar, o que provavelmente tem garantido a herança que meu pai acumula para mim debaixo do colchão. Gosto do jeito mal-humorado de lidar com seu irmão e da superproteção incrivelmente doce que finge não sentir por ele. Eu posso não saber muito sobre romance, mas de uma coisa eu sei. Sei que passaria esse lado da eternidade ao seu lado se isso dependesse de mim, e sei... que já estaria passando, agora, se você me aceitasse.

Sustentei o olhar profundo e entreabri os lábios. Eu queria, *desejava*, receber o que ele estava me oferecendo.

— Não me engane — sussurrei.

Paulo ainda mantinha uma das mãos no meu rosto. Agora, espalmava a outra em minhas costas.

— Fica comigo, vai? Fica junto de mim... assim... pra sempre.

— Não se atreva a me iludir.

— Nunca — ele disse, puxando-me ainda mais para si.

Nossos narizes se tocaram. Umedeci os lábios.

— O que você quer, Paulo Valim?

— Eu quero você. Na minha vida, Cássia. De uma vez por todas. Me aceita?

Com um leve assentir, fiz que sim. E ele colou os lábios nos meus.

21

ENTÃO ESTÁVAMOS JUNTOS

Sempre tive medo de que beijar fosse diferente de andar de bicicleta. Que, depois de um tempo sem prática, eu acabasse me esquecendo do que tinha que fazer e que isso iria me gerar algum constrangimento. Felizmente, não foi o caso.

Meus lábios valsaram sob a condução dos de Paulo e, ao fim, nossos olhares ficaram presos em um momento infinito. Poucos centímetros nos separavam e eles pareciam ser preenchidos por um magnetismo eletrizante. Mesmo depois do beijo, éramos nós, apenas nós, sob os olhos *dele* e ninguém mais.

— De onde veio isso? — perguntei, pestanejando.

Depois de incontáveis minutos, eu desfiz o contato visual primeiro.

— Isso? — ele indagou. — Isso o quê?

— Isso de gostar de mim na infância. Como é possível, como eu não percebi, como... você nunca fez nada a respeito?

Paulo jogou o corpo para trás e se deitou, apoiando-se sobre os cotovelos, e fitou o céu.

— Não foi na infância. Foi na adolescência. É uma sabatina?

— É o mínimo que você devia esperar de mim. Você acaba de soltar uma informação sobre vinte anos atrás que jamais havia me ocorrido — fiz uma pausa para pensar por um instante. — Quando foi isso? Antes da Lígia? Depois da Lígia? — perguntei, mas imediatamente me dei conta de que, quando eu me formei no ensino médio, ele já estava com ela. Arregalei os olhos. Bem, que a versão jovem de Paulo Valim não era mesmo flor que se cheirasse não era nenhuma surpresa.

— Bem antes — ele respondeu.

— Bem antes? *Bem?* — Paulo assentiu. — Ok. — Virei-me para ficar de frente para ele, encolhendo as pernas até cruzá-las em formato de borboleta. — Agora você vai ter que me dar a definição exata de *bem*.

Ele suspirou com um olhar divertido e jogou o cabelo para trás. Senti uma onda de adrenalina percorrer minhas veias. Pelo visto eu não era tão imune assim a isso, afinal.

— Sabe aquela coisa de você ter chorado por causa de uma casquinha?

Precisei de um segundo, mas logo lembrei da conversa que tivemos a respeito da nossa viagem de férias em família.

— Aham — respondi, confusa.

A verdade é que eu nem sequer era capaz de imaginar que mínima relação as duas coisas teriam.

— Essa é minha memória mais antiga.

— Sua o quê?

— Memória. É a coisa mais antiga da qual eu me lembro.

Fitei-o com desconfiança. Eu era um ano e meio mais nova e ainda me lembrava daquilo. A conta não fechava.

— Não é possível.

— Mas é verdade. Foi um exercício que tive que fazer no colégio. Aula de psicologia. "Pense na sua memória mais antiga." O nascimento do meu irmão? Não me lembro. As minhas primeiras palavras... ou as dele? *Puff.* A primeira vez que andei de bicicleta? Não consigo. Tudo o que me lembro é de saber pedalar.

— Bem, eu também não me lembro dessas coisas, mas...

— Enfim, só o que vinha na minha mente eram aquelas férias. Isso e uma gosmenta e generosa bola de *blue ice* esparramada no meu tênis cujo solado acendia. Do desespero que senti ao ver sua decepção. Da vergonha pelos olhares que isso acabou atraindo. Eu enfiei a cara na camisa do meu pai e queria ficar escondido nela para sempre.

— Bom, sua memória tem uma seletividade horrível. — Ele riu. — Mas... psicologia? Então foi no ensino médio?

Ele fez que sim.

— Acho que isso me impressionou, na adolescência, sei lá. Adolescentes são bestas. Eu tinha uma primeira memória. E você estava nela. Você estava em tudo e em todo lugar e eu tinha... — ele hesitou antes de continuar. — Eu tinha uma certa atenção das garotas.

Um riso alto e involuntário escapou da minha garganta.

— Você tinha *muita* atenção.

Paulo me fitou com doçura e levou a mão até uma cordinha que pendia da gola da minha camiseta. Enrolou-a no polegar.

— Mas nunca a sua.

Joguei o corpo para trás, desenroscando a cordinha e minhas mãos no piso amadeirado. O sol aquecia nossos rostos e o vento soprava cada vez mais morno. Com aquela pequena distância, tive uma visão panorâmica de Paulo. O rosto salpicado com graciosas gotinhas de suor, a camiseta branca exibindo os braços fortes e olhar urgente e vulnerável. Estava lindo de matar.

— Eu prestava atenção em você — sussurrei, observando-o retirar o par de tênis e os depositar no chão do píer.

Ele fez uma careta e meneou a cabeça.

— Não desse jeito, não... do jeito que eu gostaria.

— Mas eu nunca teria imaginado que você pensava em mim assim! Você nunca deu nenhum sinal.

— Bem... — Ele arqueou a sobrancelha, levou as mãos aos meus pés e retirou meus tênis também, depois minhas meias. Meus pés foram tomados de alívio pelo sopro do vento. — Você era louca pelo Estevão e, para ser sincero, sempre achei que vocês acabariam juntos.

Suspirei e fitei as mãos dele, que começavam a massagear um dos meus pés. No fundo, eu também pensava assim. Pelo menos naquela época.

— Bem, parece que nossa vida saiu bem diferente do esperado, não é?

— Muito — disse ele.

— Quero dizer, quem poderia imaginar que acabaríamos nos tornando dois solteirões de meia-idade caminhando na praia em plena manhã de uma quarta-feira.

— Ai! — Ele parou de movimentar os dedos e me encarou.

— Ou que eu ainda estaria vivendo em Iguaba, na casa da tia Telma, cuidando de uma codorna — concluí.

Paulo se inclinou e envolveu minhas panturrilhas com a mão. Em um só movimento, me girou até que eu estivesse sentada ao lado dele de novo, com as pernas penduradas para fora do píer. Envolveu-me com um braço e eu apoiei a cabeça em seu peito. Fechei os olhos, desfrutando do momento, até que ele voltou a falar:

— Bem, pelo menos você não é um estorvo para os seus pais.

Abri as pálpebras. A Lagoa surgiu diante dos meus olhos. Percebi que pequenas ondas começavam a se formar.

— Você também não. — O relógio em meu braço vibrou com uma mensagem de texto, ergui o pulso para checá-la.

Era Nicole pedindo para que eu aproveitasse a folga para repor alguns itens de mercado que estavam faltando na casa. Nada novo.

— Já está tarde? Você precisa ir? — perguntou Paulo, enquanto se levantava. — Não estou te deixando desconfortável, estou?

— Não, era só... — minha frase foi interrompida por um solavanco quando ele me puxou pela mão, me colocando de pé a sua frente.

Eu nunca me considerei magricela, mas naquele momento me senti tão pesada quanto uma folha de papel. — Bem, não *tenho* que ir, mas já está ficando quente mesmo...

Ele anuiu em concordância, mas deu um passo para a frente. Enroscou um braço na minha cintura e me puxou para junto de si. Ergui o rosto para fitá-lo. Paulo inclinou a cabeça.

— Isso está acontecendo mesmo? — ele perguntou.

Levei um dedo até o queixo dele. Eu sempre achei que ele tinha um queixo lindo, com uma pequena covinha, quase imperceptível, no centro. Acariciei-o e fiquei na ponta dos pés para depositar um beijinho ali.

— Parece que sim.

— Então estamos juntos?

A necessidade de confirmar me arrancou o sorriso.

— Estamos. — Envolvi o pescoço dele com as mãos. — Muuuito juntos. — E beijei seu sorriso.

Dessa vez foi um beijo mais curto e dei um passo para trás que pareceu confundi-lo.

— Você não acha que está quente? — perguntei.

Paulo olhou para o céu sem nuvens.

— Hã... um pouco.

— Que bom — falei e quando o olhar dele encontrou o meu eu já estava com as duas mãos espalmadas em seu peito, empurrando-o com força na beirada do Píer, mas o homem não se moveu um centímetro sequer.

— Sua... *traidorazinha*. — Agarrou meu antebraço. — Era isso que estava tentando fazer?

Paulo saltou para fora da plataforma de madeira e me levou com ele. Prendi a respiração tão rápido quanto pude, mas minha cabeça só submergiu por um instante. Nossos braços se desvencilharam no mergulho e nos separamos. Fiquei de pé, ele também. Minha boca aberta em perfeito estado de choque. Eu não achei que ele teria coragem. Paulo me pegou pela cintura de novo, retomando nossa posição no píer. A água batia na altura dos meus ombros e um pouco acima da barriga dele.

— Acho que isso resolve o problema do calor — pontuei.

Ele sacudiu a cabeça, espirrando água em mim. Soltei um risinho agudo e protegi meus olhos com as costas das mãos.

— Ou do desconforto — disse ele.

— Você não me deixou desconfortável, garoto! — Nesse momento, dois senhores idosos se aproximaram do píer com varas e equipamentos de pesca; quando nos viram ali, molhados e de roupa, trocaram olhares sugestivos.

Ele me puxou para um pouco mais longe da plataforma, abandonando nossos calçados com os homens.

— Não foi nada disso — continuei. — Você pode se abrir comigo. É bom saber o que se passa nessa cabecinha pra variar. Mas sobre aquilo de ser um estorvo... eu não acredito.

Paulo deixou escapar um muxoxo e soltou o ar com força. Avaliei sua expressão. Ele não parecia estar brincando. Chegamos a um lugar em que havia profundidade o suficiente para nos manter flutuando.

— Duvido muito que seus pais se sintam assim a seu respeito — insisti, usando as mãos como remo.

— Mas é como me sinto, morando com eles aos 34 anos.

— Mas... você tem a sua casa... não tem? Ou vendeu?

Ele tirou a camisa e a embolou na mão. Deu um mergulho rápido, jogou o cabelo para trás e tirou o excesso de água do rosto, antes de olhar para mim.

— Não, está alugada. O aluguel da casa ajuda, você sabe, por causa dos gêmeos.

Desviei os olhos para a praia.

— Aham. A escola, né?

— Pois então — continuou ele —, quando os meninos ganharam aquela bolsa de estudos na Escola Suíça para alunos com altas habilidades, precisei rearranjar minha vida. Mesmo com a bolsa, a mensalidade da escola era mais da metade do meu salário na padaria. E, tendo dois filhos, bem...

— Seria o salário inteiro.

Ele coçou a nuca e me lançou um olhar cansado.

— Meu salário inteiro não chega perto de ser o suficiente. E estou falando da mensalidade. Mas ainda havia a matrícula, materiais, livros, festividades, passeios escolares. Parecia impossível. E eu já pagava pelo seminário. Se não fosse meu pai, não sei o que faríamos.

— É por isso que você não o deixa contratar ninguém para o Caldo da Praia?

— Bem. Ele nos ajuda muito, é justo que a gente retribua.

— Hum.

Mordi os lábios. Paulo me fitou com olhos desconfiados.

— O que foi?

Apoiei uma mão no ombro dele e estiquei as pernas para trás. Bati os pés, promovendo uma leve agitação na água.

— Se lembra de quando voltamos do centro de recuperação e você disse que, quando tinha dezenove anos, seus pais tentavam ajudá-lo, mas você era orgulhoso demais para aceitar?

Paulo tirou minha mão de seu ombro e entrelaçou os dedos nos meus.

— Pare. Sei onde está querendo chegar.

— Quinze anos se passaram e isso ainda não mudou? — Fiz uma careta.

Por um instante, achei que dizer isso o deixaria irritado, mas o homem me olhou com gentileza e respondeu suavemente:

— É claro que mudou. Estou morando com eles, caramba. Até considerei trancar o seminário, mas papai se ofereceu para arcar com a mensalidade de um dos garotos para que eu pudesse concluir os estudos também... e, bom, confesso que achei que seria demais para ele, mas tem dado certo até agora.

Fiz que sim com a cabeça em silêncio, mas, ao longo dos próximos segundos, comecei a me encher da percepção de que ter aquela conversa havia sido uma péssima ideia. Havia algo sobre aquele assunto de que Paulo não estava ciente, mas eu sim. Alheio ao que se passava em meus pensamentos, continuou:

— O aluguel paga pela prestação do seminário e o salário da padaria, pelos estudos de um dos gêmeos, o combustível e a manutenção da moto e por algumas contas da casa.

Nervosa, tentei apoiar os pés no chão, mas havia ficado fundo demais, e engoli um pouco de água. Ele me levantou pela mão com força e voltei a flutuar. Mordi os lábios, aterrorizada. Paulo olhou para mim de um jeito esquisito. Como eu diria a ele?

O desespero me atingiu pela primeira vez. Pelos últimos dois anos e meio, aquela pareceu uma mentira tão inocente. Mas agora, se ele descobrisse, o que diria? Como se sentiria? Por outro lado, como poderíamos ter um relacionamento se eu não dissesse a verdade? Se Paulo já estava incomodado porque estávamos mentindo sobre o musical, o que pensaria se descobrisse que estou mentindo para *ele*? E por anos.

Meu pulso estava tão disparado que eu podia senti-lo nas têmporas. Levei o dedo até uma delas.

Meu Deus. E agora?

— Ah, não... — Ele esboçou a sombra de um sorriso amarelo. — Viu como te deixei desconfortável?

— Não. Não é isso. — Toquei-o no rosto. Paulo cobriu minha mão com a dele e aguardou. — Eu gostei de saber. Obrigada por me contar. Eu só... Ai, meu Deus. Lá vai... Eu preciso que você entenda que...

— Ei! — Um grito vindo do píer nos fez virar as cabeças. — Isso aqui é de vocês?

— Droga! — gritei, cobrindo a boca com a mão.

Imediatamente comecei a nadar na direção do píer. Alguns metros abaixo dele um dos pés dos meus tênis boiava, afastando-se da margem. Talvez Paulo estivesse certo a respeito da minha inclinação para o drama. Eu poderia ter caminhado até os tênis. Mas a verdade é que aproveitei aquela chance para adiar o momento. Então nadei de um jeito esbaforido, exagerando a preocupação.

Paulo mergulhou e chegou ao tênis antes de mim. Ergueu-o no alto. Uma poça d'água escorreu lá de dentro.

— Ótimo — resmunguei. — Além de molhada, vou ter que voltar descalça.

Ele abriu um sorriso radiante e me puxou pela mão.

— Pelo menos você está linda.

Olhei para ele com certa surpresa. Dei um tapinha em sua barriga descoberta. Será que me acostumaria com aquilo?

— Do que você tanto ri, hein? — perguntei enquanto caminhávamos juntos, pela lateral do píer até a areia.

— Ai, Abelhinha, tenta entender — Revirei os olhos. De repente me dei conta de que aquele seria meu apelidinho brega de namorada. — Em muito tempo, na minha vida — ele cessou os passos e beijou minha bochecha —, eu não me lembro de ter me sentido tão feliz.

22

NUNCA FUI EU

Dias depois, eu estava naquele mesmo píer, mas agora sem Paulo e guardando um segredo do qual só nós dois tínhamos conhecimento (tudo bem, eu confesso que contei para Nicole e Amanda, mas... caramba, é difícil esconder qualquer coisa daquelas duas quando se chega com um sorriso besta na cara).

A falta do protetor solar havia cobrado caro. Minha pele tinha uma quantidade razoável de melanina e eu cresci na praia, desse modo, eu fazia mais o tipo de pessoa que ganhava um lindo bronzeado com a mais ínfima exposição à radiação ultravioleta e não daquelas que arranjam uma queimadura de sol por qualquer coisinha. (E era fim de inverno, caramba. Alguém podia avisar ao sol?) Mesmo assim, minha manhã romântica havia me causado uma. Passei aquela semana sentindo rosto e ombros arderem e agora, mesmo tendo me besuntado de óleo de *Aloe vera* todos os dias, minha pele começava a descamar.

Se por fora minha tez estava passando por maus bocados, por dentro, meu coração se dividia entre transbordar de felicidade e ficar ansioso pelas coisas que eu ainda precisava resolver. A minha sorte é que Estevão havia deixado de ser uma delas e chegou ao local logo depois de mim.

Conseguimos, desde a primeira vez que ele chegou, interagir como dois velhos adultos realmente fariam quando se reencontrassem muitos anos depois. Perguntamos sobre a vida um do outro e relembramos alguns momentos engraçados que vivemos. De certo modo, isso me manteve entretida o bastante para que não pensasse no que precisava revelar a Paulo.

Estevão contava animado sobre a vida em uma comunidade ribeirinha, quando um som forte de avião cortou o ar. Levantei a cabeça e dei uns passos para trás, protegendo os olhos do sol com a mão. Observei a aeronave passar sobre nós e me voltei de novo para meu amigo, que me encarava com um sorrisinho bobo.

— Qual era esse? — perguntou ele.

— Um A-4 Skyhawk — respondi. — Um caça militar.

— É da base aeronaval, né?

Fiz que sim com a cabeça e ele deixou um brilho orgulhoso escapar pelos olhos.

— Você continua a mesma.

Apertei os lábios, reflexiva. Aquela afirmação me pegou. Era o exato oposto do que sempre refletia desde que ele voltou à cidade. Eu não era a mesma. Havia mudado tanto. Mas, pensando nisso agora, em cima daquele píer, observando o voo de um avião, era impossível deixar de constatar que, em muitos aspectos, continuava igual. Ainda era eu. Tia Luísa estava certa quando disse que algumas coisas nunca mudariam, independentemente do tempo. Desviei o olhar para a Lagoa. Diferente de poucos dias atrás, o céu não estava limpo. Pelo contrário, estava escuro e acinzentado, mesmo assim, a sensação de calor ela pulsante. Quase não havia vento, apenas uma brisa quente de mormaço.

Espera. Uma pequena luz acendeu na minha cabeça. Sabendo que aquilo também queimava, peguei um protetor solar na minha bolsa e esfreguei em cada poro do meu corpo que não estava coberto por roupas. Ofereci para Estevão e ele disse que não precisava. (Bem, quem avisa amigo é.)

Ouvimos um assobio e nos viramos para a areia. Nicole e alguns dos nossos amigos estavam se aproximando. Estevão ergueu as mãos para acenar, convidando-os para se unirem a nós.

Nicole carregava uma caixinha com o jogo que trouxera da viagem. Ela viera acompanhada por Júlia, João e a esposa dele. Iolanda chegou meia hora atrasada e levou um dos filhos.

Todos reunidos, nos sentamos em um círculo. As cartas de Taktik foram igualmente distribuídas. Estevão ficou roxo quando viu o deck que havia pegado e eu soube, na mesma hora, que ele tinha se dado mal.

Segurei a vontade de soltar uma risada ou de demonstrar qualquer sinal de empolgação. Tive a fortuna de conseguir o sinistro. Mal pude acreditar que a sorte estava assim ao meu lado. Deslizei o dedo sobre as inscrições da carta. Mordi os lábios para conter o riso, lembrando-me, inevitavelmente, de Paulo Valim.

A pobre da Nicole era a primeira a jogar e já começou pulando a rodada. Iolanda iniciou com uma rosa dos ventos, o que virava os ponteiros do relógio. O jogo retornou para Nicole, que voltou a pular a rodada. Era a vez de Júlia. Ela tinha um coringa, aquela sortuda infeliz. Ela sempre, sempre ganhava.

Segurei o ar, dominada por uma onda de adrenalina, e prendi o sinistro entre os dedos com força. Estevão era o próximo. Baixou uma carta que eu não consegui identificar. A mão dele esbarrou na de Júlia. Os olhares dos dois se cruzaram. Então, naquele instante, eu soube. Finalmente. Como uma venda que caía dos meus olhos.

Júlia!

Claro, era ela.

Nunca fui eu. Sempre foi ela.

23

QUANDO EU NÃO ESTAVA OLHANDO

Paulo dava risada, apoiado no balcão do Caldo da Praia enquanto eu me exibia por ter ganhado duas partidas de Taktik. Eu estava descrevendo uma das minhas mais brilhantes jogadas, quando ele soltou:

— Estou tão feliz por não ter ido.

Cruzei os braços e lancei para ele um olhar cheio de sarcasmo.

— Ah, entendi... é que você não gosta de perder, não é? — fiz um biquinho dramático. — Coitadinho.

— Você deve ter ficado insuportável — ele disse, com as mãos apoiadas no balcão.

A pose evidenciava os músculos dos braços mais uma vez descobertos graças àquelas maravilhosas camisetas estilo regata que ele adorava usar ao menor sinal de calor.

Eu ri e dei dois passinhos para o lado. Depois espiei meu relógio e dei dois passinhos para *outro* lado. Paulo me olhou de um jeito desconfiado, afunilou os olhos e inclinou o corpo para a frente.

— Está trapaceando?

Parei, de repente, dando-me conta de que estava fazendo aquilo na frente dele.

— Não sei do que está falando — disparei, tentando disfarçar o constrangimento.

Paulo apontou para mim com o indicador.

— Está, sim! Sua malandrinha. Você está contabilizando passos *assim*?

— Ora, o desafio é de passos e não de *como* se dá os passos — respondi, abanando o ar. Ele riu com descrédito e balançou a cabeça. — Cadê o tio, hein? — perguntei, de um jeito não tão despretensioso quanto gostaria de demonstrar, enquanto dava a volta no balcão.

Era cedo. A lanchonete estaria vazia se não fosse pelo seu Olivetto sentado em uma das mesas. Paulo deu um passo para mais perto, mordeu o lábio inferior e me puxou pela cintura.

— Ei — ralhei. — Não exagera, né?! Ele vai perceber. — Apontei com a cabeça para o homem na mesa.

— Ele já percebeu há muito tempo. E eu... — Paulo se inclinou e depositou um beijinho rápido nos meus lábios — não tenho nada a esconder.

Apoiei as mãos em seus ombros e soltei uma risadinha enquanto ele desferia uma sequência daqueles beijinhos.

— Já chega — eu disse, afastando-me entre os estalidos.

Virei-me de costas e, logo em seguida, precisei me apoiar no balcão para não cair. Todo o sangue deve ter sido drenado do meu corpo diante dos dois pares de olhos azuis quase idênticos que nos fitavam embasbacados. Levei uma mão ao peito com o susto. Erick nos encarava com sarcasmo e Elias estava pálido feito um camaleão em um campo de margaridas.

— Olha só... — Erick deslizou os polegares pelas alças da mochila.

— O que vocês... — Senti uma pontada na cabeça. A lanchonete pareceu girar ao meu redor. — Não deveriam estar a caminho da escola?

— *Isso* é o que têm para dizer? — ele retrucou com um arquear de sobrancelha.

O outro gêmeo apontou um dedo em minha direção e outro na do pai. E depois ficou ziguezagueando um e outro entre nós dois. A boca balbuciou alguma coisa ininteligível. Paulo caminhou até mim e passou um braço pelo meu pescoço. Agarrei nele para me apoiar.

— Garotos — ele disse, e puxou o ar, estufando o peito de um jeito dramático. — Quero que conheçam sua nova mãe.

Erick gemeu e jogou a cabeça para trás. Eu olhei para Paulo, desacreditada.

— Sério isso? — perguntei.

— Ué?! Você não disse que os amava, mulher?

Soltei-me do abraço e desferi um leve tapa no peito dele. Pressionei os lábios para segurar o riso. Isso lá era hora para brincadeirinhas?

— Meninos, escutem — eu comecei. — O seu pai e eu....

— Por favor, para agora mesmo — Erick pediu. — Isso tá me causando dor nas entranhas. Sério. Só arrumem um...

— Ei! — Paulo o interrompeu com um olhar fulminante.

Erick arregalou os olhos e sacudiu as mãos.

— Tanto faz. Só não façam isso aqui.

— Mas... — Elias finalmente se pronunciou. — Eles estão...?! — O rapaz se virou para mim. — Você! Como... Por que faria isso?

Olhei para Paulo. Ele meneou a cabeça.

— Meus garotos, senhoras e senhores.

— Não, espera! — Elias determinou, como se organizasse os pensamentos bem rápido.

Ele era uma coisinha engraçada de um metro e oitenta e cinco, uma mochila nas costas e um uniforme estilo homens de preto que o fazia parecer um enorme pinguim de olhos azuis.

— Vocês estão juntos? — indagou, olhando dentro dos meus olhos. Eu não sabia se era uma pergunta retórica ou se eu devia responder, então só arreganhei os lábios em um sorriso quadrado.

Depois, ele fitou o irmão. — E você não está surpreso. Por que não está surpreso?

— Porque não sou um idiota — respondeu Erick. — Além do mais... — ele disse, dando as costas para todos nós. Caminhou até uma cadeira, tirou a alça da mochila de um braço e se jogou, sentando-se de um jeito folgado. Então, concluiu. — Esse cara sempre ficou babando por ela, quando ela não estava olhando. Só você que não presta atenção em nada que não seja o seu umbigo.

O quê?! Virei a cabeça para Paulo. Ele tinha ido até o computador e digitava alguma coisa. Está bem que ele disse que chegou a gostar de mim quando éramos jovens, mas eu não sabia que um passado recente estava incluído na equação.

— Mas você sim, não é, garotão? — O homem ergueu o rosto da tela e se apoiou no balcão com as duas mãos. — Você não tem nada melhor para se preocupar?

— Pergunte à mamãe — Erick respondeu.

Todos ficamos calados. Levei mais do que alguns segundos para compreender que estava se referindo a mim.

— Tá bem — Paulo falou, saindo de trás do balcão. — Já chega. Veja como fala com ela.

Erick ficou sério, a raiva estalando nos dentes trancados. Mas desviou os olhos. Paulo bufou e se virou para Elias.

— Agora me digam o que diabos estão fazendo aqui a essa hora.

— Greve de ônibus — Elias respondeu com a voz mansa.

Caminhou até mim e me puxou. Cambaleei de encontro ao tórax do garoto, que se inclinou e depositou um beijo no topo da minha cabeça.

— Eu não estou entendendo nada — ele disse. — Mas fico feliz por vocês.

— Obrigada — respondi com alguns tapinhas amistosos no ombro dele.

— Podemos pagar um Uber? — Erick interrompeu o momento. — Estamos em semana de revisão. Não dá para faltar.

— Um Uber até Cabo Frio? — Paulo resmungou, sacando o celular do bolso. — Vamos ver o tamanho da facada.

— Ah, para — respondi. Empurrei a mão dele, abaixando o celular. — Eu posso levá-los.

— Hã... — Paulo refletiu. — Você não tem...

— Dá um tempo — respondi e, em seguida, bati palminhas no ar, como costumo fazer quando preciso da atenção dos adolescentes em nossas reuniões da panelinha. — Bora, vocês dois!

Erick se levantou sem reclamar e começou a andar na direção da saída. Elias envolveu meu ombro com um braço. No caminho de volta para o balcão, Paulo começou a remexer a carteira.

— Tome meu cartão para abastecer.

Dispensei a oferta com um aceno.

— Depois você me compensa — lancei uma piscadela sugestiva.

Paulo deu uma risadinha.

— É mesmo? Como?

— Lá-lá-lá — Erick cantarolou da porta, cobrindo os ouvidos. — Credo, a gente não precisa ouvir isso.

— Depois a gente conversa — reprimi outro sorriso e ignorei os resmungos do garoto antes de caminhar até o carro.

Apesar das últimas descobertas, a corrida até Cabo Frio foi bastante dentro do normal. Elias e eu falamos sobre os ensaios do musical e sobre o retiro dos adolescentes, mas Erick estava sozinho no banco de trás, totalmente imerso em seja lá o que estivesse lendo em um Kindle.

— Então tá tudo bem?

Os dois me encararam pelo retrovisor em silêncio.

Elias foi quem se atreveu a se pronunciar:

— Como assim?

— Ah, cês sabem... com isso. — Mais silêncio. Que chatice era ser a adulta da situação e ter que deixar tudo às claras. — O pai de vocês e eu.

Eles riram baixinho. Teria sido fofo se não fizesse minha bochecha arder. Fazia tempo que eu não os via dando risadinhas cúmplices.

— Eu contei alguma piada?

Isso fez Erick rir ainda mais. Elias, pelo contrário, ficou sério.

— É claro que tá tudo bem. Por que não estaria?

Encolhi os ombros.

— Eu não sei, acho que... bem, imagino que seu pai vai conversar com vocês sobre isso. Provavelmente eu deveria ter deixado isso com ele.

— A gente já conversou — Erick interrompeu. O riso no semblante dele de repente havia dado lugar ao tédio profundo outra vez.

— Já?

— Cara, a gente é quase adulto — pontuou Elias. Disso, eu já não tinha tanta certeza. — E, em toda a nossa existência, nosso pai nunca teve uma namorada. É sério, a gente já implorou pra que ele arrumasse uma namorada.

— Pelo menos ele vai sair do nosso pé.

Abri os lábios e encarei Elias, esperando que ele discordasse do adendo.

— É uma esperança.

Esses garotos...

— De um jeito ou de outro a gente tinha a consciência de que, se um dia acontecesse, saberíamos que era sério.

E era sério. Eu estava séria. Não esperava menos de Paulo. Mas ouvir aquilo me fez derreter um pouquinho por dentro.

— A gente não tá surpreso, Cássia — Erick se interrompeu. Bem, aquele ali até pode estar. Mas eu não. Eu sempre vi que ele arrastava uma asa pra você.

— Tá... bom — respondi, por fim, reduzindo a velocidade.

Estacionei na frente de uma construção em estilo colonial. A escola tinha três andares em tijolinhos vermelhos. Era meio assustador que houvesse tanta gente assim que era capaz de bancar aquela mensalidade. Estiquei o pescoço para fora da janela e fiquei observando o prédio. As crianças pareciam formiguinhas diante da imponência da construção. Elias desceu primeiro, deu a volta no carro e me cumprimentou com nosso aperto de mão secreto. Depois ficou esperando pelo irmão na calçada. O outro abriu a mochila, depositou o Kindle lá dentro e estava prestes a fechar o zíper quando eu chamei por ele.

— Ei.

Erick ergueu a cabeça e deslizou o fecho. Os olhos dele encontraram os meus no espelho retrovisor.

— Estamos bem mesmo?

O garoto ficou inexpressivo por um segundo. Depois deu de ombros.

— Claro que sim.

Semicerrei os olhos e girei o tronco, olhando de verdade para ele.

— Não finja que não se importa. Eu sei que se importa.

— Sou bem grandinho para ter ciúmes do papai, você não acha?

Fingi que estava refletindo.

— Na verdade, não.

— Relaxa — ele revirou os olhos. Adolescentes rebeldes não são irritantes? Por que eu ainda os sirvo é um mistério. Devo ser meio sádica. — Eu tô bem, não é nada demais.

— Obrigada? — lancei em tom ofendido.

— Eu não quis dizer *você*... — Ele interrompeu sua fala ao se dar conta de que estava entrando na minha onda. Então resolveu combater uma ironia com outra. — Fica fria, *mamãe*.

E abriu um sorriso. Aquilo foi capaz de derreter as maiores hesitações do meu coração. Erick, seu pestinha terrível e charmoso. Você ainda tinha jeito. Eu sabia, do fundo da alma. Ele empurrou o banco do carona para sair, deu a volta e apoiou uma mão no carro.

— A que horas vocês saem da prisão? — Fingi indiferença.

— A aula termina à uma da tarde — respondeu o outro. — Mas temos monitoria e vamos ficar o dia todo. Então, só depois das cinco.

— Beleza. Volto para buscar vocês nesse horário.

— Obrigado — Erick respondeu de um jeito tão honesto que me senti feliz em ajudar. — E olha, só pra você saber...

Ele jogou o corpo para trás, descolando as mãos da Joaninha.

— O quê?

— Francamente, você conseguiria coisa melhor — disse, já distante.

Estalei a língua, dei duas buzinadas e engatei a primeira marcha. Depois disso, Elias virou as costas e se dirigiu para o prédio, mas Erick apenas deu alguns passos para trás, e ficou observando meu carro se afastar com uma expressão de riso no rosto.

Preciso confessar que eu tinha imaginado algumas coisas para fazer na minha última noite de folga. Por exemplo: tentei convencer Nicole a ir comigo ao cinema, mas ela disse que teria uma reunião de trabalho. O que é muito estranho, porque Nicole nunca trabalha à noite. Tentei entender do que ela estava falando, mas a sem-vergonha deu um jeito de desligar o telefone.

Suspeito. Muito suspeito.

Principalmente se eu considerar o fato de que ela ficava gaguejando, igualzinho ao ano passado, quando estava preparando uma festa de aniversário surpresa para mim. Na época, o comportamento esquisito acabou fazendo com que eu descobrisse tudo. Portanto, tenho certeza de que ela está aprontando alguma. Mas ainda faltam oito meses para o meu aniversário.

Acabei desistindo da ideia. Já que Paulo estaria no seminário e Amanda na faculdade, eu teria que me virar sozinha. Passei a tarde rolando *feeds* das minhas redes sociais à procura de ideias e até tive algumas, mas nenhuma delas incluía ficar parada na beira da pista à espera de um guincho que, pela demora, parecia estar vindo de outro país.

Acontece que, depois de buscar os garotos na escola, estávamos em uma rotatória quando uma fumaça branca e espessa começou a subir rapidamente do capô da Joaninha. Minha reação imediata foi frear bem rápido e correr para fora, o que quase causou um atropelamento. Os dois gritaram e eu corri para a calçada, com as mãos na cabeça e o peito acelerado pela sensação de que o carro seria carbonizado com eles dentro.

— Saiam daí. Saiam, agora!

Erick estava no banco da frente dessa vez, bloqueando a única passagem segura para o irmão, que tentava me obedecer.

— Fica calma — disse ele, como se não estivesse em um veículo em chamas.

O que de fato não era o caso. Mas levei alguns segundos para voltar a mim e relembrar das antigas lições teóricas da autoescola: fumaça branca não era sinal de fogo, mas...

— O radiador! — exclamei. E corri até a frente do carro para abrir o capô.

Elias saiu pelo outro lado. Encolheu os ombros com a buzinada agressiva de um motorista e correu para o acostamento. Erick colocou a cabeça para fora da janela.

— Espera! — gritou o segundo. — Não abra isso agora!

Recolhi a mão. Ele tinha razão. Devia estar fervendo. O garoto abriu a porta e passou por ela tranquilamente. Se um dia duvidei de que as pessoas reagiam às situações segundo seus temperamentos, foi ali que passei a acreditar.

Esperei que a fumaça se dissipasse para tocar a carroceria. Dessa forma, confirmamos a minha suspeita. Os meninos me ajudaram, empurrando o carro até um lugar menos movimentado, e posicionamos o triângulo para fazer a sinalização. O sol se poria em breve e conforme os minutos passavam, com a demora do guincho, comecei a achar que ficaríamos ali até o anoitecer.

Tudo bem que eu tinha aqueles dois seguranças altíssimos de olhos azuis, mas estava tentando arrumar um modo de me livrar deles.

Fui até a Joaninha para pegar meu celular, fiz um pequeno rabo de cavalo com uma xuxinha no alto da minha cabeça e sequei o suor do pescoço com uma toalhinha que havia no meu porta-luvas. Peguei meu aparelho e fiz o que precisava ser feito. Depois desci do carro, caminhei até os garotos e apertei o ombro de Elias.

— Chamei um Uber para vocês.

Os dois se viraram para mim e nenhum deles parecia feliz. Elias se pronunciou primeiro:

— Por quê? A gente espera com você.

— Não. Vocês já me ajudaram muito. Devem estar exaustos de estudar o dia inteiro e estão em uma semana importante.

— Cancela isso — Erick determinou, cruzando os braços.

Arqueei a sobrancelha e o fitei severamente.

— Não.

— Primeiro — ele começou, segurando a pontinha do indicador em riste —, a gente não vai deixar uma mulher sozinha no meio da rua. — E, não tendo encontrado outro ponto para argumentar, encerrou a contagem.

— Segundo, nosso pai nos mataria — Elias concluiu, didático.

Baixei os olhos para o meu celular. Vi que um homem havia aceitado a corrida e estava a quatro minutos de distância.

— Eu me entendo com o pai de vocês.

Eles protestaram durante todo o tempo, mas tiveram que ir quando o carro chegou. Me despedi com dois tapinhas na lataria antes de partirem e voltei para a Joaninha. Sentei-me no banco e o reclinei até que ficasse quase inteiramente na horizontal. Muitos minutos passaram e comecei a ficar sonolenta.

A próxima coisa da qual me lembro foi do som do motor de uma moto que me despertou de um sonho em que eu tentava convencer um piloto a não pousar porque tinha uma família de coelhos na pista.

— Você não tem juízo? — Fiquei confusa por apenas uma fração de segundo. Logo percebi que fora Paulo e não o piloto do sonho quem dissera isso. — E se eu fosse um assaltante?

Esfreguei os olhos e fiz a poltrona retornar para a posição original. Paulo tirou o capacete. Meu coração se agitou. Ele estava certo.

Olhei ao redor à procura do meu celular e da minha bolsa. Ufa, tudo estava onde deveria estar.

— O que faz aqui? Você não devia estar na aula?

Paulo foi até mais um pouco adiante com a moto, estacionou-a na frente da Joaninha. Saí do carro, vesti um casaco de moletom, encolhendo-me sob o vento que começava a esfriar, e caminhei até ele, que se inclinou para depositar um beijo na minha testa.

— Tadinha — ele disse. — Os meninos me disseram que você estava aqui. Eu estava perto, é claro que viria.

Cobri parte dos olhos para observá-lo sob a luz intensa da hora dourada. Paulo estava vestido com uma jaqueta grossa de couro que, junto com os cabelos bagunçados, conferia a ele um ar rebelde.

— Qual deles foi o fofoqueiro?

Ele prendeu o riso e me puxou pela cintura.

— Os dois.

— Aqueles traidorezinhos — falei, envolvendo o pescoço dele com os braços. — Agora estou devendo uma a eles.

Ele deslizou a mão pelas minhas costas e olhou para Joaninha.

— Foi o radiador mesmo? — perguntou.

— Dessa vez, parece que sim.

Paulo soltou um gemido.

— Eu sei que você tem apego a essa coisa, mas... não acha que chegou a um ponto em que seria melhor trocar de carro?

Mordi os lábios, afundando o rosto no peito dele.

— Não — suspirei, abraçando-o com mais força. — Não é questão de apego, só não é um bom momento.

— Mas... é uma prioridade. Quero dizer, olha para o que você está passando agora. Um perrengue desnecessário, beira à maluquice.

Ergui o rosto para olhar para ele.

— Nossa, que exagero. Esse tipo de coisa acontece. Poderia acontecer com qualquer carro. — Paulo me encarou com uma expressão de discordância. — Agora não dá, eu... estou fazendo alguns investimentos e, sim, eu gosto do meu carro.

— Sempre achei que você tinha um bom salário — ele disse, e se remexeu sob meu abraço.

— O que tá havendo? — perguntei, afastando-me para observá-lo.

— Nada.

— Nada, não. Você parece desconfortável.

Ele esticou o braço e me puxou de volta. Bem nesse momento, o guincho apareceu ao longe. Dei um pulinho e soltei um suspiro.

— Ai, graças a Deus.

Acompanhamos o caminhão até o mecânico que costumava cuidar da Joaninha, e, quando ele me cumprimentou como a uma velha conhecida, Paulo deixou escapar uma risada debochada. Eu sabia que algo o estava incomodando, mas não podia ser minha insistência em manter o meu carro. Aquilo nem fazia sentido.

Perguntei se ele teve notícias da Lígia — a única coisa na qual consegui pensar no momento —, mas ele só negou com a cabeça.

Quando fomos embora, Paulo disse que gostaria de me levar a um lugar para assistirmos ao final do crepúsculo. Então pilotou até uma antiga salina. Era um pouco distante, em outra cidade, desse modo, acabamos assistindo ao sol se pôr quando ainda estávamos a caminho, mas ao menos chegamos ao local a tempo de ver os últimos reflexos do dia espelhados nos compartimentos de água retangulares enfileirados, e nos deitamos lado a lado no topo de uma montanha de sal. As primeiras estrelas despontavam no céu cada vez mais e mais escuro. Paulo olhava para o alto, pensativo, e eu o observava em silêncio.

— Desculpe. Eu não quis me meter. Foi grosseiro da minha parte fazer aquele comentário.

Virei-me de lado, apoiando o rosto em uma mão, e acariciei a jaqueta dele na altura do peito com a outra. A poucos metros de nós, havia uma família com duas crianças que brincavam de escorregar no sal.

— Não precisa se desculpar. Eu entendo sua preocupação. Mas é só mais um tempo. Eu sei que não dá para ficar com ele pra sempre.

Ele anuiu com a mandíbula travada.

— Vai me contar o que está te aborrecendo? — perguntei.

Paulo se virou para mim com o olhar surpreso.

— Não é nada.

Fiz uma careta.

— Fala logo.

— Não, eu... — hesitou.

Acariciei seu rosto. Ele baixou a guarda. Um dos garotinhos da família na montanha de sal ao lado começou a chorar depois de ter levado um tombo. Devia ter uns cinco anos. Paulo se distraiu ao observar o pai socorrê-lo.

— Você...? — incentivei, trazendo-o de volta ao presente.

Ele se remexeu, desconfortável, e soltou um suspiro cansado e vencido.

— Tá bem. É que, sabe... falar sobre finanças para mim é sempre muito constrangedor e íntimo. Eu me abri com você outro dia, mas parece que, agora que se trata das suas, você não quer me deixar entrar...

— Paulo, eu...

— Mas tudo bem — ele disparou, sentando-se. — Você não tem que fazer isso. É sua vida, sua intimidade e... não é da minha conta. É uma bobagem minha.

— Não é bobagem — interrompi. — Tá tudo bem. Você pode perguntar, eu só... Só não tenho muito o que dizer. — Mas desviei os olhos ao pronunciar a última frase. Minhas mãos ficaram instantaneamente úmidas.

— Tá tudo bem, Abelhinha.

— Agora, vem cá — eu disse, sentando-me também. — Com *isso* você precisa parar. Mesmo.

Ele encolheu os ombros e vagou os olhos pelo meu rosto até ter, de repente, a expressão iluminada por entendimento.

— Abelhinha? Você odeia tanto assim?

— Extremamente brega — assegurei. — Quando é o seu pai dizendo, tudo bem, é fofo, mas... você não. Por favor, me chama pelo nome.

Ele girou o corpo a fim de se posicionar de frente para mim.

— Eu não quero chamar minha namorada pelo nome — respondeu.

— E por que não?

— Porque, ora, eu passei os últimos doze anos da minha vida sem ter uma namorada, pelo amor de Deus, eu nem queria uma namorada — ele se inclinou e beijou minha bochecha e depois baixou o queixo, depositando os lábios na curva do meu pescoço. Senti os pelos do meu braço arrepiarem. Paulo se afastou. — Mas, agora que tenho uma, prometo que vou ser brega até meu último suspiro.

Baixei a guarda.

— Estou fadada à breguice, então?

— É o que parece — disse ele, antes de se levantar e estender a mão para que eu o acompanhasse.

Caminhamos por uma calçada estreita até a moto de Paulo com os braços entrelaçados e os capacetes nas mãos. Um rapaz com uma caixa de balas nos abordou, perguntando se gostaríamos de comprar alguma. Paulo não é a primeira pessoa a incentivar o consumo de açúcar, mas prontamente levou uma mão ao bolso da calça, procurando pela carteira. Comprou duas cartelas de chiclete e perguntou o nome do rapaz.

Abracei meu próprio corpo, protegendo-me do vento, quando o desconhecido assentiu e se identificou. Paulo apoiou uma mão em seu ombro. Fez uma breve oração. No final, perguntou se ele estava com frio.

— Não, tranquilo — respondeu ele.

Observei-o. Era jovem, não devia ter mais do que 25 anos, e, apesar de ter dito que não sentia frio, impossível que aquilo fosse verdade, considerando que vestia uma fina camisa de algodão. Ok, não era como se estivéssemos sob a neve de Nova York. Era só uma noite daquelas de fim de inverno fluminense, que ignoram o dia ensolarado e não vão causar uma hipotermia, mas exigem pelo menos um casaco. O vento também fazia a sensação térmica diminuir.

O desconforto estava estampado na cara do rapaz, nos pelos ouriçados do braço e nos ombros encolhidos.

Paulo tirou a jaqueta sem pestanejar. Entregou-a a ele. Ficou só com a camisa de baixo, que felizmente tinha mangas compridas. O homem quis recompensá-lo com a caixa de doces que tinha em mãos, mas, ao receber uma recusa, sorriu em agradecimento, apoiou-a no chão, e vestiu a jaqueta.

Paulo subiu na moto e me pediu para fazer o mesmo. Envolvi meus braços ao redor do corpo dele e senti a moto vibrar ao dar partida.

24

O RANGIDO NAS SOMBRAS

Consegui convencer o papai a me emprestar o carro para ir ao trabalho pelos próximos quatro dias. Foi muito estranho. Depois de lutar com a embreagem da Joaninha por anos, dirigir um carro automático era como jogar videogame.

Desejei ter um carro como o dele. E isso me fez lembrar de Paulo, dos seus conselhos e de como me esquivei quando mencionou a minha necessidade de me desfazer da Joaninha e trocá-la por um automóvel mais novo. E estava certo, dentro do possível, é claro.

Bem, ele não tinha a visão completa da realidade.

Meu estômago embrulhou a caminho do trabalho e permaneceu embrulhado por todos os dias seguintes. Eu sabia que precisava conversar com ele. E sabia que deveria fazer isso com urgência. Cada minuto adiando a verdade aumentava não só a minha angústia, mas também as chances de deixá-lo magoado. Paulo era orgulhoso, e aquilo podia acabar com a gente. Nos últimos dias, senti várias vezes que estávamos fadados ao término, ainda que mal tivéssemos começado.

Mas talvez eu só estivesse... Como foi que o terapeuta disse? Ah, sim, *catastrofizando.* Mas ele também me disse que eu deveria conversar com Paulo de uma vez por todas.

Antes que eu estacionasse na frente da padaria, recebi uma mensagem dele — meu namorado, não o terapeuta —, informando-me a respeito da urgente necessidade que sentia em me ver. Eu era a pior pessoa do universo. Respondi que sentia o mesmo, porque era verdade, embora sentisse igualmente vontade de fugir para longe, já que assim não precisaria enfrentá-lo.

Desci do carro e arrastei os pés pela calçada até a entrada do estabelecimento. Dei uma olhada no lugar e soltei um suspiro triste. De todos os padeiros do mundo, eu estava prestes a ser dispensada pelo maior gato. Os olhos dele brilharam quando encontraram os meus. Paulo tirou o avental e deu a volta no balcão. Depois correu até mim e me puxou pela cintura até o lado de fora.

Antes que eu abrisse a boca, ele me abraçou e cobriu nossos lábios. Fechei os olhos e apreciei o momento que talvez fosse o último. Abri os olhos, pisquei-os. A imagem de Paulo ficou cada vez mais nítida diante de mim. Ele me tirava o fôlego.

Ai, Deus, se era mesmo para dar em nada, por que o Senhor me deixou desejar isso? Tu sabes que eu nunca nem sequer pensei...

Olhei para baixo. Para uma discreta vibração do bolso da minha calça. Enquanto conferia o celular, Paulo anunciou que iria se despedir da equipe e pegar suas coisas. Dei as costas para ele e caminhei pela calçada na direção do Volvo. Estreitei os olhos e coloquei a mão em concha na tela do celular para tentar enxergar a mensagem.

— Tudo bem aí? — Paulo perguntou, apontando para o meu celular com a cabeça. Ele puxou a porta do passageiro ao mesmo tempo que eu abri a do motorista.

Sentamo-nos juntos.

— Era só Nicole dizendo que chegaria em casa mais tarde hoje, porque iria repor uma sessão de pilates para compensar o tempo perdido em Paris.

Paulo puxou o cinto e o afivelou.

Dirigi por todo o centro de Cabo Frio sem dizer uma palavra. Embora houvesse silêncio no interior do carro, minha cabeça estava um verdadeiro alvoroço. O suor nas minhas mãos começava a melar o volante de um jeito que dificultava o disfarce.

Paulo finalmente perguntou:

— Tá tudo bem?

Fiz que sim com a cabeça e liguei a seta a fim de nos deslocar para a via mais lenta.

— Na verdade — comecei. — Há algo sobre o que eu gostaria de conversar.

O semáforo à minha frente ficou vermelho. Fiquei aliviada. Virei-me para Paulo, olhando-o nos olhos, puxei tanto ar quanto conseguia para os pulmões e comecei:

— Uns anos atrás eu fui ao Caldo da Praia e percebi que seu pai estava meio chateado...

Paulo franziu o cenho. Meu coração apertou. Ele era tão bonito. Aqueles gruminhos de suor que acumulavam na ponta do nariz dele eram a coisinha mais fofinha. Droga, eu realmente deveria ter apreciado mais os gruminhos de suor. Depois que ele estivesse me odiando, eu jamais teria a chance de ficar tão perto assim desse nariz.

— Meu amor — ele olhou através de mim. — Aquela não é a Nicole?

Como em reflexo, virei a cabeça para trás, voltando meus olhos para uma garota de sedosos cabelos castanhos passando pela porta de lojinha minúscula com um letreiro neon duvidoso.

— Aquilo não parece uma academia de pilates — Paulo concluiu. O tom era quase de graça.

Alguém buzinou atrás de nós e eu precisei agir muito rápido. O sinal estava verde, os carros ao redor seguiam em frente, a cacofonia irritada da fila de veículos que se formava atrás de mim ficava cada vez mais alta. Droga, eu tive que ir embora.

Minha cabeça atordoada não conseguiu processar coisa alguma: a cena que acabávamos de presenciar ou o fato de que eu não consegui revelar o segredo que vinha guardando.

— Mas que droga — rosnei. Bati as mãos no volante. — A gente tem que conversar! — determinei.

Paulo me analisou em silêncio. Depois, disse:

— Vamos fazer isso em casa.

Cerrei os dentes e senti o rosto esquentar.

— Tá bom.

Soprei a franja dos olhos e buzinei para um mal-educado que passou direto pela faixa de pedestres enquanto uma senhorinha esperava para atravessar.

Fuééén! Paulo deu um pulo ao meu lado.

— Calma — pediu ele. Dessa vez, um apressadinho em um Jeep vermelho tentou me cortar, mas viu a faixa a tempo de parar ao meu lado.

— Não! — *Fuén-fuén-fuén!* — Você viu o que ele fez? — perguntei a Paulo, e em seguida me virei para o homem. — Respeita a faixa, marmanjo!

No banco de trás uma garotinha de olhos azuis arregalados levantou o vidro até fechar. Vai aprendendo, minha filha. Olhei para a frente, agitando o pé, já que não tinha nenhuma embreagem. Precisei segurar o impulso de gritar para a senhorinha "andar logo" enquanto, sem nenhuma pressa, ela processava que eu tinha feito a gentileza (obrigação) de parar o carro. Paulo pressionou meu ombro, como que para me acalmar.

— Por favor, não deixe o carro novo subir à cabeça.

Olhei para ele com frustração e desânimo. Ele tinha uma curva no canto dos lábios. Uma curva que costumava me dar nos nervos, mas que eu tinha aprendido a beijar. Digo, *amar.* Soltei um suspiro de lamento e seguimos em frente.

Estacionamos na frente da casa, entramos no modo automático. Paulo me deu um beijo rápido antes de abrir o portão, mas eu me agarrei à manga de sua camisa. Aquele podia ser o último. Ou pelo menos o último sem mágoa. Puxei-o para mim. Ele se curvou até alcançar minha boca. Envolvi seu pescoço com meus braços, Paulo me puxou pela cintura, depois esticou o braço e apertou o botão do interfone.

— Oi — a voz seca de um dos gêmeos surgiu.

Eu não fazia ideia de qual deles.

— Graças a Deus — Paulo sussurrou em meu ouvido. — Tem gente em casa. Vamos entrar.

Assenti e o acompanhei até a sala. Estava escura, com as abas das janelas fechadas. Paulo acendeu um abajur e gritou assim que entramos:

— Quem está aí?

— Eu — alguém respondeu da cozinha.

— Eu — a segunda voz veio do segundo andar.

Ele se virou para mim.

— Ótimo. Você me espera aí? — apontou para o sofá. — Acenda aquela lâmpada para ficar mais claro. Só vou tomar um banho rápido e a gente pode dar uma volta de moto. Que tal?

— Não, Paulo. — Ele me olhou, sério. — De verdade, precisamos conversar.

— Tá bem.

Ele me olhou com insegurança e deu um passo para mais perto de mim.

— Você quer que eu tire o Erick da cozinha?

Como ele sabia qual dos dois era?

— Não — neguei, atordoada. — Não tem problema ele ouvir.

Paulo tocou meus dedos e puxou minha mão para si, depois ele a levou até a boca e depositou um pequeno beijo.

— O que você quer dizer?

— Sabe... — comecei, mas a verdade era que eu tinha essa mania de comer pelas beiradas.

Em toda a minha vida eu jamais conseguira ir direto a certos pontos e, naquele momento, não foi diferente. Por mais que meu cérebro trabalhasse em ritmo frenético, à procura de uma maneira de amenizar o impacto da notícia, não conseguia encontrar um caminho seguro pelo qual prosseguir. Não que eu tivesse feito uma coisa horrível. Não era. Eu tinha feito algo bom. Pelo menos era disso que eu vinha tentando me convencer. O problema, caro leitor, era a mentira.

Paulo arqueou as sobrancelhas me incentivando a continuar.

— Por muitos anos eu achei que estava completa. Em Deus, com a minha vida profissional, eu nunca pensei que desejaria estar com alguém...

— Espera — Paulo deu um passo para trás. — Você não vai me pedir em casamento, não é? Porque eu sou um homem muito, muito tradicional.

Deixei os ombros caírem. Ouvi algo ranger. Achei que fosse o lustre sobre nossas cabeças. Na dúvida, dei um passo para o lado.

— Dá pra me ouvir? — resmunguei.

Ele riu.

— Desculpa — pediu Paulo, mas eu não desculpei.

Pelo contrário, fui tomada de uma intensa frustração e de uma súbita raiva.

— Pelo amor de Deus, homem. Cala essa boca um pouquinho e me escuta!

Podemos dizer que eu disse isso aos gritos. A expressão leve no rosto dele se desfez devagar, dando lugar a um discreto, mas evidente vinco de preocupação. Respirei aliviada. Estávamos chegando à mesma página.

— Obrigada — sussurrei.

E olhei ao redor procurando, pela última vez, por uma epifania, um brilhante escape que justificasse o fato de que eu havia guardado isso para mim até agora. Não encontrei nada além de móveis antigos sob a penumbra. Olhei de relance na direção da porta, meu corpo estremeceu em um calafrio.

— Meu Deus — exclamei.

Minha voz era a definição do pânico. Paulo se virou para procurar pelo que me assustara. Deu um passo em falso. Havia o vulto de uma mulher nas sombras.

25

UM SEGREDO VINDO À TONA

A mulher deu um passo à frente. A luz do abajur revelou os traços de seu rosto. Meu coração ardeu. O cabelo loiro que costumava ter ondas definidas e cheias de vida estava curto e ralo, na altura das orelhas, as clavículas despontavam acentuadas por baixo de uma blusa de alça, bolsas escuras marcavam a região abaixo dos olhos e uma ferida fresca, à testa.

— Lígia — A voz de Paulo soou fraca, confusa e dolorida. — O que está fazendo aqui?

— Desculpem, eu não sabia mais para onde ir. — Ela voltou os olhos para mim. — Mas não quero causar problemas.

— Não... — eu disse e virei-me para Paulo — ...se preocupem com isso.

Mas Paulo não pareceu ouvir. Os olhos dele estavam fixos nela.

— Eu sei que você deve estar com raiva de mim agora... — continuou a mulher. — Eu não tenho... não... não tenho desculpas pra dar...

Ele cobriu a boca com uma mão, caminhou até Lígia e tocou-a no braço. A mulher desabou para frente, afundando em seu peito. Ele apoiou a mão na cabeça dela.

Lígia manteve os braços caídos ao lado do corpo e exprimiu um gemido sofrido. A angústia cortou o ar. Meu corpo inteiro estremeceu.

Paulo fechou os olhos. Acariciou o cabelo dela.

— Não toque em mim. Estou toda suja — disse ela, afastando-se dele com um passo para trás.

— Que isso — Paulo respondeu. — Não diga bobagem.

Ela fungou e esfregou o nariz. Depois inclinou a cabeça e o avaliou.

— Eu sujei. Sujei você inteiro. Como tudo o que toco.

Paulo estalou a língua e cruzou os braços.

— Deixa disso — disse ele. — Senta com a gente.

Ela se virou para mim, horrorizada.

— Não! Eu só vim... — Desviou os olhos para o chão. — Só queria saber se você pode me dar um prato de comida. Se puder... eu pego e vou embora.

— É claro que posso, mas não precisa ir correndo. Pode tomar um banho. Pode ficar se quiser.

— Não quero. Não, não precisa. Obrigada, mas... Eu só preciso de comida. E então vou embora. Tem três dias que não como.

Cobri a boca com espanto.

— Pelo amor de Deus — Paulo implorou.

— Podem fingir que nunca me viram. Por favor... — o queixo dela tremeu.

Ai, Lígia...

— Não quero que ninguém saiba que eu vim. Não quero que...

— Que eu saiba, não é?

Viramos, os três, para a direção da voz. Deveríamos ter imaginado que o barulho chamaria a atenção. Um dos meninos estava na escada e o outro no meio da sala segurando o pedaço de pão pela metade.

Elias se apoiava no corrimão embasbacado e Erick, de pé no tapete, faiscava raiva pelos olhos.

— Não é, mamãe? — perguntou ele.

— O-o quê? — O outro balbuciou, descendo alguns degraus.

— Filho...

Quando Lígia se dirigiu a Erick, a mais profunda expressão de confusão se formou no rosto de Paulo.

— Então foi por isso que você sumiu? — disparou o menino. — Que parou de responder minhas mensagens? Você estava fazendo *isso* de novo?

Paulo vagou os olhos de um para o outro.

— Espera. Como você... Lígia? Pode me explicar o que está acontecendo aqui?

— A culpa não é dela. Fui eu que a encontrei.

Elias desceu os degraus com a mão no peito.

— Essa é a nossa mãe?

Paulo estava estático. Erick continuou:

— Eu escutei enquanto você conversava com ela no telefone uma vez. Fui ao seu celular. Consegui o número. Entrei em contato. Tudo fui eu.

— Meu filho — a voz de Paulo era suave, dolorida, paternal. — Por que não me disse nada?

— Por que você vinha falando com a nossa mãe escondido? Quando pretendia nos contar? Quando, hein, papai? Nunca?

Elias deu mais um passo à frente. Observou a mulher, boquiaberto.

— Você... a estava escondendo da gente? — perguntou. — Por quê?

— Eu pedi. Eu não queria que vocês me vissem... assim — disse Lígia.

— Isso não justifica — Erick rosnou. — Você é um mentiroso covarde.

— Garoto — Paulo grunhiu. — Cuidado com a língua.

Encolhi os ombros. Comecei a sentir que não devia estar ali. Eu era uma intrusa no meio de uma situação familiar.

— Vocês precisam conversar — eu disse. — Todos vocês. — E andei até o sofá para buscar minha bolsa.

— Você fica — determinou Paulo. — E vocês — disse com o dedo em riste, apontado para os outros três —, para a sala de jantar.

Depois que se sentaram ao redor da mesa, Paulo sinalizou com a cabeça na direção da cozinha. Eu o acompanhei até lá. Ele abriu a geladeira e, com a mão trêmula, tirou de lá um pote de feijão. Toquei a mão dele.

— Deixe isso comigo.

Peguei uma panela e requentei o feijão enquanto Paulo cortava um tomate. Ele fritou um bife que já estava temperado e fez o arroz em poucos minutos. Provavelmente o que jantariam mesmo naquela noite. Preparamos o prato de Lígia e voltamos juntos para a sala de jantar. A mulher estava encolhida, o cotovelo apoiado na mesa, e cobria a boca com uma mão.

Ela apertou os lábios e agradeceu a comida. Fomos para a sala para que tivesse privacidade enquanto se alimentava. Paulo perguntou se eu podia conseguir algumas roupas. Eu ofereci ligar para Amanda, mas ele me pediu discrição. Então dirigi até em casa e voltei bem rápido. Passei por Amanda sem dar explicações de para onde iria ou o motivo de estar arrastando aquela mala de mão para o quarto, mas avisei para que não esperasse por mim. No meio do processo, percebi a ausência de Nicole e perguntei por ela. E aquela foi a coisa mais estranha que poderia ter acontecido.

As bochechas rosadas de Amanda de repente assumiram um tom tão vívido que mais se pareceram com duas rodelas de caqui.

— Ela... ela... — a menina balbuciou.

— Ela o quê, Amanda?

— Ela tinha uma reunião de trabalho. Não tem hora para sair hoje.

Abri a boca, estupefata com a mentira descarada. Não, Nicole não tinha uma reunião de trabalho na emissora às nove da noite. Mas eu não tinha tempo para pensar naquilo àquela hora. Teria que descobrir o que raios elas estavam tramando em outro momento. Na mochila, coloquei algumas mudas de roupas — não sabia por quanto tempo Paulo convenceria Lígia a ficar — e algumas calcinhas lacradas.

Quando voltei à casa dos Valim, Lígia tinha acabado de comer e estava sendo convencida a tomar um banho. Caminhei com ela até o banheiro social. Com uma voz fina, ela agradeceu a roupa e se desculpou de novo.

Eu disse que não precisava e, quando já havia dado as costas, toquei-a no ombro. Éramos só nós, as garotas, agora.

— Você se lembra de mim? — perguntei.

Ela me fitou com cautela.

— Não lembro. Desculpa.

— Não precisa de desculpas, só nos vimos poucas vezes — mordi o lábio. — Eu sou a Cássia, era muito amiga do Estevão.

— Ah — o olhar dela ficou perdido por um instante. — Acho que me lembro de uma garota na casa. — Ela olhou em volta. — Mas não tenho certeza. Minha memória não anda muito boa...

— Eu só quero dizer que você não incomoda. Você é muito bem-vinda nessa casa. Você é desejada e...

Lígia franziu o cenho.

— Você mora aqui? — perguntou ela.

— Não, mas...

O olhar ficou perdido.

— Entendi — disse e abriu a porta do banheiro. — Obrigada, moça.

— É Cássia — repeti, mas percebi que era a hora de me calar.

Na verdade, talvez tivesse passado um pouquinho disso. Eu esperava, de coração, que Paulo não ficasse chateado. Apertei os lábios e me afastei. Caminhei na direção do quarto dos meninos, onde uma discussão acalorada se desenrolava. O rosto de Paulo estava vermelho vibrante, e Erick tinha os olhos inchados que faiscavam fúria.

Peguei Paulo pela mão e o puxei até o corredor.

— Ei, eu... acho melhor ir embora. Esses dois têm muito o que conversar com a mãe e eu não quero atrapalhar.

Ele estendeu a mão até uma mecha solta do meu cabelo e a prendeu atrás da minha orelha.

— Tá bem — respondeu, estudando o meu rosto. — Obrigado por todo o apoio.

— Que nada — sussurrei. — Você acha que ela vai ficar?

Paulo apertou os lábios.

— Espero convencê-la. Não sei se vamos conseguir encontrá-la se ela sair daqui hoje e não consigo pensar no que isso pode causar aos meninos. — Ele fez uma pausa. — O que você tinha para me dizer?

Meneei a cabeça.

— Outra hora. Não é nada... perto disso.

— Tem certeza? Você pode...

Um ranger de porta interrompeu a conversa. Ouvimos as vozes de tio Gonçalo e Luísa no andar debaixo. Arregalei os olhos, Paulo suspirou.

— Se importa de ficar mais um pouco? — Fiz que não em silêncio. — Dê suporte à Lígia enquanto eu converso com aqueles dois.

Quando Lígia saiu do banho, levei-a até o quarto dos garotos. Aquela foi a reunião mais íntima à qual eu não pertencia que precisei presenciar. Havia muita emoção envolvida. Há anos eu não via qualquer um daqueles dois chorarem. Mas eu tampouco vira ou imaginara vê-los de novo diante da mãe da qual mal se lembravam. Em certo ponto, voltei para o corredor e fechei a porta, deixando-os sozinhos. Eu não sei se era isso que Paulo esperava que eu fizesse, mas, honestamente, que opção eu tinha?

Mesmo que todos eles fizessem parte da minha vida, a vida toda, eu ainda me sentia como uma intrusa naquela situação. Eu os conhecia, mas não sabia que Paulo vinha tentando ajudar a mãe dos meninos; os conhecia, mas não podia imaginar que quando a reencontrassem Elias seria o gêmeo a não derrubar uma lágrima, enquanto Erick se encolheria em prantos aos pés da mãe.

Ali, apoiada na porta, fui tomada pela epifania de que o garoto vinha se comportando de maneira tão estranha e arredia com o pai por um motivo. Ele descobriu sobre Lígia e aguardou, dia após dia, que o pai contasse a respeito dela. Nunca aconteceu. Eu não podia imaginar o tamanho da mágoa que isso havia causado.

No meio do meu pensamento, Paulo, tio Gonçalo e Luísa surgiram das escadas. Caminhei até eles e expliquei onde Lígia estava.

— Ótimo — disse a mulher. — Não queremos afugentá-la e acho que ela tem um pouco de mágoa de nós.

— Mágoa, tia? — perguntei, tentando entender como aquilo podia ser possível.

— Não fomos muito receptivos ao namoro deles, querida. Ela não tem a mesma visão de nós que você.

Olhei para o tio Gonçalo, mas ele desviou os olhos para o chão. Eu nunca o tinha visto envergonhado assim.

— Bem, vamos para o quarto — determinou Luísa. — Tentem convencê-la a ficar. Queremos o bem dela... e dos meninos.

— Tá bem — eu disse. — Boa noite.

— Graça e paz, filha — respondeu o tio.

Eles acenaram e saíram. Paulo entrelaçou os dedos nos meus e caminhamos até o quarto onde estavam. Ele bateu na porta e girou a maçaneta.

— Tudo bem aí?

A cena que vimos partiu meu coração. Elias estava sentado ao lado de Lígia no beliche de baixo, segurando sua mão. Erick, na escrivaninha, com o rosto enfiado entre os braços, ainda chorando de soluçar. Paulo andou até ele, ajoelhou-se ao seu lado e o tocou no ombro.

Erick só ergueu a cabeça para jogar-se no peito do homem.

— Papai.

Paulo fechou os olhos.

— Estou aqui, amigão.

— Não a deixe ir. De novo, não.

Paulo ergueu os olhos para Lígia, depois para mim.

— Vai ficar tudo bem. Estamos juntos nisso.

26

APENAS UM SINTOMA

Lígia aceitou ficar naquela noite. Enquanto eu a acomodava no quarto de hóspedes, ela me analisava com curiosidade.

— Tem certeza de que não mora aqui? — perguntou sob a coberta.

Eu me sentei na beirada da cama. Encolhi os ombros, um pouco constrangida depois de saber que um dia ela não foi bem-vinda ali.

— Bem, meus pais são muito amigos dos tios, então eu venho aqui desde criança.

Ela assentiu em compreensão. Mordi os lábios e segurei os joelhos. Minha mente, tendo tentado encontrar uma maneira de puxar assunto e não encontrando, havia me convencido a me levantar, mas, antes que o fizesse, Paulo bateu à porta.

— Posso entrar?

Olhei para Lígia. Ela assentiu.

— Entra — falei.

— Tudo bem aqui?

— Sim, obrigada.

Paulo esfregou as mãos e deu um passo para dentro.

— Posso, hã... perguntar uma coisa?

Lígia fez que sim.

— Ouvi você dizer para o Elias que estava em Rio das Ostras.

Ela ergueu as sobrancelhas.

— Ele faz muitas perguntas, não é?

Eu concordei prendendo o riso.

— Mas, Lígia... — Paulo continuou. — Se você estava em Rio das Ostras, não atravessou toda a Região dos Lagos até aqui só por um prato de comida. Veio por outro motivo. Estou errado?

Depois de alguns segundos de um silêncio incômodo, ela meneou a cabeça.

— Vim porque...

Paulo caminhou até mim e tocou meu ombro. Lígia desviou os olhos dos dele para os meus, depois para ele outra vez.

— Porque preciso de ajuda. E eu não tinha a quem recorrer. Eu... não acho que no centro de recuperação vão me querer... depois do que eu fiz.

Ele estalou a língua.

— Sei que vão.

O olhar da mulher pareceu perdido. Ela contorceu a boca. Os olhos ficaram úmidos.

— Não tem como ter certeza. E, além disso, tem o Miguel. Ele está lá e... acho que o decepcionei. De novo. E dessa vez não tem mais volta.

— Sabemos que isso não é verdade.

Lígia levou uma mão à testa e balançou a cabeça. Como se as palavras de Paulo não devessem entrar. Como se não quisesse se apegar a elas.

— Como você sabe?

— Estive com ele há poucos dias — ele disse. A mulher levantou os olhos lentamente. — Miguel ainda se preocupa com você. Ele está se mantendo firme, não só por ele. Mas pela família de vocês.

— Família... — ela repetiu, desgostosa, e levou uma mão ao cobertor, na altura do ventre.

Estremeci diante da lembrança do que Paulo havia me contado. Lígia era tão jovem quanto eu, mas já tinha passado por coisas que eu jamais poderia imaginar.

— Mesmo que ele estivesse disposto, não poderíamos ser uma família. Um dia acreditamos nisso, mas eu... não posso gerar.

Meu estômago se contorceu. Eu me remexi na cama e cobri a boca com a mão.

— Sei que é improvável, mas não impossível — disse ele.

— É sério? — ela perguntou com secura. — Você vai me dizer o quê? Que nada é impossível para Deus?

Paulo gaguejou.

— Bom... Eu não quis dizer... — ele se interrompeu. — Bem, você sabe que é nisso que eu acredito. Mas não era do que eu estava falando. Miguel me disse que ainda havia uma chance, no sentido científico. Ele se enganou?

Ela negou.

— As chances de conceber são pequenas, mas ainda é possível, sim. Eu ainda tenho uma trompa e ainda consigo ovular. Mas não posso gerar.

Afunilei os olhos. Meu coração se agitou. Percebi, naquele momento, que ela estava falando sobre algo mais profundo.

— Lígia — perguntei. — O que quer dizer?

— Estou amaldiçoada.

Eu e Paulo nos entreolhamos.

— Deus está me castigando pelo que eu fiz aos meus primogênitos.

Paulo caminhou até a borda da cama, agachou-se e a olhou dentro dos olhos.

— Ah, Lígia, não é assim que funciona.

— Eu sei, nas minhas entranhas. Esses filhos que perdi, são um castigo pelos que abandonei. E agora essa criança dentro de mim...

Paulo abriu os lábios em choque. Meu coração se agitou ainda mais.

— Oh, Lígia. — Levei as mãos aos lábios. — Você está grávida.

Ela nos olhou com confusão, dando-se conta talvez pela primeira vez que nenhum de nós podia deduzir isso por conta própria.

— Sim, mas não vai durar. Porque eu não... eu não mereço.

Eu queria me aproximar e tocar a mão dela. Mas Paulo já estava perto demais e mal nos conhecíamos.

— Você foi ao médico? — perguntei com cautela. — Começou um pré-natal?

Lígia sorriu com desgosto e deu de ombros.

— Qual é o sentido?

Mordi os lábios.

— Ô, querida — gemi. — Você precisa ir. Eu não sei os motivos de você ter perdido os outros bebês, nem posso imaginar quanto você sofreu, mas essa é uma nova vida. Se Deus a entregou a você, isso é uma benção, não uma maldição.

— Parece que você encontrou uma que fala a sua língua — ela disse para Paulo. — Fico feliz por você. — Então se virou para mim outra vez. — Mas não, obrigada. Você não sabe o que eu já fiz... qual é o sentido de ir ao médico, só para descobrir o que já sei?

— Bem — eu não queria falar mais, mas falei. Era insuportável pensar que eu podia pelo menos tentar ajudar aquele bebê. — Pense com carinho. Há uma obstetra na nossa igreja e sei que ela ficaria feliz em dar uma olhada em você.

Ela anuiu de uma forma em que estava claro que só desejava encerrar o assunto. Lígia estava inflexível e já havia aceitado a sentença que, em sua cabeça, recebera de Deus.

— Eu... — comecei. — Tenho mesmo que ir. Durma bem, espero poder te ver de novo amanhã.

— Moça — ela chamou, quando eu já estava alcançando a porta, com Paulo atrás de mim.

Pausei os passos e me virei para fitá-la.

— Cássia — corrigi.

— Cássia — repetiu. — Obrigada por tudo.

Apertei os lábios.

— Não foi nada — sussurrei, sem entender direito pelo que ela agradecia.

Então saí dali com um aperto no peito. E a sensação de que, no fim, não havia feito o bastante.

— Vou com você para casa — Paulo decretou, esfregando as mãos uma na outra, quando estávamos quase alcançando a sala. Ele se movimentava de um jeito agitado.

— Hã?

— Não *para* a sua casa — respondeu no último degrau da escada. — Até lá. Só preciso sair um pouco daqui. Refrescar a cabeça.

— Mas... vai voltar a pé?

Caminhei até uma mesa de centro e peguei minha bolsa.

— Tá brincando? É superperto. Caminhar faz bem para o cérebro. — Sacou o celular do bolso e destravou a tela. — E assim eu acumulo mais passos.

— Hum. Jogo sujo.

Paulo abriu o conversor de passos no aplicativo e acrescentou meu endereço.

— Viu só? São só 740 metros.

— É. Parece pouco mesmo — respondi, mas ele ficou olhando para a tela em silêncio por alguns segundos.

— Isso dá mil passos da minha casa até a sua. Não é curioso?

Estiquei a cabeça para espiar o celular.

— Certinho?

— Sim. — E virou a tela para mim. — Veja.

Conferi a tela do celular e coloquei a bolsa no ombro.

— Vou ter que correr atrás do prejuízo amanhã — respondi, puxando-o pela mão na direção da porta.

Estacionei o Volvo na frente de casa. Olhei para o lado e fitei Paulo. Ele estava com o olhar perdido.

— Como você está? — perguntei.

— É difícil dizer. — Ele suspirou. — Foi muita... informação de uma vez.

— O importante é que ela está bem. E quer ajuda.

— Eu sei — respondeu ele com a mandíbula retesada.

— Tem algo mais, né? É a gravidez?

Paulo se virou para me encarar. Me arrependi por ter perguntado isso, mas fui surpreendida quando ele inclinou a cabeça em reflexão.

— Bem, toda vida é uma benção, mas... — Engoli em seco. Fitei minhas mãos ainda repousadas no volante. Paulo continuou. — É difícil não me preocupar com ela. Com essa criança...

Apertei os lábios.

— Poxa, mas eles queriam tanto isso. É uma coisa boa.

— Sim, eu sei. E é Deus quem dá a vida. Quem sou eu para dizer quando ela deve ou não gerar, não é?

Suspirei e toquei o braço dele.

— É — respondi, pressionando os lábios.

Ele riu de leve e meneou a cabeça.

— Pelo menos você é honesta — falou e inclinou a cabeça até repousá-la no meu ombro.

Acendi a luz interna do carro e acariciei a nuca dele.

— Você me acha horrível por pensar assim? — perguntou.

— Acho que você está sendo racional. É normal. Mas precisamos apoiá-la e orar por ela agora — completei. — Por eles. — Fiz uma pausa. — Não precisa ser igual. Deus pode fazer novas todas as coisas.

Paulo se sentou com o corpo ereto e me fitou.

— Amém — disse, e sinalizou para fora com a cabeça. Entendi o recado e desafivelei meu cinto.

Quando descemos, o vento forte soprou meu cabelo para o rosto com violência e percebi que gotinhas finas de chuva começavam a cair do céu. Olhei para cima. Não consegui enxergar as estrelas.

— Acho que vai chover — lamentei, enquanto Paulo me abraçava pela cintura. Ele se inclinou e beijou minha testa.

— Não faz mal. Vai ser bom correr um pouco na chuva.

Acariciei o ombro dele e dei um passo para trás. Inclinei-me na direção na minha bolsa para pegar as chaves de casa.

— Então tá — sussurrei, deslizando a grade para o lado, mas ergui os olhos e fiquei estática. — Paulo, espera — eu disse, quando ele já começava a se afastar.

Alarmado, ele voltou a se aproximar.

— O que houve?

Apontei para a frente da casa, para o tapete onde havia um par de tênis Superstar da Adidas.

— Acho melhor você entrar comigo. Ou vou cometer um assassinato.

Enquanto eu destrancava a porta, minha mente trabalhava a toda velocidade.

Será que eu devia gritar para anunciar minha chegada? Será que deveria fazer uma ligação?

Eu não tive tempo de racionalizar uma resposta para os meus próprios questionamentos, já que, tão logo empurrei a porta, alguns metros à minha frente, o casal se engalfinhava ali mesmo, no sofá.

Dei um grito involuntário. Os dois pularam como gatos assustados, cada um para um canto. Amanda cobriu o rosto. Está certo que eu já esperava por aquilo, mas, para ser sincera, eu achava que precisaria pelo menos subir as escadas.

Pelo menos estavam vestidos. Quero dizer, André só estava *meio* vestido. A camisa jazia do avesso no tapete.

Paulo ficou paralisado ao meu lado. Por um momento imaginei que devia tê-lo deixado ir. Ele já tinha problemas demais, e agora eu o estava envolvendo nos meus.

— Vamos ter uma conversinha — determinei assim que André fez menção de abrir a boca. — Agora.

Peguei meu celular, trêmula. A adrenalina do susto pulsando em minhas veias.

— Cássia — Amanda se levantou, esfregando as mãos. — Por favor, não conta para a Nicole.

Ergui a cabeça e a encarei nos olhos.

— Não acredito que você está me pedindo isso.

— Cássia — ela disse, como se tentasse equilibrar um ovo em uma colher. — Me escuta, deixa isso entre a gente.

Apertei meu celular entre os dedos. André também se levantou. Caminhou calmamente até o tapete e vestiu a camisa.

— Eu não o quero mais aqui — eu disse.

Amanda colocou a mão na nuca e girou o pescoço. Depois foi até o sofá e se sentou, cobrindo a boca com a mão.

— Eu moro aqui. Você sabe, né? Não tenho o direito de decidir isso?

Cruzei os braços. Olhei para Paulo. Ele estava tão inexpressivo que eu não podia sequer tentar adivinhar o que se passava em sua cabeça. Voltei minha atenção para Amanda de novo. Deixei os ombros caírem.

— Você teria se tivesse respeitado a regra de não ficarem sozinhos em casa.

— É mesmo? Porque vocês dois ficam sozinhos o tempo todo — Amanda retrucou.

Francamente, o tom malcriado que ela usou para me responder a fez se parecer com uma adolescente de 22 anos.

— Não ficamos nada! — disparei.

Tudo bem, nesse momento eu também não soei muito adulta, nem mesmo aos meus próprios ouvidos.

— É diferente — Paulo interveio, apoiando uma mão no meu ombro. — Nós ficamos sozinhos *na sala*, muito raramente, e nunca na casa.

— E, além disso, temos juízo — completei.

Mas a verdade era que eu não sabia se tínhamos. Porque nunca tivemos a oportunidade de descobrir. Como se ouvisse meus pensamentos, André teve a audácia de soltar uma risadinha.

— Fale por você — ele fez uma pausa e engoliu em seco ao se deparar com meu olhar fulminante. — Tô brincando.

— Isso é ridículo — Amanda protestou, olhando para ele. — Você não acha isso ridículo?

Bem, eu não sabia que ela podia brigar por alguma coisa. Acabei ficando genuinamente surpresa. André não disse nada, o que, pela cara que ela fez, pode ter sido um pouco desapontador. A garota se voltou para mim de novo. O olhar raivoso me fez encolher os ombros.

— Eu sou adulta — ela defendeu a si mesma com uma voz comedida. — Sou maior de idade, você pode ser a dona da casa, mas não tenho que dar satisfação de tudo o que faço com a minha vida.

Apertei os lábios. Eu devia ter deixado Nicole resolver isso. Ela precisava chegar. E logo. Ou a caçulinha acabaria despejada.

— Não de tudo, mas das regras da casa, você tem, sim. E fico triste por saber que é nisso que está pensando. Você sabe que eu a considero uma irmã... e você — virei-me para André —, que vergonha, hein?

Meu irmão se levantou e olhou para mim.

— Eu sou homem. Você não entende.

Ele era... homem. Aquilo era sério? Ele poderia ter dito que a amava tanto que manter o zíper da calça fechado era difícil demais, mas não.

O sangue latejou em minhas veias. Fechei minha mão em punho. Se a versão *girlboss* de Amanda começava a me irritar, ver André agindo como... bem, *André* — mas ali, onde ele nem sequer devia estar — me fez sentir vontade de esganá-lo.

— Vamos conversar lá fora — Paulo disse, sério. — De homem pra homem, irmão.

André esfregou a mão no rosto e bufou.

— Que seja.

Eu já esperava que não se despedisse de mim, mas o fato de nem ter se dado ao trabalho de olhar para Amanda me decepcionou um pouquinho mais. Talvez, se estivéssemos tendo essa discussão por causa de um completo estranho, as coisas poderiam ser relativamente menos pessoais. Observei os garotos se afastarem. Sentei-me ao lado dela e apertei meus joelhos. Respirei fundo e fitei-a, antes de dizer:

— Você tem razão, é adulta, não é minha parente, e não me deve satisfação das suas escolhas. Vocês podem fazer o que quiserem, mas fora dessa casa!

Ela cerrou os dentes.

— Eu não quero sair da minha casa para ficar com o meu namorado.

— Se isso é inegociável para você, então...

— Então eu que vá embora, né?

— Tenho certeza de que a sua irmã está planejando algo parecido mesmo.

À menção de Nicole, ela desviou os olhos para os pés.

— Não sei do que você está falando.

— Estou falando — engoli a saliva e mudei de assunto. — Que não quero isso aqui dentro. Essa casa tem regras e eu gostaria que fossem respeitadas.

Ela cobriu os dois olhos com as mãos e chorou. Chorou! Eu não poderia ter ficado mais surpresa.

— Amanda...

A garota pressionou as palmas das mãos contra os olhos. Esperei que se recompusesse.

— Isso é absurdo — Amanda declarou. — Essa situação inteira! — Ela apertou as têmporas com os polegares. — A gente só queria se divertir um pouco. Mas ter que ficar me enquadrando nessas regras... sempre agindo como esperam que eu aja... isso sufoca, sabia?

Abri os lábios ainda mais. Meu coração acelerou um pouco. Eu não conseguia acreditar no fato de que estávamos mesmo tendo aquela conversa.

— Acho que você está misturando as coisas.

Ela me encarou com os olhos verdes inchados e vermelhos.

— O que você quer dizer?

— As regras da casa são uma coisa. Estou falando delas! Como sua anfitriã, eu sempre deixei bem claro que não queria homens aqui e gostaria de ser respeitada.

— Ah, por favor. — Amanda revirou os olhos e jogou-se para trás no sofá. — Se a gente não fosse crente, estaria tendo essa conversa?

— Eu não posso dizer como agiria *se* eu não fosse cristã, porque sou e isso molda a minha vida. Então, de novo, como anfitriã, minhas regras vão ser estabelecidas segundo os meus princípios. Mas, como sua irmã em Cristo... — fiz uma pausa e olhei dentro dos olhos dela. Amanda me encarava com os lábios retesados. — Amanda, sinto muito que você esteja se sentindo desse jeito.

Ela virou a cabeça para o lado, desfazendo o contato visual. Eu prossegui:

— Eu não espero, e tenho certeza de que sua irmã também não, que você seja infeliz por seguir uma série de regras só para manter as aparências. Se há alguém que faça você se sentir assim...

— Alô — ela interrompeu. — Você conhece os meus pais?

Anuí em silêncio. Engoli em seco. Fazia sentido, mas nunca pensei que ela, justo ela...

— Entendo o que você está dizendo — comecei a falar, com cuidado —, mas não é o caso aqui. Não posso dizer que não me importo com o que você faz com a sua vida, porque me importo com você, e dissociar uma coisa da outra seria impossível, mas...

Ela bufou e se levantou do sofá. Depois se virou para mim, cruzou os braços e assumiu uma postura irreverente.

— Cássia, eu e seu irmão fazemos amor. Você entendeu?

— Acho que isso já está bem claro.

Ela empinou o queixo e retorceu a boca. As bochechas ainda estavam molhadas pós-rompante inesperado. Não fosse por isso, não haveria naquele semblante qualquer sinal de que ela havia chorado.

— Você vai negar que acha que vou para o inferno por causa disso? — perguntou.

— Eu não acho que você vai para o inferno por causa disso.

Ela estalou a língua e soltou um riso fraco.

— Não seja hipócrita.

— Não estou sendo.

— Mentira — insistiu.

— Amiga, olha aqui.

Levantei-me e andei até ela. Amanda me fitou de cima para baixo, porque era ao menos quinze centímetros mais alta. Soltei um suspiro e continuei:

— Ninguém vai ao céu ou ao inferno pelo que faz ou deixa de fazer.

Ela sustentou meu olhar em silêncio por longos segundos.

— Então por que estamos falando sobre isso?

Olhei ao redor, só então percebi Maverick encolhido em um tapetinho próximo à parede do outro lado da sala. Ele se esticou para ajeitar as asas, e voltou a se encolher. Cerrei os olhos, tirei um segundo para organizar o raciocínio e virei-me para minha amiga.

— Porque, bem... eu não esperava que a conversa seguisse esse rumo, para ser honesta, mas, já que chegamos a isso, acho que tenho liberdade o suficiente com você para dizer o que penso. Se não fizesse isso, não seria sua amiga.

Ela cruzou os braços e voltou a se sentar, apoiando as costas no sofá.

— Por favor, fique à vontade.

— Quando a tia Telma teve covid, ela se recusava a acreditar, você lembra?

Amanda pestanejou, um vinco de confusão levemente despontou na testa dela.

— Lembro. O que... o que tem a ver?

— Até o dia em que ela perdeu o olfato.

A garota começou a balançar uma perna com inquietude.

— Onde você está tentando chegar?

— O meu ponto é: não foi a perda de olfato o que matou a tia Telma. Foi a covid. Da mesma maneira, não é seu relacionamento com o André que a fará ir ao inferno. O que vocês têm feito... isso é só um sintoma. Consequência de algo muito mais profundo e perigoso.

— Então estou doente?

Toquei a mão dela, mas Amanda a puxou de volta devagar. Senti uma pontinha de tristeza. Meu coração começou pouco a pouco a arder para me fazer entender.

— É uma doença que acomete a todos, amiga. Nenhum de nós está livre dela. Uma doença que, sim, nos afasta de Deus para sempre. E cujo antídoto é o próprio Cristo. É somente por ele que chegamos ao céu. Só há um caminho. E, quando nos entregamos a ele, esvaziamo-nos de nós.

Ela fungou. Puxou a barra da camisa, exibindo parte da barriga, e a usou para limpar o nariz.

— É perfeitamente normal que você esteja apaixonada — continuei. — Perfeitamente normal que tenha desejos. Você é jovem e bonita e o idiota do meu irmão não é exatamente de se jogar fora. — A gracinha não surtiu efeito. A expressão de Amanda permanecia severa e inflexível. — Mas há um motivo para que Deus tenha reservado o sexo para o casamento. É um presente para ser desfrutado no tempo oportuno, com alguém que daria a vida por você, como Cristo fez.

— E você acha que seu irmão não é essa pessoa.

Ela mais afirmou do que perguntou.

— Bem, eu sei que ele é meu irmão, mas... se ele a visse como Cristo vê, amiga, o fato de ser homem não teria um peso maior do que respeitar o que Cristo quer que você seja.

— E o que é, Cássia? O que ele quer de mim?

— Que você seja a casa dele. Um lugar onde o Espírito Santo possa habitar.

Ela franziu o cenho e olhou para baixo. A porta rangeu nesse exato instante. Paulo surgiu por ela.

— Seu irmão já foi — ele disse. — Estou indo também, antes que a chuva piore.

Senti um leve incômodo por interromper a conversa. Sentia que ainda tinha tanto a dizer. Mesmo assim, levantei-me e caminhei até ele. Fechei a porta atrás de mim, na pequena varanda da frente da casa.

— Como foi com ela? — perguntou Paulo.

Soltei um suspiro longo e pesado. Encarei o teto, mordendo o lábio.

— Foi... difícil. Eu não sabia que ela se sentia... como parece se sentir. — Voltei a fitá-lo. — E você?

Ele levantou as sobrancelhas.

— Fui chamado de hipócrita.

— Olha só! — soltei. — Eu também.

— *E* de pai solteiro.

Fiz uma careta.

— É, você ganhou — decretei. Fiz um biquinho de brincadeira, mas por dentro fiquei profundamente triste por saber que aquilo havia saído da boca do meu irmão. — Desculpa, ele não tinha esse direito...

— Tudo bem — respondeu. — Já estou acostumado com isso. Olha, Cássia, essas coisas podem... podem acontecer. Você sabe, não é fácil para mim, segurar o desejo, só de olhar para você.

Levantei meus olhos arregalados para ele.

— Mas o problema... — Paulo continuou — é o coração. Ele não parece se importar, sabe?

Anuí em silêncio e, com tristeza, sussurrei:

— Ela também não.

— Vou orar pelos dois. Acho que é tudo o que podemos fazer agora. Que Deus os leve à santidade.

Apertei os lábios.

— Amém.

Ele se inclinou para me dar um beijo rápido e andou de costas até o portão. Corri até lá, sob chuviscos, para fechá-lo por dentro, depois de volta para a varanda, de onde observei Paulo ir embora, encolhendo os ombros. Ele mexeu no celular, cobrindo-o com a mão em concha, depois colocou-o no bolso e voltou a correr. Meu telefone vibrou, eu olhei para baixo. Uma notificação surgiu na tela:

> *@valimpaulo* programou uma meta de mil passos. Deseja ativar as notificações de desempenho?

Aceitei a oferta, repousando o meu dedo sobre um ícone verde. Quando entrei em casa, Amanda já não estava na sala, então caminhei até a minha suíte. Despi-me e fui para o chuveiro. Uma voz robótica, de cima da pia, cortou o ruído da água sobre minha cabeça.

> *@valimpaulo* está se distanciando de você. Cem passos a sudoeste. Tente alcançá-lo.

Esbocei um sorriso fraco. Coloquei um pouco de shampoo na mão. Depois de uma noite de surpresas, até que aquilo era legal, um prato cheio para cônjuges controladores, talvez, mas, ainda assim, legal. Tentei calcular onde ele estaria cinco minutos depois e falhei miseravelmente. Quando saí do banho, dei uma olhada na tela, Paulo ainda se aproximava dos duzentos passos, o que não fazia nenhum sentido.

Aproximei os olhos do aparelho. Esse número ficou congelado por um tempo. Fiquei pensando se o aplicativo tinha travado, a operadora ficado sem sinal ou se era por causa da chuva.

Cássia
Tá longe de casa ainda. Tá tudo bem aí?

Ele prontamente enviou uma foto sob uma marquise, ao lado do nosso professor de matemática do ensino médio. Os dois com cabelos molhados e chuva caindo ao fundo.

Eu devia ter imaginado que Paulo havia encontrado alguém conhecido. Não é a coisa mais difícil do mundo em uma cidade minúscula.

Deitei-me na cama, estiquei a mão até meu livro de devocionais e comecei a lê-lo. A mensagem era sobre santificação, e, só de passar os olhos pelo título, comecei a remoer a discussão que acabara de ter com Amanda. O texto era Hebreus 12:14. "Sem santidade ninguém verá o Senhor." Soltei um suspiro, sentei-me com as pernas cruzadas e fiz uma oração. Orei por Amanda e André com o coração apertado. Já havia me esquecido que o aplicativo no celular estava com as notificações ativadas quando a voz voltou a dizer:

@valimpaulo está quinhentos passos a sudoeste. Está ficando mais difícil de alcançá-lo.

Dei uma risadinha. Coloquei o marca-páginas no livro e o fechei. Peguei meu aparelho. Paulo estava na metade do caminho. Apaguei a luz com o controle remoto que havia na minha mesa de cabeceira e me aconcheguei sob a coberta. Tentei desativar as notificações do aplicativo, mas não obtive sucesso. Coloquei o celular ao lado do controle remoto. Virei-me para a parede e a fiquei encarando em silêncio. Lembrei-me de um exercício que aprendi na terapia: tente colocar as situações que causam ansiedade em caixinhas. Caixinhas imaginárias, é claro. Feche as caixinhas e se esforce para mantê-las lá dentro.

Mentalizei duas grandes caixas de papelão. Silenciei, uma de cada vez, as duas grandes emoções do dia em cada uma delas. Fechei as tampas e as lacrei com *speed tape*. Se um avião consegue voar sendo vedado por isso, eu também conseguiria dormir.

Depois de alguns minutos, meus olhos ficaram pesados e foram se fechando e fechando. E, ainda assim, eu tive tempo de ouvir uma vozinha fraca e mecânica, dizendo ao longe:

@valimpaulo atingiu o objetivo.
Ele está mil passos ao sul.

27

SEGUNDA CHANCE

Meu café da manhã do outro dia nem foi tão desconfortável. Mas isso só porque Amanda nem sequer saiu do quarto e deu a desculpa de que estava sentindo cólica.

Nicole agia de maneira estranha, mas nada diferente de como andava agindo nos últimos dias. Além disso, não parecia ter qualquer conhecimento do ocorrido. Pelo contrário, estava calma demais e, se eu a conhecia bem, aquela não era uma atitude de quem tinha consciência de que a irmã que ela bancava vinha escondendo certos detalhes da vida.

— Você sabia que Amanda e André estão namorando?

Ela ergueu os olhos da xícara de café.

— Bem, estávamos todos esperando por isso, mas ela teria me contado. — Fez uma pausa. — Não teria?

Besuntei a faca com manteiga e a deslizei em um pão francês partido ao meio.

— Hum... acho que estão esperando o momento certo para contar — foi tudo o que eu disse.

Para ser sincera, o que eu achava mesmo era que eu já havia me metido demais naquela história. Tudo o que eu menos queria era causar uma crise familiar, ainda mais agora que sabia como Amanda se sentia em relação à maneira como fora criada pelos pais.

Remexi-me na cadeira, arrependida por ter vestido uma blusa com mangas. Era início de setembro e a primavera estava às portas, mesmo assim, com o estiar da chuva da noite anterior, um mormaço quente havia tomado conta do ar. Levantei-me e caminhei até a janela da cozinha. Deslizei o vidro. Dali, podia ver Maverick ainda dormindo na gaiola da varandinha.

— Teve notícias da sua mãe? — perguntei, enquanto me sentava novamente à mesa.

Nicole esticou a mão para pegar o pote de manteiga e pestanejou.

— Mamãe?

Procurei pelo meu pão e, não o tendo encontrado, dei-me conta de que já o havia comido.

— É, sua mãe. Eles não têm planos de vir? No Natal, algo assim?

Nicole coçou a garganta em um pigarro e ficou com os olhos nervosos que se fixavam por frações de segundos em qualquer coisa que não fosse eu.

— Ah... sim, eles... devem vir visitar em breve. Você sabe, a igreja acabou de ser implantada... e o pastor não pode ficar viajando toda hora.

Dei um gole no meu *chai latte* e a encarei com impaciência.

— Já faz mais de um ano que eles implantaram a igreja, e desde então nunca vieram. Acho que isso não configura "viajar toda hora", não é?

Ela encolheu o queixo até tocar o peito e me encarou como se eu fosse a dramática do grupo.

— Ora, você está irritada com isso?

— Não, Nicole! — respondi, um pouco exaltada. E bati a xícara com tanta força na mesa que um pouco de *chai latte* pulou para fora. — É claro que não. Você tem agido de um jeito muito esquisito. Não consegue responder nem sequer uma pergunta a respeito dos seus pais. O que está havendo?

Ela arregalou os olhos e me fitou com a mais legítima expressão de surpresa. É sério? Achou mesmo que eu não tinha percebido nada?

Minha amiga entreabriu a boca.

— Cássia... — começou, e eu a fitei com interesse.

Aguardei pacientemente para saber o que ela tinha para me falar ou, quem sabe, tentava não ter que falar. Mas meu celular vibrou na mesa com uma mensagem de Paulo. Peguei-o para saber do que se tratava e, por causa do conteúdo, acabei me desconcentrando da conversa.

Lígia havia feito um teste de farmácia e estava mesmo grávida. Com a insistência dos meninos, aceitara fazer uma consulta pré-natal e a nossa amiga obstetra disse que poderia atendê-la entre um paciente e outro. Paulo perguntava se poderíamos cancelar o ensaio do musical naquele dia e se eu poderia acompanhá-los.

Nicole aproveitou minha distração para se levantar da mesa, entretendo-se com o próprio celular. Soltei um suspiro desanimado e tomei todo o meu *chai latte*.

Fui de Uber até o mecânico para buscar a Joaninha e, uma hora depois, eu estava no banco do carona, enquanto Paulo dirigia na direção do consultório médico.

Baixei o quebra-sol para observar Lígia. Ela usava um vestido florido que eu havia comprado em uma lojinha no centro da cidade. Eu não era muito dada a vestidos, então o tinha usado poucas vezes. Estava quase novo. Ficara um pouco largo, mas não tão curto quanto eu havia calculado, e a clavícula dela despontava sob as alças finas. A mulher parecia inquieta, enquanto olhava pela janela que só abria em um centímetro. Ora esfregava uma mão na outra, ora passava uma delas sobre o ventre. As pernas com aquele remexer inquieto característico de pessoas ansiosas.

— Eu não sei se é uma boa ideia — ela disse a certa altura. — Quero dizer, ele pode nem estar mais vivo aqui.

Apertei os lábios. Eu não era exatamente uma *expert* quando o assunto era gravidez, muito menos no que dizia respeito a abortos espontâneos, mas mamãe havia perdido uma criança uma vez. Estava bem no começo, mas a família toda já sabia. Ele já era amado. Já era esperado. Principalmente por mim e por meu irmão. Já brigávamos por causa de nomes.

Quando recebemos a notícia da perda gestacional, o luto foi generalizado. Além disso, mamãe precisara passar por um procedimento de curetagem que fora, segundo ela, a pior cirurgia que fizera na vida. Porque nas outras, havia um bebê como recompensa, e naquela, apenas um poço profundo de tristeza inconsolável.

Paulo ergueu os olhos para o retrovisor.

— Lígia, já estamos chegando. Sei que você está assustada, mas não está sozinha. Estamos aqui.

Ela assentiu, inquieta, e permaneceu em silêncio até estacionarmos.

Entramos juntas no consultório da doutora Andreia. Paulo aguardou na sala de espera. A mulher nos recebeu com um sorriso acolhedor e ouviu Lígia atentamente. Foi muito cuidadosa. Era uma velha conhecida, amiga da minha mãe e de tia Luísa há anos. Todas as sextas-feiras as três se reuniam para jogar dominó. Eram como nosso time de Taktik, mas da terceira idade.

Pude ver algumas barreiras serem derrubadas. Lígia se permitiu ser vulnerável. Abriu o coração a respeito dos medos que sentia. Ela sabia dos problemas que o vício poderia gerar no bebê, ainda que ele estivesse vivo.

— Vamos acabar com esse medo de uma vez? — a médica perguntou.

Lígia estremeceu. Foi rápido, discreto, mas não imperceptível. De todo modo, ela assentiu e Andréa nos conduziu até outra sala.

— Lígia — sussurrei. — É uma ultra transvaginal. Se você quiser que eu saia...

— Acredite, moça, eu sei como funciona — ela respondeu. Senti o rosto esquentar. Claro que ela sabia. — Mas prefiro que você fique aqui. Eu não sei como... não sei se aguento ouvir o que ela tem a dizer. E tudo bem que a gente não se conhece, mas... de algum jeito... parece que sim.

Anuí em silêncio enquanto Andréa se aproximava para iniciar o procedimento.

Lígia se deitou na maca e amassou o papel de proteção com os dedos. Toquei a mão dela e a senti relaxar. Então a segurei com firmeza, substituindo o papel.

— Tá tudo bem — sussurrei, embora, no fundo, não soubesse disso.

Uma pequena tela passou a exibir uma imagem riscada. Era difícil para mim entender. Como um borrão. Lígia tinha uma mão sobre o ventre e os olhos fixos no teto. Andréa esboçou um sorriso.

— Mamãe, acho que você vai querer ver isso — disse ela. Lígia se levantou, inclinou o pescoço para a frente e desceu os olhos devagar. — Está vendo isso? — perguntou Andréa. — Essa manchinha escura? É o saco gestacional onde está seu bebezinho. Esse pontinho é o bebê, e isso... — ela mexeu em alguma coisa na tela e um som de batidas repetidas encheu o ambiente. Duas batidas rápidas e incessantes. — Bem, esse é o coração do seu bebê batendo.

Lígia cobriu os lábios e apertou a minha mão ao mesmo tempo.

— Mas é cedo! — ela disse. — Não é cedo? Por que, como...?

— Espera um segundo — Andreia interrompeu. — Está vendo esse outro pontinho?

— Não! Isso é... — Antes que a mulher concluísse, Lígia contorceu o rosto em uma careta, ela se voltou para a parede e gemeu baixinho. Uma lágrima escorreu pela ponte do nariz e molhou o papel que cobria a maca. — Meu Deus.

— Gravidezes gemelares monozigóticas são bem raras... — Enquanto Andréa falava, meu cérebro tentava processar o que acontecia. — Duas vezes é...

— São dois? — eu perguntei, espantada, enfim sendo capaz de compreender.

— De novo — Lígia sussurrou. Parecia estar fora do ar.

— Lígia! — Eu apertei a mão dela. Seu rosto cada vez mais tomado pelas lágrimas. — Ah, Lígia! Dois filhos! Que benção dos céus!

Ela deslizou a mão para fora da minha lentamente e as enfiou nos cabelos.

— Mas n-não... não é possível... — E se virou para a médica. — Isso é possível?

A mulher vagou os olhos entre mim e Lígia, parecia a mais perplexa de todos nós.

— Tanto quanto ganhar na loteria duas vezes. Bastante improvável e praticamente impossível, mas... bem, não há impossível para Deus.

Lígia ergueu as sobrancelhas e soltou um riso alto. Lembrei-me de que ela havia feito pouco caso dessa frase há menos de 24 horas. Levei uma mão à boca, emocionada. Tudo *era* mesmo possível. Milagres são a especialidade de Deus.

— Eu não mereço — ela sussurrou com as bochechas molhadas, duas mãos sobre o ventre e o sorriso hesitante.

— Ô, Lígia! Você não vê? — continuei. — Não se trata de merecer. Deus não está te punindo, minha querida. Toda a punição que merecíamos ele já tomou para si. E isso... — Levei a minha mão até a dela, Lígia a deslizou para que eu tocasse o tecido do vestido sobre sua barriga. — Isso é um presente. Ele está te dando a segunda chance que você tanto quis, e não se achava digna.

Ela cobriu a boca. Olhou para a tela, de novo e de novo.

— Meu Deus, obrigada. Meus Deus — e repetiu isso. De repente, eu me dei conta. Aquilo não era só uma expressão, era uma oração. — Obrigada, meu Deus. Obrigada, obrigada.

— Vamos direto para o centro de recuperação, por favor — Lígia disparou para Paulo assim que chegamos à sala de espera. As duas mãos sobre a barriga.

Paulo olhou para ela e então para mim.

— Isso quer dizer que está tudo bem? — perguntou, alarmado.

Ela fez que sim.

— Eu posso... — Paulo ponderava, o olhar agitado como quem tentava pensar rápido — ligar para eles e avisar, mas é melhor que passemos em casa primeiro.

— Sim, preciso abraçar os meninos! — Lígia respondeu, agitada. Movendo-se de um lado para o outro da sala. — Sei que não dá para resgatar todo o tempo perdido, mas não quero mais me separar deles.

— Não vai — Paulo falou. — Fique tranquila. Eles também querem que você se recupere completamente. Mas, Lígia, eu preciso lembrar que o Miguel estará lá. Quero dizer, ele já sabe?

Ela cessou os passos de repente.

— Miguel é o pai, se é o que está querendo saber — respondeu com o olhar ofendido.

Desviei os olhos para ele, desacreditada. Paulo Valim, mas que pergunta! Ele gaguejou, desconcertado.

— E-eu não quis dizer que o bebê não era do Miguel.

— Bom, mas é... — então ela se interrompeu. Achei que Lígia o xingaria ou diria algumas boas verdades, mas, para a minha surpresa, ela jogou a cabeça para trás e deu uma risada. Então corrigiu. — *São* do Miguel.

As sobrancelhas de Paulo formaram um arco. Todo o sangue do rosto dele pareceu ser drenado. Nunca o vi tão branco.

— São? É sério? São... são dois? — perguntou, mas Lígia não fez nada além de exibir um sorriso que cobria todo o rosto.

— Podemos ir logo? — insistiu ela.

— Hã... claro — respondeu ele.

Ela passou pela porta primeiro, eu me coloquei ao lado de Paulo. Ele me fitou com espanto.

— Quero dizer, são só dois, né?

— São — prendi o riso. — São dois. De novo.

— Meu Deus — disse ele com os olhos arregalados. — Por essa eu não esperava.

— Andréa colheu um pouco de sangue da Lígia — eu disse a Paulo enquanto os gêmeos ajudavam a mãe a tirar as malas do carro, no centro de recuperação.

Usamos o Volvo para ir até lá, porque a Joaninha só tinha dois lugares no banco de trás, e, para ser honesta, eu fiquei com medo de que ela não aguentasse a viagem. Tudo o que eu não precisava era enguiçar no meio do nada com uma passageira grávida.

— Ela quer tentar entender as perdas gestacionais. Já que nenhuma investigação foi feita, as opções são muitas. E vai tentar vir aqui uma vez por mês, para acompanhar o pré-natal que ela vai fazer com um médico local.

Ele assentiu em compreensão, mas não teve tempo de responder. Fomos interrompidos pelo rompante de Miguel através da porta da recepção.

— Lígia! — gritou ao longe. Ele correu até nós e se lançou sobre ela. — Ah, Lígia — disse, apertando-a contra si e fechando os olhos. — Eu sabia que você voltaria.

— Você não está... — ela pareceu confusa — ...com raiva de mim?

Miguel tomou o rosto dela nas mãos e beijou-a nos lábios.

— Estou. Muito. Mas estou mais feliz em te ver.

Ela sorriu e o abraçou.

— Você não existe — disse a mulher. Então se afastou e olhou para nós. — Eu tenho muita sorte. Por todos vocês.

— Não é sorte — Miguel respondeu. — Eu pedi a Deus todos os dias que cuidasse de você. Que encontrasse pessoas boas. Que te livrasse de laços de morte. E ele trouxe você de volta. Ele me respondeu.

Lígia levou uma mão ao ventre. Estava trêmula, um dos sinais de abstinência que começava a aparecer. Ela sabia que dias difíceis estavam por vir, mas agora tinha dois motivos a mais para se manter firme.

— Nos trouxe de volta — ela disse e, logo em seguida, aguardou em silêncio até que ele caísse em si.

— O... o quê? Você está... — Miguel se interrompeu. — Não me diga que está grávida?

Ela assentiu. Miguel levou a mão em punho à boca. Deu um passo para trás.

— Não acredito — disse ele. Então ergueu os braços de um jeito animado, quase teatral, como se comemorasse o gol decisivo de uma final de copa do mundo. Como se a felicidade fosse tanta que transbordasse pelos gestos. — Louvado seja Deus! Ah! Obrigado, Senhor.

Ele se abaixou na frente dela até ficar de joelhos. Abraçou-a na altura da barriga e chorou.

— Obrigado, dono da vida. Louvado! Louvado seja!

Quando Miguel se levantou, entrelaçou a mão na dela. O homem tinha pelo menos dois centímetros a menos que a esposa. Sussurrou algumas palavras em seu ouvido que ficaram entre os dois. Lígia riu baixinho e olhou para Erick ao meu lado.

— Querido — ela disse ao marido. — Tem alguém que eu quero que você conheça. Quero dizer, *alguéns*.

— Oi! — Miguel olhou para os dois com interesse. — São seus meninos? Eles têm... têm os seus olhos.

Os garotos estavam tímidos, mas foram educados. Erick foi mais contido, mas Elias deu nele um abraço que o deixou sorrindo de orelha a orelha.

— Além disso, são muito bonitos.

— É que são filhos do padeiro — soltei. Todos olharam para mim. Miguel pareceu verdadeiramente chocado. — É que ele... — tentei corrigir, apontando para Paulo. — Ele é padeiro, entendeu?

— Ah... — disse Miguel, e olhou para o homem esperando uma confirmação. Paulo assentiu. — Sim.

Mordi os lábios, profundamente arrependida por ter aberto a boca e estragado o momento.

— Desculpem. Me ignorem, sério. Só continuem... conversando.

Paulo meneou a cabeça e prendeu o riso. Caminhou até mim e passou o braço pelo meu ombro. Ergui a mão até encontrar a dele e entrelacei nossos dedos. Fizemos a volta no carro, dando aos quatro privacidade. Eles tinham muito o que conversar.

— Obrigado de novo — sussurrou, quando ninguém já podia nos ouvir.

— Pelo quê?

— Por você. — Virei o rosto para fitá-lo. Eu amava quando ele dizia aquilo. Paulo apoiou a testa na minha. — Na minha vida. É bom demais para ser verdade.

Abri um sorriso tímido. Como raios depois desse tempo todo ele ainda me deixava tímida?

— Seu bobinho — eu disse. — De nada, então. Não há de quê.

Paulo riu.

— Quero te levar a um encontro quando voltarmos para casa.

— Um encontro? — perguntei.

— Sim. Nunca tivemos um, você não percebeu?

Enruguei a testa em reflexão.

— A gente se encontra sempre.

Ele se virou de frente para mim e me abraçou pela cintura.

— Mas não é disso que estou falando. Não de uma reunião com os adolescentes da igreja para ensaiar para um musical. Um encontro de verdade. Só nós dois em um lugar legal. — Ele mordeu os lábios. — O que acha?

— Bem, se for um lugar público...

Paulo jogou a cabeça para trás e revirou os olhos.

— Pelo amor de Deus, Domingues. É claro que é um lugar público. Só... aceita o bendito encontro.

— Tá bem, tá bem. Eu aceito. Mas onde vai ser?

— É surpresa — disse ele. — Mas se vista para matar.

28

NADA NUNCA VAI MUDAR

Mal vi os dias passarem naquela semana, mas duas coisas bem dramáticas aconteceram. A primeira foi que, depois de um culto de quinta-feira, nossas famílias descobriram que Paulo e eu estávamos juntos. Mas a verdadeira graça da coisa não se deveu ao encontro em si, e sim à sequência dos seguintes fatos: meu pai, que detestava ir aos cultos, muito menos no meio da semana, havia ido naquela noite, e minha mãe, que quase nunca me ligava, resolvera fazê-lo escondido a fim de me dar uma notícia (para não dizer fofoca), poucos minutos depois da celebração.

— Filha, onde você está? — perguntou em sussurro.

— Ué, mãe — respondi, olhando ao redor para tentar encontrá-la em meio às dezenas de pessoas que passavam pelo pátio. — Eu tô aqui no portão. Por quê? Cadê vocês?

Paulo e eu, naquele momento, dávamos a notícia do nosso relacionamento ao pastor Gabriel. Ele declarou que já suspeitava da coisa toda desde que começamos a ensaiar o musical. Fui obrigada a tentar fazer a minha cara de paisagem. Do contrário, acabaria revelando que duvidava da veracidade da declaração. Ah, por favor, nem mesmo eu suspeitava que um dia estaríamos juntos. Só se fosse revelação divina.

Depois de um tempo calada e de um arrastar de cadeira, mamãe respondeu:

— Estou com o seu pai aqui na praça da Estação, naquela lanchonete, sabe? A família da Luísa está sentada com ele na mesa.

— Aham — olhei para Paulo de relance. — Entendi, mas... a senhora não? Por que está falando baixinho assim?

— Filha, escuta — ela disse em tom urgente. — Acho melhor você não vir.

— Hã?

— É que... O Estevão está aqui. E está com uma moça.

Abri os lábios, surpresa. Paulo me observou com curiosidade. Até o pastor Gabriel fez cara de quem queria saber o que me deixou agoniada.

— Ah, mamãe...

— É uma amiga de vocês, querida. Estou decepcionada.

— Mãe — Eu nem sabia por onde começar a explicar. — Não se preocupe com isso, sério. Eu sei que ele está com a Júlia.

— Sabe?

— Sim.

— Eu sinto muito, querida.

— Tá tudo bem. De verdade.

Ela ficou em silêncio por tanto tempo que eu afastei o celular do rosto para checar se a ligação estava ativa.

— Mãe? Ainda está aí?

— Bem, eu pensei que... Naquela noite no jantar, eu achei que ele estava falando de você.

Tirei uma mecha do meu cabelo da frente do rosto e dei as costas para Paulo e pastor Gabriel, que àquela altura já se concentravam na própria conversa.

— Escuta aqui, dona Hilda, sei que a senhora estava lá quando todo aquele drama da minha adolescência aconteceu e que já até me viu chorando pelo Estevão, mas relaxa, tá bom? Acredita em mim, eu não sinto nada por ele.

— Ah, filha. Você sempre diz isso.

Levei uma mão à testa. Bem, ela tinha razão, mas queria fazê-la entender que dessa vez era verdade.

— Eu sei, eu... sentia antes e fingia que não. Mas, agora é sério! — Misericórdia, eu não estava convencendo nem a mim mesma com aquilo. Sacudi a cabeça. Esfreguei o olho. *Foco, Cássia.*

— Filha...

— Mãe, olha aqui. Já faz muito tempo. Não tem mais naaada agora. Sério mesmo. Deixa o homem ser feliz. Já tá na hora, né?

Ela suspirou.

— E quando vai ser a sua hora, minha filha?

Levantei os olhos para Paulo. Ele conversava com empolgação até focar a atenção em mim. Desfez um pouco o sorriso e me lançou um daqueles olhares cheios de amor e contemplação que me tiravam o fôlego. Então me lançou uma piscadinha.

Meu coração ficou quente e subitamente empolgado. Meu Deus, eles iam adorar aquilo.

— A senhora vai ver, mamãe.

Tudo bem. Eu admito. Eu nunca quis tanto exibir algo para a minha mãe quanto queria exibir meu namorado naquela noite. Meu coração ficava dando aqueles pulinhos ansiosos como quando eu era menina na véspera de Natal. No caminho, eu prendia um risinho empolgado sob o capacete igualzinho como fazia ao observar, através de uma fresta na porta da sala, papai implantar pegadas do Papai Noel com farinha de trigo da porta de casa até a nossa árvore. No verão de Iguaba Grande. Vai ver a intenção era simular pegadas de areia da Lagoa.

Quando Paulo estacionou a moto na frente da lanchonete, eu saltei para fora dela tão rápido que ele até me olhou assustado. Acho que notou meu nervosismo porque, quando tirou o capacete, pude ver que ele tinha uma curvinha divertida nos lábios.

Ali mesmo, na calçada, eu já podia avistar meus pais lá dentro.

— Vem aqui — disse para ele. — Me dê a mão.

— Sim, senhora — Paulo fez graça enquanto colocava o capacete no guidom. — Seu pedido é sempre uma ordem.

Joguei o peso do corpo em uma perna e apoiei a mão na cintura. Bati um pezinho no chão com impaciência.

— Assim fica mais fácil. Todo mundo vai entender logo de cara e a gente não precisa ficar explicando.

Paulo inclinou o corpo para mim, afastou meu cabelo com a ponta do nariz e deu um beijo curto na bochecha.

— Eu não me importaria de explicar nada. Mas se é o que você quer. — Enfim pegou minha mão. — Vamos?

Apertei os dedos dele e esbocei um sorrisinho animado. Paulo riu antes de me acompanhar lanchonete adentro. Os lugares em que meus pais estavam sentados ficavam de frente para a porta, mas já tínhamos alcançado a metade do salão e ninguém ainda nos vira. Enquanto papai ria de alguma coisa que falava com tio Gonçalo, mamãe estava séria, fechada em seu próprio mundinho (tipo quando eu tirava uma nota vermelha), e partia seja lá o que estivesse em seu prato. Ela levantou os olhos distraidamente por apenas um momento e já ia voltar ao que estava fazendo, quando olhou para nós uma segunda vez.

Mamãe abriu a boca de um jeito tão exagerado que eu jurei ter visto um pedaço de brócolis lá dentro.

— Agora é que não estou entendendo mais nada mesmo — ela disse, paralisada, antes de alcançarmos a mesa.

Todos pararam o que estavam fazendo e viraram o rosto para onde ela olhava. Eu poderia congelar aquela cena. Um louvor do Novo Som tocava no ambiente e a letra curiosamente combinava com o momento. Quero dizer, "E se dentro do peito o coração tá disparado, é a mão de Deus trazendo o amor, tirando a solidão"?

Sério? Quais eram as chances? (Não que a música falasse sobre amor romântico, mas você entendeu).

Havia uma faixa pendente sobre a mesa que anunciava uma "festa da primavera" e oito cabeças com as mais variadas expressões estavam voltadas em nossa direção.

Nem todos ficaram chocados. Quero dizer, André nem estava presente e os gêmeos, por motivos evidentes, não ficaram minimamente surpresos. Estevão só parecia empolgado por finalmente termos nos acertado, e Júlia, pela cara, já havia sido informada de tudo.

Estevão, Estevão. Seu grande fofoqueiro.

Mas então havia nossos pais. E dali, sim, eu esperava espanto. Mas não posso dizer que todos eles reagiram do mesmo modo. Durante longos minutos, mamãe exibiu a mais genuína expressão de apavoro. Papai quase cuspiu a comida, mas segurou a onda, me encarou com olhos semicerrados e sussurrou no meu ouvido algo muito parecido com:

— E vocês me fizeram pensar que eu estava maluco.

Tio Gonçalo bancou o engraçadinho. Levantou-se da cadeira e, sem perguntar nada, cumprimentou-me com um "graça e paz, minha norinha" — o que estranhamente me fez sentir um frio na barriga.

Por fim, virei-me para tia Luísa. Mas tia Luísa foi indecifrável. Quero dizer, ela me deu um abraço apertado, mas não posso dizer que havia surpresa naqueles olhos. Na verdade, agiu como se o filho dela segurando minha mão fosse a cena mais corriqueira do mundo.

Eu a fitei desconcertada, enquanto ela não exibia nenhum sinal do que estava se passando por sua cabeça. Será que já sabia? Paulo teria contado sem me dizer? Uma voz do outro lado da mesa interrompeu minha especulação.

— Achei que vocês se odiavam — confessou mamãe, sem a menor cerimônia. — Só viviam se engalfinhando. Mais pareciam dois irmãos...

Paulo se engasgou com nada, porque ainda não estava comendo, mas soltou um "tá repreendido" antes de beijá-la no topo da cabeça.

— Pois eu não estou sentindo nada além de alegria — disse tia Luísa, erguendo uma pequena esfirra de alho-poró na frente da boca. — Sempre achei que vocês fariam um belo par.

Acho que a palavra dúvida estava estampada na minha cara, porque o jeito como ela sorriu para mim me pareceu um "confia, vai". Apertei os lábios, sem graça. Ela achava que faríamos um belo par? Não agora, mas... sempre? Por que acreditar naquilo era tão difícil?

Paulo puxou a única cadeira livre na mesa para que eu pudesse me sentar. Foi uma confusão no começo. Não entendi que ele havia puxado a cadeira para *mim*. Então fiquei parada, esperando que *ele* se sentasse. Já ia me virar para buscar minha própria cadeira, quando ele tocou as minhas costas e disse:

— Senta, amor.

E então me derreti. Porque ninguém além do meu pai havia feito aquilo por mim antes, porque nossa família inteira assobiou com euforia e porque, em toda a nossa vida, ele nunca havia me chamado assim.

O segundo drama da semana não foi nada bom para os meus nervos. Fui escalada para trabalhar durante o feriado da independência. Portanto, além de ter que lidar com aquele piloto mal-humorado de sempre, que dessa vez estava muito mais apressadinho do que de costume, tive que recusar o convite de Paulo para marcar o nosso encontro *superoficial* naquele dia.

Ah, as injustiças da vida! De longe, eu teria preferido um jantar ao luar (deduzindo, porque não tinha uma mísera pista de para onde iríamos) com meu lindo namorado a ter que engolir sapo de um grande chato que se achava o dono do mundo.

Mas isso não vem ao caso. No fim das contas, Paulo e eu tivemos que dar um jeito de ajustar nossas agendas. Então deixamos o compromisso marcado para o próximo sábado à noite livre em comum. O que foi dali a dois finais de semana.

Pedi a ajuda de Nicole para me arrumar. Preciso confessar que eu nunca fui lá a pessoa com mais conhecimento de moda do nosso grupo (era por isso que eu só usava roupas básicas), e que fiquei um tantinho intimidada com aquela história de "me vestir para matar".

Não me entenda errado, não é que eu não tivesse gostado da ideia, eu gostei. Não fazia ideia do que significava, mas gostei. Eu estava, tipo, megaempolgada para matá-lo com um vestido. Eita, falando nisso, Nicole também teria que me emprestar um vestido.

Quando o sábado finalmente chegou, eu me reuni com meus adolescentes durante a tarde, mas minha cabeça estava em outro lugar. E é claro que, naquele sábado específico, eles estavam impossíveis. Larissa não estava lá porque havia viajado para São Paulo com a madrasta para comprar um vestido de noiva, então Calebe ficou todo solto e exibido, tendo mil ideias para fazerem sei-lá-o-que quando saíssem dali.

Erick parecia ter nascido de novo. Foi tomado por um brilho de jovialidade e uma capacidade infinita de conversa paralela durante a lição. Eu tive que me interromper pelo menos três vezes com o único propósito de pedir, encarecidamente, que ele calasse a bendita boca. Mas no fim eu fiquei feliz porque ele abandonou aquela *skin* de gêmeo mau e voltou a se parecer com o Erick de sempre (que nunca seria um rei da festa ou algo do tipo, mas pelo menos estava sendo ele mesmo na presença dos amigos com quem cresceu).

No fim, a garotada resolveu fazer a trilha da Ponta da Farinha, um paraíso escondido na nossa cidade, quando saísse dali. Era uma reserva ambiental que dava em uma praia cristalina e pouco frequentada. Até me convidaram para me juntar a eles, o que eu, claro, educadamente recusei. O que, se você parar para pensar, acabou sendo uma pena. Aquilo decerto me daria muuuitos passos extras, mas, ora essa, não era o dia mais propício para me enfiar em uma aventura. Sem chances de eu sequer estar inteira no final da trilha, quem dirá *matando* alguém, como estava combinado.

E, além disso, não daria tempo. E o tempo estava me agoniando muito. Eu tive que expulsá-los da igreja para trancar o portão. E teria ido direto para casa, não fosse a infelicidade de ter passado de carro na frente da casa do meu contador, que por acaso varria a calçada naquele exato momento. Dei uma buzinada despretensiosa para cumprimentá-lo e, Deus do céu, acredite quando eu digo: foi ali que eu errei.

O homem fez um sinal para que eu parasse. Sem pensar muito, acatei o pedido e encostei a Joaninha perto do meio-fio (por um segundo cometi o deslize de me esquecer de todo aquele drama da pressa). Então ele entrou correndo, desapareceu por vários minutos que me fizeram me arrepender por sequer ter feito aquele caminho, e por fim voltou carregando uma pequena pilha com notas fiscais e recibos.

— Eu estava te devendo isso aqui — ele disse.

— Oh — estiquei a mão para pegar a papelada através da janela. Decerto, dali, iriam direto para o lixo. Tendo isso em mente, respirei fundo e respondi. — Obrigada, mas não tinha pressa.

Ele esfregou as mãos e inclinou o corpo para a frente, a fim de se colocar na altura da minha janela.

— Fazia um tempão que eu queria te devolver, mas você nunca vai ao escritório e eu nunca te via, então preferi aproveitar o momento. Não quer falar com a Vera? Ela está ali na cozinha... — E esticou o pescoço para olhar na direção do portão. — Ô, Vera!

Arregalei os olhos. Era só o que faltava.

— Não! — gritei. — Preciso ir!

Enfiei os papéis na minha bolsa e afundei o pé no acelerador. Pelo retrovisor, eu o vi coçar a nuca e ficar cada vez menor.

Paulo me pegaria às sete em ponto e Nicole alegou que precisava de pelo menos duas horas para que eu ficasse pronta. Uma para fazer meu cabelo, outra para me maquiar. Achei que maquiagem era um pouco de exagero, mas ela discordou com veemência.

Já eram quatro e meia da tarde. Desse modo, fui correndo para casa e não buzinei para mais ninguém (exceto para tio Gonçalo na frente do Caldo da Praia, mas ele jamais teria me parado à força para me entregar uma papelada inútil). Subi correndo as escadas, tomei um banho rápido, sentei-me diante da penteadeira de Nicole e deixei que ela me torturasse ao longo das próximas horas.

No fim, fiquei surpresa ao constatar que minha amiga era muito boa naquilo. A maquiagem ficou discreta e muito natural. E eu até ganhei de presente a base e o corretivo que ela comprara especialmente para a ocasião. Era improvável que eu usasse qualquer um dos dois de novo, mas aceitei mesmo assim.

O batom que passou nos meus lábios parecia ter a cor da minha boca (exceto pelo fato de que minha boca não tinha aquela cor). Eu sei que não parece fazer sentido, mas é difícil explicar, tente acompanhar:

Se eu estivesse olhando de fora e nunca tivesse me visto antes, eu não acharia que estava maquiada. Mas, conhecendo a minha aparência, era impossível não constatar que eu estava muito, muito mais bonita do que na verdade era (exceto que ainda era a mesma).

Caramba, era muito confuso.

— Você precisa me ensinar a fazer isso — eu disse, repuxando minha bochecha na frente do espelho.

— Eu te disse... há quanto tempo mesmo?

Eu diria uma vida toda.

— Bom — eu sussurrei, impressionada com a minha própria aparência. — Você tinha razão.

Através do espelho, vi minha amiga prender o riso.

— Eu devia exigir isso por escrito — ela falou. — Agora vira, vamos tirar esses bobes.

E assim, um a um, Nicole soltou todos os rolinhos emaranhados que havia aninhado no topo da minha cabeça. Como em um passe de mágica, meu cabelo, que costumava ser um pequeno chumaço de mechas murchas e sem volume, formou ondas encorpadas como as de modelos da Victoria's Secret.

— Minha nossa — suspirei ao observar minha imagem no reflexo do espelho. — Eu nem tô acreditando nisso.

Nicole tirou do armário um vestido tamanho *mid* e de gola reta. Encarei-o com o peito agitado de empolgação. Se havia um vestido que pudesse matar alguém, com certeza seria aquele. Tirei a roupa para experimentá-lo. Precisei de ajuda para fechar o zíper lateral.

Minha amiga era cheia de curvas nos lugares certos e consideravelmente mais alta do que eu, mas, ainda assim, de alguma maneira, o vestido coube perfeitamente. Ele era justo no tronco, até a cintura, e então caía soltinho até a altura do joelho. Um discreto decote arredondado nas costas. Era lindo e modesto. E vermelho em um tom idêntico ao do meu vestido de formatura.

Usei uma sandália com um saltinho baixo e quadrado, do meu próprio guarda-roupa, porque as de Nicole nunca serviriam no meu pé, e desci as escadas.

Minutos depois, escutei o ronco do motor de uma moto se aproximar. Corri até a porta, ansiosa para receber Paulo, e olhei através do olho mágico. Ele estava atrás das grades do portão, com o cabelo penteado de um jeito descolado (ou talvez tenha bagunçado no caminho), uma camisa de gola branco-gelo e calça social. A sombra de uma barba bem aparada no rosto. Era raro que ele deixasse a barba crescer um pouquinho, mas eu achava lindo. Olhando dali, percebi que dava para saber que estava cheiroso (e me dei conta também de que eu havia memorizado seu perfume).

— Cáááássia! — ele gritou lá de fora, com as mãos no bolso. Depois ergueu uma delas e conferiu o relógio.

— Já vai! — respondi, cobrindo a boca, e levei uma mão até a chave.

Eu sabia que devia ter instalado a bendita campainha. Destravei a porta e coloquei a cabeça para fora. Não queria me exibir assim de uma vez.

— Ora, ora — ele disse. E soltou um longo assobio.

Ah, droga. Esqueci que a parte mais impressionante da produção era da cabeça para cima.

Abri a porta de uma vez e fui até ele para destrancar o portão. Arrastei a grade e fui tomada de surpresa quando Paulo me puxou para si, deslizou a mão por meu pescoço até pegar minha nuca e cobriu minha boca com a dele. Senti a barba fina me arranhar de leve. Ele tomou os meus lábios como a uma fruta suculenta e delicada. Gentil. Doce. Fresco. E eu estava certa quanto ao perfume.

— Você está perfeita — disse ele quando nos afastamos.

Eu sorri e resfoleguei. A boca dele estava levemente rosada. Tive certeza de que o batom já era.

— Você também não está de se jogar fora, mas... — Cruzei os braços e ergui uma sobrancelha. — Parece muito impressionado — espetei. — Está surpreso? Porque eu estou.

Paulo colocou as mãos no bolso e me lançou um daqueles seus sorrisos tortos.

— Bobinha — disse. — Estou maravilhado. Surpreso, não. — E deitou um pouco a cabeça e me avaliou. Mordeu os lábios. Tirou uma mão do bolso e rodou no ar o indicador apontado para cima.

— Hum... nem vem. Não vou dar uma voltinha.

— Por favor, Domingues, não seja perversa. Não me negue a minha voltinha.

Revirei os olhos e abri os braços. Sabia que ele não ia desistir daquela ideia, então, dando-me por vencida, dei um rápido giro em meu próprio eixo. A saia do vestido abriu e girou, pairando perfeitamente ao meu redor, como a de uma mocinha de um filme de Hollywood.

Paulo levou a mão ao peito.

— Assim eu não aguento.

Soltei um risinho fraco.

— Vestida para matar — concluí.

Ele pensou por um instante e também sorriu.

— Perfeita.

Depois de conferir meu vestido em pelo menos três voltinhas, Paulo concluiu que teríamos que ir ao encontro com o meu carro. Aquele não era o visual adequado para se deslocar em cima de uma moto e, francamente, eu não iria enfiar meu cabelo lindo dentro de um capacete nem a pau.

Ele me pediu para dirigir (para não estragar a surpresa) e eu cedi o posto com prazer. Se tem um lugar que não entendo por que fazem questão de ocupar é o de motorista. Sentei-me no banco do carona, liguei o rádio do carro e inseri nele um CD (assim como nossos ancestrais faziam). *Your Love Is Extravagant* do Casting Crowns começou a tocar.

— *Spread wiiide in the arms of Chriiist is the love that covers sin* — cantarolei, observando que estávamos indo na direção de Cabo Frio, mas segurei a curiosidade e a vontade de perguntar para onde ele estava me levando.

Trinta minutos depois, chegamos ao Boulevard Canal. Depois que estacionamos, estiquei a mão para o banco de trás para pegar minha bolsa, e me dei conta que ela não combinava em nada com o *look*.

— É, não vai rolar — determinei. — Eu devia ter pensado nisso. Vou ter que levar só a carteira.

— Você não vai precisar dela — disse Paulo. — Já está tudo acertado. Eu não ia te dar a chance de entrar em uma discussão sobre pagar a conta.

— Tudo bem, grandalhão — eu disse, mas peguei a carteira mesmo assim. — Mas não vou sair por aí sem documentos e correr o risco de acabar me tornando uma indigente.

— Então tá. — Paulo se deu por vencido. — Não é como se estivéssemos em uma zona de guerra, mas tudo bem.

Andamos pela orla de mãos dadas. Eu me sentia a versão latina da Marilyn Monroe com aquele vento fraquinho empurrando meu cabelo e vestido. À nossa esquerda havia lanchonetes e restaurantes, e à direita estava o canal. Barcos de passeio e escunas ancorados ao longo dele. Enquanto caminhávamos, esperei que fôssemos entrar em algum dos restaurantes, mas então um assobio nos levou a olhar para a direita, Paulo levantou o braço, cumprimentando um homem que se aproximava em uma lancha. Levei uma mão à boca em descrédito. Nosso primeiro encontro seria em um barco?

Eu já estava sem fôlego, antes mesmo que nos aproximássemos da lancha. Ou melhor, que ela se aproximasse de nós. Caminhamos até uma área de ancoragem e ele se aproximou devagar até parar.

— Opa! — o condutor cumprimentou. Era um homem magro e bigodudo que usava um quepe como aqueles da Marinha, embora de algum modo estivesse evidente que não era um militar. — Seu Paulo Valim, certo?

— Isso — Paulo confirmou. — Somos nós.

Paulo Valim éramos nós? Humm... Quase certeza de que não foi o que ele quis dizer, mas aquilo soava agradável.

— Sejam bem-vindos à *Graziela.*

— Que lindo — sussurrei, quase sem fôlego, ao tomar a mão do homem e fazer impulso para subir. Paulo veio logo atrás de mim.

Inclinei o corpo para perto dele e sussurrei:

— Será que o nome do barco é o da mulher amada ou coisa assim?

Ele prendeu o riso.

— Não faço ideia — ele falou.

O homem nos conduziu até uma mesinha com dois lugares. Tinha uma toalhinha quadriculada, uma garrafa de suco integral de uva e duas taças de vinho. Eu me senti como em um filme europeu, mas crente. Eu não achava que o vinho havia sido substituído por suco por acaso.

— Como você pensou nisso?

— Pedi ao ChatGPT que me desse cem ideias criativas para um primeiro encontro.

— Não acredito.

— Pode acreditar. Essa foi a ideia... — Ele abriu o celular e deslizou o dedo pela tela — a ideia número 81. Encontrei esse aqui no Instagram.

Eu ri baixinho, impressionada, e peguei o pequeno menu sobre a mesa. Uma moça se apresentou e disse que ia nos servir. O condutor tomou seu lugar e navegou suavemente pelo canal. A lua começava a minguar e o céu estrelado estava limpo, e as constelações brilhavam intensamente sobre nós.

Escolhi o filé de dourado e deixei Paulo decidir pelo acompanhamento. Fiquei tão impressionada com tudo que só percebi o que ele pediu quando os pratos chegaram. Era um arroz chique e uma salada com um molho meio cítrico. A moça serviu nossas taças e nós fizemos um brinde. Levei a taça à boca, Paulo fez o mesmo, e então pegou minha mão.

O barco parou. A lua quase cheia refletia na água do mar.

— Quero fazer uma oração — ele disse, com um olhar profundo que tocava a minha alma.

— Tudo bem — sussurrei. Acariciei os nós de seus dedos. — É claro.

Paulo abaixou a cabeça e fechou os olhos. Fiz o mesmo um segundo depois, depois de observá-lo e ter o coração inundado de gratidão por, de repente, ter alguém como ele ao meu lado.

— Pai de amor, eu quero agradecer por estarmos aqui, juntos neste lindo lugar e por nosso relacionamento. Queremos consagrá-lo ao Senhor. — Apertei a mão dele mais forte. Paulo continuou. — Eu oro para que nos mantenhamos em santidade. Oro para que desejemos sempre o servir. Oro para que o Senhor me permita cuidar da tua serva Cássia, como a filha preciosa do meu Deus e Senhor. Que eu sempre a honre e respeite. Que seja o homem que ela merece ter. Que o Senhor nos conduza ao casamento e que não demore. — Ele riu. — Em nome de Jesus, amém.

Fiquei emocionada e apaixonada. Fizemos a refeição e depois fomos até a proa no barco para observar a paisagem. Paulo me abraçou pelas costas e encaixou o queixo na curva do meu pescoço. Por um instante, éramos como Jack e Rose de Titanic (se eles ficassem vivos no final e tivessem um sotaque meio carioca).

— Você gostou? — ele perguntou quase em um sussurro.

Aquilo devia ser brincadeira. Eu estava sonhando. Quer dizer, eu não teria sonhado com algo assim. Quase certeza de que se fosse o caso eu teria feito alguma piadinha sobre ser extremamente brega e não me causar o menor interesse. O que claramente não era verdade, agora que eu estava vivendo. Mordi os lábios e encostei a cabeça no peito dele.

— Amei. Você sabe surpreender mesmo.

— Fico feliz. Eu queria um encontro de verdade, sabe? Algo para a gente se lembrar, para contar para as crianças.

Crianças? Ele queria mais... crianças? Ora, eu queria crianças. Pelo menos uma. Dei uma risada e girei o corpo, virando-me de frente para ele.

— Ora, ora, Paulo Valim. Alguém está pensando longe.

Ele fez uma careta.

— Não está longe. Não pode estar. Eu me casaria amanhã. Sei o que quero. Você não?

Senti um pequeno incômodo. Daqueles que não se sabe exatamente o motivo. Talvez algo dentro de mim tenha se lembrado de que eu ainda guardava um segredo e que tinha absoluta certeza de que tudo estaria acabado quando ele soubesse a verdade (tá bem, 90% de certeza). Fitei-o dentro dos olhos.

— Sei, eu... também sei.

Olhei em volta. E se eu contasse agora? Talvez o clima romântico ou, sei lá, o céu estrelado o amolecesse. Não. Eu não podia correr o risco de estragar aquela noite. Queria ter pelo menos aquilo para me lembrar.

— Olha — Paulo começou —, eu fico pensando nisso o tempo todo, fico... fazendo as contas. Sei que as coisas parecem difíceis agora. Mas é temporário, sabe? Eu me formo em três meses. Em um ano e meio serão os meninos. As finanças vão voltar para o lugar e eu estarei apto a... ser um marido. — Ele falava com uma paixão tão intensa que meu coração disparou. — Não vejo motivo para esperarmos mais do que isso. O que... o que acha?

Uma emoção excêntrica e vibrante se instalou dentro de mim. Eu não tinha pensado tão longe. O aqui e o agora já me deixavam eufórica e em êxtase, mas Paulo tinha todo um plano. Um plano que fazia perfeito sentido. Éramos dois adultos e os meninos não iriam estudar para sempre. Ele não continuaria indefinidamente... hã... *duro* e, pensando bem, eu também não. Em pouco mais de um ano poderíamos nos casar. Ah não ser que... bem, a não ser que eu o decepcionasse antes.

— Eu acho... ótimo — respondi com a voz meio trêmula, minha insegurança exalando desafinação. — Mas e se você... por algum motivo, sei lá, mudar de ideia?

— Impossível. — O lábio dele se curvou para o lado. — Bobinha, ainda não entendeu? Eu sou louco por você.

— Humm. É mesmo?

Ele anuiu com um sorriso.

— Veja bem, eu disse que *sou*, não que *estou*. Nada nunca vai mudar isso. Entendeu?

— Aham — concordei e afundei o rosto no peito dele. Fechei os olhos, absorvendo a sensação fresca da brisa salgada que soprava contra nós. — Entendi.

E desejei, de todo o coração, que aquilo fosse verdade.

29

O MOMENTO EM QUE TUDO MUDOU

O curioso sobre desastres é que você nunca imagina quando um deles está prestes a acontecer. Não acorda de manhã e pensa "oops, é hoje. Melhor nem sair da cama" e, de jeito nenhum, se veste para matar seu namorado e imagina que o que será morto será, na verdade, o próprio namoro.

Mas você sabe que eu estava mesmo esperando por isso. E deve estar pensando que eu não deveria ter ficado tão surpresa quando Paulo olhou para mim com aquele olhar. O momento em que o brilho mudou. Foi como um clique. Talvez nem desse para você notar. Mas eu vi. As íris que me olhavam com contemplação se apagando. A paixão que transbordava intensa se desfazendo em milhares de pedaços. Eu jurei que pude ouvir o som dos caquinhos caindo.

Era quase meia-noite. Estávamos na frente do meu portão e eu me lembrei de que a bolsa estava no carro. A chave do portão da garagem em algum lugar dentro da casa. Não era uma boa ideia deixar um carro do lado de fora com uma bolsa dentro.

Então Paulo, é claro, a pegou para mim. Mas eu havia me esquecido daquele furo. O bendito furo no zíper que eu nunca consertei. E eu também me esqueci das notas. As inúteis notas fiscais que eu recebera do contador naquela tarde.

Mas, sejamos sinceros, ainda que eu tivesse me lembrado, não teria previsto que algumas delas voariam para fora da bolsa. Ou que teriam feito Paulo persegui-las por alguns metros. E que ele não teria parado quando eu dissesse para deixar pra lá porque aqueles pequenos pedaços de papel não tinham importância. Ou que teria pisado em um deles, e se abaixado para pegá-lo e que, então, acabaria vendo.

— O que é isso? — perguntou, aproximando o papel do rosto com um vinco cada vez mais acentuado no meio da testa.

Meu impulso imediato foi de correr até ele e arrancar o papel de sua mão. Mas isso deixou tudo mais estranho. Porque foi nesse momento que ele me lançou aquele olhar.

— Não é nada — disparei e tentei enfiar o papel no bolso de trás, mas é claro que não consegui porque o vestido não tinha bolsos. Atrás ou em qualquer parte dele.

Droga, droga.

Paulo deu um passo para a frente, o olhar transbordando incerteza. Peguei a bolsa, que ele segurava pela alça.

— Como não é nada? Tem o nome do meu filho nisso. E muitos zeros.

— Eu... então... — Amassei-o em uma bolinha e a enfiei na bolsa, como se aquilo pudesse apagar os últimos segundos. — É uma — apertei os olhos antes de confessar — nota fiscal.

— Nota fiscal — ele repetiu em um tom neutro. Uma compreensão súbita expressa pelas sobrancelhas arqueadas. — Da escola?

Engoli em seco.

— É — a resposta saiu em um sussurro.

Eu poderia dizer em que exato segundo ele compreendeu. Só não poderia explicar por que, mesmo assim, decidiu me perguntar:

— Por que você tem... por que teria... isso?

Engoli em seco e apertei a alça da bolsa. Desejei ter rasgado aquele papel, destruído, lançado em um forno em chamas. Deus do céu, por que eu não tinha feito isso logo?

Outro passo para a frente. O olhar dele era mais penetrante, mais intimidador e mais, muito mais, confuso.

— Você *pagou* por isso? Por quê?

Procurei um lugar para me apoiar. Dos muitos cenários que imaginei em que tínhamos essa conversa, a sensação de ser desmascarada não estava incluída em nenhum deles.

— Não é melhor a gente entrar? — sugeri.

Ele olhou para a casa.

— Não. Está tarde. As meninas devem estar na cama.

Pressionei a mandíbula. Segurei a grade do portão individual e tentei empurrá-lo. Esqueci que não o havia destrancado.

— O motivo é extraordinário — falei.

Tínhamos que nos sentar. Conversar sob a luz. Olho no olho. Ele poderia compreender. Por isso, insisti:

— A gente precisa conversar.

— Não assim — Paulo determinou. O tom de voz impaciente. — Não importa o motivo, não dá pra entrar. A gente pode conversar aqui. Agora. Tenho certeza de que não é tão difícil explicar.

Respirei fundo. Será que dava para fingir que aquilo não era nada demais? Que não era... *segredo* por tempo demais? Bem, dava para tentar. Empinei o queixo e tentei parecer segura e descontraída. Não sabia se tinha funcionado, mas era o melhor que eu podia fazer.

— Eu paguei, sim. Mas não era pra você descobrir desse jeito.

A expressão dele era indecifrável. Não dava para saber se estava com raiva, decepcionado ou se estava pensando "caramba, eu namoro um mulherão que paga as contas para mim. Que alegria. Ebaaa!" (com certeza não era isso).

— Sem me contar? Mas por quê? É muito dinheiro, eu vou te ressarcir — garantiu. — Mas... como... — Tá bem. Ele estava totalmente confuso. Tão confuso que parecia não saber que pergunta fazer primeiro. — De *quando* foi?

É, acho que soei despretensiosa o bastante. Então ele não tinha entendido *tudo* ainda.

Aquela era minha chance.

Dava para dizer qualquer coisa. Estender um pouco mais a mentira. Deixá-lo pensando que eu paguei só por *uma* mensalidade da escola poderia administrar a crise, estancar o sangramento por um tempo. Era só uma. Nada demais. "Esqueci de contar, oops."

Mas não. Eu sabia que não dava para fazer aquilo. Para o bem ou para o mal, havia chegado o momento. Inspirei tanto ar quanto pude. Cheguei a inflar o peito para reunir coragem.

— Não sei dizer de que mês é.

Ele ficou em silêncio por um momento. Eu quase podia ver as pequenas pecinhas de um quebra-cabeça invisível se encaixarem, uma a uma, até que formassem uma hipótese.

— Não sabe, porque faz tempo? Ou... porque tem outros?

Fechei os olhos. Não dava para encará-lo.

— Foram alguns meses.

— Explica isso direito. — Abri os olhos devagar. — Quantos... — ele engoliu em seco. Percebi que se preparava para escutar algo que gostaria de evitar. — Quantos meses foram?

— Eu acho que poderia dizer que... todos, talvez?

Ele me olhou com desconfiança, uma curva pequena no canto dos lábios. Aquele olhar incerto me fez sentir um aperto no diafragma.

Não, amor, eu não estou pregando uma peça.

Não vou dizer "ahá, brincadeira".

Eu venho mentindo para você por anos.

A bochecha dele tremeu de leve. O esboço de sorriso desapareceu. Agora sim. Lá estava. Ele entendeu.

— O quê?

— Um dia cheguei ao Caldo da Praia... — comecei. — E encontrei seu pai debruçado sobre uma papelada. Ele estava... hã... bem nervoso, fazendo umas contas.

— Quando? — Paulo interrompeu.

— Dois anos atrás — confessei. — O tio me contou que os meninos sonhavam com aquela escola. Que era a única da região. Que haviam sido aprovados, mas o desconto da bolsa era menor do que vocês tinham previsto ou do que poderiam pagar.

— Eu disse a ele que não teria como.

— Ele estava muito angustiado por não conseguir ajudar. Por mais que fizesse e refizesse as contas, elas não fechavam. Ficou arrasado porque os meninos perderiam essa oportunidade e... eu também fiquei.

Paulo levou a mão à nuca e estalou o pescoço.

— Não dá pra entender. Ele... *ele* me ofereceu ajuda. Passou semanas insistindo para que eu aceitasse.

— Sabíamos que você não aceitaria se a ajuda viesse de mim.

Paulo sussurrou:

— Ora, vocês... estavam certos. Vocês sabiam disso, não é? Claro que sabiam.

Ele deu um passo para trás. Eu queria poder dizer que todas as vezes que pensei que isso o decepcionaria era minha mente criando uma catástrofe. Todas as vezes que imaginei aquilo nos destruindo. Mas estava acontecendo. Ali, naquele momento.

— Foi difícil, mas convenci o tio a contar uma mentirinha inocente. Diríamos que era uma poupança antiga. Que ele tinha esse dinheiro guardado. Uma bela e gorda reserva de emergência. Assim, ainda que você ajudasse com a administração das finanças do Caldo da Praia, não teria como descobrir de onde o dinheiro vinha.

— Inocente? Cássia, eu não queria dar um passo maior do que as pernas, por isso aceitei a ajuda do meu pai. Você não tinha que fazer isso.

— Eu não podia deixá-los perder essa oportunidade. Não quando eu podia ajudar.

— Mas não era problema seu! — Ele parou e pensou por um instante. — Ai, meu Deus. Por isso ele pediu os dados bancários da escola em vez de transferir o dinheiro para mim — ele soltou uma risada triste. — Bem que eu tinha estranhado aquela falta de confiança. Sou um idiota.

— Amor, você não é...

— Não — Paulo me interrompeu. — Não fale comigo *assim* agora. Não faça isso.

— Mas...

— Termine. Eu quero a história inteira.

Encolhi os ombros.

— Não há muito mais. Foi isso. Era o nosso combinado. Fizemos pelos meninos. Eu podia ajudar, Paulo. Eu sempre amei os meninos, você sabe. Sua família é como se fosse minha. Eu não poderia viver sabendo que poderia ajudar e não fiz nada.

— Cássia. — Ele me olhou estarrecido. — Eu não... não sei quanto você ganha, mas *isso* é demais. Eu não acredito que papai aceitou. Ele estava louco?

— Ele resistiu por um tempo. Mas não era pra ele, Paulo. Foi uma... — fiz uma pausa — uma oferta de amor. Uma forma de servir.

Ele estava agitado, esfregando a nuca com tanta força que a região começava a ficar vermelha.

— Você foi muito generosa. Eu sou... grato? Obrigado. Mas eu não... — Então interrompeu os passos e me encarou, sério. — Eu nunca vou conseguir te pagar. Você não entende isso?

Os olhos dele emitiam tanta confusão que meu coração se contorceu em agonia.

— Eu não estou pedindo isso. Você sabe que eu nunca pediria.

Paulo afundou as mãos no cabelo e olhou para cima. Ainda lindo. Ainda tirando meu fôlego.

— Meu Deus, mulher, isso não faz diferença. — Ele se interrompeu. Estava nervoso, mas a voz era suave. Não gritou, não perdeu o controle, não se enfureceu. Um cenário tão diferente do que os que imaginei. Então por que, pelos céus, isso parecia ser tão mais doloroso? — Ah, Cássia. Você devia ter me contado.

Cássia, Cássia. Não mais *amor*, só Cássia. Ele era manso e sereno, as palavras eram gentis, mas, ainda assim, toda vez que abria a boca, tudo o que eu ouvia era "acabamos para sempre".

— Nunca devia ter escondido, mas especialmente agora. — Nossos olhos se encontraram. Decepção e mais decepção. — Agora que estamos juntos. *Tinha* que ter falado.

— Eu quis te contar. Eu tentei várias vezes. — Um brilho de compreensão perpassou o rosto dele. — Mas, com tudo o que aconteceu, você sabe, com a Lígia...

Paulo cruzou os braços e meneou a cabeça.

— Não dê desculpas, Cássia. Está querendo enganar a mim ou a si mesma? Estamos juntos há quase três meses. Você fez essas transações, sendo a minha namorada, pelo menos três vezes. Era só querer. Era só falar.

— Eu estava esperando o momento certo.

Ele abriu a boca e voltou a fechá-la. Depois me encarou severamente.

— A nossa lua de mel? A formatura deles? Pelo amor de Deus, depois de tudo o que conversamos. Você teve muitas chances.

— Eu sei. — Baixei os olhos. Minha voz saiu como um fio. — Foi estupidez. Mas estou contando agora.

— São meus filhos. Minha vida. Minha responsabilidade. Você sabia que eu jamais teria aceitado, menos ainda considerando o que sinto por você. O que venho sentindo... por Deus, mulher, há anos. Você pode não entender, mas isso não é só desesperador, é... humilhante.

— Não fala assim.

— É o maior atestado de que sou um estorvo. Um inútil quebrado. Como posso sequer me imaginar como seu marido agora... sabendo disso?

Meus olhos arderam. Minha voz embargou pela primeira vez.

— Por favor, para com isso. Eu só quis ajudar, eu sabia que você não aceitaria, mas... foi com boa intenção. E agora o quê... você me odeia, é isso?

Paulo caminhou até mim, afastou meu cabelo e me pegou pela nuca.

— Não. Você sabe que não. Eu amo você. Cada célula do meu corpo deseja o seu. A mera ideia de passar um minuto sem ter você na minha vida é insuportável. — Ele apoiou a testa na minha, apoiei a mão em seu peito. Fechei os olhos e implorei em silêncio. *Por favor, esqueça tudo. Por favor, só me desculpe. Me dê aquele beijo doce e gentil outra vez.* Mas Paulo se afastou de repente. — Mas você me humilhou, Cássia. Me enganou. Isso é tão... — Ele fez uma pausa. Pressionou os olhos com força, levantou um pouco a mão. — Eu preciso ficar sozinho. Eu... — Então, lentamente, me avaliou de cima a baixo. — Não esperava isso dessa noite. Por favor. Entre em casa.

Afastei os lábios, incrédula. Um senso de urgência correndo em minhas veias.

— Eu não quero me despedir assim.

— Não posso ficar perto de você agora. Eu só preciso de silêncio e... distância.

Aquilo doeu. Meu estômago se contorceu com violência. Acho que eu poderia vomitar. Mas tudo o que fiz foi assentir.

— Se é o que você quer.

— Por favor, entra — disse ele, inflexível.

Eu sussurrei um "boa noite" que não teve resposta e encaixei a chave no portão. Paulo esperou, com os braços cruzados, que eu atravessasse o pequeno quintal e entrasse em casa. Pude ouvir, com as costas apoiadas na porta, o motor da moto dele roncar e ficar cada vez mais distante.

Mordi os lábios e tentei engolir o choro, mas foi impossível. Minhas bochechas foram cobertas de lágrimas à medida que eu sentia meu coração se partir.

Uma vez, quando eu estava na terceira série, fui infestada por piolhos. Mamãe sempre dizia que eu devia prender os cabelos para evitar essa catástrofe, mas aquele rabo de cavalo superapertado me incomodava muito. Então, sempre que chegava na escola, eu soltava o cabelo e, antes de sair, refazia o trabalho desmanchado.

Por isso, naquela ocasião, com medo de levar uma surra, escondi os piolhos de mamãe. Toda vez que a minha cabeça coçava, eu mudava de cômodo, ou esperava ela olhar para outro lado para poder esfregar o couro cabeludo com as unhas em busca de alívio.

Um dia, estávamos assistindo à TV sob uma coberta quando um dos bichos, de algum modo, foi parar no braço dela. Foi um fuzuê. Mamãe me obrigou a abaixar a cabeça e me submeteu a uma inspeção surpresa, na qual constatou que havia inúmeros daqueles bichinhos por todo o meu couro cabeludo. Acabar com eles parecia impossível. Então dona Hilda achou que a solução mais rápida seria cortar meu cabelo em um superdramático *estilo joãozinho*. Eu tinha dez anos e aquele foi o pior trauma da minha infância. Pior ainda do que descobrir que tinha medo de voar. É sério.

Está certo que hoje amo um curtinho, mas, na época, chorei de soluçar a cada mecha caída.

Agora, com os olhos inchados na frente do espelho, sinto-me exatamente como naquele dia. Descobri, da pior maneira, que a mentira é como uma infestação de piolhos. Você pode tentar ignorá-la, mas uma hora, inevitavelmente, virá à tona. Escorrerá pelos dedos, acabará em seu braço. E o estrago terá sido tão grande que você desejará tê-la encarado antes.

Minha maquiagem estava um pesadelo. Engraçado porque, dentro do carro, na volta do nosso encontro, eu havia me lamentado por ter que desfazê-la antes de dormir, consciente de que isso me faria ter um rosto de mera mortal de novo. Com direito às olheiras e tudo. Agora... bem, tudo o que havia além das olheiras ainda mais marcadas do que o normal era um grande borrão de diferentes paletas.

Eram duas da manhã e eu ainda não havia conseguido chegar nem perto de pegar no sono. Pelo contrário, tudo o que fiz foi molhar o meu lençol e sujar a fronha do meu travesseiro de rímel. Agora havia me enfiado no banheiro e esfregava meu rosto com água e sabonete, formando uma lama marrom que escorria pela pia. Tirei o restante da sujeira com uma toalha que outrora fora branca e ainda assim não conseguira me livrar de tudo.

Como havia mulheres que conseguiam fazer aquilo todos os dias era um mistério para mim. Saí do banheiro e voltei ao quarto e me joguei na cama de barriga para cima. Entrelacei os dedos e encarei o teto sem esperança de conseguir dormir. Uma batida na porta me fez levantar a cabeça.

— Amiga?

Soltei um daqueles suspiros involuntários pós-choro.

— Agora não, Nicole.

Ignorando a ordem, a maçaneta da minha porta girou para baixo e Nicole colocou a cabeça para dentro do quarto.

— Tudo certo aí?

Puxei o edredom nas minhas pernas para cobrir a cabeça.

— Tudo. Pode ir.

Eu pude ouvi-la dando um passinho para dentro e um ranger baixinho da porta. Nicole sussurrou:

— Dá pra ouvir você do nosso quarto. Ficamos preocupadas.

Sentei-me na cama devagar. Minha cabeça começava a doer e meu nariz estava entupido.

— O que aquele idiota fez?

Levei minhas mãos aos olhos, pressionei-os por vários segundos e meneei a cabeça em silêncio.

— Não fez nada. Fui eu que fiz.

Nicole me fitou com descrédito. Então contei tudo a ela.

— Talvez seja melhor assim.

Abri a boca, desacreditada. Vai ver eu tinha escutado errado.

— O que quer dizer?

— Ai, amiga. É que, aqui entre nós, ele é meio... — ela hesitou por um instante — complicado.

Fiquei paralisada. Minha mente trabalhava a fim de entender de onde tinha vindo aquilo.

— *Ele* é complicado?

A surpresa me atingiu. Nicole vinha agindo estranho comigo nos últimos tempos. Pela primeira vez me ocorreu... será que tinha a ver com meu namoro com Paulo?

— Olha, um pouquinho. — Ela mordeu o lábio e se sentou na beirada da cama. — E vem com toda uma bagagem. Dois filhos adolescentes, e tem... você sabe... a situação da mãe.

Fitei-a em silêncio. Meu coração apertou um pouco.

— Bem, talvez seja *um pouco* complicado, mas... os meninos não são uma *bagagem*. Eu os amo muito. Já os amava antes de me apaixonar pelo pai deles. E sobre a Lígia... ela é a mãe dos filhos dele. Sempre vai ser. Você não acha que o fato de ele cuidar de uma pessoa com quem nunca nem sequer foi casado diz muito a respeito de quem ele é?

— Pode ser. É melhor do que ser o mané que fala mal da ex, mas isso não torna tudo mais simples.

— Mas eu deveria desistir porque é difícil?

Uma confusão genuína se formou dentro de mim. Pela primeira vez notei que, na verdade, amo Paulo um pouquinho mais por causa de seu cuidado com Lígia.

— Eu, hã... colocando assim, suponho que não, mas ainda tem isso das finanças. — Ela fez uma pausa e me olhou com hesitação. — Tudo bem, eu entendo que é temporário, mas, se for pensar no futuro, você sempre vai ganhar mais do que ele.

Apertei o cobertor com as mãos e sacudi a cabeça.

— Não sabemos disso, mas, se fosse verdade, e daí?

— Você não acha que o marido precisa ser o cabeça da família? Quero dizer... não seria meio esquisito?

Escondi o rosto entre as mãos. Meu Deus, se era *assim* que Paulo também pensava, estávamos mesmo acabados para sempre.

— Amiga, mas o meu salário... isso é só um número. Nunca conversamos muito sobre quem pagaria o que depois do casamento, mas espero que ele saiba que, se nos casarmos, vamos ser um só. Nossas finanças serão uma só. Que diferença faz quem ganha mais ou menos? Eu sei quem ele é. Leal, trabalhador e esforçado e tem um chamado ministerial. Paulo não precisaria ter um diploma para ser o cabeça do nosso lar. Ele já tem — minha garganta fechou — tudo o que é necessário para isso.

Ela abraçou o próprio corpo e me encarou. A bochecha enrubescendo um pouco.

— Tá bem, desculpa. Eu não tinha pensado por esse lado ainda. — Abri a boca para contestar, mas perdi a fala quando entendi que ela estava *concordando* comigo. Isso foi rápido. — Eu só não queria... — Ela se conteve por um instante. — Cássia, eu te amo como a uma irmã. O que me preocupa é que, pelo medo de ficar sozinha, você acabe se metendo em uma furada.

— Minha amiga, Paulo não é uma furada. E não estou com ele por *medo*. Eu o amo, Nicole. O admiro muito. E não guardei meu coração até agora pra isso.

Minha amiga mordeu os lábios e pegou minha mão.

— É bom saber.

Cerrei a mandíbula. Tentei tirar o melhor da situação. Considerar que era uma preocupação de amiga e não um julgamento precipitado. Além disso, pelo amor de Deus, ele era ótimo no que fazia. E ela bem que gostava do pãozinho francês que ele trazia para nós no fim da tarde.

— Então — ela encolheu os ombros. — Acho que você devia dizer isso a ele.

Engoli em seco. Absorvi a ideia. Meu Deus do céu, ela tinha razão! Eu precisava *mesmo*. Se Nicole podia mudar de ideia assim tão rápido, por que ele não?

— Vou dizer.

Voltei a me aconchegar na cama e me cobri até o pescoço.

— Espera um pouco — Nicole pediu, levantando-se. — Preciso te dar uma coisa.

Ela sumiu pela porta e voltou dois minutos depois, trazendo um demaquilante e umas rodelas de algodão que usei para terminar de limpar o rosto. Foi bem mais fácil do que esfregar com a toalha.

— Obrigada — eu disse.

— E... Cássia. Tem outra coisa sobre a qual precisamos conversar.

Deixei os ombros caírem. Pelo visto aquele era o dia da verdade.

30

REFÚGIO

Certo. Nicole ia se casar. Era isso que ela vinha escondendo durante todo esse tempo. Esse detalhezinho de nada que mudaria a vida dela (e, por tabela, um pouco da minha) para sempre. Mas quem é uma melhor amiga e colega de casa (a quem ela diz amar como a uma irmã) na fila do pão para *ter* que ser informada sobre uma coisa assim, não é mesmo?

Assim como eu havia previsto, Clèment (o namorado dela que trabalha com sei-lá-o-quê em Paris e, portanto — diferente do meu —, é superapto a ser o *cabeça do lar*) a pedira em casamento aos pés da Torre Eiffel, durante a viagem. Mas eu teria ficado arrasada se soubesse, porque estava subitamente complexada com aquela história de ser solteira para todo o sempre (foi ela quem disse, não eu).

Então, veja bem, todas aquelas reuniões de trabalho eram encontros com fornecedores de casamento! Incluindo viagens longas das quais ela tinha que voltar de madrugada. Aquela loja de fachada duvidosa? Uma distribuidora de lingeries que estava organizando um chá (para o qual será mesmo que eu seria convidada?).

Era muita palhaçada para o meu gosto!

Depois de tudo aquilo eu não queria ter que olhar na cara dela tão cedo. Mesmo assim, inevitavelmente nos esbarramos pela manhã. Isso porque passei direto pela cozinha, sem tomar café.

Não é extremamente irritante como tudo nos atormenta quando estamos de coração partido? Veja o meu caso. Eu queria ir até uma padaria para não ter que encarar Nicole. Adivinhe só em quem a padaria hipotética me fez pensar?

Pois é.

Então mentalizei: "ai, garota, desencana. Ele não é o único padeiro da face da terra" (talvez o mais bonito, mas não era isso que estava em questão). Aí decidi que poderia fazer uma caminhada, mas caminhar me fez pensar nos passos que Paulo e eu estávamos disputando, o que deixou tudo instantaneamente menos atrativo.

Tomar café no Caldo da Praia até seria uma opção em circunstâncias normais, mas sobre essa eu nem preciso comentar, não é mesmo?

Soltei um suspiro e analisei todas as minhas opções amargas. No fim, decidi que, ora, era uma opção, sim. E era exatamente o que eu faria. Esbarrar com Paulo por acaso não era uma hipótese tão ruim. Eu havia mandado uma mensagem para ele naquela manhã e, apesar de ter sido sinalizada com um "visto", ele nunca respondera.

Dirigi a Joaninha até lá, mas o lugar estava fechado. O que era muito esquisito. O senhor Olivetto estava na calçada diante da porta de metal com o jornal de sempre sob o braço e o relógio de pulso erguido na frente dos olhos. Nem cheguei a estacionar. De alguma maneira, eu sabia que aquilo tinha a ver com a nossa discussão da noite anterior. Eu só esperava que tio Gonçalo não estivesse em apuros.

Está certo que ele era tipo o meu comparsa e tudo mais, mas o pobre homem só queria o bem dos netos e eu praticamente o obriguei a aceitar a oferta.

Dirigi mais à frente, até uma estátua antiga que tinha o formato de um tigre alaranjado. Havia uma padaria ali perto e, já que eu não tinha mais um namorado ou uma melhor amiga, precisava pelo menos de comida.

Pedi por um café preto e um pão na chapa e voltei a ficar cabisbaixa quando vi o senhor Olivetto passar pela porta. Baixei os olhos para a mesa e toquei na tela do meu celular para que ela acendesse. Eram nove da manhã. Impossível não me perguntar o que estava acontecendo.

Paguei a conta e decidi ir embora. O vento vindo da Lagoa atingiu meu cabelo com violência. Olhei para o tigre gigante que ficava ao lado de um posto de gasolina. Ele tinha um sorriso estático e simpático. Eu nunca entendi direito qual foi o motivo de terem construído aquela estátua que, por toda a minha vida, sempre esteve ali ao lado do posto. Agora, pela primeira vez, criei uma hipótese de que, a julgar para onde o indicador da estátua apontava, o objetivo era chamar atenção para o local.

Meu celular vibrou no bolso da calça. Eu o peguei rapidamente com o coração acelerado, era um *sms* me lembrando de um boleto que vencia em poucos dias. Um boleto. Mas que droga. Até aquilo me fazia lembrar dele. Torci a boca para o lado e apaguei a mensagem. Abri o WhatsApp e procurei por Paulo.

"Podemos conversar?", digitei. Meu dedo pairou sobre a tela por mais de um minuto. Fechei os olhos e cliquei no ícone de enviar. Esperei, esperei, mas meu aparelho só voltou a vibrar quando eu havia voltado para o carro.

"Ainda não. Me dê um tempo."

"Tudo bem", respondi. Mas a foto de perfil dele desapareceu e a mensagem nunca chegou.

Paulo tinha... me bloqueado?

Mordi os lábios e coloquei a chave na ignição.

Você não acha curioso como o amor nos torna patéticas? Quero dizer, consegui passar 32 anos da minha vida sendo ilesa ao charme de Paulo Valim. E agora estava ali, derretida por ele como metade das mulheres da cidade, e chorando pelos cantos, como metade das garotas da minha escola nos anos 2000.

A pior parte era que tudo isso tinha acontecido no meio da minha folga e, desse modo, eu não tinha com o que ocupar a cabeça, o que quase me fez perder o juízo. Todo e qualquer passatempo se tornava uma lembrança dele. Até mesmo assistir a *Top Gun* me levava a pensar em como o Tom Cruise nem era tão bonito assim (Paulo era muito mais).

E tudo isso era uma grande droga. E tornava o fato de que no final de semana eu estaria escalada para trabalhar (e, portanto, não iria ao culto e não me encontraria com ele) ainda pior. Se as coisas continuassem daquele jeito, acabaríamos só nos encontrando de novo no retiro dos adolescentes. *Se*, depois de tudo aquilo, ele ainda estivesse disposto a me ajudar com o retiro.

De todo modo, não teve jeito. Eu tive que aguentar ficar longe dele (e sem nenhum contato) por seis longos e *agoniantes* dias, até estar de folga de novo.

Bem, dei o tempo que pediu, mas aquilo já tinha ido longe mais (eu já não aguentava mais). Então, fui ao Caldo da Praia na minha primeira oportunidade.

Tio Gonçalo foi quem me recebeu. Ele sussurrou um "graça e paz" e me deu um abraço demorado. Me serviu um caldo de cana e começou a falar de coisas triviais. Mas quando perguntei sobre Paulo e ele ficou me sondando com aquele olhar perdido, percebi que não conseguiria arrancar nada dele. O homem sabia ainda menos do que eu.

A única informação que consegui a respeito de Paulo foi a de que ele havia discutido com o pai, que Estevão se metera na briga (o que o fez também discutir com o irmão) e que vinha fazendo horas extras na padaria, porque trancara o seminário e agora tinha a noite livre. O que era absurdo e desnecessário. Ele estava na metade do último semestre. Faltava tão pouco.

Receber aquela notícia foi o suficiente para acabar com o meu humor pelo resto do dia. Por que ele tinha que ser tão orgulhoso e irritante? Toda aquela dificuldade de comunicação consumia até a última gota das minhas energias. Eu estava começando a resgatar pequenos flashes da minha conversa com Nicole. Será que ela não tinha nem um pingo de razão? Será que tudo aquilo não era complicado demais mesmo?

Tentei silenciar aquelas perguntas na minha cabeça, colocando--as naquelas caixinhas terapêuticas imaginárias, mas elas ficavam se abrindo, de novo e de novo, a droga do dia inteiro. E isso não só fez meu peito voltar a doer como me levou a me trancar no meu quarto e, finalmente, chorar.

Eu não sabia que uma garota era capaz de ensopar um travesseiro com lágrimas. Muito menos que *eu* podia ser esse tipo de garota. Mas lá estava eu. No auge da minha tristeza, molhando a fronha *e* o lençol até ficarem inutilizáveis e precisarem ser jogados no cesto de roupas sujas.

Depois de trocar a roupa de cama, agarrei-me à minha Bíblia e chorei também abraçada a ela.

Sabe o que era engraçado? Eu me lembrava do exato momento da minha vida quando me dera conta da minha condição pecaminosa. Eu era criança. Não me lembrava de que idade tinha, mas me lembrava da experiência. E me lembrava da sensação.

Eu lia a Bíblia sozinha em meu quarto, quase como naquele momento. Sentada na minha cama, exatamente como estava agora. Mas era madrugada. Ou pelo menos tarde o suficiente para que todos na casa dos meus pais estivessem dormindo. Eu lera Jeremias 17:9–10:

> **Quem pode entender o coração humano? Não há nada que engane tanto como ele; está doente demais para ser curado. Eu, o Senhor, examino**

> **os pensamentos e ponho à prova os corações. Eu trato cada pessoa conforme a sua maneira de viver, de acordo com o que ela faz.**

Fui tomada, de repente, por um profundo senso de terror.

Meu Deus, eu de nada valia.

Quantas vezes havia agido errado? Quantas vezes havia pecado com consciência? Quantas vezes o havia entristecido?

O desespero infantil me levou à cama de mamãe.

Primeiro eu a observei em silêncio. Ela dormia tão tranquila que parecia errado acordá-la. Estava prestes a sair, na ponta dos pés, quando, de modo assustador e inexplicável, dona Hilda abriu os olhos e chamou pelo meu nome.

Sonolenta, deslizou para o lado e abriu um espaço na cama. Eu me aninhei ao lado dela.

Afundei o rosto em seu peito e confessei o meu medo: jamais herdaria o céu. Eu não era digna.

Mamãe sentou-se comigo na cama. Acendeu um abajur na mesa de cabeceira. Folheou a própria Bíblia, abriu em Jeremias 18 e passou o dedo pelo capítulo.

> **Mas, se essa nação ou esse reino abandonar a sua maldade, então eu mudarei de ideia a respeito daquilo que tinha prometido fazer.**

Depois ela citou Romanos 3:23, "Todos pecaram, todos foram destituídos de sua glória", e em seguida leu Romanos 6:14–23:

> **O pecado não dominará vocês, pois vocês não são mais controlados pela lei, mas pela graça de Deus [...] Pois o salário do pecado é a morte, mas o presente gratuito de Deus é a vida eterna, que temos em união com Cristo Jesus, o nosso Senhor.**

Quando apagamos a luz, eu voltei a me aninhar a ela, mas havia calma no meu coração. Fui à mamãe porque percebi que não era digna. Mas ela me fez entender o óbvio, algo que eu já sabia, mas finalmente começava a entender: *ninguém era*, mas o perdão era presente gratuito.

Por isso, agora que a angústia me dominava, eu sabia a quem deveria recorrer. *Onde* deveria ir.

Havia um lugar onde eu poderia encontrar refúgio. Onde poderia encontrar perdão.

Perdão por ter mentido. Mesmo por um motivo que me parecia bom.

Perdoe-me, Deus. Eu devia ter feito do jeito certo.

Havia um lugar de onde o amor original emanava. Um amor que visitava cada cantinho vazio do meu ser e o preenchia. Uma atmosfera ímpar se criava quando eu estava sozinha com *ele*, sendo tomada pelo mover do Espírito Santo.

Nele eu era satisfeita.

Nele eu era preenchida.

Então, pela próxima hora, perdi-me nesse lugar. Entre as páginas dos salmos eu pude adorá-lo. Abri a boca e emiti louvores sinceros entre as lágrimas. Deixei que minha voz ecoasse, reverberasse para fora do meu quarto, através da janela e talvez pelos cômodos vazios da casa, clamando pelo consolo que mais ninguém poderia me dar.

Quando abri os olhos e sequei o rosto, percebi que meu espírito estava diferente. Eu estava envolvida por emoção e paz.

Mas a saudade de Paulo ainda estava ali.

Bem, eu nunca tinha chegado *naquela* fase.

Por toda a vida busquei ao Senhor procurando servi-lo com o que tinha, com tudo o que meu coração ansiava. E pela primeira vez me dei conta de que o que meu coração ansiava agora era também mais uma forma de adorá-lo. Mais uma forma de servi-lo. Ao lado de alguém cujo caráter eu conhecia. Alguém que eu não duvidava que vivia a vida para Cristo. E que daria a vida por mim.

Meu suspiro saiu como um gemido.

Por que eu tive que mentir para ele, Senhor?

Meu corpo havia se tornado uma coisinha franzina e curvada. Enclausurado na pontinha de angústia que voltou a surgir, como um brotinho que despertava em terra úmida.

Eu o conhecia. Simplesmente o conhecia. Aquilo não acabaria bem.

Fechei os olhos. De novo. Depressa.

— Oh, Deus. Ajude o Paulo a abrir o coração para me perdoar — supliquei, de novo e de novo, e então me calei.

Deixar o desespero me tomar outra vez não traria nada de bom. Tudo o que eu podia fazer era confiar em Deus. Esperar. Nada fugia do controle *dele*. Ele conhecia o meu futuro.

Eu falaria com Paulo. As coisas se resolveriam. Ou não. Levei uma mão ao peito. O Senhor me sustentaria, fosse qual fosse o desfecho.

Sequei as lágrimas e caminhei até a sala. Já era noite e as meninas não estavam em casa. Sentei-me no sofá, apontei o controle remoto para a TV e vaguei pela Netflix indefinidamente, até que perdi a paciência e joguei o controle de lado. Peguei o celular e abri o Conte os Passos. Me senti um pouco ridícula por ter que recorrer a um aplicativo para conseguir falar com meu namorado, mas mandei uma mensagem assim mesmo.

"Isso já foi longe demais. Precisamos conversar."

Digitei e enviei. Fechei o aplicativo. Estiquei o corpo através do sofá para alcançar o controle remoto. Como era mesmo o nome daquele dorama que eu precisava assistir? Antes que eu pudesse clicar no campo de busca, meu telefone vibrou.

"Amanhã a gente se fala na igreja, pode ser? Estou na padaria hoje e tá meio corrido por aqui."

"Ok", respondi e desliguei a televisão.

31
SUSSURROS

No outro dia, cheguei à igreja um pouquinho mais ansiosa do que gostaria de admitir. A escola bíblica começava às oito — é cedo, eu sei, mas é assim por aqui — e naquele domingo haveria uma classe única. O que, para resumir, significava que todas as classes de jovens e adultos seriam reunidas em um grande grupo no templo. Apesar de ser uma das primeiras a chegar, sentei-me na última fileira.

Eu olhava para a porta cada vez que alguém entrava, esperando que fosse ele. Faltavam dois minutos para as oito quando os meninos Valim chegaram. Eles andaram até a segunda fileira e se acomodaram do lado de Calebe. Fiquei imediatamente tensa. Meus olhos ainda estavam focados nos dois quando Paulo pigarreou ao meu lado.

— Posso passar? — Ergui os olhos. Ele apertou os lábios em um cumprimento discreto. — Ou esse lugar é de alguém? — Apontou para a cadeira vazia ao meu lado.

— Não — respondi. — Quero dizer, agora é seu.

Recolhi as pernas para debaixo da cadeira. Paulo deu uma piscadinha, passou por mim e, acomodando-se ao meu lado, tomou a minha mão.

Baixei os olhos para os nossos dedos entrelaçados. Depois olhei ao redor. Ninguém parecia interessado em nós. Paulo mantinha a atenção no pastor Gabriel que começava a se posicionar atrás do púlpito. Simples assim.

Fitei nossas mãos de novo. Examinei meus pensamentos. Havia um misto de alívio e incredulidade. Mas o sentimento que mais me dominou naquela hora foi a mais pura e sincera... confusão.

— *Por que está fazendo isso?* — perguntei em um sussurro.

Paulo virou o rosto em minha direção.

— Hã?

— *Shhh* — pedi silêncio, olhei ao redor outra vez e apontei para nossas mãos com a cabeça. — *Isso.*

Ele pestanejou devagar.

— Você vai ter que explicar.

Tapei a boca dele com a mão.

— *Fale baixo!* — Caramba, ninguém precisava ouvir. — *Por que você está segurando a minha mão?*

Paulo enfim pareceu entender que precisava abaixar a voz e respondeu no mesmo tom:

— *Porque você é minha namorada?!*

Eu o fitei em silêncio. Será possível que ele não fazia ideia de quantas lágrimas o fim hipotético do nosso namoro me fez derrubar?

— *Ah, sou?*

O homem abriu a boca. Depois voltou a fechá-la. Por um instante, ficou lívido. Pálido como nunca vi na vida. Inclinou o tronco para mais perto de mim.

— *Que história é essa?*

Fitei-o em completo descrédito, recusando-me a acreditar que ele ia bancar o desentendido. Na igreja. Pelo amor de Deus, ele tinha me *bloqueado*. Me ignorado a semana inteira. A surpresa inicial passou a dar lugar a uma ligeira irritação. Abri a boca para responder.

— ...A irmã Cássia — pastor Gabriel disse, o que me fez prender a respiração e voltar a cabeça para a frente.

Ele estava falando comigo? Ai, meu Deus. Eu não ouvi uma só palavra. Paulo esfregou a testa e remexeu a perna em um siricutico.

— Amém! — respondi, não tinha certeza de para quê.

Forcei um sorriso. Todos os rostos se viraram para trás. Para mim. Ai, não. O que eu havia acabado de aceitar?

Pensa, Cássia. Pensa.

— Vamos ficar de pé — disse o pastor. Obedeci na mesma hora. Um silêncio estranho se formou, como se todos estivessem esperando por alguma coisa. O pastor me encarou, com um vinco de confusão entre as sobrancelhas. — Pode orar, irmã Cássia.

Ah, era isso? Ufa. Baixei a cabeça e orei, entregando aquela manhã ao Senhor, e pedi para que nos instruísse na Palavra. Depois disso não tive mais coragem de discutir com Paulo, e passei a focar no que estava sendo dito na classe. Pelo menos até o meu... bem, *meu namorado* pegar minha mão de novo.

Minha racionalidade foi para as cucuias.

Devagar, inclinei o corpo em um ângulo que me aproximava do ouvido dele.

— *Você bloqueia todas as suas namoradas no WhatsApp?*

Paulo enrijeceu na cadeira e não olhou para mim para responder.

— *Você é a única namorada que eu tenho...* — ele enroscou ainda mais a minha mão e ficou completamente sério — *ou tive nos últimos doze anos.*

— *Ah, desculpa. Eu não sabia se ainda era sua namorada.*

— Cássia, olha aqui... — Paulo se interrompeu quando o diácono que estava sentado na nossa frente virou a cabeça para trás. Ele segurou a língua até o homem perder o interesse e, outra vez, moderou o tom de voz. — *Não sei do que você está falando. E não te bloqueei em lugar nenhum!*

Tentei soltar a mão, mas ele a segurou com mais força. Naquele exato momento, por instrução do pastor, a congregação começou a cantar o hino 366 do Cantor Cristão.

"Em nada pooonho a minha fé..."

— *Sua foto desapareceu!* — acusei. — *E minhas mensagens pararam de chegar. Como você explica isso, então?*

Ele fechou os olhos por dois segundos e soltou um suspiro lento.

"Senão na graaaça de Jesus..."

— *Foi porque desinstalei o aplicativo.*

Eu juro que consegui imaginar a minha própria cara de incredulidade.

— *Dá no mesmo!* — ralhei tanto quanto se pode ralhar baixinho. — *Você tá me ignorando por dias!*

— *Não estou. E não dá no mesmo, não, senhora* — ele respondeu.

"A minha fé e o meu amooor estão firmados no Senhooor..."

— Es-tão firmaaados no Senhor — cantei. — *Shhh* — pedi silêncio, irritada. — *Eu amo esse hino!*

Paulo franziu a boca até ela formar uma linha, mas esperou em silêncio até que o hino acabasse. Cantar tudo sem rir da agonia dele foi um tanto desafiador, mas valeu a pena.

Depois que acabamos, pastor Gabriel nos mandou abrir a revista na página da lição do dia. Em um contorcionismo com a minha única mão livre, abri a minha sobre o colo e comecei a procurar pela página. Pelo visto, Paulo não havia levado a dele.

— *Eu te disse* — ele continuou. — *Que iria "ficar na minha" por um tempo.*

— *Não disse, não. Você disse "vamos dar um tempo" e depois desapareceu por uma semana.*

Ele arregalou os olhos e, levando a boca ao meu ouvido, falou com urgência:

— *Pelo amor de Deus! Não foi isso que eu quis dizer. Não era esse tipo de tempo. Eu estava aborrecido. Ainda estou!*

— *Então solte a minha mão, por gentileza* — pedi, mas não fiz menção de retirá-la de sob a dele.

— *Não vou fazer isso.*

— *E por que não?*

— *Porque você ainda é minha namorada e eu te amo.*

Senti o corpo relaxar. Era ridículo. Ele era um ridículo por ter desaparecido e eu era patética por me derreter com aquilo. Mas, ora, ora, ele ainda me amava. Passei os últimos seis dias achando que o idiota me odiava. Tudo estava confuso, mas eu estava *muito* satisfeita.

— *Obrigada* — eu disse com uma curva no canto dos lábios.

— *Pelo quê?*

— *Você disse que me ama* — respondi.

— *Isso não é novidade nenhuma.*

Bom, era *alguma* novidade para mim, depois daquela semana de agonia. Ele pensava o quê? Eu, hein. Tá certo, eu tinha pisado na bola e mentido para ele por anos. Havia esse detalhezinho. Mas eu achava mesmo que precisávamos conversar. Resolver aquilo de uma vez. Como os dois adultos que éramos (embora não parecesse muito no momento).

Paulo voltou a se calar. Virei-me para a frente. O pastor estava falando sobre a reconstrução do muro de Jerusalém. O que foi curioso, porque eu havia começado a ler o livro de Neemias naquela semana. Eu adorava aquele tipo de coincidência. E até podia apreciá-la agora que sabia que Paulo ainda me amava.

— *Eu também te amo, a propósito.*

Ele abriu um sorriso fraco, o olhar tão triste que meu coração doeu.

Nicole podia estar errada sobre muitas coisas que diziam respeito a Paulo, mas, em uma, ela tinha razão.

Não seria simples.

Não como eu gostaria que fosse.

Depois da escola bíblica, participamos da celebração. E, ao final do culto, do lado de fora dos portões da igreja, tio Gonçalo e tia Luísa passaram por nós e só me deram um tchauzinho de longe. Deduzi que as coisas ainda estavam esquisitas entre eles, mas não me atrevi a tocar no assunto. Quando os dois estavam quase alcançando a esquina, Paulo me puxou para um abraço.

— *Senti uma saudade horrível* — ele sussurrou, imitando o jeito como falávamos dentro da igreja.

Afundei o dedo na camisa dele. Fechei os olhos. Apreciei seu perfume. Nos meus pensamentos mais catastróficos eu acreditei que nunca mais teríamos um momento como aquele. Meu terapeuta está de prova.

— Não precisava ter sentido. Você não tinha que sumir daquele jeito.

Ele levou uma mão ao meu rosto e deslizou o polegar pela minha bochecha.

— É difícil explicar como estou me sentindo. Estou muito magoado, Cássia. Ao mesmo tempo, estou desesperado. Desesperado de saudade. Desesperado por uma solução para *remediar* isso... uma solução impossível.

Levei uma mão à testa para tentar aliviar uma pequena pontada na têmpora.

— Paulo, não existe nada para remediar.

— Há, sim. Mas não quero brigar de novo. Já chega.

Encolhi os ombros e dei um passo para trás.

— Então é isso? Vai me perdoar e seguir em frente?

— Ah, Cássia. Se você ao menos entendesse. Eu não tenho outra opção. Eu levei *muito tempo* para conquistar você. Muito tempo desejando *isso*. Não vou abrir mão de tudo por causa de uma bobagem que *você* fez. Mas isso não torna as coisas mais fáceis. Pelo contrário. Eu só quero dar um jeito de mitigar os danos.

— Os danos — repeti, angustiada. — Foi por isso que você largou o seminário?

— Também.

Mordi o lábio inferior. Foi difícil segurar o impulso de gritar que aquilo não fazia o menor sentido, de perguntar "Você não acha que foi meio impulsivo?" ou "Você sequer orou por isso?", mas eu também não queria discutir. Então pensei por um segundo e procurei pelas melhores palavras.

— Mas você já estava concluindo. Falta tão pouco. Precisava disso? É o seu ministério, Paulo.

— Eu posso esperar. O seminário não vai a lugar nenhum. E não vou permitir que você continue gastando seu dinheiro comigo.

Levei as duas mãos ao rosto.

— Não estou gastando com você, é com o Erick!

Paulo fez uma careta, o rosto ficando cada vez mais rubro. A mandíbula rígida indicando que começava a perder a paciência.

— Dá no mesmo. Você está economizando o meu dinheiro e gastando o seu. Quando nessa vida eu vou poder pagar por isso?

— Pagar pelo quê? Meu Deus, é uma oferta! O conceito é simples: você não devolve!

— Uma oferta secreta? — ele perguntou um pouco alto demais. Encolheu-se depois de ouvir a própria voz. Olhou ao redor e me puxou para mais longe do portão. — Cássia, não foi só uma oferta. Foi uma mentira. Eu sei que você fez isso com a melhor das intenções. Bom, pelo menos na sua cabeça. Mas não é só humilhante. Essa mentira toda...

— Você está sendo orgulhoso.

— É decepcionante.

Tá bem. Ele tinha um jeito exótico de me machucar. Bastava aquilo. Um olhar com o brilho diferente. Uma palavra afiada como uma lâmina. Amar Paulo me ensinava muito, até mesmo naquele momento. Com ele aprendi que há certas palavras que, a depender do interlocutor, podem ferir mais do que navalhas.

— Será — minha voz estava prestes a ficar embargada; eu soltei um pigarro e fechei as mãos em punho ao lado do corpo para manter a compostura — que você vai me perdoar?

— Garanto que vou.

— Mas você está "decepcionado" — falei com desdém. — Será que não é irremediável?

— Olhe aqui — ele tocou meu queixo. — Olhe para mim.

Ergui os olhos.

— Isso não está em jogo. Nosso *relacionamento* não está em jogo. Eu garanto a você. Será que pode se contentar com isso agora?

— É um pouco... hã... difícil de acreditar.

— Por quê? Não fui eu que menti.

Ali estava a navalha de novo.

— Tá certo. Sou eu a mentirosa.

— Você está arrependida, Cássia? — Eu o fitei. — Seja honesta comigo. Está?

— Opa! — a voz do pastor Gabriel soou ao longe. — Vamos, Paulão?

Fechei os olhos. O que era aquilo agora? Achei que conseguiríamos conversar, mas não tínhamos resolvido nada.

— Para onde você vai? — perguntei, voltando a fitá-lo.

— Levar os instrumentos para o sítio, na kombi.

O sítio. O retiro seria no fim de semana seguinte. Pelo menos Paulo ainda estaria lá. Soltei um suspiro triste e dei um passo para trás.

— Tá bom. Boa viagem.

— Obrigado — ele disse. Eu desviei os olhos. — Não esquece o que eu te disse, tá?

Fiz que sim com a cabeça e dei as costas. Olhei para os dois lados da rua e a atravessei, correndo na direção da Joaninha.

A verdade era que eu nem sabia do que tinha que me lembrar.

32

UM CAMPEONATO

Ativei o Conte os Passos e tomei a decisão de sair para caminhar na manhã seguinte. Meu coração estava dividido. Em parte, sentia alívio por ter encontrado Paulo, em parte, tristeza por como as coisas ainda estavam. A sensação insistente de que nada nunca voltaria a ser como antes latejando nos pensamentos que eu não conseguia espantar. Resolvi vestir um maiô por baixo da roupa. Talvez um mergulho me ajudasse a desanuviar.

Coloquei fones de ouvido, peguei uma *ecobag*, abri o portão e fui a pé até o Caldo da Praia. As coisas estavam estranhas. Não apenas porque eu saíra de casa caminhando, mas porque havia certo alvoroço naquela manhã. Agradeci em silêncio por não ter ido com a Joaninha, como de costume, porque as ruas estavam repletas de carros estacionados. Seria impossível encontrar uma vaga. A lanchonete estava lotada e uma aglomeração de pessoas se formava do outro lado da rodovia, na orla da praia.

Da porta, procurei por tio Gonçalo e o vi, todo enrolado, atrás do balcão. Fui até lá e me sentei na única banqueta disponível.

— Graça e paz, filha — ele cumprimentou.

— O que tá havendo? — indaguei. — De onde saiu toda essa gente?

Ele riu e serviu o copo de uma moça que estava sentada próxima a mim.

— Ah, é uma etapa do campeonato de canoa havaiana, você não estava sabendo?

Mordi os lábios com os olhos fixos no azulejo atrás dele.

— Eu nunca presto atenção nessas coisas.

Tio Gonçalo afunilou os olhos e apertou os lábios.

— Está de folga?

— Aproveitando os últimos momentos. Amanhã volto ao trabalho.

Ele ficou me encarando com aquele olhar preocupado.

— Como estão as coisas? — perguntou, abrindo a caixa registradora para pegar o troco da cliente.

— Tudo bem. — Fiz uma pausa. — Vai ficar tudo bem.

Ou era isso que eu esperava. Soltei um suspiro e olhei ao redor, vi tia Luísa servir uma mesa a alguns metros. Era tão raro vê-la aqui que foi inevitável estranhar a cena. Ela sinalizou com um tchauzinho e voltou a dar atenção para a família na mesa.

— Ele não está aqui.

Virei o rosto para olhar para tio Gonçalo. Pelo visto eu era ridiculamente transparente.

— Ah, tá bom. Na padaria, né?

— Não. — O homem fez um sinal com a cabeça para o outro lado da rua. — Eu o expulsei. Estava me deixando maluco, e achei que ele podia relaxar um pouco assistindo a algo que goste.

— Mas não tá meio cheio? Vocês não estão precisando de ajuda?

— Pra você ver *quanto* ele estava me enlouquecendo.

Dei uma risadinha desacreditada e o fitei em silêncio. Tio Gonçalo já dava atenção para outro cliente. Quando ele terminou de passar o cartão do homem, Elias passou pela porta de trás com uma bandeja cheia de pedidos.

— Ei?! — ele disse quando me viu. O olhar triste e o tom de voz incerto o denunciavam. — Tudo bem?

Apertei os lábios. Era definitivo. Todos sabiam que tínhamos brigado.

— Tudo certo, garoto.

Ele anuiu e fixou os olhos nos meus, como se procurasse as palavras. Chegou a entreabrir os lábios, mas alguém gritou de uma mesa:

— Ei, garoto! Camarão com catupiry?

Arregalei os olhos e articulei um "vai lá", retorcendo os lábios para baixo.

— Eu posso ajudar — falei para o tio, mas ele me respondeu apoiando uma mão na cintura.

— Mas será possível que vou ter que expulsar mais uma?

Eu estava prestes a protestar, quando tia Luísa surgiu, do nada, por trás de mim:

— Vá logo atrás do seu homem — e se afastou lançando uma piscadinha.

Eu nunca achei que iria atrás de qualquer homem na vida, muito menos que *teria um* para fazer isso. Mesmo assim, diante daquela ordem, eu só me levantei da minha cadeira e caminhei na direção da rodovia para atravessá-la.

Havia uma agitação incomum na Lagoa, barraquinhas coloridas vendendo coisas ao longo da orla, e as canoas enfileiradas na água. A sirene soou e as equipes começaram a remar, causando uma comoção geral à minha volta. Gritos e assobios explodiram. Olhei ao redor, constatando que seria impossível encontrar Paulo no meio das torcidas alvoroçadas, quando vi, em uma porção distante quase vazia da faixa de areia dois homens sentados em cadeiras listradas sob um guarda-sol.

Eram como uma manchinha a distância, e mesmo assim eu conseguia reconhecê-los. Tirei meu tênis de caminhada e andei até eles pela porção seca e quente da areia. Os dois se viraram em minha direção. Erick se levantou antes que eu os alcançasse. Ele estava só de bermuda, o cabelo molhado. Cumprimentou-me com o aperto de mão típico da nossa "panelinha" e depois saiu sem dizer nada. Paulo recostou-se na cadeira e me lançou um olhar preguiçoso, depois fez um sinal com a cabeça na direção do lugar vago para que eu me juntasse a ele.

O tecido estava molhado, então fiquei de roupa de banho e coloquei a minha roupa de caminhada dentro da *ecobag*. O vento soprava meu cabelo sob a sombra do guarda-sol. Ficamos os dois em silêncio, até Paulo estender a mão para mim com um de seus fones sem fio. Eu tinha trazido os meus, mas estava conectado ao meu celular, na *ecobag*, por isso aceitei mesmo assim.

Abraça-me, do David Quinlan, começou a tocar suavemente. O horizonte se estendia à nossa frente, brilhando sob o sol. O céu em um azul vibrante como se estivéssemos em janeiro. As nuvens refletindo no espelho d'água. Paulo esticou a mão espalmada para cima. Entendi que era um convite para encaixar a minha ali.

Entrelaçamos nossos dedos e trocamos olhares silenciosos. Suspirei e recostei na cadeira. Um pequeno vinco confuso se formou no intercílio de Paulo.

— Eu sei que já falamos sobre isso, mas... vai ficar *mesmo* tudo bem? — perguntei em um sussurro.

Ele apertou os lábios.

— Já está tudo bem — respondeu.

Meu coração apertou. Como ele podia dizer isso? Eu dei um sorriso triste.

— Não é o que parece.

Paulo pressionou os lábios, suas maçãs do rosto estavam salientes e avermelhadas pelo calor.

— Dê tempo ao tempo, Abelhinha. Dê tempo ao tempo.

Então assenti. Não havia nada mais que eu pudesse fazer.

Levantei-me e andei na direção da água.

33

PEQUENO CONTRATEMPO

Horas mais tarde eu estava deitada em minha cama quando meu telefone tocou.

— Oi, pastor — atendi, curiosa com o contato inesperado.

— Oi, querida. Não conseguimos conversar ontem pela manhã. Estou ligando para confirmar se você conseguiu trocar a escala.

Levei uma mão à testa. Eu tinha me esquecido daquilo. Bem, não tinha me esquecido, *esquecido*. Só me esqueci de contar para ele.

— Não. A pessoa que trocaria comigo na sexta-feira está com dengue e em cima da hora assim não dá pra conseguir ninguém. Vou perder o primeiro dia, desculpe.

Pastor Gabriel soltou um suspiro do outro lado.

— Tudo bem, a gente...

— Pastor?

— Desculpe, querida. Estamos perto de... no sítio. O sinal aqui está... — uma interferência me impediu de escutar o resto.

Mas eu sabia que ele provavelmente havia completado com algo como "péssimo" ou "horrível".

— Eu vou... ao... para... na primeira... então. Eu acho... vai... melhor. Tudo bem?

— Pastor! — Sentei-me na cama tapando um ouvido (o que em nada melhorou a qualidade da chamada). — Não estou conseguindo entender! Mas faça como achar melhor. Estarei lá no sábado.

— Acho que... bem, querida. Eu... com ele. Até... abraço.

— Outro. Tchau.

Coloquei o telefone de lado e voltei a me deitar de costas, com as mãos entrelaçadas repousadas na barriga. Enquanto encarava as hélices do ventilador de teto que giravam e giravam, sentia os movimentos da minha respiração. Orei em silêncio pelo retiro. Por Paulo, pelo seminário, por nosso relacionamento. Desejei, do fundo da alma, que as coisas não fossem mais complicadas do que podíamos suportar.

Nesse momento, um toque leve me levou a olhar para a porta. Um segundo depois, Nicole passou por ela.

— Posso entrar? — ela perguntou.

— Claro — eu disse, pegando impulso para me levantar. — Por que não?

Ela me olhou, séria.

— O que eu tenho que fazer para você se esquecer do que aconteceu?

— De você ter passado um mês organizando um casamento sem ter me contado? Deixa eu ver... — respondi. — *Esquecer* é um pouquinho difícil.

— Cássia, eu não queria te magoar!

— Mas magoou — a frase soou ridícula até mesmo para mim.

Quero dizer, era o dia mais importante da vida dela e, de repente, eu me sentia como se eu estivesse fazendo tudo ser sobre mim. Sobre a nossa amizade. O que na verdade não era muito justo. Eu sabia que deveria estar feliz por ela, mas havia aquela enorme porção ferida do meu orgulho que tornava tão difícil deixar de me ressentir.

E, fala sério, nada disso seria um problema se ela tivesse me contado tudo desde o início.

— Você estava muito sensível e... eu só estava esperando o momento certo. Você nunca magoou alguém sem querer?

Desviei os olhos para os pés. Aquilo era golpe baixo.

— Olha, Nicole — eu disse, reflexiva. — Sabemos que eu vou te perdoar de um jeito ou de outro. Somos irmãs e eu amo você. O nosso... — Fiz uma pausa para engolir em seco. — Nosso relacionamento não está em jogo.

Levantei os olhos para fitá-la. Pude sentir as pequenas pecinhas se encaixando no meu cérebro.

— Só dê... tempo ao tempo.

De repente ficou óbvio. Eu era a Nicole no meu relacionamento com Paulo. Perceber isso me fez parar e ponderar as próximas palavras.

— Eu entendo seus motivos e a sua... — Fiz uma pausa. Era ridículo como a situação era parecida. — A sua boa intenção ao se preocupar com os meus sentimentos. Mas eu queria ter participado disso com você. Queria poder ter me alegrado com você. Ajudado a escolher o vestido.

— Bem, eu ainda não escolhi...

Cobri os olhos com as mãos. Eu ainda estava muito chateada. Não passaria assim, de repente, *puff*. Nicole me conhecia o bastante para saber disso.

— Vai ficar tudo bem. A gente é amiga e sempre vai ser.

Ela anuiu, incerta, mas não disse mais nada. Apenas caminhou na direção da porta.

— Se serve de alguma coisa — Nicole sussurrou com a mão na maçaneta. — Estou profundamente arrependida. Se eu pudesse voltar atrás, teria agido diferente.

Aquilo me fez refletir. Nicole estava arrependida. E, se estava arrependida, era digna de perdão. Quanto a mim... teria feito tudo diferente? Não sabia se poderia dizer o mesmo. Depois que ela saiu, enfiei-me debaixo do cobertor e voltei a orar.

Ter aquelas coisas todas acontecendo ao mesmo tempo me causou uma variedade preocupante de sentimentos negativos. Vergonha, irritação, desespero e... ressentimento.

Ao menos minha conversa com ela me fez entender o que ele queria dizer quando disse que precisava de um tempo. Desse modo, deixei-o em paz naquela semana. Não recebi nada além de um coraçãozinho e um aviso, na sexta-feira, de que ele estava subindo a serra. Algo simples, mais ou menos assim:

"Chegou o dia. Te vejo amanhã."

E um emoji daqueles chapeuzinhos de festa.

No sábado, depois de arrumar a minha mochila para o retiro, chamei Nicole para tomarmos café juntas. Fiquei pensando nela o tempo todo no trajeto de carro na volta do trabalho na noite anterior. E percebi que demonstrar um pouco da graça que queria receber faria bem não só para mim, mas para a nossa amizade. Passamos um tempo juntas, falando sobre doces finos, bem-casados e fornecedores, e, um tempo depois, ela saiu para o pilates.

Enquanto eu lavava a louça, recebi uma mensagem do pastor Gabriel me pedindo para passar no gabinete. Achei que àquela altura ele já estaria no sítio, mas me lembrei de que não havia entendido bulhufas do que me dissera na nossa última ligação.

Respondi dizendo que passaria lá em alguns minutos e continuei lavando os talheres com tranquilidade. O que, pensando bem, foi meio engraçado. Quando eu era adolescente, ser chamada ao gabinete do pastor era equivalente a ir parar na diretoria. Se você fosse convocado, querido irmão, era porque estava em apuros. Mas agora que sou adulta é mais "hum, o que será que ele está tramando?".

Depois de guardar a louça, coloquei minha mochila no banco de trás da Joaninha e dirigi até a igreja. Usei um elástico para prender o cabelo em um coque mixuruca (porque estava ventando muito lá fora). O céu cinza prenunciava que iria chover. Entrei na igreja com a ideia de não me demorar, porque não queria subir a serra sob um temporal e, honestamente, estava morrendo de saudades do meu namorado. Encontrei a porta do gabinete aberta e o pastor estava concentrado em uma papelada qualquer. Shaiane, a esposa dele, estava ao seu lado.

— Ah! Oi, querida. Pode sentar — ele disse ao me ver. — Antes de a gente ir, eu gostaria de conversar a respeito de uma coisa.

— Vou esperar ali — Shaiane apontou na direção de uma antessala.

Ela caminhou até lá e deixou a porta entreaberta. Abriu um *notebook* e colocou fones de ouvido.

Eu não sabia (não tinha escutado) que iríamos juntos, então de certa forma estava grata por ter sido chamada para aquela conversa. Do contrário, teria largado os dois para trás. Precisei confessar isso ao pastor, que, depois de soltar uma longa risada, explicou-me que Paulo fora no carro dele para o sítio, já que a kombi não comportava todos os adolescentes.

— Foi para isso que te liguei na segunda, ora.

— Não escutei nada — admiti. — Graças a Deus que estou aqui então.

Ele curvou o canto dos lábios e apoiou as mãos na mesa.

— Mas, antes, eu gostaria de saber como você está.

— Tudo... bem — respondi, incerta.

Ele arranhou a garganta e cruzou a perna. Recostou-se na cadeira e me analisou.

— O irmão Paulo e eu conversamos ontem. Porque, bem... havíamos pensado em programar o concílio para a ordenação dele para o próximo semestre e, como você deve presumir, isso vai ter que ser adiado.

Entreabri os lábios e soltei o ar devagar.

— Então o senhor ficou sabendo.

— Fiquei... preocupado com você. — Eu nem imagino a cara que estava fazendo, mas não deve ter sido muito boa, já que ele se sentiu na obrigação de completar. — Você foi muito generosa em ajudar os meninos. Não vou entrar aqui no mérito do método, com o qual eu não concordo, a não ser que você queira.

— Acho melhor não — disparei. — É meio... hã... desconfortável.

— Tudo bem. É um direito seu. Eu a conheço o suficiente para saber do seu caráter, mas também conheço seu namorado e... bom, sabemos que ele é bem cabeça-dura.

Apertei os olhos. Não conseguia imaginar aonde ele queria chegar. Se o pastor não me chamou aqui para me dar um sermão por ter mentido, o que ele queria comigo?

— Ele é, sim — concordei com cautela.

— Enfim, aconteceu uma coisa. Conversei com a diretoria da igreja, e tomamos uma decisão.

— Uma coisa? Decisão?

Eu não sabia qual das duas eu queria ouvir primeiro — *se* queria —, ou o que eu tinha a ver com qualquer uma delas. Mesmo assim, aprumei a postura na cadeira, e esperei pela explicação.

— Quero fazer uma oração — disse o homem. Eu assenti e fechei os olhos. — Senhor Deus, nosso Pai. Clamamos que o Senhor abençoe e conduza essa conversa. É em nome do teu filho Jesus que oramos, Amém.

— Amém — respondi e o encarei em expectativa.

O pastor entrelaçou uma mão na outra, uma mania que tinha, e descansou o pulso na mesa.

— Há duas semanas, um casal de visitantes esteve aqui em um culto de quinta-feira. Estavam a caminho de Búzios, onde moram, mas o carro acabou sofrendo uma pequena pane na Via-Lagos, na altura da entrada da cidade. Era tarde e o guincho demoraria, então os dois aproveitaram para dar um passeio.

— Tem que ter a cabeça muito fresca para isso — confessei.

— Pois bem. Que bom que tinham — ele riu baixinho. — Eles passaram na frente da nossa igreja, acabaram entrando, e no final do culto a esposa me deu um presente. Quero dizer, uma oferta. Não para mim, para a igreja.

Olhei para ele com atenção.

— Era um anel de brilhantes — ele confessou. — Descobrimos que fora avaliado em mais de cinquenta mil reais.

— Meu Deus! — Levei uma mão à boca. — Mas que anel caro é esse? Eles são ricos? — Fiquei atônita de repente. — E se for roubado?

O pastor prendeu o riso.

— Não é. Tem toda uma história por trás do tal anel, mas isso é conversa para outra hora. A esposa é ourives... — Ele se interrompeu e levou uma mão ao lábio, assumindo uma postura reflexiva. — Não é essa palavra, é uma coisa assim, só que mais sofisticada.

— Que benção! — respondi, perplexa.

Achei que não seria de bom tom completar com um “mas o que eu tenho a ver com isso?”, então apenas aguardei que ele terminasse de contar.

— Veio em muito boa hora. Estamos apoiando muitos projetos sociais, como o do centro de recuperação, e queríamos desenvolver uma coisa parecida aqui na cidade. Mas, também, eu e nossos irmãos fizemos uma reunião extraordinária ontem e decidimos, juntos, que a igreja deveria pagar pelos últimos meses do seminário do irmão Paulo.

Mordi o lábio inferior e assenti. Uma fagulha de empolgação acendeu dentro de mim. Isso seria ótimo.

— Eu até tentei ligar para ele para contar, mas...

— Lá não tem sinal.

O pastor concordou com a cabeça e sacudiu a mão de um jeito meio italiano, como o senhor Olivetto fazia.

— E o bendito *wi-fi* só parece funcionar na casa do seu Horácio. Não consigo falar com o homem. — Ele fez uma pausa e arqueou a sobrancelha. — Mas depois fiquei pensando se não foi providencial.

— Como assim?

— É que, dado o que aconteceu entre vocês, e... ora, você sabe como ele é, eu acho que ele pode, bem, recusar. Queremos abençoá-lo com isso. São poucos meses. Podemos fazer.

— E o senhor quer a minha ajuda para...

— Convencê-lo — ele completou.

Agora foi a minha vez de recostar na cadeira. O pastor me fitava com aqueles olhinhos escuros pequenos e esperançosos e me senti mal por ele. Sério, seria ótimo, se não fosse uma péssima ideia.

— Entendi. Mas, assim... eu sou a última pessoa que ele ouviria a respeito desse assunto.

Ele apoiou os cotovelos na mesa e levou as mãos entrelaçadas ao queixo.

— Acho que está enganada. Acho que seria a primeira.

— O Paulo não está exatamente feliz comigo nesse momento.

O homem soltou um suspiro. Um som de vibração irrompeu da superfície de madeira. Pastor Gabriel olhou para o lado, para um ponto onde o celular dele estava. Pegou-o e levou para perto dos olhos e depois o repousou de volta na mesa, com a tela voltada para baixo.

— Olha, filha — ele disse, retomando o assunto. — O rapaz ficou meio irritado, sim, mas ele é um cara razoável. Consegue entender por que você fez isso. — Ergueu as sobrancelhas em um arco de modo que algumas rugas surgiram em sua testa. — Não estou falando que você estava certa em enganá-lo. Não estava.

— Pensei que não íamos entrar nesse mérito — suspirei.

— É só para constar — ele girou a cadeira em poucos centímetros. — Mas ele já entendeu que você fez o que fez com boa intenção.

Abri a boca para responder, mas um trovão repentino me fez levar uma mão ao peito e olhar para a janela. Gotas grossas de chuva começaram a cair contra o vidro.

Shaiane tirou o fone de ouvido e olhou para nós através da porta entreaberta.

— Acho que é melhor a gente ir.

Eu concordei e me levantei. Pastor Gabriel acompanhou meu movimento, chamou a esposa para perto, pediu que déssemos as mãos e fez outra oração, dessa vez pela viagem. Em seguida, Shaiane e eu corremos sob a chuva até a Joaninha enquanto ele trancava a igreja.

Logo estávamos todos no carro. Tínhamos uma serra para subir e uma notícia para dar.

Olha, eu costumava me considerar uma boa motorista, mas nunca fui nenhum Ayrton Senna. Não conhecia aquela estrada direito e, caramba, não estava enxergando nada. A chuva foi ficando mais e mais intensa. Então, por segurança, paramos em um acostamento e esperamos que ela diminuísse um pouco.

O problema é que não foi rápido. Eram quase onze da manhã e tínhamos pelo menos cinquenta minutos de estrada até o sítio. Ou seja, não bastasse eu ter perdido o primeiro dia do retiro que eu mesma organizei, lá estava indo também quase metade do segundo. Um sentimento de quem deixava passar uma coisa importante começou a se apoderar de mim, e a ansiedade latejava em minhas veias.

Tentei ligar para Paulo para explicar que estávamos a caminho, mas o celular dele continuava sem área.

Coloquei a chave na ignição e sussurrei alguma coisa como "vamos encarar assim mesmo", mas o pastor apertou o meu ombro. Ergui os olhos para observá-lo através do retrovisor e ele negou com a cabeça. Droga.

Shaiane começou a orar no banco do carona, pedindo para que a chuva estiasse um pouco. Dez minutos depois que abrimos os olhos, a água que escorria torrencialmente do céu começou a ficar mais fina e se transformou em gotas. Um filete de raio de sol saiu por detrás de uma nuvem e iluminou as árvores que se alastravam ao nosso lado e acima de nós.

Abri um sorriso.

Obrigada, Senhor.

— Aleluia! — gritei, empolgada, e girei a chave na ignição.

Ninguém me impediu dessa vez. Voltamos para a estrada sob essas condições e o tempo permaneceu estável até chegarmos ao sítio. Assim que o carro estacionou, a chuva voltou a engrossar. Olhei para fora, surpresa com o barulho cada vez mais grave e intenso que a água fazia ao se chocar contra a lataria do carro. Agradeci por termos chegado a tempo, em uma oração silenciosa.

Se tenho uma convicção nessa vida é a de que Deus permite que certas coisas aconteçam com a finalidade de nos lembrar de que é *ele* que está fazendo. Na mesma hora refleti sobre o fato de que, antes de mim, esse retiro fora idealizado por *ele*.

Peguei um guarda-chuva no porta-luvas do carro e desci para abrir a porteira, mas fui malsucedida. Por mais que empurrasse... ou puxasse... ou tentasse empurrar o portão, ele não se movia. Parecia que eu estava tentando entrar lá em casa, mas um mês atrás.

Pastor Gabriel se molhou inteiro e também não conseguiu resolver. Tentei usar o celular para chamar o dono do lugar, mas agora era eu quem estava sem sinal.

Gritei por Paulo e por seu Horácio, mas, sendo abafada pelo som da chuva, nenhum dos dois apareceu. Já havíamos desistido e estávamos voltando para o carro quando avistei, ao longe, uma figura minúscula vestindo uma capa de chuva amarela fluorescente. A cena me fez lembrar daquelas piadas do pontinho amarelo.

"O que é um pontinho amarelo no meio do mato?"

"É um fandango na floresta."

Eu sei, eu também nunca entendi essas piadas. Quero dizer, qual é a graça? Mas é impressionante como é possível ter *insights* aleatórios quando se está exausta e encharcada da cintura para baixo.

De todo modo, a figura na capa amarela começou a se aproximar da porteira de maneira cada vez mais urgente. Era seu Horácio. Antes de nos alcançar, ele usou um pequeno controle remoto para fazer o portão roncar e abrir. Fiquei surpresa. Da última vez, aqui não era tão tecnológico.

— Entrem, entrem. — O homem agitou as mãos freneticamente.

Só então percebi que ainda estava do lado de fora da Joaninha, ainda sendo molhada pela chuva violenta.

Corri para o carro e o conduzi para dentro do sítio. Estacionei em uma área coberta, entre o carro do pastor e a kombi da igreja. Seu Horácio nos ajudou a tirar a bagagem do banco de trás.

— Onde estão todos? — pastor Gabriel perguntou, olhando na direção da capela (que, a muitos metros de nós, estava fechada, cercada de lama, e sem luzes acesas) e depois para o relógio. — Nos alojamentos?

Eu também conferi meu pulso para ver a hora. Meio-dia.

Seu Horácio jogou o gorro da capa de chuva para trás e passou as costas da mão na testa, depois a sacudiu, espirrando um pouco de água.

— Ah, não estão aqui. Eles subiram.

— Eles o quê? — Meu sangue gelou. — Achei que tínhamos combinado que faríamos tudo aqui embaixo.

— Tivemos que mudar os planos.

— Mas... — Eu nem sequer consegui completar a frase.

Paulo Valim era um homem morto.

— O garoto, Paulo, fez o que pôde para evitar isso, mas o volume da chuva foi tão alto que o rio transbordou. A água invadiu a capela e o refeitório. Aqui embaixo tá tudo uma sujeira. Então, não teve jeito. As crianças tiveram que subir com as coisas delas para o auditório, antes que a água chegasse aos dormitórios e molhasse tudo, inclusive os colchões. Ainda bem que conseguimos concluir a obra a tempo.

— Ainda bem — concordou pastor Gabriel.

Afundei as mãos nos cabelos enquanto caminhávamos até a borda da varanda. Seu Horácio explicava (com orgulho insano, vale ressaltar) para o pastor e para Shaiane que só era possível chegar até lá usando o teleférico que ele construiu com o filho.

Era a coisa mais tenebrosa do mundo. Um banco vermelho e comprido (e sem qualquer segurança) com uma haste de ferro na frente para apoiar as mãos.

Ai, meu Deus! Eu iria perder *todo* o retiro. Porque nunca, sob nenhuma hipótese, teria coragem de andar naquilo. É sério. Nem em um milhão de anos. A não ser que eu estivesse morta.

34

SOBRE ENFRENTAR UM MEDO

Eu subi no teleférico.

A única explicação razoável para isso é que fui tomada por uma onda nada saudável de adrenalina que me conferiu uma coragem surpreendente. Ficamos na casa da família do seu Horácio até a chuva fazer uma pausa. O homem e a esposa nos conduziram ao teleférico. O pastor estava decidido a subir com Shaiane e eu, bem, é claro que não.

Eles disseram que entenderiam se eu preferisse voltar para casa, só me pediram para, por favor, esperar que subissem e voltassem com notícias da situação dos adolescentes. Concordei e, até aquele exato instante, eu não pretendia subir nem a pau. Mas então aconteceu.

Eu olhei para cima. Vi as luzes do auditório acesas. Alguns rostos conhecidos passando pela janela. Erick foi o primeiro, depois Larissa e Calebe (grudados um no outro como sempre). Eles pulavam, sorriam e dançavam, revezando-se enquanto passavam pelo vidro. Era uma espécie de ciranda. Então o vi,

Paulo Valim. Lindo como nunca, articulando algo inaudível com a boca enquanto segurava um microfone. Ele estava cantando? Que droga. Eu amava quando o infeliz cantava.

Agarrei minha mochila e me sentei no banco de metal. Fechei os olhos e pressionei a barriga na altura do estômago.

— Pode fechar, seu Horácio.

— Mudou de ideia, garota?

Assenti com o peito agitado.

— Pode fechar — repeti.

Ele fez o que eu pedi. Eu poderia vomitar. Ou desmaiar (esperava que não, porque não tinha cinto de segurança). Mas chegaria naquele auditório por bem ou por mal. Passei as alças da mochila pelos ombros, posicionando-a na frente da barriga. O banco de metal rangeu e eu segurei com força na barra de proteção. Quando desgrudei do chão, minhas pernas ficaram bambas.

— Ainda que eu ande pelo vale da sombra da morte não temerei mal algum — sussurrei, os olhos fechados até que um som estridente me fez voltar a abri-los. Eram o pastor e Shaiane chegando à plataforma. Eu ainda estava na metade do caminho.

Olhei para baixo. Esse foi o maior erro que eu podia ter cometido. Meu pulmão exigiu mais ar e minha visão começou a ficar turva. Ai, caramba. Não dava mesmo para desmaiar ali. Do contrário eu não veria Paulo nem agora, nem nunca. Tá bem, talvez no céu. Mas eu não estava tentando subir *tão* alto assim.

Eu tinha que pensar em outra coisa que não incluísse aquele abismo abaixo de mim. Bebês fofinhos... pôneis... meu corpo estirado no chão... desespero e agonia. Ai, Jesus Cristo! O que eu tinha na cabeça? Por que achei que conseguiria fazer aquilo? Espera! E se eu... cantasse uma música? Mas qual? Não conseguia lembrar de nenhuma.

Pensa, Cássia. Pensa.

"Ó mestre o mar se revooolta, as ondas nos dãão pavor..."

Ah, sim. Aquela ali refletia meu estado de espírito. Eu só não me lembrava direito.

"Nananã... nananã nananã nã..."

— Cássia?

Achei ter ouvido alguém chamar por mim. Minha voz estremeceu.

"Não se te dá que morraaamos?"

— Cássia!

Jesus? Tirei os olhos das copas das árvores debaixo de mim e os levantei. Paulo me olhava do alto, de pé, na beirada da plataforma de chegada do teleférico, com a expressão tomada por perplexidade.

Meu coração se agitou. E naquela hora eu me esqueci de onde estava.

— Paulo!

Tudo o que eu queria era que a distância daquele cabo se tornasse menor para que eu pudesse chegar até ele. Mas o teleférico era um teste de paciência.

Minhas mãos suaram a barra de ferro por quase dois minutos até que eu alcançasse a superfície do solo onde ele estava. Quando parei, ele removeu a proteção. Tirei os braços da mochila, joguei-a de lado e pulei em seu pescoço. Paulo me ergueu pela cintura e me girou no ar, feito alguém que levanta uma pena do Maverick que caiu pela casa.

Ele tocou o meu rosto e sorriu com desconfiança.

— Você está bem? O que está fazendo aqui?

Agora que meus pés tocavam o chão, eu estava profundamente aliviada.

— Achou que ia ficar com toda a diversão sozinho?

Ele tinha um vinco entre as sobrancelhas que constatava que me considerava maluca. Paulo se inclinou e me deu um beijo rápido nos lábios que nos rendeu alguns assobios e gritinhos empolgados, e depois me pegou pela mão. Caminhamos até a parte interna do auditório.

Parecia uma zona de guerra. Ou um abrigo após uma enchente. Bem, e era, em certa medida. Havia colchões, malas, Bíblias e mochilas espalhados para todos os lados. Alguns dos garotos comiam em pratos descartáveis. O auditório havia sido transformado em um templo, refeitório e dormitório. Tudo ao mesmo tempo.

Erick estava próximo a uma janela.

— Você precisa saber que eu gravei você cantando *Sossegai.*

— Você não é maluco.

Ele riu e estalou a língua.

— Relaxa, eu não vou postar. Vai ficar guardado para a posteridade. Para os meus futuros irmãos.

Semicerrei as pálpebras de um jeito ameaçador, mas não disse nada. Para ser sincera, eu tinha achado aquilo meio fofo.

— Eu... Hã... — Erick vagou o olhar entre mim e o pai.

Pestanejei, aguardando a conclusão que nunca veio.

— Pode falar.

— Eu queria te agradecer — ele disparou. — Pelo que você fez por mim.

Franzi o cenho, como quem não tinha entendido, e ele explicou:

— Sobre a escola e tudo mais.

Abri a boca em surpresa e me remexi, incomodada. Era como se aquilo reacendesse um assunto desconfortável que tentávamos fingir que não existia. Caramba, será que aquilo iria mudar um dia? Ou eu nunca deixaria de me sentir culpada e envergonhada? Olhei para Paulo.

— Você contou pra ele?

O homem nem sequer teve tempo de responder; o filho emendou:

— Ah, não. Eu ouvi os gritos.

— Eu já pedi desculpas ao meu pai — garantiu Paulo.

Erick o ignorou e pegou minha mão.

— Você é cristã de verdade, sabe... Eu te admiro mesmo.

— *Awn!* Obrigada! — fiquei tão lisonjeada que não resisti ao impulso de abraçá-lo. Ele ficou rígido, mas retribuiu com tapinhas leves nas minhas costas.

Paulo soltou um riso pelo nariz.

— Que foi? — perguntou Erick. — Qual é a graça?

— Passei todo esse tempo com medo de que você estivesse se tornando o gêmeo mau. Mas, no fim, olha você me enchendo de orgulho.

O garoto cruzou os braços.

— Eu meio que sou o gêmeo mau, sim — falou como se exigisse o título. — Sempre fui o mais rebelde. — E deu de ombros com um sorrisinho de canto de boca. — Mas fazer o quê? Não consigo controlar. Sou assim mesmo, desde que nasci.

— Aham — Paulo o puxou para si e beijou o topo de sua cabeça. — Tem razão, pequeno gênio.

Erick se esquivou com uma careta.

— Ué, também está orgulhoso disso agora, é?

— Não, meu filho. Mas reconhecer nossa natureza é uma coisa boa. Todo mundo nasce mau. É por isso que precisamos de Cristo.

Erick ficou pensativo e, quando pastor Gabriel e Shaiane caminharam até nós, deu um jeito de se esquivar para o outro lado do auditório.

Então, depois de um breve relato sobre a chuva que enfrentamos na estrada, o pastor deu a Paulo a notícia da decisão da igreja de ofertar as prestações do seminário.

Ele escutou tudo em silêncio. Ergueu os olhos para mim. Eu tentei permanecer com a expressão tão neutra quanto podia.

— Obrigado — Paulo disse.

Pastor Gabriel o fitou e aguardou.

— Mas...? — sugeriu o pastor.

Paulo deslizou o indicador pelo queixo como se refletisse consigo mesmo.

— Fico feliz em aceitar a oferta dos irmãos. Obrigado — repetiu.

O pastor olhou para mim. Dei de ombros, compartilhando a perplexidade. Paulo notou nossa confusão. Ele soltou minha mão e envolveu meu ombro com o braço.

— Não posso negar que para mim é... hã... desconfortável receber ajuda financeira, mas... eu venho conversando sobre isso com o Senhor. Ele tem me confrontado a respeito do meu... — fez uma pausa e suspirou com tristeza — orgulho. Mas sei que falta pouco para concluir essa etapa da minha vida e eu estou ansioso para servir aos irmãos como pastor. Não acho que faria sentido ou que eu agradaria a Deus ao rejeitar essa oferta. Então, obrigado.

Apertei os lábios em um meio sorriso orgulhoso. Contendo-me para não gritar de euforia. E a reação do pastor Gabriel foi uma graça. Eu nunca o vi tão alegrinho.

Ele pediu licença para falar com os garotos e eu aproveitei a oportunidade para chamar Paulo para fora.

— A gente pode conversar?

Ele se afastou do nosso abraço em um centímetro para olhar para mim.

— Claro.

Passamos pela porta do auditório. Foi a primeira vez que me permiti prestar atenção na vista. Era de tirar o fôlego. Desprendi-me de Paulo e caminhei na frente dele, explorando tudo com os olhos. O céu cinza e algumas nuvens ao redor davam um ar de "inverno nas montanhas", e isso me levou a imaginar como seria a paisagem quando o céu estivesse limpo e o sol brilhasse sem impedimentos.

— Caramba, é lindo aqui!

Olhei para trás. Paulo me observava, parado a alguns metros, com as duas mãos nos bolsos de uma calça de moletom. Um sorrisinho torto querendo se formar em seu rosto.

— É, sim. Uma beleza.

Sorri, incerta.

— Ah, espera! — respondi empolgada. — Você está falando de mim, não está?

A testa dele franziu com o riso.

— Como naqueles filmes clichês? — perguntei, andando na direção dele.

— Por acaso — concordou ele.

— Aaawn! Que fofo.

Paulo soltou uma risada e jogou o cabelo para trás.

— Não sabia que você gostava de filmes clichês.

— É impossível fugir deles quando se mora com aquelas duas. Experimente deixar Amanda escolher qualquer coisa.

Paulo me puxou para outro abraço, mas dessa vez girou meu corpo e encaixou o queixo na curva do meu pescoço.

— Vocês estão bem? Quero dizer, depois daquele dia?

Franzi o cenho.

— Está falando da Amanda?

— É...

Suspirei.

— Sim, as coisas estão voltando ao normal devagar. Não posso controlar as decisões dela. Não são minhas para tomar. Tenho orado pelos dois e só.

— E o seu irmão?

Encolhi os ombros. O vento soprava um pouco frio. Paulo depositou um beijo nele e depois o cobriu com a mão. Me senti instantaneamente aquecida.

— Normal. Age como se nada tivesse acontecido.

— Isso é bom ou ruim? Digo, para o relacionamento de vocês...

Virei-me para Paulo.

— Nem sei dizer, para ser honesta.

Ele levou uma mão até o meu rosto e acariciou minha bochecha.

— Vamos continuar orando.

Assenti em silêncio e o fitei dentro dos olhos. Meu estômago encolheu um pouquinho ao perceber que eu retomaria o assunto.

— Sabe aquilo que você me perguntou? Sobre eu estar arrependida?

Ele fez que sim, mas me olhou com cautela.

— Não precisamos falar sobre isso agora, se você não quiser — articulou. — Você sabe, estamos bem. Vamos deixar pra lá.

Absorvi aquelas palavras. Durante toda a minha infância, mamãe costumava dizer que, uma vez que se é perdoado, não é bom revisitar a ferida. Melhor deixar que cicatrizasse, quietinha.

Mas uma vez machuquei o pé na tampa enferrujada de um bueiro velho, quando estava brincando de um pique qualquer, descalça, com as crianças da minha rua. Na hora, olhei para a ferida insignificante e deixei para lá. Continuei correndo descalça e, em poucas semanas, a coisa tinha infeccionado. Minha perna ficou roxa até o joelho. Meus pais entraram em pânico. Precisei de uma injeção antitetânica, anestesia e um corte enorme para tirar o pus.

Papai disse que meus gritos podiam ser ouvidos da sala de espera. Nunca me esqueci daquele machucado. Desde então, por menor que seja um arranhão, eu o lavo e desinfeto, para não correr o risco de infeccionar.

Desse modo, deixar aquilo para lá estava fora de cogitação. Se Paulo iria me perdoar, precisávamos passar a limpo. E rápido. Antes que uma casca inútil se formasse sobre um ferimento infectado. Eu não podia permitir. Não quando havia aprendido a lição da maneira mais difícil. Uma infecção negligenciada se alastra depressa, e, quando você nota, já contaminou tudo.

— Preciso falar.

Ele inclinou o rosto um pouco de lado.

— Tudo bem.

Soltei o ar devagar e o fitei.

— Se me arrependo do que eu fiz pelo Erick? Nunca. — Apertei os lábios. — Desculpe, mas não me arrependo. De mentir para você...? — Senti o queixo estremecer. Não havia quase ninguém por perto e a porta do auditório estava a mais de cem metros, mesmo assim virei-me de costas para ela. Olhei para cima e tentei piscar para evitar o choro, mas não fui muito eficiente. Senti o globo ocular queimar e encher de água. Então as primeiras lágrimas escorreram.

— Ei — Paulo chamou com a voz mansa.

— Muito — disparei em um soluço. — Estou *muito* arrependida. Tá bem? Eu queria ter falado a verdade, ter convencido você, feito essa sua cabeça dura ... — Outro soluço rompeu pela minha garganta.

O rosto de Paulo era completo pânico. Ele encaixou as duas mãos nas minhas bochechas e secou minhas lágrimas com os polegares.

— Tudo bem, amor. — Eu senti o peito arder e os ombros sacolejarem. — Amor, ei! — Engoli a saliva e o fitei. — Sei que está arrependida. Eu sei... que você tentou me contar. Eu me lembro. — Ele me puxou para o peito e me aninhou em seus braços. — Eu fui muito duro com você. Me perdoe.

Essa era nova. Ele estava me pedindo desculpas?

— Ah, Paulo...

— Foi tudo por causa do meu orgulho. Entendo que o que você fez não foi por mim, e sei que, quando tudo mudou entre nós, você quis me dizer..., mas eu estava sempre tão envolvido em problemas e eu envolvi você junto. E você nunca reclamou... Eu não devia ter sido tão duro.

— Eu não me importo com seus problemas!

— Shhh. Eu sei. Não é isso, só... Por favor, pare de chorar.

Meu coração se aquietou devagar. Fechei os olhos e abracei as costelas dele com força, até ele soltar um "ai" em protesto. Deus do céu, Paulo estava falando sério.

— Você acredita que eu nunca mais vou mentir?

Ele beijou meu cabelo.

— Acredito.

Suspirei pela última vez. Agora de alívio. Ele havia entendido o que eu não conseguia colocar em palavras. Eu não sabia o que o Espírito Santo tinha dito a ele, mas estava grata.

Estávamos prontos para cicatrizar com segurança.

35

TIRE MEU FÔLEGO

— Não dá para alugar um helicóptero? Eu pago.

O pastor olhou para mim com a mais sincera expressão de pena.

— Você não tem medo de voar? — Paulo perguntou.

Tirei a unha da boca quando percebi que já estava começando a ferir a cutícula com o dente.

— Qualquer coisa é melhor do que isso. — Apontei para o banco do teleférico.

No domingo, após o culto da manhã, todos precisaram descer (com todas as coisas que subiram), porque voltaríamos para casa. Paulo já havia feito umas quatro dessas viagens e todos os adolescentes já estavam lá embaixo. Agora só faltava a gente.

Pastor Gabriel e Shaiane fizeram questão de ficar por último dessa vez. Eu não entendi a lógica. Eles podiam ir. Eu mofaria ali eternamente sozinha, obrigada.

— Dessa vez vou estar do seu lado — disse Paulo. — Eu te seguro se você desmaiar. — Olhei para ele irritada. — O que não vai acontecer — completou.

— Eu não pretendo desmaiar — vociferei. — Porque não vou descer!

— Amor... — Paulo olhou para mim. — São três minutinhos. Eu vou estar do seu lado. Você subiu sozinha. Você consegue.

Cobri os olhos com as mãos e segurei o impulso de gritar. Não acreditava que eu tinha me metido naquilo. É sério. Se dois dias antes alguém tivesse me contado, eu teria soltado uma gargalhada e jurado que jamais teria cometido tamanha insanidade. Mas agora, ai, caramba. Não ia ter jeito de me livrar da volta.

Sacudi o corpo em um tremelique e peguei Paulo pela mão.

— Tá. Vamos logo.

Ele deixou que eu me sentasse primeiro e depois se acomodou ao meu lado. Agarrei-o pelo braço e apoiei a cabeça no ombro dele. Paulo fechou a haste de proteção.

— Prontinho, aqui vamos nós.

Meu coração disparou um pouco quando o treco se moveu. Agarrei-me mais a ele. Paulo deitou a cabeça na minha. Mantive os olhos fechados. Três minutos. O que eram três minutinhos? Não eram nada. E depois eu nunca mais faria algo tão estúpido assim de novo. Trinta segundos já tinham se passado. Eram só três minutos e me... O negócio rangeu alto e interrompeu meus pensamentos. Depois fez-se um silêncio. Quase como se...

Não acredito.

Afundei as unhas no braço de Paulo com tanta força que ele soltou um gemido. Abri os olhos devagar. Estávamos parados. Parados! Meu Deus do céu, o que aquilo significava?

— O que tá havendo? — disparei, ainda sem enxergar.

— Eu não sei.

Paulo manteve a calma por nós dois. Mas o vento era intenso e o banco não era exatamente imóvel. Cometi a estupidez não só de abrir os olhos, mas também de olhar para baixo. Para aquele abismo sob nós. Minhas mãos e pés suavam. As primeiras encharcando a manga da blusa de Paulo e os segundos, as minhas meias. Meu coração tentava sair pela boca.

— Pessoal — seu Horácio gritou. — Temos um probleminha. Mas vamos resolver num instantinho!

Pronto. Chegou o momento. A catástrofe que "só existia na minha cabeça" estava acontecendo.

— Meu Deus, pra que lado eu vomito?

— O que houve? — o pastor perguntou, ainda de pé na plataforma atrás de nós.

Cobri a boca com a mão, já sentindo o gosto da bile. Eu não podia olhar, mas imaginava que havíamos descido uns cinco metros. Insuficiente para voltar de onde estávamos. Pairávamos sozinhos sobre o abismo, sem possibilidade de resgate.

O homem lá embaixo respondeu algo, mas a náusea tornava tudo inaudível. Respirei fundo. Por um milagre, o vômito não tinha vindo ainda.

— Esquece o que falei sobre o desmaio. Vai ser pior. Vamos morrer — constatei.

As árvores ao nosso redor começaram a girar. Paulo agarrou meu pulso com força. Minhas pernas fraquejaram. Pelo menos se eu caísse dali desmaiada não me lembraria de nada. Ou será que lembraria? Seria indolor ou doeria?

— Não vamos *morrer* — Paulo disse. — Que isso. Mantenha a calma. Tenta pensar em outra coisa.

Meu pescoço estava tão rígido que eu nem pude mover minha cabeça para olhar para ele.

— Está um pouco complicado pensar em outra coisa no momento.

Ele se remexeu, como se estivesse procurando por algo no bolso. O banco balançou junto. Fechei os olhos com toda a força. Minha alma estava prestes a se desprender do corpo.

— Está louco? Fique. Parado.

— Tá bem... — a voz de Paulo parecia distante, em outra dimensão. — Se vamos morrer, então vamos fazer isso agora.

Fechar os olhos de novo tinha parecido uma boa ideia, mas só havia deixado tudo mais assustador. Mas agora também já não podia mais abri-los. Eu jamais teria entendido que Paulo era cabeça fresca o suficiente para mexer no celular em um momento como aquele se, de repente, não tivesse ouvido a batida de uma melodia conhecida.

"Tundumdumdum-duuum. Tunduuum. Tunduuum."

Apertei os olhos um pouco mais. Ali não tinha sinal de internet. Ele tinha feito download daquilo?!

— O que está fazeeendo?

Senti o braço dele envolver o meu corpo. Encaixando-me contra si.

Certo. Pelo menos tinha alguém me segurando. Mas era alguém que também estava pendurado a duzentos metros do solo e sem qualquer equipamento de proteção!

"Watching every motion in my foolish lover's gaaame..."

— Por... Por que isso está tocando?

— Tá bem, eu preciso que você olhe pra cá um minutinho.

— N-não dá?! Você não percebeu que estou em crise aqui?

Fez-se silêncio por um instante. Paulo se remexeu de novo. Meu Deus do céu, por que ele não sossegava?

— Acho que isso pode tornar a crise secundária — ele disse. — Olhe para mim.

Tá bem, agora ele estava me deixando curiosa. Abri os olhos devagar e virei meu rosto levemente para o lado. Paulo estava...

Meu Deus do céu.

Estava segurando uma aliança.

"...Take my breath awaaay"

Aquela música. A aliança.

Paulo Valim estava louco?

— Tá fazendo o quê???? — disparei em pânico.

— Você é minha lembrança mais antiga — ele disse, com uma curva no canto dos lábios.

Meu queixo caiu. Aquilo estava mesmo acontecendo? Era uma aliança e a trilha sonora do meu filme preferido.

ELE ACHOU QUE AQUILO ME ACALMARIA?

Por que ele estava tão calmo? O homem era completamente louco?

— Paulo! — minha voz saiu esganiçada. Apertei a barra de ferro. Meu pescoço nunca mais se movimentaria na vida. — Ficou doido?

— Ah, meu bem, eu sou louco por você. — Soltei uma risada nervosa. Aquilo não podia ser sério. — Eu... hã... me ajoelharia, mas...

— Não se mexa mais! — implorei. — Acho que vou vomitar!

A mão dele cobriu a minha sobre a grade.

— Passei metade da minha vida achando que não entregaria meu coração a uma mulher, mas a verdade é que ele sempre pertenceu a você.

O ar lá em cima devia ser rarefeito, porque de repente eu não podia respirar. Virei a cabeça. Fitei-o em pânico. Ele estava lindo. O maxilar tenso e os olhos pretos brilhantes. O sol da manhã iluminando sua face. Uma ruguinha discreta de ansiedade. Caramba, como eu tinha conseguido aquele homenzarrão?

— Só mais um minuto — alguém gritou lá debaixo. E meu rosto deve ter se refletido em puro terror, porque Paulo sussurrou:

— Calma.

— Talvez eu desmaie, sim — eu disse, engolindo a saliva.

Paulo tinha razão. Aquilo era... *distraível*. Por um instante eu me esqueci de onde estava até ser despertada de volta.

— Você não vai desmaiar. Vai descer daqui e se casar comigo.

— Hoje?

— Bem tem um pastor aqui atrás. É só a gente dizer os votos.

Arregalei os olhos. Ele achava que estávamos em *Piratas do Caribe*?

— Estou brincando — Paulo disse. — A gente vai sair daqui e se casar em um ano e três meses quando meus filhos se formarem naquela bendita escola... e contanto que nenhum dos moleques se atreva a reprovar de ano.

Eu soltei uma risada nervosa.

— Ah, eles não vão.

— E, claro, se você aceitar. Porque você ainda não aceitou.

Apertei os lábios e o encarei com ironia.

— E você ainda não perguntou.

O rosto dele se iluminou em surpresa. O teleférico voltou a ranger. Paulo olhou para cima. A coisa começou a se movimentar. Todos aplaudiram lá embaixo, mas, por algum motivo, meu pânico dobrou de repente. Agarrei-o com mais força do que nunca. *Agora* eu não podia mais morrer!!!!!!!!!

E Paulo também não.

Afundei o rosto na camisa dele. Fechei os olhos.

— Por favor, cale a boca. Não fale *agora*. Por favor.

Ele cobriu minha cabeça com a mão e apoiou o queixo nela.

— Shhh — fez. — Está acabando, amor. Estou aqui. Tá tudo bem.

Eu senti quando tocamos o chão. Fui tomada por alívio. Reprimi a vontade de cair no choro. Só queria que aquela haste levantasse e eu me livrasse daquele banco.

— Graças a Deus — Paulo falou.

Paulo. Não eu.

Quando seu Horácio levantou o ferro, eu corri para fora. Parei a uns dez metros de distância e escondi o rosto nas mãos. Fiz uma oração de agradecimento por estar viva e relativamente digna (embora um pouco envergonhada com os olhares curiosos dos adolescentes). Abracei Paulo quando ele tocou minha cintura. Afundei o rosto em seu peito e a mão em suas costas enquanto ele acariciava meu cabelo. Ficamos assim até minha respiração normalizar.

— Tudo bem? — ele perguntou depois de um momento. — Está mais calma?

Fiz que sim e, com as mãos ainda trêmulas, ajeitei a minha blusa, que estava meio levantada, quando ele desfez o abraço.

— Ótimo. Então, continuando...

— Ah, sim. Vá em frente. — Aprumei a postura.

Paulo soltou uma risada alta. Depois colocou a mão no bolso e dobrou um joelho até tocar o chão. Levei as duas mãos à boca. Eu não estava alucinando. Estava mesmo acontecendo.

Ele levantou uma pequena esfera dourada.

— Essa aliança não vale cinquenta mil, mas acho que cumpre o objetivo. — Eu ri de nervoso. Ele virou a cabeça. — Elias, por favor.

Olhei para o lado. Elias a poucos metros de nós, com o dedo paralisado a alguns centímetros da tela do celular. O garoto pestanejou.

— Ah! Ah é.

"Tundumdumdum-duuum. Tunduuum. Tunduuum."

— Ai, meu Deus! — exclamei, empolgada.

— Cássia Domingues Benedetti — ele disse e, naquele instante, a terra parou de girar.

Eu queria memorizar cada coisa daquela fração de segundo. O cheiro de verde e a frase exata da música. Os cochichos empolgados dos adolescentes e o instante em que todos prenderam o ar. A sensação de estar pisando na lama. E a adrenalina que ainda corria em minhas veias. Mas, acima de tudo, queria memorizar a imagem do brilho de contemplação que tinha retornado ao olhar dele e o exato tom de sua voz, quando concluiu:

— Você me daria a honra de se casar comigo?

36

DEBAIXO DOS MEUS OLHOS

Atrás da cortina, encarei o círculo dourado no meu anelar. Inclinei o corpo para a frente, espiando através de uma pequena fenda no encontro de dois tecidos.

— Fique calmo, Vossa Alteza. Ela virá! — Estevão, digo, *Bráulio* disse com a voz grave.

Um pequeno sorrisinho sarcástico despontou no rosto de Paulo. O filho da mãe estava adorando ser chamado de *Vossa Alteza* pelo irmão.

— Ela está atrasada — encenou ele, conferindo um relógio de bolso falso, antes de cruzar o palco. — Eu deveria me envergonhar por considerar esses minutos como incontáveis séculos, quando Jacó considerou os... *sete*... — enfatizou e deu uma olhadinha rápida na direção da coxia. Estevão escondeu a boca com a mão em punho. Prendi o riso. — Sete anos que esperou por Raquel como poucos dias, pelo tanto que a amava?

Bráulio tocou o ombro dele. A marcha nupcial começou a tocar. Dei um pulo de susto. Meu Deus, era a minha deixa.

Ajeitei a coroa na cabeça e deslizei a mão pela saia bufante do vestido de princesa-noiva. Respirei fundo e caminhei na direção do palco. Minha saia entrou primeiro, revelando o figurino exagerado antes que eu aparecesse completamente.

Paulo e Estevão estavam lado a lado e abriram a boca em um choque sincronizado. Dei um sorrisinho. Não havíamos ensaiado aquele susto. Fiquei um pouco nervosa. Será que eu não estava meio ridícula?

Apertei o buquê contra o corpo e esperei meu irmão de mentirinha, interpretado por Elias, caminhar até mim e me oferecer o braço.

— Você está linda! — disse ele, olhando para o público.

— Obrigada, meu rei.

Algumas risadinhas irromperam da igreja. E Elias abriu um sorriso. Paulo estendeu a mão para pegar a minha.

— Você está maravilhosa.

Opa. Aquela não era a fala dele. Mas até que foi um bom improviso.

— Obrigada.

Ficamos de frente um para o outro, e Calebe se posicionou entre nós para realizar o casamento real (no sentido de realeza, você sabe, não era nosso casamento *real* mesmo).

Comecei a recitar meus votos conforme o ensaiado e Paulo se preparou para dizer os dele. Ele fez todo o discurso apaixonado conforme o *script*, e então se preparou para declamar o último versículo.

Foi quando aconteceu. Os olhos dele ficaram úmidos. Paulo contorceu a boca para o lado e ficou na ponta dos pés por um segundo, como se desse um pulinho sem sair do lugar.

— Como um lírio entre os espinhos... — Ele abaixou a cabeça e colocou os dedos em pinça na ponte do nariz. A voz embargada. Fungou com força. O barulho reverberou no microfone. — Assim é a minha amada entre as outras mulheres.

Ele me tomou nos braços e me jogou para trás em um movimento rápido. Se inclinou em minha direção, e, quando estava a um centímetro da minha boca, as cortinas se fecharam. Paulo me girou de volta, mas me puxou pela cintura.

— Eu te amo — sussurrou ele, na penumbra do palco. Quando a cortina voltou a abrir, Estevão tomou a palavra para fazer uma reflexão e dar início ao apelo.

Apoiei a cabeça no ombro de Paulo. Ele descansou a dele na minha e falou, baixinho:

— Não vejo a hora de vê-la assim de novo. No *nosso* casamento real.

Enrosquei o braço dele no meu.

— Espero que um ano passe rápido — eu disse.

Ele apoiou a mão na minha.

— Vai passar.

Não passou.

Sério. Aconteceu de tudo ao longo daquele um ano e três meses. Eu sei que você gostaria de saber de cada detalhezinho e tal, mas, acredite, foi tempo demais.

Talvez eu devesse contar que marcamos o nosso casamento para o dia seguinte à formatura dos meninos. E que eu usei um vestido lindo estilo sereia, uma sandália com um salto de, atenção, *doze centímetros* (treinei o mês inteiro e não caí nem uma vez) e maquiagem profissional.

Nicole já estava casada há seis meses e havia se mudado para a França. Agora a âncora do jornal local era uma garota ruiva com um leve sotaque mineiro que me fazia sentir vontade de chorar toda vez que aparecia na TV. (Não por causa dela, óbvio. Você entendeu.) Mas, no dia do casamento, minha amiga estava entre os padrinhos com Clèment e uma quase imperceptível barriguinha de dezesseis semanas de gestação. Pois é, eles foram bem rápidos.

Amanda e André também marcaram presença, é claro, mas cada um de um lado da igreja, porque terminaram o relacionamento. O que, em partes, foi meio que triste. Eu adoraria que eles tivessem se acertado e que Amanda e eu acabássemos tendo um vínculo familiar de verdade, mas, vamos ser sinceros, ela merecia mais. No último ano, Amanda estava se firmando na fé, mas, quanto a André, eu não podia dizer o mesmo. A ausência dele nas celebrações ou qualquer atividade da igreja era quase proporcional à frequência com que postava fotos aos amassos com garotas diferentes nos *stories* do Instagram. Eu quase nunca o via fora da casa dos meus pais. Agora que não estava mais com Amanda, por coincidência, parou de se importar em me visitar o tempo todo. O distanciamento foi difícil de digerir. Era como se no novo estilo de vida que André escolhera não houvesse muito espaço para mim. Da minha parte, eu continuava orando por ele.

Depois que Nicole se mudou, Amanda (embora ainda tivesse ajuda da irmã) conseguiu um trabalho. Um estágio como nutricionista. E alugou a casa de Paulo com uma amiga da faculdade. Isso porque ela precisaria de um lugar para ir depois que a gente se casasse, e o antigo inquilino havia entregado a casa meses antes de acabar o contrato. Consideramos providencial. Paulo e eu decidimos ficar na casa de tia Telma. Não só porque era mais perto da praia e da casa dos pais dele, mas porque tínhamos quartos suficientes para os meninos e os outros que viriam. Paulo falava em ter outros quatro. Eu dizia que ele estava maluco. Poderíamos começar com um e, aí, depois a gente veria.

Ao fim da cerimônia, fomos ao salão de festas e tia Luísa pediu para fazer um discurso. Tia Luísa não era tímida como Júlia, mas também não era nenhuma estrela da festa como mamãe, por exemplo. Então, quando ela subiu ao palco e exigiu o microfone, todos nós ficamos chocados.

Paulo e eu estávamos na pista de dança, *Take my breath away* tinha acabado de tocar e um som de microfonia nos fez virar os rostos para o pequeno palco. Tia Luísa levantava um copo de cristal com Coca-Cola.

— Eu queria propor um brinde aos noivos.

Paulo e eu nos entreolhamos com curiosidade e divertimento. Ele se colocou atrás de mim e me envolveu em um abraço.

— Por toda a vida eu esperei por esse momento. Sabia que meu Paulinho encontraria o amor de novo, mas confesso que não imaginava que seria pela garota que sempre esteve em seu coração.

Olhei para Paulo.

— Ela sabia?

Ele fez que sim.

— Do que ela não sabe?

Fitei tia Luísa com o cenho franzido.

— Mesmo quando diziam que esses dois se odiavam — algumas pessoas deram risadinhas —, eu sabia que isso não era verdade. Não da parte dele pelo menos. — Papai gargalhou. — Filha. — Tia Luísa me fitou. Meu coração acelerou um pouquinho. — Quero lembrá-la de que esta é a sua família.

Ela apontou para a mesa onde estavam os filhos dele, tio Gonçalo, Estevão e Júlia. Lá estavam também Miguel, Lígia e as gêmeas. Abri um sorriso.

— Você já pertencia a ela, muito antes desse dia. Nós a amamos como nossa. É uma alegria para nós testemunharmos essa união diante de Deus e de nossos irmãos. Seja bem-vinda aos Valim!

Aplausos irromperam de todos os lados.

— É, mas ela não tirou o Benedetti. Só acrescentou o sobrenome — papai pontuou e apontou para Paulo. — Eu acho que ele deveria ter colocado o meu nome também.

Paulo arregalou os olhos.

— A gente não serviu álcool, né?

Dei um tapinha na mão dele.

— Você sabe que ele é assim mesmo.

— Viva os noivos! — tia Luísa gritou.

Todos repetiram em coro. Ela desceu do palco e caminhou até nós para nos abraçar. Estevão, tio Gonçalo e os gêmeos decidiram acompanhar. Todos vieram à pista de dança e formamos um abraço em grupo.

— Estou tão feliz por finalmente ser sua sogra — tia Luísa disse.

— Então... a senhora sabia?

— Que ele era louco por você? É claro, querida.

— Bem, isso é o que ele diz, mas... — ponderei. — Eu não sabia que alguém tinha notado.

Ela apertou os lábios e lançou uma piscadinha para mim. Inclinou-se e falou, como quem contava um segredo:

— Ele sempre te olhava quando você não estava vendo.

— Eu disse — completou Erick, que virou para mim com um sorriso travesso. — Não disse, *mamãe*?

Dei uma risada e empurrei-o pelo ombro.

— Falando nisso, sua mãe está linda.

Ele virou a cabeça para observar Lígia. Ela estava muito bonita. Além da maquiagem perfeita, usava um vestido azul-bebê de alça fina. Tinha ganhado peso com a gravidez e o cabelo cresceu um pouco. Estava alinhado em um corte estilo Chanel.

— Você viu como elas são fofas? — perguntou, referindo-se às irmãs.

Lígia me deu um tchauzinho, que retribuí de longe.

— Já já vou até lá para amassar aquelas pequenas bochechas gordinhas, mas antes... — Virei-me para tia Luísa. — A senhora vai me contar essa história direitinho.

— Ah, filha! Mas o que há para contar? É isso. Ele morria de amores por você. Conversamos muito sobre isso na adolescência. Antes de... bem, desses dois aparecerem. Depois ele agia como se fosse coisa do passado, mas eu sabia que não.

— Conversaram? — Desviei os olhos da mãe para meu, agora, marido. — Isso é sério? Você falava com *a sua mãe* sobre mim? Se falava pra ela, por que nunca me disse nada?

— Bem, eu já disse. Eu não poderia. — Ele riu, nervoso, como se a conclusão fosse óbvia.

Mas não era.

— Por que não?

— Você sabe... primeiro, você caía de amores por aquele idiota, e depois...

Arregalei os olhos.

— Paulo Valim! — ralhei entredentes.

Caramba, não precisava ter dito aquilo em voz alta. Olhei para trás procurando por Júlia. Ela estava entretida com uma das bebês. Graças a Deus.

— Não fale assim do seu irmão! — Luísa também repreendeu.

— Tá tudo bem, mamãe — disse Estevão. — Hoje eu deixo.

— E depois? — voltei ao assunto, virando-me para a frente com as pernas inquietas.

Paulo inclinou a cabeça e fez uma careta.

— Depois, bem... os meninos vieram, e então...

Cruzei os braços, impaciente.

— E nos quinze anos seguintes, o que mais continuou acontecendo?

Ele passou a mão no queixo e deu um passo para a frente.

— Então eu achei que você merecia alguém melhor.

— Que não tivesse a gente — Erick explicou e se virou na direção do resto da família. — Caso tenha ficado alguma dúvida.

— Que não tivesse um *histórico* tão complicado e, bem, sim, sem filhos.

Olhei para os meninos. Ambos com as bocas entreabertas. Desferi um tapa no peito de Paulo.

— Qual é o seu problema? Eu já disse que amo seus filhos.

Uma curva singela se formou no canto dos lábios dele. Ele deu um passo para a frente e fez um sinal com a cabeça na direção de Erick.

— Até aquele cara ali? — perguntou, mas antes que Luísa, eu mesma ou o próprio garoto protestássemos, envolveu minha cintura com um braço e me puxou para si. — Estou brincando. Sei que você os ama.

Apoiei meus pulsos nos ombros dele, na frente de todos. Envolvi seu pescoço com a mão e o fitei dentro dos olhos. Ele prosseguiu:

— E de alguma forma eu achava que você merecia mais. Alguém melhor do que eu. Se você está aqui agora e aceita ser minha, é porque Deus é bondoso e misericordioso comigo.

Sustentei o olhar dele, brilhante e sincero. Feliz por ser meu marido. Meu peito se encheu de alegria.

— Se você está aqui comigo agora, também é a misericórdia de Deus.

Ele fechou um dos olhos e jogou a cabeça para trás.

— Não seja boba.

Puxei-o para mim e encaixei a cabeça na curva do pescoço dele. Meu salto de doze centímetros precisava servir de alguma coisa além de me causar uma dor torturante no peito do pé. Deslizei a mão pelo cabelo e o senti se encaixar no meu abraço.

— Você é fantástico. É generoso, responsável, abdicador e altruísta. Você cuida do seus pais e da mãe dos seus filhos. Tira o próprio casaco para aquecer um homem a quem nem conhece. — Ele apertou um pouco o braço ao meu redor. — Você me faz me sentir amada, e gosta do meu jeito desastrado quando eu mesma me envergonho disso. Não abandona os que te amam e nem mesmo os que não amam. Você não desiste de uma alma, mas persiste até o fim para ganhá-la para Cristo. Eu não duvidaria se você desse a sua própria vida por seus filhos, por mim, por alguém de sua família ou por um completo estranho. Você é a melhor pessoa que eu poderia querer ao meu lado. O melhor marido que eu poderia escolher. O homem que eu mais admiro na Terra. Se você não é digno de mim, meu amor, acredite, tampouco eu sou digna de você.

Ele se inclinou para a frente e cobriu minha boca com um beijo voraz. Fechei os olhos e envolvi meu marido pelo pescoço. Deixei-me desfrutar do momento.

Quando o beijo acabou, Paulo me girou e me abraçou por trás, encaixando o queixo na curva do meu pescoço, e começamos a nos movimentar no ritmo de uma música lenta que tocava. Aproveitei para observar nossos convidados. Papai, sentado em uma mesa perto de nós, soprava os dedos em formato de pinça fazendo um longo assobio ressoar. Tia Luísa secava uma lágrima. Nicole, ao lado dela, batia palminhas contidas e Kalil, em outra mesa, passou o braço pelo ombro da esposa.

Lembrei-me de que, por muito tempo, não me permiti me apaixonar por ninguém, sequer achei que poderia. Mas hoje, quando estou aqui, nos braços desse homem imperfeito como eu, acho que todas essas coisas aconteceram como deveriam acontecer. Porque, embora eu não enxergasse, *Deus* já nos enxergava. E, embora eu não soubesse que podia amar alguém, *ele* já sabia.

Se há uma coisa que o Senhor me ensinou sobre mulheres cristãs com mais de trinta anos que ainda não se casaram, é que não estamos paradas esperando por um amor.

Estamos *vivendo.* E, vivendo, o servimos. E, servindo-o, desfrutamos o lado de cá da eternidade que um dia viveremos plenamente com *ele.*

Mas, se formos falar sobre nós (isto é, Paulo e eu), eu diria que meus olhos foram... digamos, *abertos.*

Porque, quando olho para ele, aqui e agora, sorrindo com o meu pai ou tirando minha mãe para dançar, vejo que, sem saber, eu estava sendo preparada para esse momento. Porque, no coração de Deus, nosso amor já existia. Já havia sido *plantado* e vinha sendo *regado.*

Para desabrochar no momento certo.

O tempo todo, bem ali. Debaixo dos meus olhos.

Apenas mil passos ao sul.

AGRADECIMENTOS

Ao meu Senhor e Deus, que me chamou para contar histórias.

Ao meu marido, Caio, cuja paixão por aviação (e respectivo medo de altura, o qual infelizmente compartilho — ainda que não em níveis equivalentes ao da Cássia) me inspirou a criar nossa mocinha. Acho que nunca havia saído de mim alguém que tivesse tanto de nós dois. A não ser, talvez, a nossa filha.

À minha filha, Rafaela, e ao bebezinho que descobri que estou gerando enquanto terminava de editar esta história, por serem minha alegria e fonte de inspiração diária.

Aos meus pais, Aurea e Sandro, por sempre serem minha rede de apoio. E à minha irmã, Milena, por ter sido minha primeira e maior incentivadora. Sempre vou te agradecer.

Às minhas amigas Pat Müller, Becca Mackenzie, Noemi Nicoletti, Gabriela Fernandes, Thamires Marinho, Camilla Bastos, Daienne Cezar e Carolyne Larrúbia, por lerem e darem suas preciosas opiniões a respeito de *Mil passos ao sul* — muitas de vocês, enquanto ainda era uma escaleta.

A Brunna Prado e Samuel Coto, por aprovarem e apostarem neste livro. A cada membro da equipe editorial da Thomas Nelson que, direta ou indiretamente, tenha trabalhado nele. E ao pessoal do Marketing que trabalha tão de perto e faz tudo chegar aos leitores sempre de um jeito mais que especial: Milena Lourenço, Naotto, Ticiane e companhia, vocês são essenciais.

A Camila Gray, por colocar seu talento incrível na criação de mais uma capa de tirar o fôlego.

A Luis Silva e Luana Brito, controladores de tráfego aéreo, por se disponibilizarem a responder perguntas, fazer sugestões e até ler um pequeno trecho, apontando onde eu havia acertado ou só estava "viajando na maionese". E a Sabrina Lorenzo, também controladora, pelas respostas ao meu questionário. Obrigada, Caio, Daienne e Aline Amaral, por fazerem a ponte de contato com esses profissionais.

A Charllynny Amaral Póvoas, por também me passar um pouquinho do seu olhar, adquirido através do serviço ao Reino, com informações a respeito do funcionamento de comunidades terapêuticas e casas de recuperação para dependência química aqui na nossa região.

Ao pastor Matheus, pelas orações, conselhos e incentivo. E aos amigos do meu pequeno grupo por sempre vibrarem comigo e apoiarem a minha carreira com seu amor e orações: Aline, Alanys, Lara e Luísa; Marcos e Rosana; Binho e Monique; Dayane, Luilton, Gabriel e Pedro; Vera, Leandro e Davi; Claudinha, Bruno e Luiz.

Às Karinas, Karina Kopper e Karina Coleta, que se dispuseram a me dar instruções sobre questões técnicas que foram muito úteis para criar cenas verossímeis. A primeira com sua experiência em medicina e a outra com questões de ministério pastoral.

Às minhas demais *Inkilikinas*, que não leram a versão primitiva desta história, mas, de alguma forma, me apoiaram com ela: Queren Ane e Isabela Freixo (que me ajudou a definir o título).

E a você, querido leitor ou leitora, que esperou ansiosamente por este livro. Obrigada por me motivar a continuar criando.

Este livro foi impresso em 2025 pela Vozes para a Thomas Nelson Brasil.
A fonte usada no miolo é a FreightText e o papel é Ivory 65 g/m².
Aos que chegaram até aqui: nenhuma codorna foi ferida durante a edição deste livro. Esperamos que a leitura tenha sido livre de turbulências, mas, se não foi, que pelo menos tenha valido a viagem.